BRENDA JOYCE
Pasión de contrabando

Editado por Harlequin Ibérica.
Una división de HarperCollins Ibérica, S.A.
Núñez de Balboa, 56
28001 Madrid

© 2012 Brenda Joyce Dreams Unlimited, Inc. Todos los derechos reservados.
PASIÓN DE CONTRABANDO, N° 158 - 1.6.13
Título original: Surrender
Publicada originalmente por HQN™ Books
Traducido por María Perea Peña

Todos los derechos están reservados incluidos los de reproducción, total o parcial. Esta edición ha sido publicada con permiso de Harlequin Enterprises II BV.
Todos los personajes de este libro son ficticios. Cualquier parecido con alguna persona, viva o muerta, es pura coincidencia.
™ TOP NOVEL es marca registrada por Harlequin Enterprises Ltd.

® y ™ son marcas registradas por Harlequin Enterprises Limited y sus filiales, utilizadas con licencia. Las marcas que lleven ® están registradas en la Oficina Española de Patentes y Marcas y en otros países.

I.S.B.N.: 978-84-687-2917-6
Depósito legal: M-8506-2013

Esta es para Tracer y Tricia Gilson. ¡Gracias por hacer de mi afición por el mundo de los caballos algo tan estupendo!

PRÓLOGO

Brest, Francia, 5 de agosto de 1791

Su hija no dejaba de llorar. Evelyn la meció y le rogó que mantuviera silencio, mientras su carruaje avanzaba a toda prisa en medio de la oscuridad. La carretera estaba llena de baches, y los trompicones continuos del coche empeoraban la situación. ¡Ojalá se quedara dormida Aimee! Evelyn temía que las hubieran seguido, y que los gritos de su hija levantaran sospechas y atrajeran la atención de los demás, aunque hubieran conseguido escapar de París.

Sin embargo, Aimee estaba asustada porque su madre estaba asustada. Los niños percibían aquellas cosas. A su vez, Evelyn tenía miedo porque Aimee era lo más importante de su vida, y estaba dispuesta a morir con tal de protegerla.

¿Y si moría Henri?

Evelyn D'Orsay abrazó con todas sus fuerzas a su hija de cuatro años. Iba sentada en el pescante con su cochero, Laurent, el ayuda de cámara de su marido, que se había convertido a la fuerza en hombre para todo. Su marido iba tendido en el asiento trasero, inconsciente, entre la esposa de Laurent, Adelaide, y su propia doncella, Bette. Evelyn miró hacia atrás y sintió una punzada de angustia. Henri seguía pálido como la muerte.

Su salud había empezado a debilitarse poco después de que naciera Aimee. Había enfermado de tuberculosis. ¿Le estaba fallando el corazón en aquel momento? ¿Sobreviviría a aquel viaje frenético y desesperado en mitad de la noche? ¿Superaría el cruce del Canal? Evelyn sabía que necesitaba cuidados médicos, y también sabía que aquel trayecto iba a perjudicar más aún su salud.

Pero si conseguían salir de Francia y llegar a Inglaterra, estarían a salvo.

—¿Queda mucho? —susurró. Por suerte, Aimee se había quedado dormida.

—Creo que ya casi hemos llegado —dijo Laurent.

Hablaban en francés. Evelyn era inglesa, pero hablaba perfectamente el idioma desde que había conocido al conde D'Orsay, con quien se había comprometido para casarse casi de un día para otro.

Los caballos estaban sudorosos y jadeaban. Por suerte, ya no tenían que continuar mucho más, o por lo menos eso pensaba Laurent. Y pronto iba a amanecer. Al alba, iban a embarcar con un contrabandista belga que los estaba esperando.

—¿Vamos a llegar tarde?

—Creo que nos sobrará una hora —dijo Laurent—, pero no mucho más.

El sirviente la miró significativamente.

Ella sabía lo que estaba pensando. Todos pensaban lo mismo. Había sido muy difícil escapar de París; ya no podrían volver nunca. Tampoco podrían volver a su casa de campo del valle del Loira. Debían abandonar Francia si querían salvar la vida.

Aimee estaba profundamente dormida. Evelyn le acarició el pelo e intentó contener las ganas de echarse a llorar de miedo y desesperación.

Se volvió hacia atrás para mirar de nuevo a su maduro marido. Desde que había conocido a Henri, su vida se había convertido en un cuento de hadas. Ella no era más que una huérfana muy pobre que subsistía gracias a la caridad de sus tíos. Sin embargo, al casarse con él había pasado a ser la condesa D'Orsay. Él era su amigo más querido, y el padre de su hija. Evelyn le agradecía todo lo que había hecho por ella, y todo lo que iba a hacer por Aimee.

Y estaba muy preocupada por él. El pecho llevaba todo el día molestándolo. Sin embargo, había sobrevivido a la huida y se había empeñado en no retrasarla. A su vecino lo habían detenido el mes anterior, acusado de crímenes contra el estado. Ella estaba segura de que el vizconde LeClerc no había cometido ningún crimen. Sin embargo, era aristócrata.

Su residencia habitual era la mansión de la familia de Henri, situada en el valle de Loira. Sin embargo, en primavera, Henri iba a París con su familia, a pasar unos meses en la ciudad, para disfrutar del teatro y de las compras. Evelyn se había enamorado de París la primera vez que había puesto un pie allí, antes de la Revolución. Sin embargo, aquella ciudad ya no existía. París se había vuelto un lugar muy peligroso, y ellos no habían vuelto a visitarla.

A pesar de la Revolución, París seguía lleno de trabajadores, peones y campesinos sin empleo, que recorrían las calles queriendo vengarse de todo aquel que tuviera algo, a menos que estuvieran de huelga o en un disturbio. Ya no era agradable dar paseos por los Campos Elíseos, ni montar a caballo por el parque. No había cenas ni fiestas interesantes, ni óperas maravillosas. Y las tiendas frecuentadas por la nobleza habían cerrado sus puertas hacía mucho tiempo.

Su marido, el conde, guardaba parentesco con la reina, y eso nunca había sido un secreto. Sin embargo, en cuanto un sombrerero había conocido aquel detalle, sus vidas habían cambiado de repente. Los tenderos, panaderos, prostitutas y sans-culottes, e incluso los miembros de la Guardia Nacional, habían empezado a vigilar a la familia. Siempre que se abría la puerta de casa, había dos centinelas fuera. Siempre que ella salía de casa, la seguían. Salir del piso se había convertido en algo aterrador. Era como si los consideraran sospechosos de haber cometido crímenes contra el Estado. Y, entonces, habían detenido a LeClerc.

—A vosotros también os llegará la hora —le había dicho un peatón a Evelyn, el día en que se llevaban a su vecino con unas esposas.

Evelyn le había tomado terror al hecho de salir de casa, y había dejado de hacerlo. Desde ese momento, se habían convertido en prisioneros de la gente. Ella empezó a pensar que no les permitirían salir de la ciudad si intentaban hacerlo. Y efectivamente, un par de oficiales franceses habían ido a ver a Henri. No lo habían detenido, pero le habían advertido que no podía salir de París hasta que le dieran permiso para hacerlo, y que Aimee debía permanecer con ellos. El hecho de que supieran de la existencia de su hija les había empujado a marcharse. Inmediatamente, habían comenzado a planear su huida.

Henri sugirió que siguieran el camino de los miles de franceses que habían emigrado a Gran Bretaña. Evelyn había nacido y se había criado en Cornualles y, cuando se dio cuenta de que iban a volver a su hogar, se entusiasmó. Echaba de menos las playas rocosas de Cornualles, los páramos, las tormentas de invierno, a sus mujeres directas y francas y a sus hombres trabajadores. Echaba de menos tomar el té en la posada del pueblo de al lado, y las fiestas con las que celebraban la llegada de un contrabandista con una valiosa mercancía. En Cornualles, la vida podía ser difícil y dura, pero tenía momentos agradables. Por supuesto, seguramente ellos iban a vivir en Londres, pero a ella también le encantaba la ciudad. No creía que hubiera un país más seguro, ni mejor, para criar a su hija.

Aimee se merecía mucho más. ¡No se merecía convertirse en otra víctima más de aquella terrible Revolución!

Sin embargo, antes de conseguirlo, debían llegar desde Brest al barco del contrabandista, y después tenían que cruzar en Canal. Y Henri tenía que sobrevivir.

Evelyn sintió pánico y se echó a temblar. Henri necesitaba un médico, y ella tuvo la tentación de retrasar su viaje para que lo atendieran. No sabía qué iba a hacer si él moría, pero por otro lado, Henri quería que su hija y ella salieran sanas y salvas del país. Y al final, ella antepondría a Aimee a todo.

—¿Se ha recuperado un poco? —gritó, mirando hacia atrás.

—No, condesa —dijo Adelaide—. El conde necesita un médico, y pronto.

Si se retrasaban para atender a Henri, tendrían que quedarse un día, o tal vez más, en Brest. Y al cabo de pocas horas, las autoridades sabrían de su desaparición. ¿Los perseguirían? Era imposible saberlo, aunque los oficiales les habían ordenado que no salieran de la ciudad, y ellos habían desobedecido el mandato. Si había alguna persecución, los buscarían en los lugares más obvios: Brest y Le Havre eran los puertos de partida más concurridos.

No había elección. Evelyn apretó los puños. No estaba acostumbrada a tomar decisiones, y menos decisiones importantes, pero dentro de una hora estarían a salvo en el mar, lejos del alcance de las autoridades francesas, si no se retrasaban.

Ya habían llegado a las afueras de Brest, y estaban pasando por delante de muchas casitas. Laurent y ella se miraron.

Poco después, el aire comenzó a oler a sal. Laurent llevó el coche hasta el interior del patio de gravilla de una posada que estaba a tres manzanas del puerto. Por el bullicio, parecía que el establecimiento estaba lleno de gente; tal vez fuera lo mejor, porque así nadie iba a prestarles atención.

O quizá sí.

Evelyn esperó con Aimee, que iba dormida en sus brazos, mientras Laurent entraba en la posada para pedir ayuda para su marido. Ella se había puesto uno de los mejores vestidos de Bette y llevaba una capa con capucha que había pertenecido a otro de los sirvientes. Henri también iba vestido como un plebeyo.

Por fin, apareció Laurent, seguido del posadero. Evelyn se ajustó la capucha cuando se acercaban, puesto que su aspecto físico llamaba demasiado la atención, y bajó los ojos. Los dos hombres sacaron a Henri del carruaje y lo llevaron al interior de la posada, utilizando una entrada lateral. Evelyn los siguió, con Aimee en brazos, junto a Adelaide y Bette. Rápidamente, subieron al primer piso.

Si habían notado su desaparición, las autoridades emitirían órdenes de detención contra ellos, y las órdenes irían acompañadas de su descripción. Sus perseguidores buscarían a una niña de cuatro años con el pelo oscuro y los ojos azules, a un aristócrata mayor y enfermo de estatura media y pelo gris, y a una joven muy bella de veintiún años, con el pelo oscuro, los ojos azules y la piel muy blanca.

Evelyn temía que su aspecto llamara demasiado la atención. Era muy fácil de reconocer, y no solo porque fuera mucho más joven que su marido. Cuando había ido por primera vez a París era una recién casada de dieciséis años, y la habían considerado la mujer más bella de la ciudad. Ella no lo creía, pero sabía que su físico era llamativo.

Habían acomodado a Henri en una de las camas, y a Aimee en la otra. Laurent y el posadero estaban a un lado, hablando en voz baja, aunque con cierta urgencia. Sonrió a Bette, que estaba llorosa y asustada. Aunque la muchacha hubiera podido irse con su familia, que vivía en la región del Loira, había preferido ir con ellos, puesto que temía que la detuvieran y la interrogaran si se quedaba en Francia.

—Todo va a salir bien —le dijo Evelyn para consolarla. Tenían la misma edad, pero de repente, Evelyn se sintió mucho mayor que ella—. Dentro de muy poco estaremos en un barco, rumbo a Inglaterra.

—Gracias, milady —susurró Bette, y se sentó junto a Aimee.

Evelyn sonrió de nuevo, y después se acercó a Henri. Le

tomó la mano y le dio un beso en la sien. Su marido continuaba muy pálido. Ella no iba a poder soportar que muriera. No se imaginaba lo que podía ser perder a un amigo tan querido. Y sabía que dependía en todo de él.

No estaba segura de que sus tíos la acogieran de nuevo en su hogar si era necesario. Aunque de todos modos, aquello sería un último recurso.

El posadero se marchó, y Evelyn se acercó a Laurent, que tenía una expresión de congoja.

—¿Qué ha ocurrido?

—El capitán Holstatter se ha marchado de Brest.

—¿Cómo? No puede ser. Es quince de agosto. Hemos llegado a tiempo. Es casi el amanecer. Dentro de una hora nos llevará a Falmouth. ¡Ha recibido la mitad de la paga por adelantado!

Laurent estaba blanco como el papel.

—Consiguió un cargamento muy valioso, y se marchó.

Ella se quedó espantada. ¡Se habían quedado sin forma de atravesar el Canal de la Mancha! Y no podían seguir en Brest. Era demasiado peligroso para ellos.

—Hay tres contrabandistas británicos en el puerto —dijo Laurent.

Sin embargo, existía un motivo por el que habían elegido a un belga para que los llevara a Inglaterra.

—Los contrabandistas británicos son espías de los franceses —gimió Evelyn.

—Si queremos partir de inmediato, no nos queda más remedio que elegir a uno de ellos, o esperar aquí hasta que podamos organizar el viaje de otro modo.

A ella se le encogió el corazón. ¿Cómo era posible que tuviera que tomar la decisión más importante de la vida de todos ellos? ¡Aquello siempre lo hacía Henri! Además, por el modo en que la estaba mirando Laurent, sabía que estaba pensando lo mismo que ella: que permanecer en aquel pueblo no era seguro. Se volvió y miró a Aimee.

—Nos marcharemos al amanecer, como habíamos planeado. ¡Yo misma me voy a asegurar de ello!

Temblando, se giró y se acercó al baúl que estaba junto a la cama. Habían conseguido sacar de París algunos objetos valiosos. Tomó un fajo de assignats, la moneda de la Revolución, y después, instintivamente, tomó también un magnífico collar de rubíes y diamantes. Llevaba muchos años en la familia de su marido. Evelyn se escondió ambas cosas en el corpiño del vestido.

—Si queréis viajar con alguno de los ingleses, el señor Gigot, el posadero, me dijo que buscáramos un buque llamado *Sea Wolf* —le indicó Laurent—. Es el más rápido, y dicen que puede dejar atrás a ambas armadas a la vez. Pesa cincuenta toneladas y tiene las velas negras. Es el velero más grande de todo el puerto.

Ella se estremeció y asintió. El *Sea Wolf*... Velas negras...

—¿Y cómo se llega al puerto!

—Estamos a tres manzanas —le dijo Laurent—. Creo que debería ir con vos.

Evelyn tuvo la tentación de aceptar, pero, ¿qué ocurriría si alguien los descubría mientras ella no estaba allí? ¿Y si alguien averiguaba quién era Henri?

—No. Quiero que se quede aquí y proteja al conde y a Aimee con su vida, si es necesario. Por favor.

Laurent asintió y la acompañó hasta la puerta.

—El contrabandista se llama Jack Greystone.

Ella tuvo ganas de echarse a llorar, pero por supuesto, no lo hizo. Se puso la capucha y miró por última vez a su hija, que seguía dormida.

Evelyn tenía que encontrar a Greystone y convencerlo de los llevara a Inglaterra, puesto que el futuro de Aimee dependía de ello.

Bajó apresuradamente las escaleras y llegó al vestíbulo de la posada. A su derecha estaba la taberna del establecimiento. Allí había una docena de hombres bebiendo alcohol y hablando ruidosamente. Salió a toda prisa con la esperanza de que nadie la viera.

La luna se asomaba entre las nubes e iluminaba un poco la calle, en la que solo había una farola encendida. Evelyn recorrió un lateral del edificio, pero no vio a nadie y, con alivio, miró hacia atrás. Entonces, el corazón estuvo a punto de parársele.

Había dos figuras oscuras tras ella.

Echó a correr hacia los mástiles que veía en el cielo, delante de ella. Miró hacia atrás nuevamente y comprobó que los hombres también corrían. La estaban siguiendo.

—*Arrêtez vous!* —gritó uno de los hombres, riéndose—. ¿Es que te estamos asustando? ¡Si solo queremos hablar contigo!

El miedo se apoderó de ella. Se agarró la falda del vestido y corrió hacia el puerto. Al instante, vio que había unos trabajadores subiendo con un cabrestante un enorme barril a uno de los veleros, una nave con el casco y las velas negras. Sobre la cubierta había cinco hombres más que sujetaron el barril a medida que las cuerdas lo dejaban descender.

Había encontrado el *Sea Wolf*.

Evelyn se detuvo, entre jadeos. Había dos hombres manejando el cabrestante, y un tercero, un poco alejado, supervisando la operación. Su pelo rubio brillaba a la luz de la luna.

Y a ella la agarraron por la espalda.

—Solo queremos hablar.

Evelyn se giró hacia los dos hombres que la habían estado persiguiendo. Tenían la misma edad que ella, pero estaban sucios y vestían pobremente. Seguramente eran campesinos.

—*Libérez-moi!* —dijo, en un perfecto francés.

—¡Una dama! ¡Es una dama disfrazada de sirvienta! —exclamó uno de los hombres. Sin embargo, su tono ya no era de diversión, sino de desconfianza.

Evelyn se dio cuenta de que corría más peligro de lo que había pensado. Estaba a punto de que descubrieran que era aristócrata, y tal vez también que era la condesa D'Orsay. Sin embargo, antes de que pudiera responder, un extraño dijo en voz baja, en inglés:

—Haced lo que ha dicho la señora.

Los campesinos se dieron la vuelta, y Evelyn también. En aquel preciso instante, las nubes se abrieron y la luna iluminó la escena. Evelyn vio un par de ojos grises, fríos como el hielo, y se quedó petrificada.

Aquel hombre era peligroso.

Tenía una mirada muy dura. Era rubio y muy alto, e iba armado con una pistola y con una daga. Claramente, no era aconsejable enfadarlo.

Su mirada fría se clavó en los dos hombres, y repitió su orden, en aquella ocasión, en francés.

—*Faites comme la dame a demandé.*

Al instante, ella se sintió aliviada. Los dos hombres echaron a correr. Evelyn tomó aire y, con asombro, se giró de nuevo hacia el inglés. Tal vez fuera peligroso, pero acababa de salvarla, y podía tratarse de Jack Greystone.

—Gracias.

Su mirada directa no vaciló. Pasó un instante antes de que respondiera.

—Ha sido un placer. Sois inglesa.

—Sí. Estoy buscando a Jack Greystone.

Él no se inmutó.

—Si está en el puerto, no tengo noticia de ello. ¿Qué queréis de él?

A Evelyn se le encogió el corazón, porque obviamente, aquel hombre, con su aire de autoridad y de poder, era el contrabandista. ¿Qué otra persona iba a estar supervisando el traslado del cargamento a su barco negro?

—Me lo han recomendado. Estoy desesperada, señor.

Él hizo un gesto desdeñoso.

—¿Acaso queréis volver a casa?

Ella asintió.

—Teníamos un acuerdo para zarpar en un barco al amanecer, pero los planes se han frustrado. Me han dicho que Greystone está en el puerto, y que viniera a hablar con él. No podemos seguir en este pueblo, señor.

—¿Quiénes?

—Mi marido y mi hija, señor, y tres amigos.

—¿Y quién os dio esta información?

—El señor Gigot, de la Posada de Abelard.

—Venid conmigo —dijo él bruscamente, y se dio la vuelta.

Evelyn vaciló al ver que se dirigía hacia el barco. Pensó con rapidez. No sabía si aquel extraño era Greystone, ni tampoco si era seguro ir con él. Sin embargo, se dirigía hacia la nave negra.

Se giró para mirarla, pero sin detenerse. Después se encogió de hombros, como si para él fuera indiferente que lo siguiera o no.

No tenía otra elección. O se trataba de Greystone, o aquel hombre la llevaba a su presencia. Evelyn corrió tras él por la pasarela. Él no la miró; atravesó rápidamente la cubierta, y ella lo siguió. Los cinco hombres que estaban manejando el barril la miraron sin disimulo.

Se le había bajado la capucha. Volvió a ponérsela, y vio que él llegaba a la puerta de un camarote, la abría y desaparecía en su interior. Evelyn titubeó nuevamente. Acababa de darse cuenta de que en los costados del barco había armas. Ella había visto barcos de contrabando de niña, y aquel estaba listo para la batalla.

Sintió más consternación y más miedo, pero había tomado una decisión. Siguió al desconocido al camarote.

Él estaba encendiendo unas lámparas. Sin mirarla, dijo:

—Cerrad la puerta.

Se le pasó por la mente que estaba a solas con un perfecto desconocido. Intentó dominar su temor y obedeció. Lentamente, se giró hacia él.

Él estaba junto a un gran escritorio lleno de mapas. Por

un momento, Evelyn solo vio a un hombre de hombros anchos, alto, con el pelo rubio y recogido descuidadamente en una coleta, con una pistola y una daga al cinto.

Entonces, se dio cuenta de que él también la estaba mirando a ella.

Evelyn tomó aire, temblando. Era un hombre asombrosamente atractivo; ella se dio cuenta en aquel preciso instante. Era muy masculino, pero muy bello; tenía los ojos grises, los rasgos clásicos y los pómulos altos y marcados. Del cuello le colgaba una cruz de oro, y llevaba una camisa de hilo blanca que tenía un cuello muy abierto. Vestía pantalones de ante y botas, y Evelyn se fijó en que, aparte de ser muy alto, era delgado, musculoso, poderoso. Tenía el pecho ancho y el torso plano, y los pantalones se le ajustaban como una segunda piel. No tenía ni un gramo de grasa.

Ella nunca había visto a un hombre tan masculino, y le resultaba un poco inquietante.

Evelyn también era objeto de un intenso escrutinio. Él tenía la cadera apoyada en el escritorio y la estaba mirando tan abiertamente como ella a él. Seguramente, estaba intentando adivinar cómo era su cara, que ella tenía oculta, en parte, por la capucha. Evelyn vio una cama pequeña adosada contra la pared, y se dio cuenta de que aquel era el camarote donde dormía el extraño. En el suelo había una alfombra preciosa y, sobre una mesita, algunos libros. Por lo demás, la estancia era sencilla y austera.

—¿Cómo os llamáis?

Ella se sobresaltó. Tenía el corazón acelerado. ¿Cómo debía responder? Sabía que no debía revelar su verdadera identidad.

—¿Vais a ayudarnos?

—Todavía no lo he decidido. Mis servicios son caros, y sois un grupo muy grande.

—Estoy desesperada por volver a casa. Y mi marido necesita cuidados médicos urgentemente.

—Así que la cosa se complica. ¿Está muy enfermo?

—¿Qué importancia tiene eso?
—¿Puede llegar hasta mi barco?
Ella titubeó.
—Sin ayuda, no.
—Entiendo.
No parecía que su situación le conmoviera. ¿Cómo podía convencerlo para que los ayudara?
—Por favor —susurró—. Tengo una hija de cuatro años. Tengo que llevarla a Inglaterra.
De repente, él comenzó a caminar lentamente hacia ella.
—¿Hasta qué punto estáis desesperada? —le preguntó.
Se detuvo ante ella, a pocos centímetros de distancia. ¿Qué era lo que le estaba sugiriendo? Porque la estaba mirando de una forma especulativa, con un brillo raro en los ojos. ¿O eran solo imaginaciones suyas?
Se dio cuenta de que se había quedado hipnotizada, y reaccionó.
—No puedo estar más desesperada —dijo, tartamudeando.
De repente, antes de que ella pudiera evitarlo, él le quitó la capucha, e inmediatamente, abrió mucho los ojos.
Ella se puso muy tensa, y quiso protestar. Si hubiera querido mostrar la cara, ¡lo habría hecho! Mientras él pasaba la mirada por sus rasgos, muy despacio, uno a uno, su resistencia desapareció.
—Ahora entiendo por qué ocultabais el rostro —dijo él, suavemente.
A ella se le aceleró el corazón. ¿Le estaba haciendo un cumplido? ¿Pensaba que era atractiva, o guapa?
—Evidentemente, estamos en peligro —susurró—. Temo que me reconozcan.
—Evidentemente. ¿Vuestro esposo es francés?
—Si. Estoy muy asustada.
—¿Os han seguido?
—No lo sé. Tal vez.
De repente, él alargó la mano hacia ella, y Evelyn dejó

de respirar cuando él le metió un mechón de pelo detrás de la oreja. Sentía el corazón desbocado. Él le había acariciado la mejilla con los dedos, y ella ya casi quería echarse a sus brazos. ¿Cómo podía hacer tal cosa? No eran más que extraños...

—¿Ha sido acusado vuestro esposo de crímenes contra el Estado?

Evelyn se estremeció.

—No... pero nos dijeron que no saliéramos de París.

Él se quedó mirándola fijamente.

—Señor... ¿nos vais a ayudar? Por favor —preguntó Evelyn.

—Lo estoy pensando —respondió el extraño, y por fin, se alejó.

Evelyn tomó una bocanada de aire. ¿Iba a rechazar su petición?

—¡Señor! Debemos salir del país inmediatamente. ¡Temo por la vida de mi hija!

Él la miró. No parecía que estuviera muy conmovido. Evelyn no tenía idea de lo que podía estar pensando, porque guardaba silencio. Al final, él dijo:

—Necesito saber a quién voy a llevar.

Ella se mordió el labio. Odiaba la mentira, pero no podía decir la verdad.

—Al vizconde LeClerc.

Él volvió a estudiar atentamente su cara.

—Cobraré por adelantado. Mi precio es de mil libras por pasajero.

A Evelyn se le escapó un grito.

—¡Señor! ¡Yo no tengo seis mil libras!

—Si os han seguido, habrá problemas.

—¿Y si no nos han seguido?

—Cobro seis mil libras, *madame*.

Evelyn cerró los ojos. Después se sacó del corpiño el fajo de assignats y se los entregó.

Él soltó una exclamación desdeñosa.

—A mí no me sirve eso —dijo, pero los puso sobre la mesa.

Evelyn volvió a meterse la mano en el corpiño. Él no apartó la vista, y ella enrojeció al sacar el collar de diamantes y rubíes. La expresión del extraño no cambió. Evelyn se acercó a él y le dio el collar.

Él lo tomó, lo llevó hasta su escritorio y se sentó allí. Sacó una lente de joyero e inspeccionó las piedras preciosas.

—Es auténtico —dijo Evelyn—. Es todo lo que puedo ofreceros, señor, y no vale seis mil libras.

Él la miró con escepticismo, y de repente, se fijó en su boca, antes de continuar estudiando con suma atención los rubíes. Evelyn estaba muy tensa.

Por fin, él dejó el collar y la lente sobre el escritorio.

—Trato hecho, vizcondesa. Aunque si tuviera sentido común, no lo haría.

Ella se sintió tan aliviada que jadeó sin querer. Los ojos se le llenaron de lágrimas.

—¡Gracias! ¡No puedo agradecéroslo lo suficiente!

Él volvió a mirarla de un modo extraño.

—Me imagino que sí podríais, si quisierais —dijo. Se puso de pie y añadió—: Decidme dónde está vuestro marido e iré a buscarlo a él, a vuestra hija y a los demás. Zarpamos al amanecer.

Evelyn no sabía lo que significaba aquel extraño comentario, o al menos, esperaba no saberlo. Y no podía creerlo… Iba a ayudarles a salir del país, aunque no le entusiasmara la idea.

Sintió alivio. Sin saber por qué, tuvo la certeza de que aquel hombre iba a sacarlos de Francia con éxito.

—Están en la Posada de Abelard. Pero yo voy con vos.

—¡Ah, no! No vais a venir. Solo Dios sabe lo que puede ocurrir entre el muelle y la posada. Esperaréis aquí.

—¡Ya llevo una hora separada de mi hija! No puedo estar más tiempo lejos de ella. Es demasiado peligroso.

Si alguien descubría a su grupo, podrían tomar prisionero a Henri, y a Aimee también.

—Esperaréis aquí. No voy a llevaros a la posada y, si no estáis dispuesta a cumplir mis órdenes, podéis tomar vuestro collar y cancelar nuestro trato.

Evelyn se quedó horrorizada.

—Señora, yo protegeré a vuestra hija con mi vida, y estaré de vuelta en el barco en cuestión de minutos.

Evelyn tomó aire. Aunque le resultaba muy extraño, sentía confianza en él, y estaba claro que aquel hombre no iba a permitirle que fuera a la posada.

Él se dio cuenta de que ella había claudicado; entonces, abrió un cajón y sacó una pistola pequeña y una bolsita de pólvora. Cerró el cajón y la miró.

—Lo más probable es que no necesitéis esto, pero conservadlo hasta que yo vuelva —dijo, tendiéndole el arma.

Evelyn la tomó. Él la estaba observando con una mirada glacial, pero estaba a punto de ayudar y proteger a unos traidores a la Revolución. Si lo atrapaban, lo colgarían, o algo peor.

Él se dirigió a la puerta.

—Cerrad con el pestillo —le dijo sin mirar atrás.

A ella le dio un vuelco el corazón. Corrió hacia la puerta, la cerró y echó el cerrojo, pero antes pudo ver al extraño atravesando la cubierta junto a dos marineros armados.

Se abrazó a sí misma. Estaba temblando. Comenzó a rezar por Aimee y por Henri. Había un pequeño reloj de bronce en el escritorio; eran las cinco y veinte en aquel momento. Evelyn se sentó en la silla del desconocido.

Su masculinidad la rodeó. Ojalá él le hubiera permitido acompañarlo a recoger a su hija y a su marido. Se puso en pie y comenzó a pasearse de un lado a otro. No podía soportar esta sentada en su silla, y mucho menos iba a sentarse en su cama.

A las seis menos cuarto alguien llamó enérgicamente a la puerta del camarote. Evelyn corrió hacia ella.

—Soy yo —dijo alguien al otro lado.

Evelyn abrió la puerta, y lo primero que vio fue a Aimee, bostezando, en brazos del contrabandista. Comenzaron a caérsele las lágrimas. Él entró en el camarote y le entregó a Aimee. Evelyn la abrazó, pero no dejó de mirar al capitán.

—Gracias —le dijo.

Él le sostuvo la mirada mientras se apartaba.

—Evelyn.

Ella se quedó helada al oír la voz de Henri. Y entonces, como si fuera un milagro, lo vio en pie, sujeto por dos marineros. Laurent, Adelaide y Bette estaban detrás de ellos.

—¡Henri! ¡Te has despertado! —gritó ella con júbilo.

Entonces, mientras los marineros hacían entrar a Henri al camarote, ella dejó a la niña sobre la cama, corrió hacia él y lo ayudó a ponerse en pie.

—No vas a irte a Inglaterra sin mí —le dijo él débilmente.

Evelyn siguió llorando sin poder evitarlo. Henri había recuperado el conocimiento para que todos pudieran estar juntos y comenzar una nueva vida en Inglaterra. Lo ayudó a llegar a la cama, donde él se sentó. Estaba muy débil y agotado. Laurent y las mujeres comenzaron a meter el equipaje mientras los dos marineros se marchaban.

Evelyn continuó agarrada a las manos de su marido, pero se dio la vuelta.

El inglés la estaba mirando.

—Vamos a zarpar —dijo bruscamente.

Evelyn se irguió.

—Parece que debo daros las gracias una vez más.

Él tardó un instante en responder.

—Dadme las gracias cuando hayamos llegado a Inglaterra —afirmó, y se dio la vuelta para marcharse.

Parecía como si sus palabras tuvieran un doble sentido. Y ella sabía cuál era aquel doble sentido. Pero seguramente, estaba confundida. Evelyn no lo pensó dos veces. Salió corriendo y se colocó delante de él.

—¡Señor! Estoy en deuda con vos. Pero, ¿a quién debo la vida de mi hija y la de mi marido?
—Se las debéis a Jack Greystone —dijo él.

CAPÍTULO 1

Roselynd, páramo de Bodmin, Cornualles
25 de febrero de 1795

—El conde era un magnífico padre y un amante esposo, y vamos a echarlo de menos —dijo el párroco, mirando a los asistentes al funeral—. Descanse en paz. Amén.
—Amén —respondieron todos.
Evelyn tenía el corazón encogido de dolor. Era un día soleado, brillante, pero muy frío, y ella no podía dejar de estremecerse. Miró hacia delante sin soltar la mano de su hija, observando el ataúd mientras bajaba hacia el fondo de la fosa. Estaban en el pequeño cementerio de la iglesia del pueblo.
Evelyn se sentía confusa por la multitud. No se esperaba ver a tanta gente. Apenas conocía al posadero del pueblo, ni a la modista, ni al tonelero. Tampoco conocía demasiado a sus dos vecinos más cercanos, que en realidad no estaban tan cerca, puesto que la casa que habían comprado dos años antes se erguía en solitario esplendor en mitad del páramo de Bodmin, y estaba a una hora de cualquier otro lugar poblado. Durante los dos años anteriores, desde que se habían retirado de Londres a los páramos del este de Cornualles, habían llevado

una vida retirada. Henri estaba muy enfermo, y ella se había ocupado de atenderlo y de criar a su hija. No habían tenido tiempo para hacer visitas sociales, ni para tomar el té, ni para asistir a cenas y fiestas.

¿Cómo podía haberlas dejado así?

Evelyn nunca se había sentido tan sola.

El dolor y el miedo la atenazaban.

¿Qué iban a hacer?

Vio y oyó las paladas de tierra caer sobre la tapa del ataúd. Le dolía terriblemente el corazón. No podía soportarlo. Ya echaba de menos a Henri. ¿Cómo iban a sobrevivir? ¡Casi no les quedaba nada!

Aimee gimió.

Evelyn abrió los ojos. Estaba mirando el techo dorado de su habitación. Estaba tumbada en la cama, abrazando a Aimee mientras dormían.

Había tenido un sueño, pero Henri estaba muerto de verdad.

Henri había muerto.

Había muerto hacía tres días, y ellas acababan de llegar del funeral. Evelyn no quería dormir, pero se había tumbado solo un momento, y Aimee se había acurrucado a su lado. Se habían abrazado, y de repente, se habían quedado dormidas...

Sintió una punzada de dolor que le atravesó el pecho. Henri había muerto. Durante aquellos últimos meses había sufrido dolores constantemente. La tuberculosis se había vuelto muy grave, tanto que él casi no podía respirar ni andar, y finalmente había quedado postrado en la cama. Antes de Navidad, los dos sabían que se estaba muriendo.

Y, aunque Evelyn sabía que él ya estaba en paz, eso no servía para mitigar su sufrimiento, ni tampoco el de Aimee. Aimee quería mucho a su padre. Todavía no había derramado una sola lágrima. Sin embargo, solo tenía ocho años, y seguramente, su muerte no le parecía real.

Miró a su hija y sintió una profunda ternura. Aimee era morena y muy guapa. Además, tenía una gran inteligencia y un carácter muy dulce. Evelyn pensó con emoción que ninguna madre podía ser tan afortunada como ella.

Entonces, dominó sus sentimientos rápidamente; había oído voces en el piso inferior, y se dio cuenta de que tenía visita. Sus vecinos, y la gente del pueblo, habían ido a darle el pésame. Por supuesto, sus tíos y sus primos habían asistido al funeral, aunque solo los habían visitado en dos ocasiones a Henri y a ella desde que vivían en Roselynd. Tendría que saludarlos, pese a que su relación con ellos fuera tensa y desagradable. Debía recuperar la compostura y la fuerza, y bajar a saludar. No podía evitar cumplir con sus responsabilidades.

Pero, ¿qué iban a hacer ahora?

Tenía el estómago encogido del miedo. Y, si no lo controlaba, aquel miedo se convertiría en pánico.

Con cuidado para no despertar a la niña, Evelyn bajó de la cama. Mientras se alisaba la falda del vestido negro de terciopelo, pensó en lo pobremente amueblada que estaba aquella habitación. La mayoría de los muebles de Roselynd había sido empeñada.

Sabía que aquel no era el momento más adecuado para preocuparse por su situación económica, pero no podía evitarlo. Henri no había podido transferir casi nada de su riqueza a Inglaterra antes de que huyeran de Francia, hacía casi cuatro años. Cuando se marcharon de Londres, sus cuentas bancarias estaban prácticamente vacías, y habían tenido que instalarse en aquella casa en mitad de los páramos, puesto que se la habían ofrecido a un precio sorprendentemente bajo, y era lo único que podían permitirse.

Al menos, Aimee tenía un techo bajo el que refugiarse. La propiedad incluía también una mina de estaño, pero no era muy productiva, aunque ella tenía intención de investigar el motivo. Henri nunca le había permitido hacer otra cosa que llevar la casa y educar a su hija, así que Evelyn ignoraba por completo todo lo referente a sus finanzas. Sin embargo, había oído a su marido hablando con Laurent de aquel tema. La guerra había hecho subir de un modo exorbitante el precio de la mayoría de los metales, incluido el estaño. Tenía que haber forma de conseguir que la mina fuera rentable; la mina era el único motivo por el que Henri había elegido aquella casa.

A ella ya no le quedaban más que unas cuantas joyas que empeñar.

Sin embargo, estaba el oro.

Evelyn caminó lentamente por la habitación. Había muy pocos muebles. La cama con dosel y un diván con la tapicería desgastada. La preciosa alfombra Aubusson se había vendido, así como las mesas Chippendale, el sofá y una magnífica cómoda de caoba. Todavía quedaba un espejo veneciano, colgado sobre el lugar que una vez ocupó un bonito escritorio de palo de rosa. Se detuvo ante él, y se miró.

De joven, tal vez, hubiera podido ser considerada una belleza excepcional, pero ya no. Sus rasgos no habían cambiado, pero estaba demacrada. Era muy blanca, tenía los ojos azules, grandes y brillantes y el pelo casi negro. Tenía los pómulos altos, la nariz pequeña y ligeramente respingona, y la boca carnosa y roja. Pero ninguna de aquellas cosas tenía importancia, puesto que estaba cansada y avejentada. Parecía que tenía cuarenta años, cuando en realidad, cumpliría veinticinco en marzo.

Sin embargo, su aspecto de cansada, incluso de enferma, no le importaba. Aquel último año la había dejado exhausta. Henri había decaído con mucha rapidez, y durante el último mes ya no era capaz de valerse por sí mismo. No había vuelto a levantarse de la cama.

Se le llenaron los ojos de lágrimas, pero se las enjugó. Él era tan apuesto la primera vez que se habían visto... ¡Ella nunca hubiera esperado sus atenciones! Cuando había llegado de visita a casa de su tío, por indicación de unos conocidos comunes, la presencia de un conde francés había causado un gran revuelo. Henri se había enamorado de ella a primera vista. Al principio, ella se había sentido abrumada por su cortejo, pero solo era una huérfana de quince años. No recordaba que nadie la hubiera tratado con deferencia, con respeto y con admiración, como él. Había sido muy fácil enamorarse.

Lo echaba mucho de menos. Su esposo había sido su mejor amigo, su confidente, su refugio.

Evelyn había sido abandonada por su padre a los cinco años, después de que su madre muriera. Él la había dejado en casa de su tío, pero ni él, ni su esposa ni sus primas la habían aceptado nunca. Siempre la habían considerado una pariente sin dinero a la que debían mantener. Su infancia había sido muy solitaria, llena de insultos y provocaciones. Solo le daban la ropa que a ellas se les quedaba vieja, o pequeña, y la obligaban a hacer las tareas domésticas. Su tía Enid le recordaba constantemente que era una carga y que estaba haciendo un gran sacrificio al tenerla en su hogar. Evelyn era aristócrata de nacimiento, pero había pasado mucho más tiempo con los sirvientes, haciendo comidas y cambiando camas, que el que había pasado con sus primas. Era parte de la familia, pero marginalmente.

Henri la había alejado de todo aquello y había logrado que se sintiera como una princesa. De hecho, la había convertido en su condesa.

Tenía veinticuatro años más que ella, pero había muerto mucho antes de lo que le correspondía. Evelyn se recordó a sí misma que, por fin, él había encontrado la paz, y en muchos sentidos.

Aunque Henri la quería, y adoraba a su hija, no había vuelto a ser feliz desde que se habían marchado de Francia.

Allí había dejado a sus amigos, a su familia y su hogar. Sus dos hijos, de un matrimonio anterior, habían sido víctimas de la guillotina. La Revolución también se había llevado por delante a su hermano, a sus sobrinos, y a sus primos. Por otra parte, nunca había podido aceptar su traslado a Inglaterra, ni el hecho de haber dejado atrás su amado país.

A medida que pasaban los días, soportaba menos Londres. Sin embargo, tal vez lo peor para él había sido ir a vivir al páramo de Bodmin. Odiaba el páramo, y odiaba su casa, Roselynd. Finalmente, le había confesado a Evelyn que odiaba Inglaterra, y se había echado a llorar por todos y todo lo que había perdido.

Evelyn se echó a temblar. Henri había cambiado mucho durante aquellos últimos cuatro años; ella tenía que admitir que el hombre al que amaba había muerto hacía mucho tiempo. Tener que marcharse de Francia le había destrozado el alma.

Tener que cuidarlo a él, y a su hija, en aquellas circunstancias, había sido un trabajo agotador. Y Evelyn estaba agotada. Se preguntó si alguna vez volvería a sentirse joven y fuerte, si alguna vez se sentiría bella de nuevo...

Se miró con más atención al espejo. Si no conseguía levantar la mina de estaño, llegaría el día en que no podría vestir ni dar de comer a su hija, y eso no podía permitirlo.

Respiró profundamente. Un mes antes, cuando Henri estaba seguro de que iba a morir, le había dicho que había enterrado una pequeña fortuna en lingotes de oro en el jardín trasero de su casa de Nantes. Evelyn no podía creérselo, pero él insistió, y le dio los detalles exactos del lugar donde había escondido el tesoro. Y ella, finalmente, lo creyó.

Si se atreviera a ir por ella, había una fortuna esperándolas a Aimee y a ella en Francia. Aquella fortuna era, por derecho, de su hija. Era su futuro. Evelyn no estaba dispuesta a dejar a su hija en la pobreza, tal y como su padre había hecho con ella.

Sin embargo, ¿cómo podía recuperar el tesoro? ¿Cómo iba a volver a Francia? Necesitaría un acompañante, un protector, y tendría que ser alguien en quien pudiera confiar.

¿Y en quién podía confiar?

Evelyn se miró al espejo, como si el azogue pudiera darle la respuesta. Todavía oía a sus visitantes en el salón. Aquella noche, cansada y muerta de tristeza, no iba a dar con aquella respuesta, aunque sabía que estaba ahí mismo, delante de ella. Simplemente, no podía verla.

Y, cuando se daba la vuelta, alguien llamó suavemente a la puerta. Evelyn se acercó a su hija dormida y le dio un beso, y la arropó con la sábana. Después atravesó la habitación hacia la salida.

Laurent la estaba esperando en el pasillo, y él también estaba acongojado. Era un hombre delgado y moreno. Abrió mucho los ojos oscuros al verla.

—*Mon Dieu!* —exclamó—. Estaba empezando a pensar que queríais ignorar a las visitas. Todo el mundo se pregunta dónde estáis, condesa, ¡y estaban a punto de marcharse!

—Me he quedado dormida —dijo ella.

—Es evidente que estáis exhausta. Sin embargo, debéis saludar a todos antes de que se vayan —respondió él, agitando la cabeza—. El negro es demasiado grave, condesa. Deberíais vestir de gris. Creo que voy a quemar ese vestido.

—No vas a quemar este vestido. Fue muy caro —dijo Evelyn, mientras cerraba suavemente la puerta—. ¿Te importaría mandar a Bette a esta habitación para que acompañe a Aimee? —le pidió a su mayordomo mientras recorrían el pasillo—. No quiero que se despierte y se encuentre sola.

—Por supuesto —dijo Laurent, mirándola con preocupación—. Tenéis que comer algo, *madame*, antes de desmayaros.

—No puedo comer —respondió ella—. No esperaba tantos asistentes en el funeral, Laurent. Me siento un poco abrumada por todos los extraños que han venido a presentar sus respetos.

—Yo tampoco lo esperaba, condesa. Pero es algo bueno, ¿no? Si no venían hoy a dar el pésame, ¿cuándo iban a venir?

Evelyn sonrió con tirantez y comenzó a descender por las escaleras.

—*Madame?* Debéis saber una cosa.

—¿Qué? —preguntó ella, deteniéndose cuando llegaron al piso de abajo.

—Lady Faraday y su hija, lady Harold, han estado haciendo inventario de la casa. Las vi entrar en todas las habitaciones, incluso en aquellas que tenían la puerta cerrada. Después, las vi inspeccionando las cortinas de la biblioteca, *madame*, y me sentí tan confundido que escuché a escondidas su conversación.

Evelyn se imaginó lo que iba a contarle su mayordomo, puesto que las cortinas eran muy viejas y era necesario sustituirlas.

—Déjame adivinarlo. Estaban averiguando hasta qué punto estoy sumida en la pobreza.

—Parece que les divirtió ver que las polillas se han comido las cortinas —dijo Laurent con el ceño fruncido—. Después las oí hablar de vuestra desgraciada situación, y estaban muy satisfechas.

Evelyn sintió mucha tensión. No quería recordar su niñez en aquel momento.

—Mi tía nunca sintió afecto por mí, Laurent, y se puso furiosa cuando me casé con Henri, cuando su hija era mucho mejor partido. Incluso se atrevió a decírmelo a mí varias veces, cuando yo no tenía nada que ver con las intenciones de Henri. No me sorprende que inspeccionen esta casa. Tampoco me sorprende que se alegren de mis dificultades —dijo, y se encogió de hombros—. El pasado es el pasado, y yo tengo intención de ser una anfitriona amable.

Sin embargo, tuvo que morderse el labio, porque los recuerdos de infancia se apoderaron de ella. De repente, se acordó de haber pasado días y días planchando los vestidos de Lucille, quemándose los dedos con el hierro caliente, con el estómago tan vacío que le dolía. No recordaba de qué travesura la habían acusado, pero Lucille inventaba aquellas cosas muy a menudo para que su tía la castigara.

No había vuelto a ver a su prima desde su boda, y esperaba que Lucille, que se había casado con un aristócrata menor de la zona, hubiera madurado y tuviera mejores cosas que hacer que reírse de ella. Sin embargo, estaba claro que su tía seguía sintiendo animadversión contra ella. Era muy mezquina.

—Entonces, debéis recordar que ella solo es una dama, mientras que vos sois la condesa D'Orsay —dijo Laurent con firmeza.

Evelyn volvió a sonreír. No obstante, no pensaba restregarle a nadie su título por la nariz, y menos estando en una situación económica tan precaria. Vaciló en la entrada del salón, que estaba tan escaso de mobiliario como su dormitorio. Las paredes estaban pintadas de amarillo, y los paneles de madera que las adornaban eran preciosos, pero solo había un sofá de rayas doradas y blancas, y un par de butacas de color crema, rodeando una preciosa mesa de mármol. Y todos aquellos que habían acudido al funeral estaban allí, en aquella estancia.

Evelyn entró al salón y se giró inmediatamente hacia las personas más cercanas. Un hombre grande de pelo oscuro se inclinó torpemente sobre su mano. Su diminuta esposa estaba a su lado. Evelyn intentó identificarlo.

—John Trim, milady, de la Posada del Brezo Negro. Vi a su esposo en un par de ocasiones, cuando iba de viaje a Londres y paró en mi posada para comer y beber algo. Mi esposa le ha traído unas magdalenas, y también un buen té de Darjeeling.

—Yo soy la señora Trim —dijo su esposa, una mujer bajita de pelo oscuro—. Oh, pobrecita, ¡no me imagino lo que estará pasando! Y su hija es tan bonita… ¡igual que vos! Le encantarán las magdalenas, estoy segura. El té es para vos, por supuesto.

Evelyn se quedó sin palabras.

—Venid a la posada cuando podáis. Allí tenemos muy buen té, milady, y disfrutaréis de una buena taza —añadió la señora Trim con firmeza—. Nosotros cuidamos de nuestros vecinos, claro que sí.

Evelyn se dio cuenta de que aquella mujer seguía considerándola una de los suyos, aunque hubiera pasado cinco años en Francia y se hubiera casado con un francés. En aquel momento, lamentó no haber ido nunca a la posada del pueblo a tomar un té. Si lo hubiera hecho, habría conocido a aquella gente buena y amable.

Y, cuando empezó a saludar al resto de los habitantes del pueblo, se dio cuenta de que todo el mundo lamentaba lo que le había ocurrido, y que la mayoría de las mujeres le habían llevado empanadas, magdalenas, conservas o algún obsequio por el estilo. Evelyn se conmovió ante toda la compasión que le demostraban sus vecinos.

Finalmente, las visitas comenzaron a marcharse. Evelyn vio entonces a sus tíos, que eran la única familia que permanecía en el salón.

Su tía Enid estaba con sus dos hijas junto a la chimenea. Enid Faraday era una mujer corpulenta que llevaba un vestido de satén gris y unas perlas. Su hija mayor, Lucille, la causante de la mayoría de las penas de la infancia de Evelyn, llevaba un vestido azul oscuro de terciopelo, lujoso y a la última moda, y también se adornaba con perlas. Se había puesto regordeta, aunque seguía siendo una mujer rubia muy guapa.

Evelyn miró a Annabelle, su otra prima, que permanecía soltera. Llevaba un vestido gris de seda y tenía el pelo de color castaño. Aunque de pequeña era gorda, se había vuelto una joven muy esbelta y muy bella. Annabelle siempre había seguido a su hermana, y era muy obediente con su madre. Evelyn se preguntó si ya habría aprendido a pensar por sí misma. Esperaba que sí.

Su tía y sus primas también la habían visto a ella. La estaban observando con las cejas arqueadas.

Evelyn sonrió con tirantez. Ninguna de sus parientes femeninas le devolvió la sonrisa. Ella se volvió hacia su tío, que se le acercaba en aquel momento. Robert Faraday era alto y distinguido. Era el hermano mayor de su padre, y había heredado todo el patrimonio familiar. Su padre había tomado su pensión anual y se había marchado a Europa a jugársela a las cartas y a gastárselo en los burdeles. Físicamente, Robert no había cambiado.

—Mi más sentido pésame, Evelyn —dijo su tío. Le tomó ambas manos y le dio un beso en la mejilla, cosa que le sorprendió—. Tenía a Henri en mucha estima.

Evelyn sabía que lo decía en serio. Robert se había hecho amigo de su marido cuando había ido a visitar Faraday Hall por primera vez. Cuando Henri no la había estado cortejando, su tío y él habían estado recorriendo la zona en calesa, o cazando, o tomando brandy en la biblioteca. Robert había ido a la boda, que se celebró en París, y había disfrutado inmensamente, al contrario que su tía. Sin embargo, él nunca había sentido por su sobrina la misma antipatía que su esposa. En todo caso, había sido indiferente hacia ella.

—Es una pena —prosiguió su tío—. Henri era estupendo, y fue muy bueno contigo. Me acuerdo de la primera vez que te vio. Se quedó boquiabierto y se puso rojo como un rábano —dijo con una sonrisa—. Para cuando terminó la cena, ya estabais paseando juntos por el jardín.

Evelyn sonrió con tristeza.

—Es un bonito recuerdo. Lo voy a atesorar siempre.

—Por supuesto —respondió él—. Lo superarás, Evelyn. Eras una niña fuerte, y es evidente que te has convertido en una mujer fuerte. Y eres muy joven, así que, con el tiempo, te recuperarás de esta tragedia. Si puedo ayudar en algo, dímelo.

Ella pensó en la mina de estaño.

—No me importaría pedirte algunos consejos.

—Cuando quieras —respondió él, y se dio la vuelta.

Enid Faraday dio un paso adelante, sonriendo.

—Lamento mucho la muerte del conde, Evelyn.

Evelyn correspondió a su sonrisa.

—Gracias. Me consuela saber que ahora tiene paz. Sufrió mucho al final.

—Ya sabes que deseamos ayudar en lo que podamos —dijo, y siguió sonriendo, aunque su mirada estaba fija en el rico vestido de terciopelo negro y en las perlas que llevaba al cuello—. Solo tienes que pedírnoslo.

—Seguro que voy a estar perfectamente —respondió Evelyn—. Pero gracias por haber venido hoy.

—¿Cómo no iba a venir al funeral? El conde fue la mejor oportunidad de tu vida. Ya sabes lo feliz que me sentí por ti. Lucille, Annabelle, venid a darle el pésame a vuestra prima.

Evelyn estaba demasiado cansada como para contradecir aquella insinuación, ni para disputarle su versión del pasado. Lo único que quería era terminar aquella conversación cuanto antes y poder retirarse. Lucille se presentó, y mientras la abrazaba rápidamente, Evelyn se dio cuenta de que tenía un brillo de malicia en los ojos, como si no hubiera pasado una década desde la última vez que se habían visto.

—Hola, Evelyn. Mi más sentido pésame.

Evelyn se limitó a asentir.

—Gracias por venir al funeral, Lucille. Te lo agradezco.

—¿Cómo no iba a venir? ¡Somos familia! —repuso su prima con una sonrisa—. Y este es mi marido, lord Harold. Creo que no os conocéis.

Evelyn sonrió al joven que la estaba saludando.

—Verdaderamente, es triste que tengamos que volver a vernos en estas circunstancias —dijo Lucille—. Parece que fue ayer cuando estábamos en esa magnífica iglesia de París. ¿Te acuerdas? Tú tenías dieciséis años, y yo tenía un año más que tú. Y creo que D'Orsay tuvo un centenar de invitados, todos con rubíes y esmeraldas.

Evelyn se preguntó adónde quería ir a parar Lucille y cuándo llegaría la pulla.

—Dudo que todo el mundo llevara joyas.

Por desgracia, la descripción que había hecho de la boda Lucille era bastante aproximada a la realidad. Antes de la Revolución, la aristocracia francesa era muy dada a hacer ostentación de su riqueza. Y Henri se había gastado una fortuna en la boda. Evelyn notó una punzada de arrepentimiento, pero ninguno de los dos podía prever el futuro.

—¡Nunca había visto tantos aristócratas ricos! Pero, ahora, la mayoría deben de haber perdido sus fortunas, o incluso habrán muerto —dijo Lucille, aparentando inocencia.

Sin embargo, Evelyn apenas podía respirar. Por supuesto, su prima quería sacar a relucir su pobreza.

—Ese comentario es terrible —dijo.

—¿Me reprendes? —preguntó Lucille con incredulidad.

—No quiero reprender a nadie —respondió Evelyn, retirándose al instante. Estaba muy cansada, y no tenía intención de avivar la llama de una antigua enemistad.

—Lucille —dijo su tío Robert con desaprobación—. Los franceses son nuestros amigos, y han sufrido mucho, injustamente.

—Y parece que Evelyn también —dijo Lucille, y por fin, sonrió con desprecio—. ¡Mirad esta casa! ¡Está vacía! Y, papá, no voy a retirar una sola palabra. Nosotros le dimos un techo, y lo primero que hizo ella fue echarle el lazo al conde, en cuanto entró por la puerta.

Evelyn intentó controlar su genio, cosa nada fácil teniendo en cuenta lo agotada que estaba.

—Lo que le ha ocurrido a la familia de mi marido y a sus compatriotas es una tragedia —dijo.

—¡Yo no he dicho que no lo fuera! —replicó Lucille—. ¡Todos odiamos a los republicanos, Evelyn! Pero ahora, aquí estás tú, viuda a los veinticinco años, con el título de condesa, y, ¿dónde están tus muebles?

Claramente, Lucille seguía odiándola. Y, aunque Evelyn sabía que no tenía por qué responder, dijo:

—Huimos de Francia para salvar la vida. Dejamos muchas cosas allí.

Lucille hizo un gesto burlón mientras su padre la tomaba del codo.

—Es hora de irnos, Lucille. Nos queda un trayecto muy largo para volver a casa. Lady Faraday —dijo Robert con firmeza. Asintió para despedirse de Evelyn y se llevó a Enid y a Lucille. Harold siguió al grupo junto a Annabelle.

Evelyn se sintió abrumada por el alivio. Sin embargo, Annabelle se giró para mirarla y sonrió con timidez, y con amabilidad. Evelyn se irguió sorprendida. Después, Annabelle salió con el resto de su familia.

Evelyn se giró y vio a dos jóvenes.

Su primo John la sonrió de manera vacilante.

—Hola, Evelyn.

Evelyn llevaba desde su boda sin ver a John. Era alto y atractivo; se parecía a su padre tanto físicamente como en el carácter. Y durante los difíciles años de su infancia, había sido como un aliado para ella, su único amigo, aunque hubiera preferido no enfrentarse abiertamente a sus hermanas.

Evelyn le tendió los brazos.

—¡Me alegro tanto de verte! ¿Por qué no has venido a visitarme? ¡Oh, te has convertido en un joven guapísimo!

Él se echó hacia atrás, ruborizándose.

—Ahora soy abogado, Evelyn, y tengo el despacho en Falmouth. Y... no sabía si sería bienvenido, después de todo lo que tuviste que soportar a manos de mi familia. Siento que Lucille siga siendo tan odiosa contigo.

—Pero tú eres mi amigo —dijo ella.

Entonces, miró al hombre moreno que estaba junto a su primo, y lo reconoció al instante. Se sorprendió tanto que la sonrisa se le borró de los labios.

Él sí sonrió un poco, pero la alegría no se le reflejó en los ojos.

—Lucille está celosa —dijo suavemente.

—¿Trev? —preguntó Evelyn.

Edward Trevelyan dio un paso hacia delante.

—Lady D'Orsay, me halaga que os acordéis de mí.

—No habéis cambiado nada —dijo ella.

Todavía estaba sorprendida. Antes de que Henri apareciera en su vida, Trevelyan había mostrado un fuerte interés en ella. Era heredero de un gran patrimonio que incluía varias minas y una enorme granja, y había estado a punto de cortejarla formalmente, hasta que su tía le había prohibido a Evelyn que aceptara sus visitas. No había vuelto a verlo desde que tenía quince años. Entonces, él era un joven muy guapo y con título nobiliario. Seguía siendo muy guapo, pero además, ahora tenía un aire de autoridad.

—Vos tampoco. Todavía sois la mujer más bella que he visto en mi vida.

Ella se ruborizó.

—Ciertamente, eso es una exageración. Por lo que veo, seguís siendo un donjuán…

—Por supuesto que no. Solo quería hacerle un cumplido sincero a una vieja y querida amiga —respondió él, inclinándose. Después, dijo—: Mi esposa murió el año pasado. Soy viudo, milady.

Sin pensarlo, ella dijo:

—Evelyn. No tenemos por qué ceñirnos a las formalidades, ¿verdad? Y lamento mucho esa noticia.

Él sonrió, pero siguió mirándola especulativamente.

John intervino.

—Y yo estoy prometido. Me voy a casar en junio. Me encantaría que conocieras a Matilda, Evelyn. Haréis muy buenas migas.

Ella le tomó la mano impulsivamente.

—Me alegro muchísimo por ti.

Evelyn se percató de que se había quedado a solas con los dos caballeros. Todos los demás se habían marchado, y el salón se había quedado vacío. En aquel momento, sintió todo el cansancio como una losa, y se dio cuenta de que, por muy contenta que estuviera de ver a John y a Trev, necesitaba tumbarse a descansar.

—Estás muy cansada —dijo John—. Nos marchamos ya.

Ella los acompañó hasta la puerta.

—Me alegro mucho de que hayas venido. Concédeme unos cuantos días. Estoy impaciente por conocer a tu prometida.

John la abrazó, aunque aquello no fuera muy apropiado.

—Por supuesto.

Trev fue más formal.

—Sé que este es un momento es terrible para ti, Evelyn. Si puedo ayudar de cualquier forma, me encantaría hacerlo.

—Dudo que nadie pueda ayudarme. Tengo el corazón destrozado, Trev.

Él la estudió un instante y, después, los dos hombres se marcharon.

Evelyn vio sus caballos atados a la barandilla mientras cerraba la puerta, pero eso fue lo último que vio. Al momento, se desmayó.

—¡Estáis tan exhausta que os habéis desmayado!

Evelyn apartó de sí el frasquito de sales malolientes. Estaba sentada en el mármol frío del suelo, y Laurent y su esposa estaban arrodillados junto a ella con cara de preocupación.

Y ella seguía mareada.

—¿Se ha marchado todo el mundo?

—Sí, todo el mundo. Os habéis desmayado en el momento en que salían los últimos invitados —dijo Laurent en tono de reproche—. Yo no debería haber permitido que se quedaran tanto.

—¿Y Aimee?

—Sigue dormida —dijo Adelaide, y se puso en pie—. Voy a traeros algo de comer.

Por la forma en que la estaba mirando, Evelyn supo que no iba a servir de nada que dijera que no tenía hambre. Adelaide se alejó, y ella miró a Laurent.

—Este ha sido el día más largo de mi vida —dijo. Estaba a punto de echarse a llorar, pero intentó contenerse.

—Ya ha terminado —respondió él para consolarla.

Ella le dio la mano, y él la ayudó a levantarse.

—¿Qué vamos a hacer? —susurró Evelyn.

—Ya os preocuparéis mañana por el futuro de Aimee.

—¡No puedo pensar en otra cosa!

Él suspiró.

—*Madame*, acabáis de desmayaros. Esta noche no podéis hablar de finanzas.

—No hay ninguna finanza de la que hablar. Pero mañana mismo voy a empezar a revisar los libros de contabilidad.

—¿Y cómo vais a leerlos? El mismo conde se confundía. Yo intenté ayudarlo, pero tampoco pude entender los números.

Ella lo observó fijamente.

—Os oí hablar a Henri y a ti sobre la llegada de un capataz nuevo. ¿Se despidió el anterior?

—Fue despedido, *madame*.

—¿Por qué?

—Sospechábamos que llevaba un tiempo robando, lady D'Orsay. Cuando el conde compró esta finca, la mina era productiva. Ahora no hay nada.

Así que había esperanza, pensó Evelyn mientras miraba a aquel atildado francés.

—Me da miedo preguntaros en qué estáis pensando —dijo él.

—Laurent, estoy pensando en que me quedan muy pocas cosas que empeñar.

—¿Y?

Laurent la conocía muy bien, y sabía casi todo lo que había que saber de ella, de Henri y de sus asuntos. Sin embargo, ¿sabía lo del oro?

—Hace dos semanas, Henri me dijo que había enterrado un cofre lleno de oro en el castillo de Nantes.

Laurent siguió mirándola sin decir nada.

—¡Lo sabías! —exclamó Evelyn muy sorprendida.

—Claro que lo sabía. Yo estaba allí. Ayudé al conde a enterrar el cofre.

Evelyn se sobresaltó.

—Así que es cierto. No nos ha dejado en la pobreza. Nos dejó una fortuna.

—Sí, es cierto —dijo él—. Pero ¿qué vais a hacer?

—Desde la caída de Robespierre, las cosas están más tranquilas en Francia.

Él tomó aire bruscamente.

—¡Por favor, no me digáis que estáis pensando en recuperar ese oro!

—No, no lo estoy pensando. Ya lo he decidido. Voy a encontrar a alguien que me lleve a Francia y voy a traer ese oro. No es para mí, sino para Aimee.

—Pero, ¿en quién vais a confiar para traer semejante fortuna a Inglaterra? —exclamó él, que había palidecido.

Mientras él formulaba aquella pregunta, en la mente de Evelyn se formó la imagen de un hombre alto y poderoso, en pie en la cubierta de un barco negro que surcaba el mar, con el pelo dorado sacudido por el viento…

Se quedó atónita. Llevaba años sin pensar en el contrabandista que los había sacado de Francia.

«Mis servicios son caros».

«Dadme las gracias cuando hayamos llegado a Inglaterra».

Evelyn miró a Laurent.

—¿A quién vais a confiarle vuestra vida? —insistió él con angustia.

Ella se humedeció los labios.

—A Jack Greystone —respondió.

CAPÍTULO 2

Evelyn estaba mirando por la ventana de su habitación. Acababa de despertarse. Había dormido mal, y había tenido pesadillas sobre su niñez, sobre todas las veces que había tenido que acostarse sin cenar y sobre todas las veces que se había sentido tan sola que lloraba hasta quedarse dormida. Y había soñado con Lucille y Enid, que se reían de ella por sus supuestos aires de grandeza y le decían que tenía lo que merecía.

Pero, después, sus sueños habían cambiado, y se había visto corriendo en mitad de la noche, perseguida por un demonio. Iba en carruaje, y llevaba a Aimee en brazos. La gendarmería los seguía implacablemente y, si no conseguían escapar, Henri sería arrestado y ejecutado. Evelyn sentía terror. El demonio estaba tras ellos, a punto de alcanzarlos…

Evelyn se despertó entre temblores, sudorosa y con las mejillas llenas de lágrimas. Tardó unos segundos en darse cuenta de que no estaba en Francia. Habían enterrado a Henri el día anterior, en el cementerio de la iglesia del pueblo. No estaba en Francia, no. Estaba en Roselynd.

Respiró profundamente.

Recordó de nuevo a Jack Greystone en su barco de velas negras hinchadas por el viento, con las piernas separadas para mantener el equilibrio en la cubierta y con su aspecto de poder y autoridad.

Hacía años que no había vuelto a pensar en él. ¿Realmente iba a ponerse en contacto con aquel contrabandista y contratar sus servicios otra vez?

No tenía más remedio que hacerlo. Henri había muerto, y ella tenía que recuperar el oro que les había dejado.

Se echó a temblar, porque la muerte de Henri todavía le parecía irreal, como si fuera parte de un sueño. El dolor se adueñó de ella al instante. Era asfixiante. Y el miedo también, e incluso un sentimiento de abandono. Dios Santo, estaba sola, abrumada y asustada.

Ojalá Henri hubiera recuperado aquel oro antes de morir. Sin embargo, le había dejado aquella tarea monumental a ella. Ojalá estuviera a la altura.

Aimee nunca iba a encontrarse en la situación que ella había vivido de niña. Evelyn creía que su padre la quería, pero no había cumplido con sus responsabilidades hacia ella. Había hecho bien en dejarla con Robert, puesto que era demasiado irresponsable y descuidado como para cuidarla, pero no había hecho bien en dejarla sin un penique. Ella nunca le fallaría así a su hija.

—¿Mamá? ¿Estás llorando?

La vocecita de Aimee la sacó de su ensimismamiento. Se secó las lágrimas disimuladamente y se volvió hacia ella.

—¡Cariño! ¿Me he dormido? —le preguntó, y la abrazó.

—Tú nunca duermes más de lo debido —susurró Aimee—. ¿Estás cansada hoy?

—Estaba muy cansada, cariño, pero ahora ya me he recuperado —respondió Evelyn, y la besó—. Siempre echaré de menos a tu padre. Era un buen hombre, un buen esposo y un buen padre.

—¿Crees que nos está mirando desde el cielo?

Evelyn sonrió con esfuerzo.

—Papá todavía está con nosotras. Lo va a estar siempre, en nuestro corazón y en nuestros recuerdos.

Aimee la miró con solemnidad.

—Quiero que papá sea feliz ahora.

Evelyn la abrazó de nuevo. Aimee se había dado cuenta de lo amargo y oscuro que se había vuelto su padre durante los últimos años. A los niños no se les podía engañar. Ella había percibido su angustia, su dolor y su ira.

—Tu padre ya está en paz, Aimee, porque está en el cielo con los ángeles —dijo Evelyn suavemente.

La niña asintió.

—¿Nos puede ver, mamá? ¿Nos ve desde el cielo?

—Creo que sí puede —dijo Evelyn, sonriendo—. Y nos cuidará siempre. Bueno, cariño, ahora voy a vestirme, y después podemos desayunar juntas.

Aimee asintió y salió del dormitorio. En cuanto su hija se marchó, la imagen de Jack Greystone apareció en su cabeza. Sintió una opresión en el pecho. Y casi sabía por qué, pero no se esperaba tener una reacción tan tonta por el mero hecho de pensar en él después de tantos años.

Con cuidado, revisó sus recuerdos.

Henri había estado durmiendo durante toda la travesía del Canal, y Bette le había ido leyendo cuentos a Aimee hasta que la niña también se había quedado dormida. Evelyn permaneció junto al ojo de buey, mirando el mar, que se volvía dorado y rosa con el amanecer. Había sido maravilloso cruzar el Canal de la Mancha en un rápido balandro de velas negras. Pero ella sentía mucha impaciencia. No quería quedarse en el camarote mientras él estaba en la cubierta.

Y, en cuanto Aimee se quedó dormida, con el sol apenas asomando en el cielo, había subido a cubierta.

Nunca olvidaría la visión de Jack Greystone en la proa de su barco. Lo había observado durante unos momentos, fijándose en su complexión poderosa y en la postura que había adoptado para mantener el equilibrio. El viento le sacudía el pelo suelto. Entonces, él se había dado la vuelta y la había mirado.

Evelyn recordó que su mirada era aguda, ardiente, aunque

estuvieran a bastante distancia el uno del otro. Sin embargo, seguramente aquello era una imaginación suya. Él debió de aceptar su presencia, porque se volvió de nuevo hacia la proa. Ella se quedó junto a la puerta del camarote, mirándolo mientras gobernaba el barco, durante mucho tiempo.

Finalmente, él había dejado el timón y se había acercado a ella.

—Hay un barco en el horizonte. Estamos a una hora de Dover. Deberíais entrar al camarote.

Ella se había echado a temblar.

—¿Nos persiguen?

—Todavía no lo sé, pero, si es así, no podrán alcanzarnos antes de que toquemos tierra. Sin embargo, puede que nos encontremos con otros veleros, estando tan cerca de Inglaterra. Baje, lady LeClerc.

No era una petición. Ella se había retirado en silencio al camarote.

Después ya no había tenido oportunidad de darle las gracias. Cuando llegaron al atracadero, que estaba al sur de Londres, dos de sus marineros los habían llevado a tierra, en un bote de remos pequeño, a su familia y a ella. El capitán Greystone también les había conseguido un carruaje que los transportara a la ciudad, y mientras subían a él, ella lo había visto a lo lejos. Estaba observándolos, montado en un caballo negro. Ella había querido darle las gracias, decirle adiós con la mano, pero no había hecho ninguna de las dos cosas.

En aquel momento, mientras se ponía un vestido de satén de color gris oscuro, reflexionaba sobre el hecho de que había pasado días, tal vez semanas, obsesionada con él. Incluso le había escrito una carta para darle las gracias por su ayuda, pero no había sabido dónde mandársela, así que finalmente la había guardado.

Pero ahora era más adulta y más sabia. Él los había rescatado a su marido, a su hija y a ella, y ella había tenido un enamoramiento absurdo debido a la abrumadora gratitud. Aunque le había pagado a cambio de sus servicios, le debía la vida de su familia, y la suya propia. Eso le convertía en una especie de héroe.

Se abrochó el collar de perlas al cuello, con las manos temblorosas. Al mirarse al espejo, se sorprendió, porque no tenía una cara tan demacrada como el día anterior. En sus ojos había una luz nueva, casi un brillo, y tenía las mejillas sonrojadas.

Verdaderamente, tenía una tarea ardua por delante. No sabía cómo iba a localizar a Jack Greystone, pero estaba decidida a conseguirlo. Le había confiado su vida, y estaba dispuesta a confiarle el oro de Henri. Él era el hombre idóneo para el trabajo.

Antes solo sentía miedo y pánico, pero había empezado a sentir también esperanza.

Todo el mundo sabía que la carretera que unía Bodmin y Londres era muy utilizada por los contrabandistas para transportar sus mercancías hacia el norte, a los pueblos que estaban a las afueras de la ciudad, donde el mercado negro era próspero. Evelyn, que se había criado en Faraday Hall, al lado de Fowey, también lo sabía. En Cornualles, el contrabando era un modo de vida. Su tío había invertido en empresas de contrabando de la zona desde que ella tenía uso de razón. De niña, se entusiasmaba con el aviso de que los contrabandistas estaban a punto de fondear en la cala que había justo debajo de su casa. Siempre y cuando no estuvieran cerca los agentes aduaneros, los contrabandistas echaban el ancla a la vista de todo el mundo, a plena luz del día, y todos los vecinos aparecían para ayudarles a descargar la mercancía.

Los granjeros ponían a disposición del buque carros y burros para ayudar a llevar los artículos tierra adentro, y algunos hombres se desplegaban por la zona para vigilar la posible aparición de las autoridades…

Los niños se agarraban a las faldas de sus madres. Se abrían barriles de cerveza y se celebraba una fiesta con música y baile, porque el mercado negro era rentable para todo el mundo...

Al mirar atrás, Evelyn se daba cuenta de cuál era el motivo por el que Henri había ido a visitar a su tío a Cornualles; él también estaba invirtiendo en el mercado negro, como muchos otros mercaderes y nobles. No siempre era fácil conseguir beneficios, pero cuando los había, eran muy grandes.

Recordó una ocasión, meses antes de haber tenido a Aimee, en que Henri y ella estaban en las bodegas de su castillo de Nantes. Él la había llevado a las bodegas con un ánimo muy jovial, y ella estaba atravesando los primeros momentos dulces del embarazo.

—¿Ves todo esto, querida? —le preguntó Henri. Todavía era un hombre apuesto y guapo, e iba exquisitamente vestido. Pasó la mano por unos barriles y añadió—: Estás delante de una fortuna.

Ella se quedó asombrada.

—¿Y qué hay en esos barriles? Se parecen mucho a los que usan los contrabandistas de Fowey.

Él se echó a reír.

—¡Qué lista eres!

Henri le explicó entonces que eran exactamente los mismos barriles que usaban los contrabandistas en todas partes, y que estaban llenos de oro líquido. Destapó uno de ellos y sirvió un licor transparente en una copa, y le explicó que aquel alcohol no estaba filtrado ni diluido; era alcohol puro, que no se parecía en nada al brandy que él bebía todas las noches, y que había bebido un poco antes.

—No se puede tomar así —le dijo—. Te mataría.

Evelyn no lo entendía, y él le explicó que, cuando llegara a su destino final, en Inglaterra, deberían diluirlo y colorearlo con caramelo.

Después, la había abrazado.

—Voy a tenerte siempre entre seda, satén y diamantes. Nunca te faltará nada, querida mía.

Al igual que su tío, y que muchos de sus vecinos, Henri había financiado a muchos contrabandistas y había invertido en sus viajes, antes y después de su matrimonio. Ella sabía que aquellas inversiones cesaron cuando tuvieron que salir de Francia. Ya no tenía más dinero para financiar los viajes, y no quería correr más riesgos.

Había intentado que ella tuviera recursos para criar a su hija entre lujos, pero no lo había conseguido. Así pues, ella misma tendría que encontrar dinero para Aimee. Era ella la que iba sentada en un carruaje y estaba a punto de entrar en un establecimiento en el que ninguna dama debería entrar sola, porque tenía que encontrar a un contrabandista.

Al ver la Posada del Brezo Negro a lo lejos, a Evelyn se le aceleró el corazón. Había ido hasta allí en la calesa, sin acompañante, pese a las protestas de Laurent. Si quería encontrar a Jack Greystone, tenía que empezar a hacer averiguaciones en algún sitio, y la posada le parecía lo más lógico. Estaba segura de que John Trim conocía a Greystone, o al menos sabía algo de él, porque Greystone tenía que haber descargado sus mercancías alguna vez en las calas que había cerca de Fowey. Y para llegar al mercado negro de Londres, tenía que haber pasado por aquella carretera.

No había ningún otro edificio a la vista. La posada estaba en mitad del páramo de Bodmin, junto a la carretera de Londres, en un absoluto aislamiento. Era una construcción encalada de dos pisos, con el tejado de tejas de pizarra y un establo de ladrillo blanco anexo al edificio principal. Había dos caballos y tres carros en el patio de piedra. Trim tenía clientes.

Evelyn frenó la calesa y bajó lentamente. Amarró a la yegua frente a la posada, y le dio unas palmaditas en el cuello. En aquel momento salió del establo un niño de unos once o doce años, y ella le dijo que no iba a quedarse mucho tiempo y que le diera agua a la yegua.

Evelyn se cerró la capa negra de lana y se bajó la capucha. Mientras entraba en la posada, iba quitándose los guantes. Se dio cuenta de que llevaba años sin pisar la taberna de una posada, desde que había parado brevemente con su familia en Brest, antes de huir de Francia.

Había ocho hombres sentados en una de las largas mesas corridas de la sala, y cesaron sus conversaciones en cuanto la vieron entrar. Uno de aquellos hombres era John Trim, el propietario, que se puso en pie inmediatamente.

A ella se le encogió el corazón. Se sentía fuera de lugar en aquel lugar.

—¿Señor Trim?

—¿Lady D'Orsay? —preguntó él. Su asombro se desvaneció, y se acercó a ella con una gran sonrisa—. ¡Qué sorpresa! Venid, sentaos y permitidme que llame a mi señora —le dijo, y la guio hacia una mesita con cuatro sillas.

—Muchas gracias. Señor Trim, quisiera hablar con vos en privado, si es posible.

Era consciente de que se había hecho el silencio en la sala. Todos la estaban mirando, y podían oír cada palabra que pronunciara.

Trim arqueó las cejas, y después asintió. La condujo a un pequeño salón privado.

—Por favor, sentaos. Yo volveré en un minuto —dijo, y salió apresuradamente.

Evelyn se sentó, y dejó los guantes sobre la mesa. Paseó la mirada por la sencilla habitación. Había una chimenea de ladrillo en una de las paredes, y en otra, varias pinturas del mar. El señor Trim había dejado la puerta abierta y, desde allí, podía ver la taberna. El posadero volvió enseguida y dijo con una sonrisa:

—Mi señora va a traer el té.

—Sois muy amable, señor Trim —respondió Evelyn, y agarró con fuerza su bolso—. Señor Trim, me preguntaba si conocéis a Jack Greystone.

Trim se quedó tan asombrado que abrió unos ojos como platos.

—Todo el mundo conoce a Greystone, lady D'Orsay. Es el contrabandista más famoso que ha habido nunca en Cornualles.

—¿Y lo conocéis personalmente? ¿Ha pasado alguna vez por esta posada?

La expresión de sorpresa del posadero fue tan cómica como antes.

—Milady, no quisiera parecer entrometido, pero, ¿por qué lo preguntáis?

—Tengo que encontrarlo. No puedo explicar el motivo, pero necesito sus servicios.

Trim pestañeó.

Ella sonrió con tristeza.

—Greystone sacó a mi familia de Francia hace casi cuatro años. Prefiero no decir por qué necesito hablar con él ahora, pero es un asunto urgente.

—Y no es cosa mía, por supuesto —dijo el señor Trim—. Sí, milady, Greystone ha pasado por mi posada una o dos veces. Pero tengo que ser sincero: no he vuelto a verlo desde hace varios años.

Ella se quedó muy decepcionada.

—¿Y sabéis cómo podría encontrarlo?

—No, no lo sé. Se rumorea que Greystone vive en un castillo abandonado en una isla desierta, rodeado de misterio.

—Eso no me sirve de mucho —murmuró Evelyn—. Tengo que encontrarlo, señor Trim.

—No sé si podréis. Han puesto precio a su cabeza, lo cual explica por qué vive en esa isla. Lo buscan las autoridades inglesas, lady D'Orsay.

Evelyn se quedó desconcertada.

—¿Acaso no buscan las autoridades a todos los contrabandistas?

El contrabando era un delito grave desde que Evelyn tenía

uso de razón, y las recompensas por capturar a un contrabandista eran frecuentes. Sin embargo, muchos contrabandistas quedaban impunes cuando accedían a servir en la armada de Su Majestad, o si encontraban amigos que lo hicieran en su lugar. En algunas ocasiones, los contrabandistas quedaban absueltos, también, si tenían un buen abogado. Otros eran deportados, pero regresaban, ilícitamente, por supuesto. Ningún contrabandista se tomaba demasiado en serio lo de la recompensa.

Trim agitó la cabeza con tristeza.

—No, no lo entendéis. Greystone ha burlado el bloqueo británico. Si los hombres de Su Majestad lo atrapan, lo colgarán, no por contrabando, sino por traición.

Evelyn se quedó helada. ¿Greystone estaba burlando el bloqueo del rey Jorge a Francia en tiempos de guerra?

—No puedo creerlo.

—Pues es cierto, lady D'Orsay. Dicen que alardea de ello abiertamente. Y eso es traición.

—Entonces, ¿es un espía?

—Eso no lo sé.

Ella recordó a Jack Greystone en la cubierta de su velero. Muchos contrabandistas de Cornualles espiaban para los franceses. Sin embargo, Greystone los había sacado de Francia, y claramente, un simpatizante de los franceses no habría hecho eso.

No sabía por qué le había causado tanta consternación aquella noticia.

—Debo hablar con él, señor Trim y, si vos podéis ayudarme, os lo agradeceré siempre.

—Lo intentaré. Haré algunas averiguaciones en vuestro nombre. Sin embargo, creo que mantiene una total discreción para no caer en manos de las autoridades. Si no está en el mar, está en su isla. Sé que lo han visto alguna vez en Fowey. Tal vez podáis preguntar en la Posada del Venado Blanco.

Faraday Hall estaba a las afueras de Fowey. ¿Sería posible que su tío supiera algo de Greystone?

—Y también podéis intentarlo en Londres —dijo Trim, mientras su esposa entraba con la bandeja del té—. Sus dos hermanas viven allí, y su hermano también. Al menos, eso es lo que tengo entendido.

Evelyn se quedó mirando fijamente la carta que estaba intentando escribir.

Estimada lady Paget:

Espero no molestaros con esta carta. No nos conocemos, y puede que mi petición os resulte presuntuosa, pero recientemente he sabido que sois hermana de Jack Greystone. Lo conocí brevemente hace varios años, y en estos momentos quisiera ponerme en contacto con él. Si pudierais ayudarme a hacerlo, os estaría muy agradecida.

Atentamente,

Lady Evelyn D'Orsay

Tenía la sensación de que era una carta terriblemente descarada. Evelyn dejó la pluma en el escritorio y rompió el papel.

Cualquier mujer que recibiera una carta semejante la despreciaría al instante. Si ella recibiera algo así, ¡pensaría que perseguía a su hermano! Sin embargo, Evelyn no podía explicar el motivo por el que quería ponerse en contacto con Greystone, y ahí estaba el quid de la cuestión.

Tal vez tuviera que ir a Londres y atreverse a visitar a la condesa de Bedford o a la condesa de St. Just. Y, como no conocía a ninguna de las dos mujeres, la idea era poco apetecible. Sin embargo, se había enterado de que lady Paget estaba casada con un hombre de familia francesa, así que tal vez pudiera utilizar aquella excusa para presentarse ante ella. No obstante, antes de emprender aquel viaje, que ocasionaría gastos y duraría varias jornadas, debía buscar minuciosamente en Cornualles.

Sintió algo de desesperación. Ya había buscado durante toda la semana anterior por todo Cornualles, y no le quedaban muchos sitios en los que mirar.

Habían puesto precio a la cabeza de Greystone. Si lo arrestaban, lo encarcelarían indefinidamente, puesto que el hábeas corpus había sido suspendido en mayo, o podían ahorcarlo, tal y como había dicho el señor Trim. Y eso significaba que Jack Greystone estaba escondido.

Era lógico. Ella sabía por experiencia que se trataba de un hombre listo y con recursos. Además, era extremadamente cauto. Unos días antes, había estado segura de que iba a encontrarlo y de que lo convencería para que la ayudara a recuperar el oro de Francia. En aquel momento, sin embargo, tenía muchas dudas. Buscar a Greystone era como buscar una aguja en un pajar. Si él no deseaba que lo encontraran, ¿cómo iba a encontrarlo?

Había preguntado a quienes podían saber algo: a los tenderos del pueblo, uno por uno. Pero, aunque todos habían oído hablar de él, ninguno lo conocía personalmente. Era muy célebre, y la gente de Cornualles lo tenía en gran estima.

Entonces, se concentró en Fowey. Había hablado con el dueño de la Posada del Venado Blanco, tal y como le había sugerido el señor Trim, pero él no había querido ayudarla.

Evelyn se había pasado dos días en el pueblo, hablando con los tenderos y los comerciantes, pero no le había servido de nada. Estaba empezando a pensar que solo le quedaba una salida, pero era la más difícil de todas.

Iba a tener que visitar a su tío.

Evelyn se quedó mirando la imponente fachada de la casa de sus tíos. Era una construcción cuadrada, de piedra, y la entrada tenía un pórtico de largas columnas. Tomó aire. No había vuelto a Faraday Hall desde que se había casado, hacía casi nueve años.

Mientras bajaba de la calesa, pensaba en su infancia. Recordaba las recriminaciones de su tía, la crueldad de Lucille, la soledad y el trabajo doméstico. Sintió una punzada de dolor. ¿Cómo había podido superar una infancia tan triste? Su marido había cambiado todo aquello al llevársela de allí y darle a Aimee. Pero, en aquel momento, mientras estaba frente a la casa, se sintió tan abandonada como cuando era niña. Echaba de menos a Henri, y se daba cuenta de lo sola que estaba, aunque fuera madre, y aunque Laurent, Adelaide y Bette fueran tan leales y queridos como miembros de una familia.

Todo aquello era una tontería, se dijo, e intentó alejar aquellos pensamientos de su mente.

Llamó a la puerta principal, y pasó un momento hasta que Thomas, el mayordomo, abrió. Al verla, se le escapó un jadeo de sorpresa.

—¿Señorita Evelyn? —preguntó.

Ella sonrió al mayordomo.

—Sí, Thomas, soy yo. Evelyn.

Él se ruborizó y le hizo una reverencia.

—¡Os pido disculpas, condesa!

Ella sonrió de nuevo, y al hacerlo, consiguió librarse de los vestigios del pasado.

—No tienes por qué inclinarte ante mí —le dijo.

Y lo decía en serio. La servidumbre siempre había sido amable con ella, mucho más bondadosa que su propia familia.

Momentos más tarde, la llevaron ante su tío. Robert la saludó con calidez, cosa que sorprendió a Evelyn. Se sintió aliviada al saber que su tía no estaba en casa.

—Me alegro mucho de que hayas venido de visita. Yo estaba pensando en enviar a Enid a verte, para saber qué tal estabas —dijo él—, pero ya veo que tienes buen aspecto, Evelyn, teniendo en cuenta todo lo que ha pasado.

—Nos las arreglamos, y no molestes a la tía Enid por mí, por favor. He decidido venir a pedirte ayuda, si tu ofrecimiento sigue en pie.

Él le hizo un gesto para invitarla a que se sentara en una de las dos butacas que había frente a su escritorio. Detrás se abría una gran ventana, a través de la cual podía admirarse el jardín y, más allá de las copas de los árboles, el mar. El tío Robert le pidió a Thomas que llevara una bandeja de té y pastas. Después, se sentó.

—Me encantaría ayudarte en lo que pueda.

—¿Podrías mantener en secreto lo que voy a contarte? —le pidió ella—. Estoy en una situación poco común, y no desearía que nadie lo supiera, ni siquiera la tía Enid.

Él sonrió.

—Hay muchas cosas que yo no le cuento a mi esposa, Evelyn, y siempre he sabido que no te quería cuando eras niña —dijo con un suspiro—. Nunca he entendido a las mujeres.

Ella no hizo ningún comentario al respecto.

—Estoy segura de que te has dado cuenta de que estoy en una difícil situación económica. Sin embargo, Henri nos dejó una fortuna a Aimee y a mí en Francia. Ha llegado el momento de que encuentre una manera de recuperar esa herencia, y he decidido contratar a alguien para que lo haga.

—Me alivia saber que D'Orsay os dejó algo, pero, por el amor de Dios, ¿cómo vas a conseguir que alguien vaya a Francia a recogerlo? ¿Y estás segura de que merece la pena correr ese riesgo?

—Las cosas en Francia están más calmadas ahora que cuando nosotros tuvimos que marcharnos, ¿no es así?

—¡No! El país está sumido en la violencia por la secularización del clero. Continuamente, las hordas atacan a los sacerdotes que han hecho los nuevos votos que se les requerían, y otros atacan a los sacerdotes que se han negado a hacerlo. La sed de venganza es tan fuerte como siempre, pero dirigida a otros grupos. ¿Cómo vas a encontrar a alguien que pueda llegar a Francia y volver a Inglaterra? Además, ha habido muchos saqueos y robos en los grandes castillos.

Su tío hacía que su plan pareciera difícil y muy peligroso. Dios Santo, ¿habría desaparecido el oro?

—Tengo que intentar recuperar esa herencia, tío. Henri me contó que había dejado un cofre lleno de oro —confesó por fin.

Él abrió unos ojos como platos.

—¡Desde luego, eso sería una gran fortuna! Sin embargo, tienes el problema de encontrar a alguien en quien puedas confiar.

—¿Has oído hablar de Jack Greystone? Él fue quien nos sacó de Francia, y yo me quedé impresionada por su valor y sus capacidades. Estoy intentando localizarlo desde el funeral.

Robert se quedó mirándola y se ruborizó un poco.

—Por supuesto que he oído hablar de él, Evelyn. Es muy famoso. No sabía que era él quien os había sacado de Francia. Bueno, no me sorprende que pienses que es el hombre más adecuado para el trabajo. Supongo que si hay alguien que puede recuperar ese oro, es él. Y creo que tal vez esté dispuesto a hacerlo… ¡Dicen que le gustan mucho las mujeres bellas!

—Yo… estoy dispuesta a pagarle bien —respondió Evelyn—. Cuando recupere la fortuna.

—No sé si podré encontrarlo —dijo su tío rápidamente, y se ruborizó de nuevo.

Evelyn se sintió consternada. Intentó descifrar el extraño comportamiento de su tío. Tenía la sensación de que le ocultaba algo.

—¿Hay alguna cosa que yo deba saber?

—Por supuesto que no. Comenzaré a hacer averiguaciones rápidamente —respondió él—. ¿Cómo está tu hija, Evelyn?

Ella intentó disimular su decepción. ¿Había sido inútil aquella visita? Hablaron de Aimee brevemente y, después, se despidió de su tío y lo dejó con sus papeles.

En el vestíbulo se topó con Annabelle y con Trevelyan. Ambos estaban entregándole la capa y el abrigo a un sirviente. Al ver a Evelyn, Annabelle vaciló. Trev se acercó a ella al instante, sonriendo.

—Qué sorpresa más agradable —le dijo, con una reverencia.

El gesto no fue afectado, sino elegante y natural. Evelyn se sorprendió al verlos juntos, pero recordó que eran amigos desde la niñez. Sonrió y dio un paso adelante.

—Hola, Trev. ¿Has llevado a pasear a mi prima?

—En realidad, venía a visitar a Robert y me la he encontrado fuera. ¿Cómo estás, Evelyn? Hoy tienes muy buen aspecto.

—Estoy mejor, gracias —dijo, y se giró hacia Annabelle—. El otro día no tuvimos ocasión de hablar. Te has convertido en una joven muy bella, Annabelle.

Annabelle se ruborizó.

—Hola, Evelyn. Gracias. Siento no haber podido saludarte adecuadamente el otro día —dijo la muchacha, y miró a Trev—. También siento que fuera un poco embarazoso. Lucille sigue teniendo mal genio.

Evelyn le dio las gracias a Thomas cuando él le entregó su capa.

—Supongo que es difícil vernos después de tantos años. Las vidas de todos nosotros han cambiado mucho.

—Eres paciente y bondadosa —dijo Annabelle.

—¿Y de qué sirve ser impaciente y mala? —preguntó Evelyn.

Trev las miró a las dos.

—Lucille tiene algo más que mal genio. Siempre le tuvo envidia a Evelyn, por motivos evidentes. Ahora que es una mujer casada, cualquiera pensaría que ya lo ha superado. Sin embargo, tal vez podáis arreglar las cosas y haceros amigas.

Evelyn lo miró con sorpresa, pero Annabelle lo miró con admiración. Evelyn dijo:

—Creo que tienes razón. Annabelle, ven de visita cuando quieras. A Aimee le encantará conocerte.

Su prima asintió.

—Intentaré ir la semana que viene.

Trev ayudó a Evelyn a colocarse la capa sobre los hombros.

—¿Y puedo ir yo también? Estrictamente como amigo de la familia, por supuesto.

Evelyn se sobresaltó al oír sus palabras, y se preguntó si él tendría alguna intención romántica hacia ella. No. Seguramente, eran imaginaciones suyas.

—Por supuesto que sí.

Lo miró fijamente. El padre de Trev siempre había estado involucrado en el contrabando, tanto como su tío Robert. Durante aquellas semanas, ella se había enterado de que el anciano, de unos setenta años, gozaba de buena salud, pero le había entregado a Trev el control del patrimonio familiar. Tal vez él tuviera la información que necesitaba.

—¿Podría hablar contigo un momento?

Annabelle volvió a ruborizarse.

—Yo tengo que irme. Me alegro de verte, Evelyn. Buenos días, Trev —dijo, y se marchó rápidamente.

Él sonrió.

—Ummm… ¿Debo sentirme halagado?

—No estarás flirteando conmigo, ¿verdad?

—Por supuesto que sí. Eres increíblemente atractiva —respondió él y, al sonreír, se le formó un hoyuelo en la mejilla.

Ella sonrió también, sin poder evitarlo.

—Se me había olvidado lo encantador que eres.

—No lo creo. Creo que llevas todos estos años suspirando por mí.

Evelyn se rio por primera vez desde que había muerto Henri. Se sintió bien. Después se puso seria.

—¿Podrías ayudarme a localizar a Jack Greystone?

A él se le borró la sonrisa de la cara.

—¿Por qué?

—Greystone nos ayudó a salir de Francia, Trev, pero aparte de eso, no puedo decirte por qué lo estoy buscando. Es un asunto de negocios.

—¿Estás pensando en meterte en el contrabando? —le preguntó Trevelyan con incredulidad.

Ella no quería mentir, pero tuvo que hacerlo.

—Tal vez.

—¡Eres una mujer! ¡Una dama!

—Estoy segura de que te has dado cuenta de que me encuentro en una situación muy difícil. Necesito hablar con Greystone, Trev, y francamente, estoy desesperada.

Él la miró con una expresión muy seria.

—Puedes perderlo todo, Evelyn.

—Sé cuáles son los riesgos.

Se quedó mirándolo fijamente. Parecía que él estaba a punto de soltar una maldición.

—Pensaré en lo que me has pedido.

—¿Significa eso que sabes cómo ponerte en contacto con él?

—Significa que pensaré en lo que me has pedido.

Había empezado a lloviznar. Evelyn miró al cielo, que estaba lleno de nubes oscuras, y supo que iba a llover pronto. Se estremeció a causa del viento, pero al menos, acababa llegar a la puerta de la verja de Roselynd.

Delante de ella se erguía la casa. Era un edificio de tres plantas, de piedra casi blanca, que destacaba fantasmalmente en la oscuridad. Todas las ventanas estaban oscuras, salvo una del piso superior, la de Laurent y Adelaide.

Era más tarde de lo que había pensado, y la pobre yegua estaba muy cansada. Para el animal había sido una semana difícil y larga, con todos los viajes que había hecho Evelyn. Durante los meses anteriores, la yegua casi no había tenido que trabajar.

Dirigió la calesa hacia el establo, y oyó que Laurent la llamaba. Sonrió al bajar del vehículo, y Laurent se acercó desde la casa.

—Estaba preocupado por vos, *madame*.

—Estoy bien. He hablado con mi tío, Laurent y, si tengo suerte, él encontrará a Greystone y le dirá que lo estoy buscando —dijo. Estaba demasiado cansada como para hablar de Trevelyan, así que decidió dejarlo para el día siguiente—. Es más tarde de lo que creía. ¿Se ha dormido ya Aimee?

—Está dormida, sí. Adelaide os ha dejado una bandeja con la cena en vuestra habitación. Yo guardaré a la yegua.

Ella le dio las gracias. De repente, la llovizna se convirtió en un aguacero. Laurent metió a la yegua en el establo rápidamente, y Evelyn se agarró la falda del vestido y echó a correr hacia la casa.

Cuando llegó al vestíbulo, se quitó la capa mojada y subió directamente hacia la habitación de Aimee. Tal y como le había dicho Laurent, la niña estaba profundamente dormida. Evelyn le dio un beso en la frente y fue a su habitación.

Allí encendió una vela, colgó la capa y se quitó los zapatos y las medias, que se le habían mojado con la lluvia. Sonó un trueno y, justo en aquel momento, oyó que Laurent entraba en casa y cerraba la puerta principal. Sintió cierto alivio porque, como si fuera una niña, tenía miedo de las tormentas. Sin embargo, la yegua ya estaba en el establo, Laurent iba hacia su habitación y la puerta estaba bien cerrada.

Se quitó las horquillas del pelo y se soltó la melena. Después se desvistió y se puso su camisón blanco. En Francia, una prenda como aquella, suelta y lujosa con mangas abullonadas y mucho encaje, se denominaba *robe innocente*.

Estaba a punto de destapar la bandeja que le había dejado Adelaide para intentar comer algo cuando oyó un movimiento en el piso inferior. Se alarmó, pero se dio cuenta de que era el ruido de una contraventana que golpeaba uno de los muros de la casa.

Tendría que ir a cerrarla. No podría dormir con tanto ruido. Tomó la vela que había encendido y salió al pasillo. Entonces, vaciló; el viento había cesado, la lluvia amainó y la contraventana dejó de dar golpes.

Un trueno retumbó en el cielo.

Evelyn se sobresaltó y, con el corazón acelerado, se reprendió a sí misma por ser una boba. Ya no se oía nada, más que el repiqueteo suave de la lluvia.

Estaba a punto de volver a su habitación cuando se dio cuenta de que alguien encendía una luz abajo. Con incredulidad, sigilosamente, se acercó a las escaleras y, al ver brillar la luz de una vela, supo que había alguien en su salón.

Estuvo a punto de llamar a Laurent con la esperanza de que se tratara del mayordomo, pero él se había ido a su dormitorio, estaba segura.

Necesitaba un arma. Tenía una pistola debajo del colchón, y se preguntó si sería mejor tomarla y actuar por sí misma o avisar a Laurent. Y, en medio de aquellas dudas, vio a un hombre atravesar el salón.

Volvió a quedarse petrificada.

Sus pasos eran tranquilos, indolentes, familiares.

Se le aceleró el corazón al ver que él se acercaba a la puerta del salón con una copa en la mano. El intruso la miró.

Y, aunque estuvieran en penumbra, ella lo reconoció.

—Me he enterado de que andáis buscándome —dijo Jack Greystone.

CAPÍTULO 3

No sonrió mientras hablaba.
Evelyn se agarró con fuerza a la barandilla para poder permanecer erguida. Durante un momento no pudo hablar. Había encontrado a Jack Greystone. O más bien, Jack Greystone la había encontrado a ella.

Él no había cambiado. Seguía siendo tan atractivo como antes. Era muy alto y tenía un físico poderoso. Llevaba un traje de montar. De las mangas de la chaqueta asomaban unos puños de encaje, y sus botas altas con espuelas tenían salpicaduras de barro.

Tenía el pelo rubio y lo llevaba recogido en una coleta. Los pómulos eran muy altos, muy marcados, y la mandíbula, cuadrada y fuerte. Y la mirada de sus ojos grises estaba clavada en ella.

Él estaba observándola también, estudiando su camisón atentamente.

Evelyn se ruborizó. Se dio cuenta de que iba vestida para acostarse, y eso no era decoroso para recibir a nadie.

—¡Me habéis asustado, señor!

—Os pido disculpas —dijo él, aunque a Evelyn no le pareció que fueran sinceras—. Lo cierto es que casi nunca salgo a plena luz del día, y no entro por la puerta principal de las casa.

Evelyn continuó asombrada, sin poder reaccionar. Lógicamente, él se refería a la recompensa que había si alguien lo atrapaba.

—Por supuesto —murmuró ella.

Entonces, él dijo con ironía, calmadamente:

—No he oído mal, ¿verdad? Muchos de mis conocidos me han alertado de que estáis haciendo averiguaciones sobre mi paradero. De una forma bastante temeraria, por cierto. ¿Estáis buscándome, lady D'Orsay?

—Sí —respondió ella.

De repente, se dio cuenta de que él la había identificado como la condesa D'Orsay, no como la vizcondesa LeClerc. Nunca había podido corregir la información que le dio el día que se conocieron. Al separarse, hacía cuatro años, él todavía creía que ella era lady LaSalle, vizcondesa LeClerc.

—Estoy desesperada por hablar con vos, señor —dijo ella.

Sin embargo, la expresión de Greystone no se alteró un ápice. Evelyn pensó que él no recordaba aquel encuentro, y que no la reconocía.

Él siguió mirándola fijamente.

—Lleváis un camisón muy bonito, condesa.

Entonces, Evelyn pensó con seguridad que no la había reconocido. ¡Era sorprendente! Todo el mundo decía que ella tenía unos rasgos muy llamativos. Debía de estar cansada y pálida, pero todavía era atractiva.

Evelyn se ruborizó. No sabía exactamente qué quería decir Greystone, ni si había burla en su tono de voz. No sabía qué responder a aquel comentario, ni qué hacer con respecto al hecho de que él no la hubiera reconocido.

—No esperaba visita a estas horas.

—Es obvio —respondió él con ironía—. Si os tranquiliza, tengo dos hermanas y he visto muchos camisones femeninos.

Evelyn se sintió segura de que se estaba riendo de ella. Se le pasó por la mente, también, que Greystone debía de haber visto muchos camisones femeninos que no les pertenecían a sus hermanas.

—Sí, ya lo había oído.

—¿Habíais oído que estoy acostumbrado a ver a mujeres en camisón?

—No. Vos sabéis que no es eso lo que quería decir —replicó ella—. Voy a buscar una bata. ¡Ahora mismo vuelvo!

Con cara de diversión, él le dio un sorbo a su vino y siguió mirándola. Ella fue rápidamente a su habitación, y en medio de su incredulidad, se puso la bata de algodón. Tal vez él la reconociera cuando la viera con suficiente luz. Sin embargo, en aquel momento se sentía ligeramente ofendida.

¿Acaso él no la consideraba atractiva?

Cuando bajó al salón, él había encendido varias velas, y la miró.

—¿Cómo sabéis que tengo hermanas? —preguntó—. ¿Habéis hecho averiguaciones también sobre ellas?

—No, por supuesto que no. Pero alguien me las mencionó durante una conversación.

—¿Sobre mí?

Ella se estremeció.

—Sí, señor. Sobre vos.

—¿Y con quién manteníais esa conversación?

—Con John Trim —respondió Evelyn. ¿Acaso le preocupaba a Greystone que lo traicionaran?—. Él os admira mucho. Todos os admiramos.

Él siguió mirándola con dureza.

—Supongo que debo sentirme halagado. ¿Tenéis frío?

Ella tenía el pulso alterado, pero no tenía frío. ¡Estaba demasiado nerviosa, demasiado confusa! Había olvidado lo masculino que era, y lo mucho que le afectaba su presencia.

—Está lloviendo.

Había un chal de lana sobre el respaldo del sofá y él lo tomó. Cuando se acercó a Evelyn, ella se puso rígida.

—Si no tenéis frío —dijo él suavemente—, entonces estáis nerviosa, y también muy desesperada.

Por un instante, Evelyn pensó que él, por fin, había recordado su primer encuentro, cuando ella estaba verdaderamente desesperada. Sin embargo, la expresión de Greystone no se alteró mientras le ponía el chal sobre los hombros, y ella se dio cuenta de que no la recordaba en absoluto.

—No estoy acostumbrada a recibir visitas a estas horas —dijo por fin—. Somos extraños el uno para el otro, y estamos a solas.

—Son las nueve y media, condesa, y sois vos quien pidió esta reunión—. ¿Os he disgustado?

—¡No! —exclamó ella, y sonrió forzadamente—. Me alegra que hayáis venido.

Él siguió mirándola. Se oyó un nuevo trueno, y la contraventana golpeó contra la casa. Evelyn dio un respingo.

Greystone acababa de tomar su copa, pero volvió a dejarla.

—Es increíble que viváis en esta casa con un solo sirviente masculino. Iré a cerrar la ventana —dijo, y se marchó.

Cuando él desapareció, ella se agarró al respaldo del sofá, temblando. ¿Cómo sabía Greystone que allí solo vivía un hombre, Laurent? Era evidente que él también había hecho averiguaciones sobre ella.

Pero no la había reconocido. Era increíble que no le hubiera causado ni la más mínima impresión.

Él volvió al salón, sonriendo ligeramente, y cerró la puerta. Evelyn se agarró el chal contra el pecho mientras se miraban. Greystone se acercó al sofá, que quedó entre los dos, y tomó su copa de vino.

—Preferiría que nadie supiera de mi presencia aquí esta noche, aparte de vos.

—En esta casa todo el mundo es de fiar —dijo ella.

—Prefiero elegir cuándo corro ciertos riesgos. Además, yo no confío en nadie, y menos en extraños. Esto será nuestro pequeño secreto, condesa.

—Por supuesto, haré lo que me pedís. Y siento mucho haberos causado alarma al preguntar por vos en la zona.

Él tomó un sorbo de vino.

—Estoy acostumbrado a evitar a las autoridades. Vos no. ¿Qué les diréis cuando vengan a llamar a vuestra puerta?

Ella se quedó consternada. No había pensado en eso.

—Les diréis que no me habéis visto, lady D'Orsay.

—¿Debo esperar una visita de las autoridades?

—Creo que sí. Os aconsejarán que os pongáis en contacto con ellos si me veis —dijo él, y pasó más allá del sofá—. ¿Queréis que encienda la chimenea? Todavía estáis temblando.

—Es evidente que vos habéis estado bajo la lluvia, así que sí, me imagino que os vendrá bien el fuego. Y a mí también.

Él se quitó el abrigo de lana, que llevaba empapado.

—No os importará, ¿verdad? Al fin y al cabo, creo que no es necesaria la etiqueta.

¿Se estaba ruborizando de nuevo?, se preguntó Evelyn. ¿Se estaba burlando de ella Greystone? Consiguió acercarse y tomar el abrigo. Era de una lana muy buena, seguramente de origen italiano.

—Espero que se seque antes de que os vayáis.

Él volvió a mirarla, y después se arrodilló y encendió la chimenea. Cuando los troncos estuvieron ardiendo, se incorporó.

Evelyn se puso a su lado y sujetó el abrigo ante el fuego para que se secara. Él la miró; como estaban tan cerca, ella percibió un brillo muy intenso en sus ojos. Parecía que la estaba evaluando de un modo masculino, casi seductor.

—¿Os apetece una copa de vino? —le preguntó él suavemente—. No me gusta beber solo, y vuestro vino es excelente. Espero que no os moleste que me haya servido yo mismo.

—Por supuesto que no. Es lo menos que puedo ofreceros. Pero no, gracias. No puedo beber con el estómago vacío.

Él se giró, y llevó una de las butacas ante el fuego. Después le quitó el abrigo de las manos a Evelyn y lo colgó en el respaldo.

—Tengo curiosidad. No me imagino de qué puede querer hablar conmigo la condesa D'Orsay.

Él se acercó al mueble bar y tomó su copa de vino.

—Tengo una proposición, señor Greystone.

—Una proposición... Ahora me siento más intrigado todavía.

Bajo su intenso escrutinio, Evelyn caminó nerviosamente hasta el sofá, y se sentó. Se recordó que el algodón de su bata y de su camisón era grueso, y él no podría ver nada, pero se sentía como si él la estuviera viendo desnuda.

—¿Condesa?

—Ha llegado a mis oídos, señor Greystone, que vos sois el mejor contrabandista de Cornualles.

Él arqueó las cejas.

—En realidad, soy el mejor contrabandista de Gran Bretaña, y tengo las cuentas que lo demuestran.

Ella sonrió.

—Tal vez a algunos los decepcionara su fanfarronería, señor Greystone, pero esa actitud arrogante y confiada es exactamente lo que yo necesito.

—Continuad.

—Deseo contratar a un contrabandista. No a cualquiera de ellos, sino a alguien habilidoso y valiente, para que recupere unas reliquias familiares del castillo de mi marido, en Francia.

Él dejó la copa lentamente, y preguntó:

—¿He oído bien?

—Mi marido falleció hace pocos días, y esos bienes son muy importantes para mi hija y para mí.

—Mi más sentido pésame —dijo él. Después, añadió—: Es un difícil cometido.

—Sí, me imagino que sí. Por eso quería ponerme en contacto con vos. Estoy seguro de que sois el hombre adecuado para conseguirlo.

—Cruzar el Canal es muy peligroso. Y viajar por Francia en estos momentos es una locura; siguen en medio de una revolución muy sangrienta, condesa. Me estáis pidiendo que arriesgue la vida por vuestra herencia.

—Mi marido nos dejó esos bienes a mi hija y a mí, y su deseo era que los recuperáramos. ¡Yo debo conseguirlo, y vuestra reputación es fabulosa!

—Estoy segura de que esas reliquias son muy importantes para vos, y de que vuestro marido quería que las tuvierais. Sin embargo, mis servicios son muy caros.

Evelyn no sabía con seguridad a qué se refería, pero había dicho exactamente lo mismo que cuatro años antes. Ella tenía la intención de ofrecerle una parte del oro en cuanto estuviera en su posesión, así que dijo cautelosamente:

—Esos bienes tienen un gran valor, señor.

—Seguro que sí... Es evidente que esto no tiene nada que ver con la nostalgia ni el sentimentalismo —dijo él, mirando a su alrededor por el salón.

—Nos vemos en circunstancias muy difíciles, señor Greystone. Estoy desesperada y decidida.

—Pero yo no estoy ni desesperado ni decidido. Prefiero conservar la vida, y solo me la jugaría por una gran causa. Una causa que tuviera una compensación justa.

—¡Esta es una gran causa! —exclamó ella.

—Es cuestión de opiniones.

¿Acaso iba a rechazar su ofrecimiento?

—No he terminado de explicarme —dijo Evelyn rápidamente.

—¿De veras? Mis servicios son muy caros. No quiero ser grosero, pero es evidente que vos no podéis permitiros pagarme. Necesitaría un gran aliciente para arriesgar la vida por vos. No sois la única viuda empobrecida de Cornualles. Seguramente, encontraréis la forma de salir de esta situación.

—Pero... Esos bienes son muy valiosos, y yo tengo intención de ofreceros una buena parte de ellos.

—Yo siempre cobro por adelantado, condesa. ¿Y cómo vais a pagarme? Está claro que no tenéis dinero, y yo no estoy interesado en cobrar una parte de vuestros bienes después de haberlos recuperado.

Ella se quedó mirándolo con angustia. Era lógico que quisiera su parte por adelantado. ¿Qué ocurriría si llegaba a Francia y no conseguía recuperar el oro? ¿O si caía herido durante el viaje? Había muchas cosas que podían salir mal e impedirle cumplir su misión.

Sin embargo, ella no podía pagarle por adelantado. ¿Qué iba a hacer? Lo único que sabía con seguridad era que no podía rendirse.

—¿No podéis hacer una excepción? —le preguntó—. Por mi hija y por mí. Estamos en una situación horrenda, y yo estoy desesperada porque soy madre. Si todo sale bien, obtendréis una buena recompensa, ¡os lo juro!

—No voy a arriesgar la vida por vos, condesa.

—Pero… ¡Os prometo que habrá una recompensa justa! ¡Tenéis mi palabra! Seguro que podéis hacer una excepción, si no por mí, sí por mi hija…

Él apuró la copa de vino.

—No tratéis de manipularme utilizando a vuestra hija.

Evelyn no quería hacer tal cosa, pero sabía que él estaba a punto de marcharse. Se sentía tan desesperada que se levantó, impulsivamente, y corrió para interponerse en su camino de salida.

—Por favor, no rechacéis mi proposición. ¿Cómo puedo convenceros de que lo penséis, al menos?

—Ya lo he pensado.

Evelyn se echó a temblar. Se hizo un silencio terrible y tenso. Greystone siguió mirándola implacablemente.

¿No podía convencerlo de que la ayudara? Los hombres siempre corrían a su lado, para abrirle la puerta, para ayudarla a que subiera a su carruaje, o para cruzar la calle a su lado… Ella nunca le había prestado demasiada atención al poder que tenía por ser una mujer bella, pero no era tonta. Henri se había enamorado de ella por su belleza. Solo después de conocerla había empezado a amarla por su carácter y su temperamento.

Greystone no la había reconocido, pero ella estaba segura de que sentía interés. Cualquier mujer reconocería aquella mirada.

Se le encogió el corazón. ¡Henri debía de estar revolviéndose en su tumba! ¡Arrojarse a los brazos de un hombre debería ser su último recurso!

—Señor Greystone, estoy desesperada —le dijo suavemente—. Os ruego que lo reconsideréis. El futuro de mi hija está en juego.

—Cuando navego, no solo arriesgo mi vida, sino también la de mis hombres —respondió él con impaciencia.

Ella casi no podía respirar.

—Soy una viuda en apuros, sin protección ni recursos. Vos sois un caballero. Estoy segura de que...

—No, yo no soy un caballero —la interrumpió él—. Y no tengo costumbre de rescatar a damas en apuros.

¿Le quedaba otra opción? El futuro de Aimee estaba en juego, y él no estaba dispuesto a ceder. Tenía que conseguir aquel oro. Tenía que asegurarse de que el futuro de su hija fuera brillante. Evelyn alzó una mano y, con delicadeza, le acarició la mejilla.

Él abrió unos ojos como platos.

—Estoy de luto —susurró ella— y, si Francia es tan peligrosa como decís, entonces os pido que arriesguéis la vida por mí.

Él entrecerró los párpados, y ella no pudo ver más sus ojos. Se hizo otro silencio denso. Evelyn bajó la mano. Estaba temblando. Lentamente, él abrió los ojos y la miró.

—¿No tenéis curiosidad, milady? ¿No queréis saber por qué he venido? —le preguntó en voz baja.

A ella se le aceleró el corazón.

—¿Por qué?

—Vos también tenéis una reputación.

—¿Qué significa eso? ¿Qué reputación puedo tener yo?

—A menudo he oído decir que la condesa D'Orsay es la mujer más bella de Inglaterra.

—Vos sabemos que eso es absurdo, y falso —respondió ella con dificultad.

—¿De veras?

Evelyn se humedeció los labios. Se sentía como hipnotizada.

—Tenéis que estar de acuerdo en que eso… es absurdo —murmuró.

Él sonrió lentamente.

—No, no estoy de acuerdo. Qué modesta sois.

Evelyn no sabía qué hacer, y no podía pensar con claridad. Nunca había estado en brazos de ningún hombre, salvo de Henri, y él no era joven ni sensual. Se le aceleró el corazón. Se sentía alarmada y confusa, y también consternada, pero sobre todo, sentía excitación.

Vaciló.

—Tenía dieciséis años cuando me casé con mi marido.

Él se sobresaltó.

—¿Y qué tiene eso que ver con lo demás?

Evelyn había tratado de explicarle que no tenía demasiada experiencia, pero, en realidad, no parecía que importara mucho. Jack Greystone era el hombre más atractivo que ella hubiera conocido, y no solo porque fuera tan guapo. Era masculino, atrevido y seguro de sí mismo, y poderoso. A ella le temblaban las rodillas. Tenía el corazón acelerado y un cosquilleo en el estómago.

Nunca se había sentido así.

Se puso de puntillas y, mientras se disponía a besarlo, sus miradas quedaron atrapadas. La de él estaba llena de incredulidad. Pero, entonces, ardió.

Evelyn sintió una punzada de deseo cuando rozó su boca.

En cuanto sus labios se encontraron, el placer anegó su cuerpo.

¡Estar allí, besándolo, era como estar ardiendo!

Él la agarró por los hombros y la besó. Evelyn jadeó, porque él tenía una boca firme y exigente. La besaba con fiereza.

Y ella le devolvió el beso.

Entonces, él la abrazó y la estrechó contra sí y, por primera vez, Evelyn sintió un deseo abrasador. Era enloquecedor.

Sin embargo, Greystone la soltó de repente y se apartó de ella.

—¿Qué estáis haciendo? —preguntó Evelyn con un jadeo.

—Sois todo un problema, condesa —respondió él, con la voz ronca.

—¿Cómo? —gimió ella. Estaba recobrando el sentido común, y no podía creer lo que había hecho.

—Siento que estéis desesperada, condesa. Siento que estéis sumida en la pobreza. Sin embargo, pasar una noche en vuestra cama no es un aliciente tan grande como para que yo vaya a Francia por vos —respondió él. Sus ojos ardían de deseo, pero también de ira.

Evelyn se sobresaltó. Ella le había besado, pero no quería sugerir que tuvieran una aventura.

—Necesito vuestra ayuda —susurró.

—Sois una mujer peligrosa. La mayoría de los hombres son tontos, pero yo no —declaró él, y se dirigió a la puerta. Allí se detuvo—. Estoy seguro de que encontraréis a alguien que cumpla vuestros deseos. Buenas noches.

Evelyn se quedó tan desconcertada que no podía moverse. No lo hizo hasta que oyó la puerta principal cerrarse de golpe. Se dejó caer sobre el sofá. Había encontrado a Jack Greystone, y se había atrevido a besarlo, y él le había devuelto el beso con fervor. ¡Y después había rechazado sus súplicas y la había abandonado!

Intentó convencerse de que estaba llorando por Aimee, y

no porque Jack Greystone la hubiera tenido entre sus brazos y después la hubiera rechazado.

Jack todavía estaba de muy mal humor. El sol estaba bien alto en el cielo; bajó de su caballo, ató las riendas a la barandilla que había frente a la posada y le dio una palmada en la grupa al animal. Acababa de echar el ancla en una de las playas que había debajo del pueblo de Bexhill, y como ya había pasado el mediodía, llegaba tarde.

La Posada del Ganso Gris era un edificio ruinoso de color blanco con un patio polvoriento y muchos clientes sospechosos. Estaba al norte de Hastings, entre praderas verdes, y era su lugar favorito de reunión, puesto que no deseaba pasar por el estrecho de Dover. Podía dejar atrás a un destructor naval y a un cúter de las aduanas, pero no podía maniobrar bien en aquel estrecho para huir de sus enemigos si le cerraban el paso.

Suspiró al entrar en la taberna oscura y maloliente de la posada. Había dejado de llover antes del amanecer, cuando ya estaba largando velas para salir de la cala de Fowey, pero él había pasado frío durante toda aquella noche húmeda. Por lo menos, dentro de aquella posada hacía calor, aunque estaba muy lejos de ser tan agradable como la casa de Londres de su tío, en Cavendish Square, donde preferiría estar en aquellos momentos.

La recompensa que ofrecían por él estaba empezando a obligarle a restringir sus movimientos. Cuando se había enterado de su existencia, hacía un año y medio, le había parecido algo gracioso, pero ahora ya no le hacía gracia, porque se veía forzado a tener una reunión clandestina en la taberna apestosa de una posada de mala muerte, en vez de poder disfrutar de la comodidad de la mansión de su tío.

Jack se había relacionado con contrabandistas desde que tenía cinco años, cuando se empeñaba en que le dejaran vigilar junto a los hombres del pueblo por si aparecían las autoridades. Le encantaba ver a los contrabandistas echar el ancla en la cala de Sennen y descargar sus mercancías, salvo cuando los agentes de la vigilancia aduanera aparecían por la noche con sus antorchas, bajaban por los acantilados e invadían la playa disparando con sus armas. Entonces había que llevar a toda prisa los barriles a cuevas secretas, mientras algunos se quedaban atrás esperando a las autoridades. Algunos contrabandistas huían, y otros disparaban contra los agentes. Él se unía a la lucha hasta que algún adulto lo veía y se lo llevaba a rastras.

A los siete años arrastraba barriles de brandy por la cala de Sennen, ya que era demasiado pequeño como para llevarlos a hombros. A los diez había salido a la mar con Ed Lewes, uno de los más famosos y valientes contrabandistas de Cornualles. A los doce ayudaba a descargar las mercancías y a los diecisiete ya era capitán de su propio balandro, y ahora tenía el *Sea Wolf II*, una fragata especialmente diseñada para el comercio y la velocidad. Él disfrutaba mucho persiguiendo a sus enemigos y haciéndolos encallar. No había nada que le gustara más.

También estaba acostumbrado a vivir escondido. No tenía intención de ir a la cárcel ni de ser deportado, ni de dejarse ahorcar por los actos de traición de los que había sido acusado.

Él no creía que su vida hubiera cambiado mucho solo a causa de la recompensa. Sin embargo, sus dos hermanas se habían casado con dos miembros de la alta sociedad británica, los condes de Bedford y de St. Just, y él se había convertido en un objeto de fascinación en aquellos círculos sociales.

Los caballeros lo admiraban durante las cenas y las damas se mareaban al oír las historias de sus hazañas. Había rumores, especulaciones e incluso algo de adoración. Sus hermanas recibían visitas de muchachas en edad casadera, ¡con la esperanza de conseguir sus atenciones!

Por aquel motivo, el Almirantazgo lo tenía entre sus más codiciados objetivos. Era el contrabandista más buscado.

Llevaba más de seis meses sin ir a Londres. Su hermano Lucas vivía en el piso de Cavendish Square, y la casa estaba vigilada. También había vigilantes pendientes de Bedford House y Lambert Hall. Hacía pocos años, él podía ir de compras por Pall Mall, podía asistir a fiestas y a cenas. Tal solo un año antes podía ir a Londres a visitar a sus hermanas, siempre y cuando lo hiciera discretamente. Pero ya no.

Tenía unos sobrinos a quienes no veía nunca. Aunque, en realidad, él no era demasiado familiar.

Debía ser cauteloso en extremo, fuera donde fuera. De hecho, había tenido buen cuidado la noche anterior, al ir a Roselynd. Pensaba que tal vez las averiguaciones de la condesa fueran una trampa. Sin embargo, no lo habían seguido, y mientras hablaban no había aparecido nadie para arrestarlo.

Se detuvo en la entrada de la taberna, intentando ver el interior del local a través del humo. Sentía una tensión muy fuerte, y en parte era una tensión sexual. La condesa D'Orsay era tan bella como decía todo el mundo. La curiosidad lo había empujado a conocerla. Quería comprobar si realmente existía una belleza tan grande en Inglaterra, y lo había comprobado. También quería averiguar si ella le estaba tendiendo una trampa, cosa que no era cierta. Sin embargo, no esperaba que ella fuera la mujer a la que había rescatado de Francia hacía cuatro años.

Al reconocerla había sentido algo como un puñetazo en el pecho. Se había quedado anonadado al ver a la supuesta vizcondesa LeClerc, pero lo había disimulado bien.

Podía perdonar aquel engaño. No la culpaba por mentirle sobre su identidad, aunque él nunca la habría revelado si lo hubiera sabido.

Pero nunca la había olvidado por completo. Después de atravesar el Canal de la Mancha, había estado obsesionado con ella durante días, durante semanas.

Y ahora, aquel viejo con el que estaba casada había muerto.

Por un momento, Jack ni siquiera vio a la docena de hombres que había en la taberna. Solo podía ver a Evelyn D'Orsay, con su pelo oscuro y sus ojos azules y brillantes, tan menuda y tan fina.

Él llevaba una vida peligrosa, y su supervivencia dependía de su instinto. Y el instinto le decía que se mantuviera alejado de ella.

No era solo porque casi se hubiera enamorado a primera vista hacía cuatro años, sino porque ella solo había tenido que mirarlo con sus enormes ojos azules y rogarle que la rescatara para despertar en él un sentimiento protector que no conocía. La desesperación de la condesa le había afectado mucho en aquel momento, pero lo había disimulado, y había aceptado el collar de rubíes como pago por sus servicios. Se había mantenido tan distante como había podido.

La noche anterior había tenido que protegerse nuevamente de ella.

Y no había sido fácil. A él se le había olvidado lo bella que era, lo diminuta. Las sombras no habían desaparecido de sus ojos. Y al mirarlo con desesperación, había vuelto a despertar en él la urgencia de protegerla contra las dificultades de la vida, el impulso de confortarla y de abrazarla.

Era absurdo.

Aunque ella fuera muy pobre en aquel momento, no había tenido una vida de pobreza antes; se había casado con un gran conde francés. Había sido rica durante muchos años. Aquel extraño impulso que había provocado en él al mirarlo no tenía sentido. La atracción, bueno… sí podía justificarla, pero también podía descartarla.

Lo cierto era que él había ayudado a varias familias a huir de Francia sin recibir ninguna compensación por ello. Aquellos franceses habían tenido que dejar atrás todas sus pertenencias. Sin embargo, con la condesa D'Orsay era distinto. Él sabía que no debía ir a rescatarla por un motivo personal. Su relación debía permanecer estrictamente impersonal, estaba seguro.

Ella era demasiado atractiva, y despertaba en él demasiados sentimientos que podían acabar en amor. Y no quería formar lazos de amor aparte de los que ya tenía con su familia. Él era un mujeriego, un contrabandista y un espía, y su vida le gustaba tal y como era.

—Lo has conseguido, y estás entero —le dijo su hermano al verlo, y lo abrazó.

Era un hombre alto, rubio, bien vestido, muy parecido a él. Jack se alegró mucho de ver a su hermano mayor, Lucas. Su padre era un irresponsable que había abandonado a su familia cuando Jack tenía seis años. Lucas tenía diez. Su tío, Sebastian Warlock, había cuidado de sus tierras durante varios años, casi desde la distancia, como un propietario ausente. Después, Lucas había tomado las riendas del patrimonio al cumplir los doce años. En el presente, los dos hermanos estaban muy unidos, pero eran tan diferentes como la noche y el día.

Porque Lucas no solo se encargaba del patrimonio familiar, sino también de la familia. Jack sabía que se le había quitado un peso muy grande de encima cuando sus hermanas se habían enamorado y se habían casado. Ahora, Lucas se pasaba la mayoría del tiempo en Londres, o en el continente.

—¿Cómo estás? —le preguntó Lucas.

Jack sonrió.

—¿Es que necesitas preguntarlo?

—Este es el hermano al que conozco tan bien. ¿Por qué fulminas a la gente con la mirada?

Lucas se lo llevó, a través de la taberna, hacia una sala privada. Jack no sabía si hablarle acerca de la condesa D'Orsay, pero entonces vio a Sebastian Warlock junto a la chimenea, de espaldas a ellos. Como de costumbre, iba vestido de negro. Cuando Lucas cerró la puerta, el jefe del espionaje del primer ministro se giró hacia ellos.

—Tú nunca llegas tarde —dijo, atravesándolo con la mirada.

—Sí, estoy bien, gracias por preguntar —respondió Jack.

—Me imagino que ha llegado tarde porque es difícil viajar por el país cuando ofrecen una recompensa por tu captura —dijo Lucas, y sacó una silla de la mesa, que estaba puesta para cuatro. La chimenea estaba encendida, y sobre la mesa había pan, queso, cerveza y whisky.

—Tu hermano se pone muy insistente cuando está preocupado —dijo Warlock—. Y siempre está preocupado por ti. Sin embargo, esa recompensa es la tapadera perfecta.

—Sí —dijo Jack.

Lucas estaba especializado en sacar a exiliados y a agentes de las garras y las tierras del enemigo. Era un patriota y pertenecía al partido tory, así que era perfectamente normal que se hubiera involucrado en la guerra, y que Warlock lo supiera y lo reclutara.

Sin embargo, la historia de Jack era distinta. Jack transportaba de vez en cuando a personas en nombre de su hermano o de algún otro de los agentes de Warlock, pero su tío estaba más interesado en conseguir la información que Jack llevaba de un lado a otro del canal. Sin embargo, la mayoría de los contrabandistas de Cornualles eran espías franceses. A Jack le resultaba divertido jugar a tales juegos, y sabía que Warlock había sido consciente de ello al ponerse en contacto con él, hacía unos años.

—Puede que ese argumento me engañara hace nueve o diez meses —replicó Lucas—, pero ahora ya no. Es una situación muy peligrosa, y no me gusta. Sebastian, vas a conseguir que maten a mi hermano.

—Ya sabes que no fui yo quien ofreció la recompensa por él. Sin embargo, mi primera regla es aprovechar las oportunidades, y esta es una gran oportunidad. ¿Te han retrasado? —le preguntó Warlock a Jack.

Jack se sentó.

—Me han retrasado, pero no ha sido por la recompensa —dijo, y decidió sonreír con petulancia, como si hubiera pasado la noche en brazos de Evelyn. Después, se puso serio. Podría haberla seducido, y tal vez debería haberlo hecho. Sin embargo, entonces ya estaría a medio camino de Francia para hacerle sus recados.

Lucas puso los ojos en blanco y le sirvió a Jack un whisky antes de sentarse a su lado. Warlock sonrió, y se sentó también. Era un hombre atractivo, muy moreno, de unos cuarenta años. Tenía la reputación de ser un ermitaño. Todos pensaban que era un aristócrata empobrecido y poco refinado. Se equivocaban. Pese a su reputación, contaba con el favor de las damas.

—¿Qué tienes para mí? —le preguntó a Jack.

—Tengo la noticia de que España piensa abandonar la Coalición.

Hubo un silencio lleno de perplejidad. Sin embargo, la guerra no había sido favorable a Gran Bretaña y a sus aliados. Francia había conquistado Ámsterdam recientemente, y se había anexionado los Países Bajos. Los franceses habían obtenido muchas victorias desde la terrible derrota a los aliados en Fleurus, el pasado junio.

—Estás confirmando un rumor que ya había llegado a mis oídos —dijo Warlock—. Ahora, Pitt tendrá que presionar seriamente a España para no perder su colaboración.

Jack se encogió de hombros. No estaba interesado en la política de la guerra.

—¿Y La Vendée? —preguntó Lucas.

Jack miró a su hermano. Su hermana Julianne se había casado con el conde de Bedford en mil setecientos noventa y tres. Él apoyaba a la monarquía, y había participado activamente en la revuelta de La Vendée contra la Revolución. Por desgracia, los rebeldes habían sido aplastados aquel verano, pero por suerte, Dominic Paget había conseguido volver a casa con Julianne después de sobrevivir a la masacre. Sin embargo, La Vendée había vuelto a alzarse en armas. La región del Loira seguía llena de campesinos, cleros y aristócratas furiosos por la ejecución del rey y la secularización forzosa de la Iglesia.

En el Loira, los rebeldes tenían como dirigente a un joven aristócrata llamado Georges Cadoudal.

—Dice que ahora tiene más de doce mil hombres, y que en verano serán más. Y de nuevo, la cuestión es: ¿cuándo invadirá Gran Bretaña la Bretaña francesa? —preguntó Jack calmadamente. Sin embargo, al hablar, recordaba la desesperación y la furia de Cadoudal.

—Windham todavía tiene que finalizar los planes —respondió Warlock—. Solo tenemos mil exiliados dispuestos a participar en la invasión de Bretaña, pero alguien nos ha sugerido que usemos a nuestros prisioneros de guerra franceses y, si lo hacemos, tendremos unos cuatro mil hombres.

—Por lo menos, podemos estar seguros de que saben luchar —bromeó Jack.

—Debe haber una fecha, Sebastian —dijo Lucas—. Todos sabemos que el general Hoche ya ha conseguido que muchos rebeldes se escondan. Perdimos una vez La Vendée. No podemos volver a fallarles allí a los rebeldes.

Jack sabía que estaba pensando en su hermana Julianne. Su esposo había perdido el patrimonio de su madre en La Vendée. A él se le había roto el corazón, y a ella también.

—Hay muchos impedimentos, pero estoy intentando convencer a Windham y a Pitt para que invadan la bahía de Quiberon en junio —dijo Warlock—. Y puedes contárselo a Cadoudal.

Jack se alegró de poder transmitir alguna noticia que le diera ánimos al líder contrarrevolucionario. Warlock se puso en pie y miró a Lucas.

—Supongo que querrás pasar un rato más con tu hermano. Yo debo volver a Londres.

—No me importa volver a caballo —respondió Lucas.

—Mantenme informado —le dijo Warlock a Jack, antes de salir.

Lucas se inclinó hacia delante.

—¿Te resultó muy difícil ponerte en contacto con Cadoudal?

—El interés que Hoche tiene en La Vendée me lo puso más difícil —explicó Jack—. Pero hemos establecido una forma de comunicarnos en código. Te preocupas como una gallina por sus polluelos.

—Si yo no me preocupo por ti, ¿quién se va a preocupar? —le preguntó Lucas malhumoradamente—. Y no he dicho en broma lo de que estoy harto de esa recompensa. Tu vida está en peligro cada minuto. Y ese peligro es incluso mayor cuando estás en el mar. El capitán Barrow está persiguiéndote. El otro día, en una fiesta, soltó una fanfarronada al respecto.

Barrow tenía fama de ser muy hábil, pero Jack se echó a reír y se encogió de hombros.

—Acepto el desafío.

—¿Es que nunca te vas a tomar en serio la vida? Todos te echamos de menos, y todos nos preocupamos por ti. No solo soy yo.

Jack se ablandó. La verdad era que echaba mucho de menos a sus hermanas.

—Amelia va a tener su primer hijo.

—Sí, lo sé. Es para mayo.

—Exacto —continuó Lucas—. Pero parece que lo va a tener en cualquier momento. Tendrías que verla, Jack. Está feliz. Es una madre estupenda, y está muy enamorada de Grenville.

Jack se echó a reír de nuevo. Estaba muy contento por su hermana. Amelia siempre había pensado que iba a ser una solterona, pero acababa de casarse y era la madrastra de tres niños, además de estar embarazada en aquel momento.

—Siempre y cuando él sea leal y sincero…

—Sigue enamorado —dijo Lucas.

Jack se dio cuenta de que deseaba disfrutar de una reunión familiar.

—Dile a Amelia que iré a verla en cuanto pueda.

Casi deseaba que las cosas fueran fáciles, y poder volver a Londres con su hermano para visitar a Amelia sin más. Sin embargo, la guerra había cambiado la vida de todo el mundo, incluyendo la suya. Eran tiempos oscuros y peligrosos.

La imagen pálida y bella de Evelyn D'Orsay se le apareció en la mente. Se puso tenso. Maldición, ¿por qué no podía quitársela de la cabeza?

—¿Qué ocurre? —le preguntó Lucas.

—Te agradará saber que me he negado a ayudar a una dama en apuros, que he decidido no arriesgar la vida por una mujer que quiere recuperar la fortuna de su familia.

—Oh, oh. ¿Te han rechazado? —preguntó Lucas con incredulidad—. Parece que estás muy decepcionado.

—¡A mí no me han rechazado nunca! —exclamó Jack—. Es increíble que su marido, que era muy rico, la haya dejado en la pobreza, pero no tengo tiempo para hacer de caballero andante de nadie.

Lucas soltó una carcajada y se puso en pie.

—¡Estás tenso por una mujer! ¡Esto sí que es gracioso! ¿Seguro que no te rechazó? ¿Y de quién estamos hablando? Dímelo, por favor.

—La rechacé yo —dijo Jack con firmeza.

Sin embargo, recordó en aquel momento cómo había salido de Roselynd, y lo horrorizada y dolida que se había quedado ella.

—Estamos hablando de la condesa D'Orsay. Y, Lucas, no me interesa nada que me atrapen. Por muy bella y desesperada que esté la dama.

—¿Desde cuándo te has dejado atrapar por una mujer? —preguntó Lucas sorprendido.

Jack lo miró con tristeza. Tal vez fuera el momento de hablar con sinceridad, no solo por su hermano, sino también por sí mismo.

—La saqué de Francia hace cuatro años, junto a su marido

y su hija. El problema es que no pude olvidarla entonces, y me temo que no puedo olvidarla ahora tampoco.

CAPÍTULO 4

La Posada del Brezo Negro estaba muy concurrida. Todas las mesas estaban ocupadas. Era viernes por la tarde, y parecía que mucha gente del pueblo vecino se había acercado hasta allí a tomar una cerveza. Las conversaciones eran ruidosas y el ambiente estaba lleno de humo de tabaco.

Evelyn se sentía incómoda. No quería estar allí, entre la multitud, ni frente al hombre al que había ido a ver. Era un individuo muy grande que llevaba un jersey de rayas y un chaleco. En la cintura del pantalón tenía una pistola y una daga. Iba sin afeitar y llevaba un pendiente en una oreja. Uno de sus dientes delanteros era completamente negro.

Olía, y no a mar. Evelyn no creía que se hubiera bañado desde hacía más de un mes.

Habían pasado varios días desde su encuentro con Jack Greystone, y ella seguía sin poder creer que lo hubiera besado, ni tampoco que él se hubiera negado a ayudarla. ¿Cómo podía haber actuado ella de aquella manera estando de luto? ¿Y cómo podía él haber mostrado tanta indiferencia ante su situación? ¡Incluso la había acusado de ser peligrosa! Ella nunca entendería qué quería decir con eso.

¡Y pensar que durante todos aquellos años lo había considerado un héroe!

Por Aimee, había tomado la determinación de seguir adelante. Había ido a la mina de estaño, y se había quedado horrorizada al ver lo ruinosa que estaba. El nuevo capataz quería hablar con ella sobre la reparación de los túneles y del almacén, pero Evelyn sabía que era una empresa demasiado costosa. Y, cuando le había pedido su opinión sobre el antiguo capataz, el nuevo empleado le había dicho que no pensaba que hubiera habido ningún tipo de robo en las operaciones de la mina.

También había ido a visitar la tumba de Henri todos los días, para llevarle flores, pero en vez de echarlo de menos, estaba enfadada con él. ¿Cómo había podido dejarla en aquella situación?

Sin embargo, con quien más enfado sentía era con Greystone.

Sus pensamientos fueron interrumpidos por el hombre que tenía enfrente, otro contrabandista.

—Así pues, desea que vaya a Francia y recupere el baúl de su marido —dijo Ed Whyte con una sonrisa. Parecía que le gustaba la idea.

Evelyn tomó aire y se concentró en él. No había tardado mucho en decidirse a buscar a otro contrabandista que pudiera cumplir su encargo después de ver el estado de la mina, y John Trim le había dado varios nombres, aunque no con demasiado entusiasmo.

—Son unos matones, milady —le había dicho el posadero—. Y ninguna dama debería relacionarse con tipos como Whyte y sus compinches.

Evelyn no le había explicado por qué necesitaba entrevistarse con otros contrabandistas aparte de Greystone. Sin embargo, en aquel momento casi se arrepentía de su decisión. Whyte era repulsivo y tenía aspecto de no ser de fiar. Y para empeorar las cosas, no dejaba de mirarle el busto, aunque ella llevara un vestido de cuello cerrado. Hacía que se sintiera muy incómoda. Greystone la había observado también, pero no de una forma tan inquietante como aquella.

—Sé que es una misión peligrosa —dijo, ajustándose el velo que llevaba prendido al sombrero—, pero estoy dispuesta a ofreceros una parte justa de los bienes que dejó mi marido.

Whyte sonrió.

—¿Y cuál es esa parte justa, milady?

—El quince por ciento —dijo ella.

—¿Y cuánto representa ese quince por ciento?

—No estoy segura.

Whyte se echó a reír.

—¿Es una broma, milady? —preguntó el contrabandista, y se puso en pie para marcharse—. Si queréis que vaya a Francia, tendréis que pagarme bien, no ofrecerme una parte de un botín desconocido.

Ella también se puso en pie.

—Por favor, no os vayáis.

Se le había encogido el corazón. Aquel había sido el momento de la negociación con Greystone en que ella había empezado a pensar en usar sus encantos femeninos. Sin embargo, y por suerte, aunque Whyte seguía mirándola libidinosamente, parecía muy interesado en el dinero.

El contrabandista se sentó.

—Por un trabajo así, quiero mil libras por adelantado.

Evelyn se sentó y tomó aire. Había ido preparada a la reunión. Abrió su bolso, sacó un pañuelo anudado y lo desató. Dentro había unos pendientes de zafiros y diamantes.

Él abrió unos ojos como platos y tomó los pendientes para inspeccionarlos. Ella se estremeció al ver que mordía uno.

—¿Qué más tenéis para mí?

Ella se atragantó.

—Esos pendientes fueron muy caros.

—Pero a vos no os costaron mil libras. No creo que os costaran ni un penique —dijo Whyte, y sonrió.

—No. Fueron un regalo de mi difunto marido —susurró Evelyn.

—Y ahora estáis pasando por una difícil situación. Sí, ya

lo había oído. Todo el mundo lo ha oído. Así que debió de dejaros algo valioso en Francia. Pero, si lo queréis, deberéis pagarme con algo más que con unos pendientes.

Evelyn estuvo a punto de echarse a llorar. Sacó del bolso un anillo a juego con los pendientes y lo dejó sobre la mesa. Era un zafiro de cinco quilates engastado entre brillantes.

Él lo tomó, lo metió dentro del pañuelo y después se guardó el paquetito en el bolsillo. Se puso en pie y sonrió.

—Volveré dentro de una o dos semanas. Entonces hablaremos más.

Evelyn se levantó de un salto.

—Esperad un segundo, señor Whyte. Yo espero que vayáis a Francia inmediatamente.

Sin embargo, él ya se estaba marchando. Se giró y sonrió, y la saludó tocándose la sien con un dedo. Evelyn lo miró con incredulidad mientras él atravesaba la multitud y salía de la posada.

¡Se estaba marchando con sus joyas! Evelyn salió corriendo tras él al darse cuenta de lo que acababa de hacer. ¡Le había entregado las joyas a un perfecto extraño, que además no era de fiar! Sin embargo, cuando ella llegó a la puerta de la posada, Ed Whyte ya se alejaba al galope.

Evelyn se desplomó contra el marco de la puerta. ¿Acababa de robarle aquel hombre las joyas? ¿Iba a acompañarla a Francia de verdad? ¡Oh, no lo creía! ¡Qué estúpida y qué ingenua había sido al darle las joyas a un contrabandista y un forajido!

Dejó rápidamente la posada antes de que Trim pudiera preguntarle si quería almorzar con su esposa y con él. Tenía los ojos llenos de lágrimas. Debía hallar la manera de recuperar aquellas joyas, pensó, aunque en el fondo, sabía que era una causa perdida. Acababa de ser víctima de un robo, y ella no podía permitirse el lujo de perder aquellas joyas. Entonces, Jack Greystone volvió a aparecérsele en la mente. Soltó una imprecación y agarró con fuerza las riendas de la yegua. Aquello era culpa suya. Evelyn sabía que estaba exhausta, no solo por la falta de sueño, sino también debido al miedo que sentía por el futuro de su hija. Tuvo que contener las lágrimas. No podía echarse a llorar, porque debía hallar la manera de resolver aquella crisis.

Una hora después, llegaba a Roselynd. Dejó la calesa frente a los establos mientras Laurent salía de la casa y se acercaba apresuradamente a ella.

Con solo verla, el mayordomo le preguntó:

—¿Qué os ha ocurrido?

Evelyn bajó del pescante y le hizo una caricia a la yegua.

—Me han robado.

Laurent gruñó.

—¡Sabía que no debíais tratar con contrabandistas!

—Le di a Ed Whyte los pendientes y el anillo de zafiros, y tengo la horrible certeza de que no voy a volver a verlos.

—¡Ah! ¡Sabía que debíais haber acudido de nuevo a Greystone! ¡Tal vez sea un contrabandista, pero al menos es un caballero!

—Laurent, ya te he dicho que me rechazó con firmeza, incluso después de que yo le hubiera suplicado.

Laurent desenganchó a la yegua y la llevó hacia el establo. Desde la puerta, Evelyn vio cómo dejaba al animal en su box y volvía a salir.

—Pero… vos sois muy bella, sois una mujer y estáis en peligro. Ningún hombre podría quedar indiferente.

Ella se echó a temblar al recordar su encuentro tenso y a la vez apasionado. Y al recordar la última acusación que le había hecho.

—Pues se marchó —dijo, y sintió que se le enrojecían las mejillas.

—*Madame*, ¿qué ocurrió de verdad? ¡Lleváis muy triste unos cuantos días!

Evelyn se quedó mirando a Laurent. Si podía confiar en alguien, era en Laurent.

—No te lo he contado todo. Dijo que me consideraba

muy bella, pero de todos modos iba a negarse a ayudarme, así que... lo besé.

Laurent se sobresaltó.

—¿De veras?

Ella enrojeció y se rio sin ganas.

—Sí, lo hice. No sé qué me pasó. Después, él comenzó a besarme también y, aunque fue un gran beso, me rechazó de todos modos.

Laurent se quedó boquiabierto.

—¡Eso es muy extraño!

Ella no quería revelarle todos los detalles, así que se encogió de hombros.

—Me arrepiento de haberlo besado, por supuesto. Estoy de luto —dijo. Después, añadió—: Parecía que estaba enfadado cuando se fue.

—¡Debéis de estar equivocada! Sois una mujer dulce y buena, y tan bella que podéis dejar sin respiración a un hombre —dijo con firmeza Laurent—. Y él es el más indicado para esta tarea, condesa. Los dos sabemos que es muy valiente y muy capaz. Y no estamos hablando solo de unas reliquias familiares, sino del futuro de Aimee. Por lo tanto, debéis hablar de nuevo con él.

Ella se atragantó.

—¿Cómo?

—¿Queréis educar a Aimee en el esplendor, o en la pobreza?

—Entonces, ¿piensas que he de acudir a él nuevamente, sin orgullo? ¿Rogarle? Y después, ¿qué?

—Bueno, los dos sabemos que vos no sois una desvergonzada. Deberíais escribirle una sincera nota de disculpa, y decirle que es bienvenido aquí, en cualquier momento.

Evelyn lo observó con atención.

—Yo lo besé, pero él me devolvió el beso.

Sin embargo, ¿debería pedirle disculpas de todos modos? ¿Serviría de algo? ¿Y si él aceptaba la disculpa y podían hablar de las cosas?

—¿Y qué? Los hombres son muy tontos. Yo lo sé bien —dijo Laurent, y sonrió—. No puedo deciros lo que tenéis que escribir, porque no estuve presente en vuestro encuentro. Sin embargo, los hombres somos engreídos, y nos gusta tener razón. Decidle que lamentáis haberlo ofendido, que no fue vuestra intención. Eso le agradará, condesa. Y dadle la bienvenida nuevamente a Roselynd.

Ella siguió mirando fijamente a Laurent. ¿De verdad iba a ser capaz de escribir aquella carta de disculpa? En parte, detestaba tener que hacerlo, pero se había comportado de un modo poco apropiado. Aunque él también.

—¿A qué otro podéis pedirle que vaya a Francia en vuestro nombre?

Evelyn se echó a temblar. Laurent tenía razón. Necesitaba a Jack Greystone.

—Podéis decirle que estáis muy confusa en estos momentos, ya que acabáis de perder a vuestro marido. *Madame*, estoy seguro de que hallaréis las palabras adecuadas para satisfacer su vanidad masculina. Incluso podéis decirle que hizo bien en rechazar una insinuación tan absurda por vuestra parte. ¡Le encantará que le digan eso! Y, cuando vuelva, porque volverá, no le mencionéis lo que queréis de él. Hacedme caso. Rápidamente, él querrá saber por qué no le pedís ayuda. Debéis demostrarle que estáis desolada, que no tenéis consuelo. Que, para vos, la situación se ha hecho desesperada.

Evelyn se quedó asombrada, porque la situación que le estaba describiendo Laurent estaba empezando a parecerle posible.

—Y tal vez debiera decirle que me he rendido, que es demasiado peligroso ir a Nantes en busca de un viejo baúl, que nadie puede conseguirlo. Y que debo resignarme a mi nueva vida.

—Ahora estáis siendo muy lista —dijo Laurent, y le besó ambas mejillas.

Pero, ¿insistiría Greystone en ir a buscar el cofre? ¿Cómo

iba a saberlo ella si no lo intentaba? No le gustaba nada la idea de jugar a un juego así con Greystone, pero estaba desesperada.

—Voy a escribirle —dijo, pensando muy bien lo que iba a hacer—. Y le enviaré la carta a una de sus hermanas.

—Debéis llevar vos misma la carta para poder conocer a sus hermanas y haceros amiga suya —dijo Laurent—. Lady Paget está casada con el hijo de una gran aristócrata francesa. La condesa viuda de Bedford fue amiga de Henri hace muchos, muchos años.

Evelyn no lo sabía.

—¿Has estado haciendo pesquisas?

—Por supuesto que sí. Aimee es como una hija para mí.

Evelyn abrazó a su mayordomo.

—Ahora me siento un poco mejor —susurró.

—Y seréis mucho más feliz cuando sepáis que habéis tenido visita. Vino a veros un caballero muy apuesto —dijo Laurent—, y dejó una nota.

Evelyn se sobresaltó.

—¿Quién?

—Lord Trevelyan —respondió Laurent.

Su barco estaba anclado y seguro en la cala. Jack saltó del bote en el que dos de sus hombres lo habían llevado a tierra y, como estaba acostumbrado a la maniobra, aterrizó en la arena húmeda, sin mojarse las botas.

—Subid a la torre a vigilar —les ordenó—. Yo volveré enseguida.

Sus hombres lo miraron malhumoradamente. Él no los culpaba. Habían salido de Roscoff, en la costa de Francia, al amanecer, y estaban deseosos de ver a sus familias. La mayoría de sus hombres vivía en el pequeño pueblo de Looe, o en las afueras. Se dirigían a casa de Jack, en la isla de Looe, pero de repente, él había cambiado el rumbo.

Mientras sus hombres desaparecían camino arriba por el acantilado, Jack comenzó a subir los peldaños de madera que llevaban a la casa que había justo encima de la cala. Había fondeado cientos de veces en aquella playa y, aunque ya hubiera anochecido, no tenía problemas para hallar el camino a Faraday Hall. Robert Faraday había invertido en sus viajes desde que Jack empezó a capitanear su propio barco, hacía ocho años.

Conoció a Faraday ocho años antes, en una posada de Bodmin, y lo convenció de que sus inversiones tendrían buenos beneficios. Así había sido, y Faraday se había convertido en uno de sus mejores patrones. Se iba a poner muy contento al saber que había una seda de altísima calidad en los almacenes de Roscoff, y que Jack pensaba comprarla en su próximo viaje. Sabía que Robert querría un pedazo de aquel pastel.

Y se decía a sí mismo que esa era la única razón por la que iba a Faraday Hall. El hecho de que Evelyn D'Orsay se hubiera criado allí no tenía nada que ver. Jack se había enterado la semana anterior de que Evelyn era la sobrina de Robert. Cuando ella estaba paseándose por todo Cornualles, haciendo preguntas sobre él, él también había estado haciendo preguntas sobre ella.

Aquel parentesco era toda una coincidencia.

La primera vez que él había visitado aquella casa, Evelyn ya no vivía allí. Acababa de casarse y vivía en París. O tal vez, en la región del Loira. No importaba.

Tenía dieciséis años cuando se casó. Ella misma se lo había dicho.

Sus caminos habrían podido cruzarse mucho antes si ella no se hubiera casado con el conde francés.

Aquello también era una coincidencia. ¿O una ironía?

No sabía por qué le molestaba aquella idea. No sabía por qué aquella mujer seguía tan metida en su cabeza. Acababa de hacer un viaje muy provechoso a Francia. Les había llevado a los republicanos franceses un cargamento de lana y de arandelas de metal. Después se había reunido con uno de los lugartenientes de Cadoudal y le había dado la información que le había transmitido Warlock, además de entregarle diez docenas de carabinas, cinco docenas de pistolas y pólvora suficiente para cargar el triple de aquellas armas. Warlock era quien había organizado aquella entrega de armamento.

Jack llamó a la puerta de las cocinas de Faraday Hall y esperó con impaciencia hasta que una de las doncellas abrió y le indicó que lord Faraday estaba en la biblioteca. Entonces, la sirvienta lo guió por la mansión y, aunque él conocía perfectamente el camino, la siguió.

Aquella residencia la había construido veinte años antes el padre de Robert, David Faraday. Era una preciosa casa de estilo georgiano, con el suelo de mármol beige en el vestíbulo y de parquet en el resto de las estancias. Las paredes estaban llenas de cuadros, y había bustos de bronce que descansaban en pedestales en el pasillo. La casa no estaba recargada de muebles, pero en el salón había una enorme alfombra persa de color coral y azul, y en la sala de música y en la biblioteca también había magníficas alfombras. La mayoría del mobiliario había sido fabricado a medida. Había arañas doradas en el techo. Robert había amasado una pequeña fortuna durante aquellos años.

Pensó en Evelyn, que estaba viviendo en una casa sin muebles y, en su desesperación, quería contratarlo para que fuera a Francia en busca de unas reliquias familiares. Sin duda, pensaba venderlas. ¿Cómo podía su marido haberlas dejado, a ella y a su hija, en una situación tan precaria? Era una negligencia por parte del viejo conde, pero no era de su incumbencia. Suspiró cuando la doncella llamó a la puerta de la biblioteca de Robert.

Faraday sonrió encantado al verlo.

—¡Qué sorpresa tan agradable! —dijo, y se adelantó para saludarlo. Iba vestido informalmente, y había un puro en un cenicero, junto a una copa de coñac.

Jack se giró para darle las gracias a la sirvienta y, cuando ella se retiró, cerró la puerta. La biblioteca era una sala grande, con una pared llena de libros y varias zonas de estar. Había un gran escritorio situado delante de un ventanal que daba a la cala.

Jack le estrechó la mano a Robert.

—Acabo de llegar de Roscoff. He decidido pasar a verte antes de ir a casa, porque he visitado un almacén lleno de ese tipo de seda que no habíamos vuelto a ver desde antes de la guerra.

A Robert le brillaron los ojos. Se giró y le sirvió una copa de coñac a Jack. Aquel licor era de los que Jack no llevaba a Inglaterra a menos que fuera para sí mismo. Robert también le ofreció un puro, y él lo aceptó. En aquella época, el mejor tabaco provenía de Virginia o de las Carolinas, pero, cuando inhaló el humo, sonrió de placer y se dio cuenta de que era de otro lugar.

—¿Es de Cuba?

—Exactamente —dijo Robert—. Bueno, sabes que estoy dispuesto a participar. Me imagino que habremos conseguido vender esa seda antes de que tú hayas tenido oportunidad de desembarcarla aquí.

—Me aseguraré de ello —respondió Jack. Comenzó a relajarse, porque no había nada como un buen coñac y un puro después de haber atravesado el Canal de la Mancha a toda velocidad.

—Siéntate, muchacho —le dijo Robert, ofreciéndole una de las butacas. Después, su anfitrión se sentó frente a él—. Tengo que pedirte un pequeño favor.

Jack sintió curiosidad y sonrió mientras exhalaba el humo del puro.

—Adelante.

—Tengo una sobrina a quien tú no conoces. Se llama Evelyn D'Orsay. Ha enviudado hace poco, y vive con su niña en el páramo de Bodmin.

Jack se puso tenso al instante.

—En realidad, sí la conozco —dijo. Sabía lo que iba a decirle Robert. Estaba claro que Evelyn había acudido a su tío para que él le hablara en su favor.

Robert se quedó sorprendido y, después, pareció aliviado.

—Creo que su marido, que era amigo mío, la dejó en una situación difícil. Es imperdonable, pero, por otra, eran exiliados, así que lógicamente dejaron muchas cosas en Francia cuando tuvieron que huir. Sin embargo, Evelyn tiene que criar a una hija.

Parecía que Robert desaprobaba el modo en que su amigo el conde había gestionado las cosas. Él también lo desaprobaba, y Robert no había hecho otra cosa que pronunciar en voz alta su misma opinión.

—Evelyn cree que su marido dejó bienes valiosos en Francia, en su mansión del campo. Quiere recuperarlos, y me ha preguntado por ti.

Jack sonrió forzadamente. ¿Se le había acelerado el corazón?

—Les ha preguntado a muchas personas de Cornualles por mí, Robert. Ha estado haciendo preguntas por toda la zona, diciendo que quería hablar conmigo. Me lo han dicho media docena de conocidos.

—Ella piensa que tú puedes recuperar esos bienes, Jack —dijo Faraday.

—Robert, lo que desea es una locura.

—Está sufriendo por la muerte de su marido, y no puedo culparla por no pensar con lógica. Quería mucho a D'Orsay.

Jack se quedó muy sorprendido. ¿De veras ella había querido a aquel anciano? ¿Era posible? ¿Y por qué demonios debería importarle? Él había pensado que se trataba de un matrimonio de conveniencia, sin amor.

—Tenía edad suficiente para ser su padre.

—Sí, es cierto, y puede que eso fuera lo que atrajo a Evelyn en un primer momento. Su padre era un mujeriego y un irresponsable. La abandonó; la dejó a nuestro cuidado cuando tenía cinco años. ¿Por qué no iba a enamorarse Evelyn de Henri? Él era todo lo que no fue mi hermano, sólido, digno de confianza y respetable. Le ofreció una vida maravillosa, y además, se enamoró de ella a primera vista —explicó Robert, y sonrió—: Lo sé. Yo estaba allí, y lo vi en persona.

Jack estuvo a punto de decir que no era muy difícil enamorarse a primera vista de una mujer tan bella como Evelyn. Ella, sin duda, se había enamorado de la fortuna de D'Orsay. Sin embargo, Jack había oído hasta la última palabra de Robert, y se había sorprendido al saber que el padre de Evelyn la había abandonado. Resultaba que Evelyn y él tenían algo en común.

—Tienes el ceño fruncido —comentó Robert.

—Bueno, eso es porque estoy de acuerdo contigo: D'Orsay debería haberse preocupado de dejar a su mujer y a su hija en una buena situación.

Hacía años que Jack no pensaba en su padre. Casi no recordaba cómo era John Greystone. Sin embargo, en aquel momento pensó en él. Su padre había preferido los antros de juego de París y Amberes a su propia familia. Después de que él los dejara, su madre nunca había vuelto a ser la misma; poco a poco, se había ido aislando de la realidad. En la actualidad tenía un estado mental incoherente. No reconocía su entorno, y estaba siempre confusa. Vivía con Amelia y su marido, Grenville.

—Pero él si les dejó algo, aunque no fuera del modo más común. En ese cofre hay una pequeña fortuna —dijo Robert.

Jack dio una calada a su puro.

—No me pareció que ella conociera su valor —dijo por fin.

—Un baúl lleno de oro es una fortuna, o pequeña, o grande. ¿Vas a ir a recuperarlo para ella?

Jack estuvo a punto de atragantarse por el humo al oír, por

primera vez, que el cofre estaba lleno de oro y no de reliquias familiares. Mientras intentaba recuperar la compostura alguien llamó a la puerta. A los pocos segundos, Enid asomó la cabeza a la biblioteca.

—Hola, señor Greystone. Me han dicho que estabais aquí. No quiero interrumpir. Solo quería saber si vais a quedaros a cenar.

Jack se puso en pie y se inclinó sobre su mano.

—Lady Faraday, perdonad mis malos modales. Pero gracias por preguntármelo, ya he cenado.

Ella arqueó una ceja con desaprobación, mirando a Robert, tal vez por todo el humo que había en la habitación.

—Deberías abrir una ventana.

Robert ignoró el comentario.

—Estábamos hablando de Evelyn D'Orsay —dijo—. ¿Has ido a visitarla?

—No. Tenía intención de hacerlo, pero no he podido en toda la semana. Iré en cuanto tenga tiempo. ¿Y por qué estás hablando de Evelyn con el señor Greystone?

—Ella ha enviudado hace poco tiempo y está en una situación difícil. Jack está de acuerdo conmigo.

Enid sonrió a Jack.

—No sabía que conocíais a Evelyn.

Jack le devolvió la sonrisa.

—La he conocido hace poco —respondió.

Sin embargo, todavía estaba anonadado por lo que acababa de decirle Robert. ¿Lo que quería recuperar Evelyn era un cofre lleno de oro? ¡Debería haberlo imaginado! Eso resolvería gran parte de los problemas de Evelyn, pero en realidad, no era asunto suyo.

Enid se quedó asombrada cuando Robert prosiguió:

—Y, teniendo en cuenta la difícil situación de mi sobrina, esperaba que Jack pudiera ayudarla.

—Bueno, está claro que ha venido a menos —le dijo Enid a Jack—. Pero yo tendría cuidado si fuera vos. Es una terrible coqueta. La mayoría de los hombres se quedan prendados de ella y se apresuran a cumplir sus deseos con la esperanza de recibir sus favores.

—Enid —dijo Robert en tono de advertencia.

—No os preocupéis, lady Faraday. Yo no necesito ningún favor —dijo Jack con una ligera sonrisa. Sin embargo, aquellos comentarios de Enid no le estaban gustando nada. Recordó lo desesperado que se había sentido la otra noche por acostarse con Evelyn.

—Bien —dijo Enid—. Además, después de haber estado casada con D'Orsay, estoy segura de que Evelyn querrá casarse con alguien de fortuna, y seguro que lo hará antes de que acabe el año. Su próximo marido le solucionará el problema económico.

—Sí, seguramente estáis en lo cierto —dijo Jack, intentando aparentar que sentía indiferencia.

No obstante, eso era exactamente lo que hacían las viudas como Evelyn D'Orsay. No sería nada extraño que volviera a casarse en cuanto lo permitieran las convenciones sociales. Y entonces, no lo necesitaría a él para que fuera a Francia a recuperar su baúl de oro. Eso debería proporcionarle alivio.

—Trevelyan le tenía mucho cariño cuando eran jóvenes —comentó Robert—, y ahora está viudo.

—Es un gran partido para la mayoría de las mujeres, pero solo va a heredar el título de barón, querido, cuando falte lord Trevelyan, su padre. Dudo que Evelyn quiera casarse con alguien con un título tan bajo.

Jack se quedó mirándolos a los dos. Él era amigo de Ed Trevelyan desde la infancia, y sabía que Trev había sido todo un mujeriego antes de su matrimonio. Le encantaban las mujeres bellas, y su familia había estado participando en el contrabando de Cornualles durante generaciones. Si Trev quisiera, podría tener su propio barco, y podía contratar a cualquier contrabandista que deseara.

—Pues da la casualidad de que recuerdo que a Evelyn también le gustaba Trevelyan.

Enid frunció el ceño.

—¿De veras? ¿Y qué pasa con Annabelle? Está a punto de convertirse en una solterona. Tiene veintidós años.

Robert suspiró mientras Jack asimilaba aquella noticia: que Evelyn también había sentido interés por Trev. Antes de que pudiera preguntar qué había ocurrido con aquel antiguo romance, Enid se volvió hacia él.

—¿Y cómo podéis vos ayudar a Evelyn?

—La condesa está pensando en la posibilidad de intentar recuperar unos bienes que tuvieron que dejar en Francia —dijo Jack.

Enid se sobresaltó.

—Eso parece muy peligroso incluso para vos. ¿Vais a ayudarla?

—No lo he decidido todavía —mintió él.

—Bueno, Evelyn es muy lista y muy bella y, si desea que la ayudéis, estoy segura de que lo conseguirá —dijo Enid despreciativamente.

Jack se limitó a sonreír. Enid Faraday detestaba a Evelyn y, por algún motivo, él se sentía insultado por aquella hostilidad. Por supuesto, una mujer tan bella como Evelyn usaría por instinto su atractivo para conseguir amigos y aliados, y él no iba a culparla por ello. Sin embargo, él no pensaba que fuera una seductora astuta y maquinadora, como parecía que pensaba Enid.

—Tened cuidado con ella —dijo lady Faraday, y se marchó.

Robert lo agarró del hombro.

—No le hagas caso. Siempre se ha sentido amenazada por Evelyn, como si Lucille tuviera que competir con ella, cosa que no era cierta. ¡Mujeres! —dijo con un suspiro—. Espero que haya una fortuna en ese baúl. La vida de Evelyn ha sido difícil, y ahora tiene que criar a una hija.

Jack apagó el puro.

—Dudo que alguna vez sepamos lo que hay en ese cofre.

Enid tiene razón. La condesa se casará de nuevo, más tarde o más temprano, y se olvidará del tesoro que D'Orsay le dejó en Francia.

Robert lo miró con incredulidad.

—¿Es que no vais a ayudarla?

—Es demasiado peligroso.

—Todo lo que tú haces es peligroso. ¡A ti te gusta el peligro! Y adoras a las mujeres bellas…

Jack se sintió como un hipócrita.

—Es demasiado peligroso —repitió con firmeza.

—Me dejas asombrado —dijo Robert—. Estaba seguro de que te encantaría la idea de volver a las andadas, dejar atrás a nuestra armada, eludir al ejército francés y recuperar un baúl lleno de oro para una mujer como Evelyn.

Jack se cruzó de brazos y se quedó mirando fijamente a su anfitrión.

—¿Me estás pidiendo que lo reconsidere?

—Sí —respondió Robert.

Jack se mantuvo impasible, pero por dentro se sentía inquieto como un niño castigado en un rincón por haberse portado mal en clase.

—Hace ocho años que nos conocemos —prosiguió Robert—, y han sido ocho años muy buenos para los dos.

—Entonces, ¿estoy en deuda contigo? —preguntó Jack lentamente. Se había puesto rígido de tensión—. ¿O se trata de una amenaza?

—Somos amigos —dijo Robert—. Yo nunca te amenazaría. Tampoco sugiero que me debas nada, puesto que los dos nos hemos beneficiado mucho de nuestra sociedad. No. Te estoy pidiendo ayuda como amigo, Jack. Te pido que ayudes a Evelyn porque sé que eres un caballero, y un hombre de honor.

—*Touché* —respondió Jack con un gesto ceñudo.

CAPÍTULO 5

Evelyn le entregó el abrigo a un sirviente y miró a su alrededor. Acababa de entrar en un vestíbulo enorme. El suelo era de mármol, los techos tenían gran altura y sobre su cabeza lucía una enorme araña de cristal. Había una hilera de sillas de terciopelo rojo junto a las paredes de aquella sala circular adornada con obras de arte.

Era una residencia magnífica, y a Evelyn no le sorprendió. Desde que había decidido ir a Londres a entregarle la carta para Jack Greystone directamente a su hermana, había estado familiarizándose con la familia Paget. Dominic Paget era una figura muy importante en los más altos círculos de la sociedad británica. Era hijo de una aristócrata francesa y formaba parte del partido tory. Se oponía con vehemencia a la Revolución Francesa y apoyaba la guerra contra la República. Era un noble muy rico y formaba parte de la élite gubernamental de Pitt. Aunque era dogmático, tenía una buenísima reputación, y era considerado un patriota y un hombre honorable.

Corría el rumor de que había participado en el levantamiento que se había producido en la región de La Vendée, en Francia, como agente secreto de Pitt.

A Evelyn no le interesaban las habladurías, pero sabía que Paget se había casado con una mujer de clase social inferior. Evelyn también había investigado a la familia Greystone. Aunque el linaje de los Greystone era muy antiguo y descendía de tiempos de la conquista normanda, se habían ido empobreciendo generación tras generación. Su patrimonio se había visto reducido a una mina y a una cantera. La mansión familiar, que estaba en el extremo más oriental de Cornualles, en Land's End, llevaba varios años cerrada. El patriarca de los Greystone había perdido su título hacía un siglo, al ponerse de parte del bando equivocado en una rebelión.

Paget podía haberse casado con una princesa, de haber querido. Sin embargo, se había casado con Julianne Greystone.

Parecía muy romántico, pero Evelyn no creía que hubiera sido un matrimonio por amor. Lo más seguro era que Dominic Paget hubiera seleccionado a su esposa sopesando un gran número de factores; aunque ella había oído un rumor extraño también sobre lady Paget: que había estado prisionera en la Torre de Londres, nada más y menos que por sus simpatías jacobinas. Teniendo en cuenta que el conde de Bedford era tory, pertenecía al círculo de colaboradores de Pitt y participaba en los esfuerzos bélicos contra la República Francesa, Evelyn dudaba mucho que se hubiera casado con una radical.

Mientras esperaba a que la recibieran, su curiosidad aumentó. Por muy escéptica que fuera con respecto a los rumores, se sentía intrigada, y tenía ganas de conocer a Julianne Paget.

Además, estaba nerviosa. Tenía que convencer a lady Paget de que entregara la carta a su hermano, y ella no sabía lo que iba a pensar la condesa.

Apareció otro sirviente con la misma librea que el anterior, de color dorado y azul, y la misma peluca empolvada. La miró imperiosamente al acercarse. Evelyn sonrió rápidamente; sabía que no tenía aspecto de pobreza, ¡y las apariencias eran muy importantes! Se había puesto su mejor vestido de terciopelo negro y llevaba un collar de perlas y su anillo de compromiso de diamantes. Se había quitado los guantes para mostrarlo, y en aquel momento le entregó su tarjeta al sirviente.

—Señor, esperaba poder ver a la condesa de Bedford si es posible.

El sirviente arqueó las cejas.

Evelyn sabía que no estaba observando las normas de etiqueta, que requerían que dejara su tarjeta por adelantado y que volviera una vez que su visita hubiera sido aceptada. Continuó sonriendo y dijo:

—He pasado los dos últimos días viajando en un carruaje, y el asunto por el que he venido reviste cierta urgencia. Todavía tengo que reservar una habitación en un hotel —dijo. Era lo cierto. De hecho, estaba agotada del viaje, como también estaba agotada por todo lo que había sucedido durante aquel mes.

El mayordomo dejó la tarjeta en su bandeja y la miró. Entonces, se inclinó respetuosamente.

—Condesa, avisaré a lady Paget de que habéis llegado a la ciudad.

Evelyn le dio las gracias con el corazón saltando de alegría. El mayordomo podría haberla echado. Ella estaba segura de que lady Paget la recibiría más tarde o más temprano, pero no quería quedarse mucho tiempo en Londres, lejos de Aimee y teniendo que pagar un hotel.

Siguió al mayordomo hasta un precioso salón dorado y allí se sentó a esperar. Llevaba en el bolso la carta que le había escrito a Greystone.

Estimado señor Greystone:

Mi querido señor, le escribo para pedirle disculpas. Sin embargo, también debo hacerle una confesión. Hace cuatro años, vos nos ayudasteis a mí, a mi marido, a mi hija y a mis tres sirvientes a escapar de Francia. Me he dado cuenta de que no recordáis ese suceso; en realidad, yo oculté mi verdadera identidad, y además llevaba una capucha como disfraz. Estaba, y sigo estando, en deuda con vos, puesto que nos salvasteis la vida.

Nunca olvidaré lo que hicisteis por mi familia. Lo último que querría es importunaros. Ahora me doy cuenta, aunque con retraso, de que haberos pedido ayuda nuevamente fue un acto impertinente y, además, una imposición temeraria.

Os puse en la tesitura de tener que negarme mi petición. Entiendo que mi propuesta fue una locura, y que vos estáis en lo cierto: volver a Francia en estos momentos es demasiado peligroso. Es lógico que rehusarais.

Desde entonces he tenido mucho tiempo para reflexionar. Ningún bien familiar merece tanto la pena como para pediros que arriesguéis la vida. Os ruego que me perdonéis.

Quiero que sepáis que siempre seréis bienvenido en mi casa. Si alguna vez puedo recibiros, en el futuro, por favor, no dudéis en visitarme. Es lo menos que puedo hacer por vos, después de lo que vos hicisteis por mi familia.

Atentamente,
Lady Evelyn, condesa D'Orsay

Evelyn se echó a temblar. Recordaba muy bien todas y cada una de las palabras de aquella carta. Le había costado mucho escribir algo tan falso, aunque no había tenido otro remedio que hacerlo, puesto que estaba en juego el futuro de Aimee. Era cierto que ella siempre estaría en deuda con Jack Greystone, pero todavía tenía que recuperarse de su último encuentro. Seguía dolida, y no podía olvidarlo.

¿Cómo reaccionaría Greystone cuando leyera la carta? ¿Creería lo que le había escrito? ¿Iría a visitarla a Roselynd, tal y como pensaba Laurent? Ella había ido a Londres con el oro en mente, pero en aquel momento deseaba de verdad reconciliarse con Greystone. Tal vez así dejara de estar obsesionada con él.

Oyó unos pasos suaves que se acercaban, y se giró hacia la puerta con cierta tensión.

Apareció una mujer pelirroja y esbelta, vestida con un traje verde. Tenía una edad parecida a la suya, y era muy guapa. Sonrió.

—Hola, condesa D'Orsay. Soy lady Julianne Paget.

Tenía una expresión de curiosidad, y su tono de voz fue amable.

Evelyn sintió un inmediato alivio.

—Gracias por recibirme, lady Paget. Sé que esto es poco adecuado, pero decidí arriesgarme —dijo ella, sonriendo también, con la esperanza de que no se notara la ansiedad que sentía.

—A mí no me importan las convenciones, y cualquiera que me conozca podrá decíroslo —respondió lady Paget, riéndose—. He pedido que nos traigan el té. Vos no sois francesa.

—No, pero mi marido era de la región del Loira. Ha muerto —explicó Evelyn.

—Lo siento mucho.

Evelyn sonrió.

—Gracias. Era un marido y un padre maravilloso. Pero era mayor que yo, y llevaba enfermo varios años. Su muerte no ha sido algo inesperado. Aunque siempre lo echaré de menos —explicó. Después de una ligera vacilación, añadió—: Creo que era amigo de la condesa viuda, vuestra suegra.

—Puede ser —dijo Julianne Paget—. Por favor, sentaos.

Cuando ambas estuvieron acomodadas en un largo sofá de tapicería dorada, Julianne prosiguió:

—La condesa viuda también era del valle del Loira, y la mansión de la familia materna de mi marido está allí. Aunque ahora está quemada y en ruinas.

Evelyn tomó aire. Tenían mucho en común.

—Yo no sé en qué estado se encuentra nuestra casa, lady Paget. Salimos de Francia hace cuatro años. Algunos amigos nos dijeron que estaba intacta, pero eso fue antes de Robespierre.

—Espero que siga en pie e intacta. ¿En qué puedo ayudaros, condesa? Gerard me ha dicho que el asunto que os ha traído hasta aquí es urgente.

—Esperaba que pudierais entregar una carta en mi nombre.

Lady Paget se quedó extrañada.

—¿Y para quién es esa carta?

Evelyn sacó el sobre lacrado de su bolso. Tenía el corazón acelerado.

—Para vuestro hermano.

Lady Paget abrió mucho los ojos. Después de un momento, preguntó:

—¿Para cuál de mis dos hermanos, condesa?

—Para el señor Jack Greystone.

Evelyn notó que se ruborizaba. Debía tener cuidado, porque no quería que lady Paget presintiera que había algo entre Jack Greystone y ella.

Julianne la estaba mirando fijamente, y con sorpresa.

—¿Tenéis una carta para Jack? ¿De qué conocéis a mi hermano, lady D'Orsay? ¿Qué queréis de él?

Evelyn esperaba aquella pregunta.

—Hace cuatro años me ayudó a salir de Francia con mi familia. Nosotros habíamos llegado a un acuerdo con un marino belga para que nos evacuara en su barco, pero no nos esperó el día que habíamos convenido para embarcar. Casualmente, el señor Greystone estaba en el puerto aquella noche. Nos pusieron en contacto con él y él aceptó traernos a Inglaterra. Por supuesto, estoy en deuda con él.

—Entiendo. Pero eso ocurrió hace varios años. ¿Acaso queréis pagarle la deuda?

Evelyn sonrió. El resto de la explicación era difícil.

—No exactamente. En realidad, el señor Greystone no recuerda que nos ayudó a mi familia y a mí a salir de Francia.

Julianne arqueó las cejas.

—¿De veras?

Evelyn tuvo la sensación de que enrojecía aún más.

—Soy de Cornualles, lady Paget. Creo que vos también

nacisteis y os criasteis allí. Yo conozco el contrabando desde que era niña, y recientemente, con la muerte de mi esposo, he decidido que necesito los servicios de un contrabandista.

Julianne se quedó mirándola sin decir nada, con una ligera sonrisa. Evelyn sabía que estaba intentando entender lo que ocurría realmente.

—Mi marido me dejó unas reliquias familiares muy importantes en Francia. Ahora que él ha muerto, debo recuperarlas. Esperaba que vuestro hermano pudiera ir a buscarlas.

Julianne se puso en pie, sin dejar de sonreír amablemente.

—Lo siento, pero estoy un poco perdida. Vais a enviarle a mi hermano una carta pidiéndole ayuda, pero parece como si ya hubierais hablado con él, porque decís que no os recuerda.

Evelyn también se puso en pie, con el corazón acelerado.

—En realidad, ya le he pedido ayuda, pero él me la negó.

A Julianne se le borró la sonrisa de los labios.

—¿De veras?

—Creo que tuvimos un malentendido. Y eso, después de que él nos salvara la vida a mi familia y a mí, me molestó mucho.

—Lady D'Orsay, mi hermano nunca olvidaría a una mujer tan atractiva como vos.

Evelyn se puso tensa.

—Lo siento, no es que quiera poner en duda lo que habéis dicho. Pero conozco a Jack. Estamos muy unidos. Y sé que a mi hermano le gustan mucho las mujeres, y aprecia mucho la belleza. Si os sacó de Francia, no lo ha olvidado.

—Sí lo olvidó. No me reconoció.

—Lo siento, condesa, pero no lo creo.

No podía tener una discusión con su anfitriona acerca del carácter y la memoria de su hermano. Así pues, Evelyn dijo:

—Entonces, tal vez yo esté equivocada, milady, pero, de todos modos, aquel encuentro con vuestro hermano me dejó muy inquieta, porque estoy en deuda con él. En realidad, mi carta es para pedirle disculpas.

—Entonces, ¿tenéis que pedirle disculpas? ¿Y por qué?

—Porque estoy en deuda con él, y él tiene razón. Ir a Francia es demasiado peligroso en estos momentos. Además, no me gustan los malentendidos.

—Estoy desconcertada —dijo lady Paget—. A Jack le encantaría ayudar a una mujer como vos. ¡Le encantaría ser vuestro héroe! Mi hermano adora el peligro. No puede vivir sin él. No tiene sentido que os haya dicho que vuestra petición entraña demasiado peligro. Casi me da la sensación de que estamos hablando de dos hombres distintos.

Evelyn se dio cuenta de que lady Paget sentía mucha desconfianza en aquel momento.

—Lo siento —dijo, con la voz ahogada—, pero eso es exactamente lo que dijo. Que era una empresa demasiado peligrosa, y que no merecía la pena intentarlo. Por eso rehusó, y tiene razón, por supuesto.

—¿De veras? —preguntó Julianne, y arqueó las cejas nuevamente—. Era mucho más peligroso estar en Francia hace cuatro años, cuando ayudó a huir a vuestra familia. Como sabéis, mi marido es medio francés, y seguimos lo que sucede en Francia con sumo interés. Lo siento, pero ahora siento mucha curiosidad. Estáis defendiendo a Jack, pero me resulta extraño.

Evelyn se sentía muy incómoda. No quería discutir, y dijo:

—Fue un malentendido, milady. Es tan sencillo como eso.

Julianne la observó atentamente, intentando decidir qué debía creer.

—¿Querríais entregarle esta carta en mi nombre? —preguntó Evelyn finalmente—. No me importa ni siquiera que la leáis.

Lady Paget dio un respingo.

—¡Yo nunca haría tal cosa! ¿Cuándo visteis a Jack por última vez?

—Lo vi la semana pasada.

Julianne abrió mucho los ojos.

—Ah. Espero que no penséis que soy una entrometida, condesa, pero también me pregunto si esa es la única vez que lo habéis visto desde que salisteis de Francia.

¡Dios Santo! ¿Acaso lady Paget estaba pensando que tenía una aventura amorosa con su hermano?

—Sí —dijo Evelyn—. Lady Paget, estoy de luto.

—Mis preguntas han sido groseras, y me disculpo. Pero debéis admitir que esta historia es un poco extraña. Me da la sensación de que hay algo más que no me estáis revelando. Y no es que os acuse de engaño, querida condesa. Es que conozco muy bien a Jack, y desearía ayudar.

—Entonces, ¿le entregaréis mi carta?

Lady Paget la miró con fijeza.

—Jack se insinuó a vos, ¿verdad?

Evelyn se atragantó.

Entonces, Julianne suspiró.

—Sin duda, es mi hermano quien os debe una disculpa. Lo conozco muy bien, lady D'Orsay —dijo, y le tomó la mano a Evelyn—. Cuando quiere es un caballero, y no intentaría seduciros sabiendo que estáis de luto, ¡pero seguramente se quedó asombrado por vuestra belleza! Vos debisteis de reprochárselo, y él se marchó enfurecido de vuestra casa —añadió, y suspiró—. Ahora entiendo todo este asunto. Mi hermano siente debilidad por las mujeres. Estoy segura de que os pedirá disculpas en cuanto vuelva a veros.

Lady Paget sonrió, como si ella misma se propusiera conseguirlo.

Evelyn se dio cuenta de que estaba en un territorio peligroso. Su anfitriona no debía llegar a aquella conclusión. Si Jack Greystone oía aquella versión, se enfadaría de verdad.

—Él no me hizo ninguna insinuación, lady Paget. Fue un perfecto caballero.

Julianne le apretó la mano.

—Sois muy indulgente, muy amable, milady. ¿Cuántos años tiene vuestra hija, querida?

Evelyn se sobresaltó.

—Aimee tiene ocho años.

—Mi hija va a cumplir dos años en marzo. Es una gran alegría para mí marido y para mí.

Evelyn no podía creerlo. ¡Lady Paget había cambiado de tema!

—Yo siento lo mismo con respecto a Aimee. Es lo mejor que me ha ocurrido nunca —dijo con alivio.

—Debe de echar mucho de menos a su padre —dijo lady Paget.

—Por supuesto que sí.

—¿Por qué estáis tan preocupada? —le preguntó lady Paget amablemente—. ¿Por qué estáis consternada?

Evelyn respiró profundamente.

—Vuestro hermano no me debe ninguna disculpa. Por favor. ¡Habéis sacado una conclusión equivocada!

Lady Paget la miró con escepticismo.

—Entonces, ¿no deseáis que intervenga?

—No, por favor. Deseo hacer las paces con el señor Greystone, y creo que con la carta lo conseguiré.

—¿Lo defendéis porque todavía queréis que vaya a Francia a recoger los bienes de vuestro marido?

¡Aquella mujer era muy lista!

—Si él dijo que es demasiado peligroso...

—No es demasiado peligroso —la interrumpió lady Paget—. Para Jack sería fácil navegar hasta Nantes, o hasta la bahía de Quiberon, y viajar por tierra. ¿Está muy lejos vuestra residencia de la costa?

—A unos cuarenta y cinco minutos en carruaje, si las carreteras están bien.

—Eso no debería ser difícil para él. Creo que entrará en razón, lady D'Orsay. Como ya le he dicho, tiene debilidad por las mujeres. Debéis enviarle esa carta, esperar la mejor oportunidad y abordar el tema con él nuevamente.

Evelyn no podía creer que Julianne Paget hubiera resumido su plan con tanta exactitud, ni que fuera tan optimista. Además, ¿estaba de su parte?

—Sois muy amable.

—Soy amable por naturaleza —dijo lady Paget—. Y aunque acabamos de conocernos, vuestra historia me resulta interesante, y vos me agradáis. Querida, cuando queráis una confidente, podéis acudir a mí.

—Gracias —dijo Evelyn—, pero realmente, no tengo mucho más que decir.

Julianne sonrió, aunque mirándola con escepticismo.

—Por algún motivo, lo dudo —dijo, y tocó una campanilla.

Era evidente que lady Paget sabía que en aquel asunto había mucho más de lo que ella le había contado.

—¿Vais a entregarle mi carta?

Julianne sonrió.

—Por supuesto. Cambiando de tema, Gerard mencionó que acabáis de llegar a Londres. ¿Dónde os hospedáis?

—Todavía tengo que buscar el alojamiento —dijo Evelyn, que sentía un gran alivio al saber que Julianne Paget iba a entregar la carta a su hermano Jack, y que ella había superado una entrevista que temía.

Julianne se sentó junto a ella y le dio una palmadita en la mano.

—¡Perfecto! Debéis quedaros aquí, en Bedford House, para que podamos conocernos mejor.

Evelyn se sobresaltó una vez más.

—Eso es muy amable por vuestra parte —dijo ella—, pero no puedo abusar de esa manera.

—Tonterías. Jack hace visitas sorpresa de vez en cuando, ¿no queréis estar aquí cuando llegue?

Evelyn estaba tendida en una lujosa cama, mirando la tela rosa del dosel, que era tan brillante como la luz del sol que inundaba el dormitorio. Apenas podía creer que estuviera alojándose en casa del conde de Bedford.

La noche anterior había sido muy agradable. Había cenado con lady Paget, su marido y la condesa viuda en una maravillosa mesa en la que se habían servido media docena de platos. Habían conversado de las idas y venidas de los miembros de la alta sociedad, sobre un inminente compromiso matrimonial, sobre política y sobre la guerra.

Y nadie parecía muy sorprendido por su súbita aparición en Londres, ni en Bedford House. No se había tratado su relación con Jack, y Evelyn ni siquiera sabía si Julianne se la había explicado a su marido y a su suegra. Le habían dado una bienvenida completa. La condesa viuda había sido amiga de Henri hacía mucho tiempo, y habló de él con afecto. Lamentó no haber podido asistir a su boda, que una amiga le había descrito con todos los detalles, y se quedó consternada al conocer su muerte.

Dominic Paget se había mostrado más reservado, aunque muy amable. Cuando terminó la cena, Evelyn se había dado cuenta de que su esposa y él estaban completamente enamorados. No solo se notaba en las sonrisas y las miradas que compartían, sino en la facilidad con la que coexistían, como si tuvieran el mismo corazón, la misma alma, la misma cabeza.

Sin ninguna duda, aquel había sido un matrimonio por amor.

Suspiró. No quería salir del calor de la cama. Si estuvieran en Roselynd, Aimee habría ido a meterse a su cama. Ella echaba terriblemente de menos a su hija, y no quería permanecer más en la ciudad.

Alguien llamó a la puerta, y Evelyn se levantó rápidamente. Se puso la bata y abrió. Frente a ella había una sirvienta con una bandeja, y lady Paget a su lado.

—Buenos días —dijo su anfitriona—. Habéis dormido bastante, pero me imagino que estabais agotada. ¿Habéis descansado bien?

Mientras la doncella depositaba el desayuno sobre una mesita, Evelyn sonrió.

—Confieso que me quedé dormida en cuanto puse la cabeza sobre la almohada. Creo que no me he movido en toda la noche. Por favor, pasad —le dijo.

Julianne sonrió.

—Creo que deberíamos tutearnos. Puedes llamarme Julianne y, si no te molesta, yo te llamaré Evelyn.

Evelyn sonrió mientras Julianne le daba las gracias a la doncella y servía dos tazas de té.

—Además —dijo—, yo suelo levantarme temprano, y quería tener la ocasión de pasar más tiempo contigo.

Evelyn tomó la taza que le ofrecía con cierta aprensión. Presintió que se avecinaba otra entrevista. Sin embargo, le dio un sorbito al té y suspiró. La infusión era fuerte y deliciosa.

—No sé cómo agradecerte que me hayas acogido así en tu casa.

—Es un placer —dijo Julianne, y se sentó en una mesita—. Deberías quedarte unos días en Londres, ahora que estás aquí. Yo podría presentarte a mucha gente.

Evelyn se sentó frente a ella.

—No puedo, aunque te agradezco muchísimo la invitación. Ha sido un mes muy difícil, porque Henri murió hace poco, y yo echo mucho de menos a Aimee. Además, no quiero que esté sola.

—No me imagino lo que estás pasando —dijo Julianne—. Yo quiero mucho a Dominic. Si él muriera, yo no sobreviviría.

Evelyn miró a los ojos a su interlocutora y pensó en cómo se estaba adaptando ella a la muerte de su esposo. Sin embargo, Henri y ella no tenían el mismo tipo de relación que, aparentemente, tenían Julianne y su marido. De lo contrario, ella nunca habría permitido que Jack Greystone la besara, y mucho menos habría disfrutado con aquel beso.

—Henri fue un buen marido, y era mi amigo —dijo—. Pero ahora tengo que pensar en el futuro de mi hija.

—Eres una mujer muy fuerte. Hubo una temporada en la que yo tenía miedo de no volver a ver a Dominic. Estaba en Francia durante la primera rebelión de La Vendée. Pero, gracias a Dios, volvió a casa.

Evelyn se dio cuenta de que algunos de los rumores que había oído eran ciertos. Y sin saber por qué, confió en Julianne Paget.

—Henri era un hombre maravilloso, y fui muy afortunada por ser su mujer. Pero durante los últimos años estaba enfermo, incluso antes de que dejáramos Francia. Era mayor que yo. Este mes de julio habría cumplido cincuenta años. Yo sabía que iba a morir desde el otoño. No fue una sorpresa.

—Lo siento mucho. Ya mencionaste esto ayer. Este año ha debido de ser muy difícil para ti.

Evelyn asintió.

—Ahora estoy abusando de tu amabilidad.

—Oh, no, no estás abusando, y es evidente que querías mucho a tu marido.

—Cuando nos conocimos, yo era huérfana. Mis tíos me criaron, pero de mala gana. No tenía ningún futuro, y carecía de dote. Sin embargo, Henri me dio una nueva oportunidad al casarse conmigo. Tuve mucha suerte, y después me dio a Aimee.

—Te quería —dijo Julianne—. Me imagino que te quería mucho.

Evelyn asintió.

—Sí, me quería mucho.

—Siento mucho que lo hayas perdido, pero eres joven, y tienes a tu hija. Debes preocuparte por tu futuro, tal y como has dicho —dijo Julianne. Después, sonrió—. La próxima vez que vengas tienes que traerla. Puede conocer a Jacquelyn, mi hija, y tal vez mi hermana ya haya tenido a su bebé. Nacerá en mayo.

Evelyn sonrió y tomó un poco más de té. Julianne Paget le agradaba mucho. Parecía una mujer realmente bondadosa.

A ella le encantaría llevar a Aimee de visita a Londres. Sin embargo, la imagen de Jack Greystone invadió su mente. Él tendría que acceder a ayudarla o, de lo contrario, ella nunca podría hacer un viaje tan caro con su hija.

—Qué maravilloso para tu hermana.

—Ella desea conocerte —dijo Julianne—. Ayer mismo le envié una nota.

Evelyn se alarmó.

Julianne dejó la taza sobre la mesa.

—Querida, espero que nos hagamos amigas. Parece que estás muy preocupada. Amelia te va a encantar, estoy segura.

—Eres muy amable —dijo Evelyn—. Sin embargo, sabes que estoy intentando resolver un malentendido con tu hermano.

—Me imagino que se resolverá muy pronto. Ayer también le envié tu carta a él, por medio de un mensajero. Jack la recibirá esta noche, si está en casa.

A ella se le aceleró el corazón. Tomó un azucarillo y lo echó en su taza, casi sin darse cuenta de lo que hacía. Mientras removía el té, dijo con despreocupación:

—He oído decir que vive en una isla.

—Así es.

Evelyn miró a Julianne.

—¿Y si no está en casa?

—Entonces, me imagino que la recibirá dentro de unos días, porque no va a estar en el mar indefinidamente —respondió Julianne, poniéndose en pie—. Normalmente no suele estar navegando más de una semana.

Evelyn siguió mirando a Julianne.

—Eres incluso más amable que ayer.

—Ayer no fui tan amable. Fui bastante grosera. Sin embargo, eso quedó en el pasado, y espero que ahora podamos ser amigas de verdad.

—Gracias —dijo Evelyn—. Yo también.

—Debes vestirte, Evelyn. Amelia va a venir a comer con

nosotras. Ya verás, es adorable. Pero te advierto que tiene tanta curiosidad como yo por tu interés en Jack.

Evelyn se irguió. Julianne estaba sonriendo, pero tenía una expresión demasiado serena, demasiado experta.

—Pero, ya te lo he explicado...

—Claro que sí. Pero cuanto más lo pienso, más me parece que debiste de impresionar mucho a mi hermano —respondió Julianne, y se encaminó hacia la puerta sonriendo como si supiera un secreto. Antes de salir, se detuvo un momento—. Me parece que tendrás noticias de Jack muy pronto, conociéndolo como lo conozco.

Evelyn se puso muy tensa mientras Julianne sonreía y se marchaba.

CAPÍTULO 6

Evelyn dobló cuidadosamente su ropa interior y la colocó en el bolso de viaje que tenía abierto sobre la cama. Añadió el camisón y un chal. Por extraño que pudiera parecer, sentía cierta reticencia a marcharse de Bedford House. Había disfrutado de los tres días que había pasado en Londres, y les había tomado afecto a Julianne y a Amelia. Había ido a meriendas y comidas, había paseado por Hyde Park y había visitado las extravagantes tiendas de Oxford Street. Había disfrutado de otra magnífica cena en Bedford House, en aquella ocasión también con Amelia y su marido, e incluso había ido a la ópera con sus anfitriones. Pero echaba mucho de menos a Aimee. Era hora de volver a casa.

Y no había tenido noticias de Jack.

Julianne tenía razón. Amelia había mostrado mucha curiosidad por su relación, y le había hecho demasiadas preguntas. Era una mujer menuda, sensata, y parecía que el hecho de que Evelyn quisiera contratar los servicios de su hermano le parecía tan bien como a Julianne. Evelyn no lo comprendía.

En aquellos momentos, Jack ya debía de haber recibido la carta. ¿Acaso estaba haciéndole caso omiso? Tal vez no la hubiera recibido, en realidad. Aquella misma mañana, Julianne había comentado que, de vez en cuando, los asuntos de Jack le causaban retrasos. Evelyn se dio cuenta de que estaba preocupada por su hermano; después de todo, ofrecían una recompensa por su captura.

Se le encogió el estómago, como si ella también estuviera preocupada por Jack Greystone.

Claro que también debía tener en cuenta la otra posibilidad, que Jack ignorara su carta por mucho que ella quisiera disculparse, por mucho que ella intentara congraciarse con él.

Evelyn temía que se tratara de eso. Julianne seguía pensando que Jack le había hecho alguna proposición inadecuada, y que esa era la razón de su desencuentro. Evelyn no tenía intención de decirle lo que había sucedido en realidad, aunque era cierto que necesitaba alguien en quien confiar. Sin embargo, era posible que Jack estuviera tan enfadado con ella, sobre todo si Julianne había intervenido, que no hubiera aceptado sus disculpas. Y si Jack quería ignorarla, ella no podía hacer nada por evitarlo.

Cuando comenzó a cerrar la bolsa de viaje, alguien llamó a la puerta. Pensando que era una doncella, que le llevaba un refrigerio para que comiera antes de emprender el viaje de vuelta a Cornualles, abrió la puerta rápidamente.

Jack Greystone estaba ante ella.

—Hola, condesa.

Ella se quedó atónita.

Él le clavó la mirada. Y antes de que Evelyn pudiera respirar, antes de que pudiera asimilar que era el verdadero Jack Greystone quien estaba en la puerta de su dormitorio, él sonrió ligeramente y pasó a la habitación. Evelyn se sobresaltó, y él volvió a sonreír, mientras cerraba la puerta a sus espaldas.

—Está claro que sois muy decidida, condesa —dijo—. Y no estoy seguro de si admiro tanta terquedad, o no.

A Evelyn se le escapó un jadeo mientras lo miraba. Y se le alegró el corazón al verlo, aunque aquello fuera contra el sentido común. Jack Greystone había ido a Londres. ¿Significaba eso que había aceptado sus disculpas? ¿Significaba que podían olvidar su encuentro previo y comenzar de nuevo?

Sin saber cómo, Evelyn había olvidado lo magnífico que era. Lo miró atentamente, con el pulso acelerado. Estaba claro que llegaba directamente desde su barco, porque olía a salitre. Tenía la chaqueta desabotonada, y Evelyn vio que llevaba una daga en la cintura y una pistola en una correa que le colgaba del hombro. Al verlas, ella se estremeció. Jack tenía la melena suelta y barba de algunos días, un poco más oscura que su pelo rubio. Parecía un hombre peligroso. Llevaba el cuello de la camisa abierto, y Evelyn vio que tenía un una cruz de rubíes colgada sobre el pecho. Tenía los pantalones mojados, y las botas, manchadas de barro.

Era un hombre increíblemente atractivo.

—Me habéis asustado —dijo con un hilo de voz.

Él sonrió lentamente.

—¿Acaso no esperabais que acudiera en vuestra ayuda?

Evelyn se retorció las manos.

—Deseaba que respondierais a mi carta, sí, pero no sabía cuál iba a ser esa respuesta.

—Pues parece que lo habéis conseguido.

Ella tragó saliva. Había olvidado lo guapísimo y atractivo que era, y lo mucho que deseaba estar entre sus brazos.

—No creía que fuerais a venir a Londres —susurró—. Pese a que Julianne sí pensaba que iba a tener noticias vuestras. Perdonadme, todavía estoy impresionada.

—Entonces estamos en paz. Yo también me quedé impresionado cuando me enteré de que estabais en Bedford House con Julianne —dijo él.

Al percibir su tono irónico, ella se echó a temblar, y se dio cuenta de otra cosa: Jack Greystone estaba en su dormitorio. Y la puerta estaba cerrada.

—Señor Greystone, deberíamos ir al piso de abajo. No podemos conversar aquí.

Él frunció el ceño. Su mirada se clavó en los labios de Evelyn.

—Por supuesto que podemos, condesa.

Ella se sintió tensa al recordar el apasionado beso que se habían dado en Roselynd. Estaba segura de que él estaba pensando en lo mismo.

—No puedo recibiros aquí —le dijo, pensando en Julianne, que ya tenía muchas sospechas sobre su relación.

—¿Y por qué no? —inquirió él—. No os importó recibirme en vuestro salón, a medianoche. Y nuestros actos fueron mucho más censurables en esa ocasión.

Ella enrojeció.

—No era medianoche —dijo—, ¡y a mí sí me importó! No tuve otra elección, porque vos aparecisteis en mi casa sin previo aviso, tal y como habéis hecho ahora.

—No voy a bajar.

Entonces, ella se dio cuenta de algo:

—¿Acaso teméis que os arresten en casa de vuestra propia hermana?

—Debo evitar ser visto, incluso aquí. De vez en cuando vigilan esta casa.

Jack Greystone se acercó a la ventana y miró a los jardines. Sus movimientos eran relajados, no delataban el peligro en el que podía hallarse. Después, se volvió hacia ella.

—Y, aunque parece que no hay ningún soldado ahí abajo, Dominic y Julianne tienen mucho servicio. No quiero ir y venir a la vista de todo el mundo. No confío en nadie.

Evelyn esperaba no estar en el grupo de gente de la que él desconfiaba, aunque estaba segura de que así era. Y él no podía moverse con libertad ni siquiera en casa de su hermana. Sintió compasión. ¿Cómo podía vivir con una amenaza así, con el miedo constante de que lo descubrieran y lo arrestaran? Lo observó con intensidad, intentando encontrar alguna señal de vulnerabilidad, pero él apartó la mirada.

Si temía que lo descubrieran, no había nada en él que lo delatara.

—Lo siento —dijo Evelyn.

Él arqueó una ceja.

—¿Así que lo sentís por mí, condesa? Yo pensaba que esta era vuestra tragedia.

Evelyn se mordió el labio. ¿Acaso se estaba burlando de ella?

—Siento que tengáis que esconderos. Debe de ser muy difícil tener que estar alejado de la propia familia. Siento que os encontréis en esa situación.

—No necesito vuestra compasión. No estoy en ninguna situación difícil, así que os sugiero que os ahorréis esa compasión para otro. Tenemos que hablar de cierto asunto.

Ella se echó a temblar.

—¿Significa vuestra presencia aquí que habéis recibido mi carta, y que aceptáis mis disculpas?

Él entornó los ojos.

—Significa que estáis en casa de mi hermana.

Evelyn lo miró con inquietud. Claramente, a él le disgustaba que hubiera visitado a lady Paget.

—Me invitó ella…

Greystone la interrumpió.

—He leído vuestra carta —dijo sin rodeos—, y también he leído la de Julianne.

Entonces, lady Paget también le había escrito. ¿Y qué le había dicho?

—Ella ha sido muy amable conmigo. Me invitó a quedarme aquí cuando la visité para pedirle que os hiciera llegar mi carta.

—Yo os dije que no estaba interesado en vuestra propuesta. Sin embargo, vos me escribisteis una carta para llamar mi atención nuevamente. Y ahora os encuentro en casa de mi hermana, como invitada suya.

—¡Os pido que no me acuséis de manipular a lady Paget! —exclamó Evelyn.

—¿Y qué otra cosa voy a pensar?

—¿No conocéis a vuestra hermana, señor? Es una mujer inteligente y fuerte. No creo que sea fácil de manipular.

Él dio un paso hacia ella, y Evelyn se encogió.

—Da la casualidad de que conozco bien a mi hermana, y sé que es muy ingenua. Cree que se puede salvar a todas las almas descarriadas. Sin duda, quiere salvar incluso la vuestra.

—Mi alma no está descarriada —dijo ella, que retrocedió hasta tocar el poste de la cama con la espalda.

Él se puso en jarras.

—Me imagino cómo fue el encuentro. Vos aparecisteis en su puerta, buscándome, con vuestra conmovedora historia de pobreza, y por supuesto, ella os ofreció su casa.

Evelyn pensó con miedo que él estaba muy enfadado. ¡No le gustaba en absoluto su nueva amistad con Julianne!

—No esperaba que me invitara a su casa.

—¡Lo dudo!

—Era más económico para mí alojarme aquí y esperar vuestra contestación —dijo ella, mirándolo con dureza—. Y ella no sabe que yo estoy en la pobreza.

—¿Es eso cierto?

Ella alzó la mano y le mostró el anillo de diamantes.

—Solo vine aquí a pedirle que os entregara la carta, y no creo que tenga aspecto de encontrarme en una situación desesperada. Como podéis ver, llevo mi mejor vestido y mi anillo de diamantes.

Entonces, él la miró con atención, y pasaron unos instantes hasta que volvió a hablar.

—Cualquier hombre se sentiría perseguido, condesa, de una manera bastante atrevida.

Ella entendió lo que quería decir, y se ruborizó.

—¡Si estáis sugiriendo que os persigo por motivos personales, os equivocáis!

—¿De veras? Puede que no hayáis podido olvidar aquel beso abrasador.

Evelyn sintió que le ardían las mejillas.

—¿Nos besamos? —preguntó—. Lo había olvidado.

Él se echó a reír.

—¡Eso también lo dudo, condesa! Pero me alivia que no me estéis persiguiendo por motivos personales —respondió en tono burlón.

Ella se echó a temblar. Le faltaba el aliento.

—¡Estoy de luto!

—Sí, por supuesto —respondió Greystone, mirándola fijamente. Ella no se había comportado como una viuda de luto aquella noche, en su salón, y ambos lo sabían—. Bien, contadme, ¿qué le habéis dicho a mi hermana? ¿Cómo habéis conseguido ponerla tan rápidamente de vuestra parte?

Evelyn se esforzó por recuperar la calma. Después de un momento, consiguió pensar con claridad y concentrarse en Julianne.

—Le dije que la carta que quería enviaros era de disculpa. Le expliqué cómo nos conocimos, y le dije que habíamos tenido un malentendido que yo quería resolver.

—¿Hubo algún malentendido? —preguntó él con ironía.

—Eso creo —respondió ella, alzando la barbilla—. Le expliqué que necesitaba contratar a un contrabandista, y que como vos me ayudasteis a escapar de Francia hace cuatro años, deseaba contrataros a vos. Se interesó mucho en mis esfuerzos por conseguir vuestra ayuda. Me hizo muchas preguntas. Yo me quedé asombrada cuando, al final, me invitó a quedarme aquí.

—¿Asombrada o entusiasmada?

—Me alivió por el estado de mi economía, me imagino que lo entendéis. Pero lady Paget y yo nos hemos hecho amigas de verdad, señor Greystone.

—No me gusta que hayáis metido a mi hermana en vuestros asuntos —replicó él con dureza, y se giró un poco hacia un lado. Evelyn aprovechó para alejarse de él y se acercó a la ventana. Se sentía atrapada junto al poste de la cama, pero también se sintió atrapada junto a la ventana.

Él la miró.

—Yo me quedé anonadado al recibir vuestra carta, pero

no tanto como cuando supe que estabais en casa de Julianne. Y, sin embargo, ¡eso no es nada comparado con lo anonadado que me quedé al saber que mi hermana piensa que os he tratado mal!

Ella se encogió.

—¿Os ha dicho eso?

Él sonrió lentamente y se acercó. A Evelyn se le escapó un jadeo, y se apoyó en el alféizar.

—Creo que sabéis exactamente lo que me ha escrito.

—¡Ella se hizo esa idea! Sin embargo, yo le aseguré varias veces que vos no hicisteis nada indecoroso —respondió Evelyn rápidamente—. ¡Os defendí! ¡Dije varias que no teníais por qué pedirme disculpas!

Entonces, él abrió unos ojos como platos, y Evelyn se dio cuenta, demasiado tarde, de que Julianne no le había contado su teoría de que él le debía una disculpa a Evelyn, y no al contrario.

—¿Mi hermana piensa que yo me insinué a vos? —preguntó Jack Greystone, y enrojeció—. ¡Claro que lo piensa! ¡Y vos sois la heroína en todo esto, mientras que yo soy el villano!

—¡Yo le dije varias veces que sois todo un caballero!

Él se echó a reír.

—¿Y os creyó?

—No.

Entonces, él se acercó y se inclinó sobre ella. Evelyn se quedó inmóvil. Él se quedó mirando su boca fijamente de nuevo, y en aquella ocasión, no apartó la vista. A ella se le aceleró el corazón. ¿Acaso iba a besarla de nuevo?

Greystone se alejó de repente.

—Tenéis valor, eso lo admito. Para ser una mujer tan menuda, tenéis el coraje de doce hombres.

Ella negó con la cabeza.

—No, no soy tan valiente.

—No os creo.

—Tengo miedo. Temo lo que pueda depararle el futuro a mi hija.

—Claro. Claro —repitió él. Se alejó y comenzó a pasearse de un lado a otro—. Mi hermana es ahora vuestra defensora. Ella cree que yo, como hombre de honor, debo correr en vuestra ayuda.

Evelyn temía moverse, aunque se le estuviera clavando el borde del alféizar en la cadera.

—No sé por qué desea que me ayudéis —dijo sinceramente—. Yo no intenté convencerla de que me apoyara.

—¿No?

—No. Ella siente curiosidad por nuestra relación.

—Por supuesto, Julianne es una romántica de pies a cabeza.

¿Qué significaba eso? ¿Qué tenía que ver el carácter romántico de lady Paget con aquella situación?

Él se detuvo.

—¿Nunca habéis pensado en aceptar un «no» por respuesta?

Se miraron fijamente el uno al otro. Él estaba siendo muy sincero, y ella supo que debía corresponder.

—Al principio sí. Nuestro encuentro fue tan horrendo que solo quería olvidarlo. Intenté contratar a otro contrabandista.

Entonces, la mirada de Greystone se volvió implacable.

—Tengo que confesar que ninguna mujer había descrito nunca mis abrazos como algo horrendo.

Ella tragó saliva.

—Pero no me quedaba más remedio que intentar convenceros otra vez —dijo—. Sé que no recordáis lo que ocurrió hace cuatro años, pero salvasteis la vida de mi familia, y la mía. Confío en vos, señor Greystone. Confío en vos como no confío en ningún otro.

—No me gusta esa carta —dijo él—. Es un intento descarado de atraerme a Roselynd de nuevo, para que yo pueda caer bajo vuestro hechizo y hacer vuestra voluntad.

Ella se echó a temblar. Vaciló.

—Yo tampoco estoy segura de que me guste.

—Entonces, ¿admitís que era otro ardid para que yo me someta a vuestros deseos?

Evelyn se mordió el labio.

—Sí. Pero también es verdad que deseo desagraviaros por lo que hice. ¡Quiero empezar de nuevo! ¡Y sí, necesito vuestra ayuda!

Él la atravesó con la mirada.

—He venido aquí para aceptar vuestras disculpas, condesa. La verdad es que no tengo otra elección.

Ella se quedó perpleja.

—Tal vez tenga mala fama, pero esa fama no se corresponde con la realidad. Soy un hombre de honor. Y el honor me obliga a aceptar esas disculpas, aunque no sean sinceras.

—Pero... yo siempre estaré en deuda con vos.

Se hizo un silencio tenso entre ellos. Evelyn se preguntó si él iba a atravesar de dos zancadas la distancia que los separaba e iba a tomarla en brazos, pese a la discusión que estaban manteniendo.

Sin embargo, Greystone no se movió. Evelyn se humedeció los labios, se dio la vuelta y abrió la ventana. Miró hacia los jardines con una sensación absurda de desilusión. Claramente, todavía anhelaba sus caricias.

—Si yo no lucho con determinación por el futuro de mi hija, ¿quién va a hacerlo?

Él no respondió a aquella pregunta, pero Evelyn notó su mirada clavada en la espalda.

Alguien llamó a la puerta.

—¿Evelyn? —preguntó Julianne.

Evelyn se alejó de la ventana de un salto, mientras Jack se giraba hacia la puerta.

—Libraos de ella —le dijo, y se ocultó detrás de uno de los laterales del armario, contra la pared, de modo que no pudiera vérsele desde la puerta.

Evelyn respiró profundamente e intentó aparentar calma, aunque se preguntó por qué Greystone no quería que su hermana supiera que estaba allí.

—Voy —dijo animadamente. Corrió hacia la puerta y abrió. Julianne la miró con curiosidad—. Debo de haber cerrado sin querer.

—Qué raro —comentó Julianne; entró en el dormitorio y le entregó a Evelyn un chal que llevaba en la mano—. Te has dejado esto abajo —le dijo. Y de repente, comenzó a buscar a alguien con la mirada por toda la habitación.

—Gracias —respondió Evelyn—. Estaba a punto de terminar la bolsa de viaje —añadió con una sonrisa forzada—. Tal vez podamos tomar un té antes de que me vaya.

Julianne la miró con escepticismo.

—Me ha parecido oír murmullos —dijo.

Evelyn intentó dar una imagen de inocencia. Julianne dio unos pasos y se sentó a los pies de la cama.

—Ojalá pudieras quedarte unos días más —dijo. Entonces miró hacia el armario, y vio a Jack.

Se puso en pie de un salto, con los ojos muy abiertos. Evelyn cerró la puerta de golpe y se puso muy roja.

—Hola —dijo Jack. Se acercó a su hermana y la abrazó. Al hacerlo, miró a Evelyn por encima del hombro de Julianne.

Julianne lo estrechó entre sus brazos, y después los miró a los dos alternativamente.

—¿He interrumpido algo?

—Tú nunca podrías interrumpir —respondió Jack con una sonrisa.

—No, claro que no estás interrumpiendo nada —dijo Evelyn.

Julianne les sonrió a los dos.

—¿Estás seduciendo a Evelyn mientras está invitada en mi casa? —le preguntó a Jack—. ¿Es que no ha sido suficiente con una vez?

Evelyn se estremeció, pero pareció que la pregunta divertía a Jack.

—¿Cómo puedes sugerir tal cosa?

Evelyn sabía que se había ruborizado.

—Julianne, lo siento. Él apareció de repente, y como no es seguro que lo vean en público, decidimos mantener una conversación aquí.

—Creo que lo entiendo —dijo Julianne—. Y puedo sugerir eso porque te conozco muy bien —le respondió a su hermano—. Pero recuerda, Jack, que Evelyn es viuda y está de luto. Además, es una dama. Espero que te comportes como es debido, al menos por el momento.

—Debo comportarme como es debido, pero también debo arriesgar la vida por ella, ¿no es así? —bromeó Jack.

—Sí, es un buen resumen —contestó Julianne con una sonrisa.

A Evelyn se le aceleró el corazón. ¿Había oído bien? ¿Acaso Jack Greystone iba a ayudarla, después de todo? ¡A ella no le había dado ninguna indicación al respecto!

Jack la miró, y después se giró hacia Julianne.

—¿Todavía sigues acogiendo a todos los que lo necesitan? ¿Nunca vas a aprender la lección? —le preguntó en tono afectuoso—. ¿Tienes que enfrentarte a todas las injusticias del mundo? ¿Tienes que ayudar a todas las víctimas? La condesa tiene muchos admiradores, Julianne, que pueden ayudarla con su causa.

—Yo acogeré a quien me dé la gana —respondió Julianne secamente—. ¡Y por supuesto que voy a seguir luchando contra las injusticias! ¿Debo entender que habéis arreglado las cosas, y que vas a ayudarla a recuperar sus bienes de Francia?

Evelyn permaneció inmóvil mientras Jack la miraba lentamente. No habían llegado a ningún acuerdo.

—Sí, creo que la ayudaré.

Evelyn se quedó sin palabras. No podía dar crédito a lo que acababa de oír.

Antes de que Evelyn pudiera responder, Julianne tomó del brazo a su hermano y le dio un beso en la mejilla.

—¡Sabía que entrarías en razón! Sabía que no podrías rechazarla durante mucho tiempo —dijo y, mirando a Evelyn, le guiñó un ojo.

Jack no sonreía.

—¿Puedes concedernos un momento, hermana? No puedo quedarme mucho tiempo, así que después hablaré contigo rápidamente.

La diversión de Julianne se desvaneció. Lo abrazó con fuerza.

—Te echo mucho de menos, Jack. Detesto esta necesidad de secretismo y sigilo —dijo, y salió del dormitorio.

Evelyn se humedeció los labios.

—¿Vais a ayudarme, entonces?

—Sí, voy a ayudaros.

A ella le fallaron las rodillas, y Jack tuvo que agarrarla por la cintura para que no cayera al suelo. Al instante, Evelyn se vio entre sus brazos.

Durante un instante, él la estrechó contra sí. Evelyn se quedó atónita al notar la tensión de su cuerpo masculino y los temblores del suyo.

—Esta noche voy a Roscoff. Cuando vuelva, aclararemos los detalles —le dijo Greystone con aspereza—. Iré a Roselynd dentro de unos días.

Ella abrió mucho los ojos. ¡Greystone iba a ayudarla! Y dentro de pocos días iría a verla a Roselynd.

—No habría respondido a vuestra carta si no estuviera dispuesto a ir a Francia por vos —dijo él. Y, bruscamente, la soltó.

Evelyn casi no podía creer que fuera tan afortunada.

—No puedo agradecéroslo lo suficiente.

Él la observó con intensidad.

—De eso no estoy tan seguro.

CAPÍTULO 7

Evelyn miró los papeles que había sobre el escritorio de Henri. Llevaba tres días en casa; había vuelto muy animada con la noticia de que Jack Greystone iba a ir a Francia en su nombre. Parecía que habían conseguido solucionar su malentendido.

Y tenía intención de conducirse con cuidado a partir de aquel momento. Eso significaba que no debía pensar en la opinión que Greystone tuviera de ella, ni en la atracción que compartían. Lo importante era que sus problemas económicos iban a terminar, y que podría darle a Aimee la infancia que se merecía.

Evelyn suspiró. Sobre el escritorio de Henri había una pila de papeles de cuentas que debían pagarse, y era horrible. No podía creer que se hubieran acumulado tantas deudas durante aquellos últimos años. Debían a los comerciantes locales el queroseno, la leña y la comida. Incluso había cuentas de hacía varios años, de joyas y ropa que habían comprado en Londres antes de empobrecerse tanto. Evelyn sabía que podía hacerse cargo de las deudas actuales, pero al darse cuenta de lo mucho que habían gastado cuando vivían en Londres, se puso enferma. ¿Cómo podían haber sido tan irresponsables? ¿Acaso Henri no se había dado cuenta de que se les acababa el dinero y de que debían llevar una vida diferente, mucho más sobria?

Evelyn se arrepintió de no haberse empeñado en ocuparse de cosas más importantes que la planificación de los menús y el cuidado de Aimee y de Henri.

No se había involucrado en la gestión de la economía doméstica, había permanecido en la ignorancia de todo. En aquel momento era muy fácil culpar a Henri de su ruina, pero ella sabía que no debía hacerlo. Su marido estaba acostumbrado a vivir lujosamente. El motivo de su empobrecimiento era la Revolución Francesa, no su difunto marido. Él siempre había querido tenerla entre seda y joyas. Así se lo había dicho.

Adelaide entró en la biblioteca con una sonrisa.

—¿Vais a comer, milady? He preparado un estofado delicioso.

A ella le dolía la cabeza de preocupación. ¿Cuándo los visitaría Jack Greystone para poder finalizar sus planes? Sintió una punzada de ansiedad. Él había dicho que acudiría pronto a Roselynd, y lo que no sabía era que ella tenía intención de acompañarlo a Francia. Esperaba que aquello no provocara otra discusión entre los dos. Claramente, iba a tener que caminar por la cuerda floja.

No quería acordarse de que había estado entre sus brazos. Sin embargo, cada vez que pensaba en Greystone y en su inminente viaje a Francia, eso era exactamente lo que aparecía en su mente. Se estremeció. Tenía que acabar con aquellos sentimientos y aquellos deseos, que le resultaban increíbles. Tenía que dejar de pensar en el beso que se habían dado, y en su última conversación. Sin embargo, ¿cómo iba a convencerse a sí misma de que no estaba deseando volver a verlo? Sentía tanta impaciencia como si fuera una joven debutante y él fuera su pretendiente.

Se levantó de la silla.

—Creo que se me ha quitado el apetito —dijo. Se alisó una arruga de la falda del vestido gris que llevaba—. Hemos acumulado tantas deudas que estoy horrorizada —dijo. Seguramente, tendría que intentar que la mina de estaño volviera a ser rentable aunque recuperaran el oro de Francia.

—Os sentiréis mejor después de comer —dijo Adelaide.

Entonces, la sirvienta miró hacia el ventanal que se abría detrás de Evelyn. Ella también se dio la vuelta, y vio una preciosa carroza que se había detenido delante de la casa. Se le aceleró el corazón, pero entonces se dio cuenta de que los ocupantes del vehículo eran tres y no uno. Además, Jack Greystone no iría a Roselynd a plena luz del día, ni llamaría a la puerta principal.

Evelyn se acercó a la ventana mientras Adelaide comentaba con alegría que tenían visita y que iba a preparar el té. Evelyn vio a Trevelyan bajar del coche, y sonrió.

Trevelyan era un hombre muy atractivo, alto, musculoso y guapo. A ella también le gustaba el hecho de que no llevara peluca; tenía el pelo tan oscuro como el suyo, del color de la medianoche. Tenía un inconfundible aspecto de aristócrata, y no solo porque vistiera tan bien la chaqueta oscura y los pantalones claros, sino porque irradiaba elegancia y autoridad.

Su esposa había muerto hacía diez meses. Su luto terminaría muy pronto.

Se dio cuenta de que su primo estaba con él. John había bajado del asiento trasero y estaba ayudando a bajar a una joven a quien Evelyn no conocía.

—¿Tenemos algo que podamos servir con el té? —preguntó con preocupación a Adelaide.

—Puedo hacer unos sándwiches de pepino —dijo Adelaide—. No os preocupéis, milady. Nadie sabrá que tenemos los armarios vacíos.

Sin embargo, Evelyn estaba preocupada. Debían ofrecer algo a sus invitados, como si todo fuera estupendamente bien. Había que guardar las apariencias.

—Es un hombre muy guapo —dijo Adelaide, y la miró con complicidad. Después, se marchó a la cocina.

Evelyn estaba de acuerdo. Trev no solo era guapo, sino

también rico. Seguramente era el mejor partido de todo el distrito, y muchas madres estaban pensando en cuál era la forma más adecuada de atraerlo hacia sus hijas.

Había un espejo en una de las esquinas de la biblioteca, y Evelyn se miró en él para comprobar si estaba presentable. Tenía buen aspecto, las mejillas sonrojadas y los ojos brillantes. Se arregló el moño anticuado que llevaba. Desde que se había retirado al páramo de Bodmin no tenía tiempo para observar las modas, ni tampoco ganas de cortarse la larga melena. El último grito era dejarse algunos mechones sueltos alrededor del rostro, y el resto del pelo suelto por la espalda, a menos que se usara peluca; pero ella no tenía interés en las pelucas. Evelyn suspiró. Tenía aspecto de pueblerina y de viuda de luto.

Sin embargo, le alegraba tener compañía, por muy poco que pudiera ofrecer con el té. Se dirigió apresuradamente hacia el vestíbulo.

Laurent estaba recibiendo a los tres visitantes cuando ella llegó. Trevelyan sonrió.

—Nos hemos enterado de que habías vuelto de la ciudad y hemos venido a verte. Espero no molestar.

Tenía una sonrisa contagiosa. Evelyn intentó olvidar las preocupaciones y le devolvió la sonrisa.

—Tú nunca podrías molestar. Siempre serás bienvenido en esta casa.

Le tendió las manos, y él se las besó con elegancia. Sin embargo, cuando la soltó, la miró con seriedad, casi escrutándola, y Evelyn se ruborizó. Trev había ido a visitarla antes de que ella se marchara a Londres, y habían tomado juntos el té. Entonces, Evelyn ya se había preguntado por su interés, y volvió a hacerlo en aquel momento.

John se acercó a ellos y la abrazó.

—Me gustaría presentarte a Matilda, mi prometida. Estaba deseando que os conocierais.

Evelyn sonrió a la joven. Era rubia, esbelta y guapa.

—Me alegro mucho por vosotros.

—John me ha hablado mucho de vos, condesa —dijo Matilda, sonriendo. Tenía una nariz pequeña y respingona, cubierta de pecas—. Yo también tenía ganas de conoceros. De hecho, ¡estaba contando los días desde que habéis llegado de Londres!

Claramente, no era una muchacha tímida, y su sonrisa era amplia y contagiosa. A Evelyn le agradó de inmediato.

—¿Por qué no nos sentamos en el salón? Os serviré un té.

Trev sonrió.

—En realidad, veníamos a invitarte a una excursión. Llevamos el coche lleno de pollo asado y empanadillas de cordero.

—Estamos a mediados de marzo —dijo Evelyn—. Hace mucho frío.

Trev siguió sonriendo.

—Oh, no hace tanto frío, y el día es muy soleado. No hay ni una sola nube. Además, hemos traído mantas.

Evelyn se quedó mirándolos, intentando entender por qué habían decidido hacer una excursión cuando ni siquiera estaban, todavía, en primavera. John dio un paso hacia delante.

—Tal vez sea un poco temprano para hacer una excursión. No vamos a hacer que las damas pasen frío.

—Tienes razón, soy un burro —dijo Trev—. Claramente, no soy capaz de pensar con claridad cuando estás cerca, Evelyn —le dijo a ella con un guiño—. Se me ocurre una idea mucho mejor: podemos hacer una merienda aquí mismo, como si estuviéramos a la orilla de la laguna, viendo pasar a los patos.

Evelyn se quedó mirándolo con los ojos muy abiertos. Un día, cuando ella tenía quince años y él tenía diecisiete, Trev la había llevado de excursión a la laguna. Ella estaba muy nerviosa. Pensaba que él era el chico más guapo que hubiera visto nunca.

Lucille había tenido una rabieta cuando él la llevó a casa y, cuando Trev se marchó, Enid le dijo que no podía volver a aceptar sus visitas.

Trevelyan no sonreía en aquel momento. Evelyn tuvo la sensación de que nunca había olvidado aquel día, pero hacía años que ella no había vuelto a acordarse de aquello. Era un poco sobrecogedor acordarse en aquel momento.

—Buena idea —convino John—. ¿Qué te parece, Matilda?

—¡Me parece excelente hacer una merienda bajo techo! —respondió la joven con una sonrisa.

—Laurent, amigo, ¿puedes ayudarme a traer las cestas? —le pidió John.

A Evelyn se le encogió el corazón cuando Trev agachó la cabeza y ella se dio cuenta de lo que estaban haciendo. Sabían que ella estaba en una situación económica muy difícil. Habían utilizado la excusa del picnic para llevarle una buena comida a su casa.

Trev la miró. Evelyn intentó sonreír, pero estaba tan conmovida que no lo consiguió, y los ojos se le empañaron. Debería protestar. Debería tener orgullo. Sin embargo, asintió con gratitud. Habían pasado muchos años, pero él seguía siendo su amigo.

Y se le pasó por la mente que tal vez intentara cortejarla cuando hubiera terminado su luto. Se sintió tensa, y al instante pensó en Jack Greystone.

—Creo que es mucho más divertido hacer un picnic dentro de casa —dijo Matilda, y engarzó su brazo con el de Evelyn—. Los he visto meter jerez en una de las cestas. ¿Os gusta el jerez? Mi madre dice que soy demasiado joven para tomarlo, pero a mí me encanta y quiero probar un poco.

Evelyn se esforzó por recuperar la calma. Miró hacia atrás, a Trev, mientras Matilda y ella entraban en el salón. Él sonrió.

Se quedó asombrada. ¿Acaso estaba comparando a Trev con Jack? ¡Eso sería lo último que querría hacer! Además, no podía hacer una comparación justa. Jack Greystone era un contrabandista, un forajido. Trevelyan era el heredero de una baronía. No había razón para establecer comparaciones.

Sin embargo, hizo una sin poder evitarlo: había estado en

brazos de Jack, y no solo una vez, sino dos. Trevelyan sabía que ella estaba de luto, y él respetaría aquella situación.

—Me estás mirando de una forma muy rara —le dijo él en voz baja.

Ella volvió a la realidad.

—Eres muy galante, Trev.

Él sonrió nuevamente.

—Si me estoy ganando tu aprobación, soy un hombre muy feliz.

Evelyn tuvo que sonreírle también. Si él tenía alguna intención, debería posponerla, así que ella no necesitaba preocuparse.

—Estoy intentando recordar si siempre fuiste tan encantador.

—¿Se te ha olvidado? Estoy consternado —dijo él con una risa.

—¿Tienes algún defecto?

—Oh, tal vez tenga algunos —respondió Trev con una sonrisa—. ¿Merendamos, milady?

Mientras Laurent y John entraban con las cestas, Matilda comenzó a contarle los planes de boda, que ya estaban en marcha. Trev desplegó una manta de lana y la puso en el suelo. John avivó el fuego de la chimenea. Todo el mundo tomó un plato y comenzó a servirse comida. Adelaide llevó a Aimee al salón, tal y como había pedido Evelyn. La niña se quedó boquiabierta.

—Mamá, ¿qué hacéis?

—Vamos a hacer una merienda, hija, pero dentro de casa, porque hace demasiado frío para estar fuera.

Evelyn tomó a Aimee de la mano y se quedó mirando la merienda con incredulidad. Las cestas contenían pollo asado, empanadillas de cordero, bandejas de fruta y queso, pan recién hecho y vino blanco y tinto. Había comida suficiente para alimentar al grupo durante varios días.

—¿Qué tal estás, Aimee? —le preguntó Trev. Cuando

Aimee se ruborizó, él sonrió a Evelyn—. Es exactamente igual que tú.

John le entregó a Aimee un plato lleno de comida, y Evelyn sonrió con agradecimiento.

Un poco después, todo el mundo estaba sentado en el suelo, con las piernas cruzadas, con copas de vino y platos bien servidos. Trev estaba a la derecha de Evelyn, y Aimee, a la izquierda.

—¿Qué tal en Londres? —preguntó él con una sonrisa.

Ella decidió, al instante, que nunca iba a mentirle.

—Lo pasé muy bien, en realidad. Me alojé en casa de lady Paget.

A él no le cambió la sonrisa, pero sí la mirada.

—Entiendo. Pensaba que tu viaje estaba relacionado con una cuestión de negocios. No sabía que conocías a lady Paget.

Ella se mordió el labio.

—No la conocía, pero fui a verla de todos modos.

—Claro. Eres muy decidida —dijo él. Seguía sonriendo, pero su mirada era más dura—. Yo no he visto a Greystone, Evelyn, así que no he podido hablar con él de tu parte.

Ella vaciló. Ya no necesitaba que Trev intercediera por ella ante Jack.

—Aunque estoy en contra de que tengas tratos con él, y sigo preocupado por ti, soy tu amigo, Evelyn, y solo deseo ayudarte si es posible.

—Te lo agradezco mucho, Trev, y me alegra que sigamos siendo amigos, aunque hayan pasado tantos años.

Él la observó atentamente.

—Espero que lo digas en serio. No esperaba que volviéramos a vernos, pero francamente, estoy muy contento de que hayas vuelto a Cornualles.

—Ojalá hubiéramos podido reunirnos en otras circunstancias.

—Sí, ojalá. Yo también lo hubiera preferido —respondió él con seriedad.

Evelyn sabía que Trev estaba pensando en la muerte de su esposa, igual que ella estaba pensando en la muerte de Henri.

—¿Conseguiste ponerte en contacto con Greystone? —le preguntó él.

Ella notó que le ardían las mejillas.

—Sí, lo conseguí. Hablamos, aunque brevemente, en Bedford House.

Él ya no sonreía.

—¿Y se ha resuelto el problema?

Ella dejó la copa de vino en el suelo.

—Me gustaría poder contártelo todo, Trev, pero creo que es mejor que no lo haga.

—Yo no quiero entrometerme, pero me da la sensación de que el asunto no se ha solucionado.

—¿Por qué estás en contra de que tenga tratos con él? Mucha gente tiene una buena opinión de Jack Greystone.

—Lo sé —dijo él, y dio un sorbo a su vino—. Es un gran marino, Evelyn, un gran contrabandista, y tal vez un espía muy inteligente, para alguno de los dos bandos.

Ella se sobresaltó.

—Y, además, es mi amigo —continuó Trevelyan—. Lo conozco desde hace tanto tiempo como te conozco a ti. Pero tú eres demasiado bella como para que él no se fije en ti, y Jack es un mujeriego sin escrúpulos.

La hermana de Jack Greystone le había dicho exactamente lo mismo, pensó ella mientras apartaba la mirada.

—Supongo que esto tiene algo que ver con el contrabando. Da la casualidad de que sé que tu marido participó en el negocio durante un tiempo, aunque recientemente no —dijo Trevelyan, haciendo girar su vino en la copa. Después de un instante, añadió—: Él debe de querer ayudarte.

—No quiero engañarte. Necesito los servicios de un contrabandista, y sí, Jack ha accedido a ayudarme.

—¿Ya le llamas por su nombre de pila? ¿Acaso Greystone se te insinuó?

Evelyn se puso en pie con tanta brusquedad que derramó un poco de vino.

—Eso que has dicho es algo terrible —dijo con agitación.

Trevelyan también se puso en pie.

—Estás nerviosa. Sin embargo, tú nunca pierdes la calma. Entiendo que Jack sí se te insinuó, o intentó algo inapropiado contigo. Pero es lógico, ¿cómo iba a resistirse? —preguntó. Se le habían oscurecido tanto los ojos que parecían azul marino.

¿Qué quería decir con aquello? ¿Y qué debía responder ella? No quería mentirle a Trevelyan.

—Se está haciendo tarde —dijo Evelyn por fin—. Ya es hora de acostar a Aimee. ¿Me disculpáis?

Al darse cuenta de lo rápidamente que iba a averiguar Trevelyan que había ocurrido algo inadecuado, o peor, que ella sentía un interés absurdo por Greystone, Evelyn llamó a Aimee, que estaba a punto de quedarse dormida en el suelo.

—Vamos, *chérie*, da las buenas noches a nuestros amigos.

Sin embargo, Trevelyan la tomó del brazo.

—No lo niegas —dijo.

Ella se mordió el labio.

—Soy una mujer adulta. Puedo arreglármelas con un mujeriego o dos.

—No quiero que te trate con crueldad, Evelyn, y no quiero que te haga daño. Ya has sufrido lo suficiente. ¡Y sufrirás si tienes relación con él!

Evelyn se estremeció. Estaba consternada.

—No he tenido relación alguna con él, al menos tal y como tú piensas.

Él la observó con suma atención.

—¿No recuerdas que, una vez, yo sentí algo por ti?

—Eso fue hace mucho tiempo —respondió ella suavemente.

—Sí, es cierto, y ahora los dos somos más adultos y más sabios. Y supongo que más independientes —dijo Trevelyan. Le soltó el brazo y sonrió a Aimee—. Que duermas bien, Aimee.

La niña bostezó.

—Buenas noches, milord.

—Vuelvo ahora mismo —prometió Evelyn.

Cuando salió al pasillo, con su hija de la mano, tenía el corazón acelerado. Estaba casi segura de que Trevelyan sentía interés por ella, y no sabía qué hacer. No quería darle falsas esperanzas.

Al instante, pensó en Jack. Evelyn subió las escaleras con Aimee, mientras oía a sus invitados abajo, conversando tranquilamente. Adelaide apareció en el pasillo y fue hacia ellas.

—Dejad que yo la acueste, señora. Vuestros invitados siguen en el salón —dijo ella.

Evelyn se inclinó y abrazó a su hija.

—¿Te lo has pasado bien?

Aimee asintió.

—Ha sido el mejor picnic del mundo, mamá.

Evelyn la besó.

—Entonces, que duermas muy bien. Pronto haremos otro picnic como este.

Vio a Adelaide y a su hija entrar en el dormitorio de Aimee. Había sido una tarde estupenda. Era reconfortante saber que tenía familia a quien le importaba, y que Trevelyan era un amigo leal. Sin embargo, no sabía qué hacer con respecto a su interés por ella, si era un interés romántico, tal y como sospechaba. Entonces, recordó que todavía tenía un año de luto por delante. No tenía por qué tomar ninguna decisión.

Bajó las escaleras lentamente y se acercó al salón. Vio a John recogiendo los platos y las bandejas. Matilda estaba doblando la manta del picnic. El fuego ardía alegremente en la chimenea, y las lámparas de queroseno seguían encendidas. La escena era muy agradable.

—¿Dónde está Trev? —preguntó.

—Está fuera, cargando el carruaje —respondió John.

Evelyn se envolvió en el chal y salió al vestíbulo. Entonces se quedó inmóvil. Desde su posición, a través de la ventana que había junto a la puerta principal, veía a Trevelyan hablando con Jack Greystone.

Jack se apoyó contra el árbol, dándole una calada al puro, observando el salón alegremente iluminado de Evelyn. Ella estaba con su hija, con John y su prometida y con Ed Trevelyan. Todos reían, sonreían y conversaban. Todos parecían satisfechos y contentos. Había sido una tarde larga y agradable para todo el mundo, salvo para él.

Trevelyan no le quitaba los ojos de encima a Evelyn.

Jack soltó una suave imprecación. Le parecía imposible, pero estaba celoso.

En cuanto se dio cuenta, tiró el puro al suelo y lo aplastó con el tacón de la bota. ¿Por qué iba a importarle a él lo que ocurriera entre su amigo y Evelyn? Trevelyan fue un mujeriego en su juventud, pero ahora estaba en situación de contraer matrimonio, y además era el heredero de una baronía. Evelyn, por su parte, era una viuda que necesitaba un marido rico. Eran perfectos el uno para el otro.

Jack seguía siendo un mujeriego. Era un donjuán que no tenía remordimientos por serlo, un contrabandista y un espía. No tenía tiempo para aventuras ni relaciones, ni quería tenerlo. Las cosas le gustaban tal y como eran. La mar era su amante, y el contrabando y el peligro eran su forma de vida.

Solo iba a ayudarla a recuperar aquel endemoniado oro de Francia porque se trababa de una viuda con una hija pequeña, a la que su marido había dejado sin nada de una forma muy irresponsable. La ayudaría porque era lo correcto. Y también porque era demasiado bella como para negárselo. Iba a tener que extremar la cautela para no empezar a sentir un verdadero interés por Evelyn D'Orsay y, por supuesto, debía olvidar cualquier gesto íntimo que hubieran compartido. También debía ignorar la tentación que representaba aquella mujer cada vez que estaban en la misma habitación.

La velada estaba tocando a su fin. El sol se había puesto y el grupo iba a volver a casa después del anochecer. Evelyn había dejado el salón para llevar a su hija a la cama, seguramente.

Jack se dio cuenta de que Trevelyan también iba a dejar el salón. Sin embargo, no creía que su amigo fuera a marcharse ya. Más bien, intentaría hacerle alguna insinuación a Evelyn.

Jack rodeó la terraza y se encaminó hacia la entrada de la casa. En aquel momento, Trevelyan salía hacia el carruaje portando dos cestas. Jack se acercó a él justo cuando su amigo colocaba su carga en el interior del vehículo. Cuando se dio la vuelta y vio a Jack, Trev se quedó sorprendido.

Jack sonrió, pero no se sintió especialmente bien recibido.

—¿Lo has pasado bien durante el picnic con lady D'Orsay?

Trev sonrió ligeramente.

—Hola, Jack —dijo, mientras se alejaba del carruaje—. Sí, ha sido una tarde muy agradable, pero es evidente que tú ya lo sabes. ¿Cuánto tiempo llevas espiando?

—Un par de minutos —mintió Jack.

Trev lo miró con escepticismo.

—No sé por qué no te has unido a nosotros. John y yo somos amigos tuyos.

Era cierto, podía haberse unido al grupo. La familia Trevelyan llevaba generaciones financiando los viajes de los contrabandistas. El barón había hecho grandes inversiones en los viajes de Jack, y Trevelyan lo había acompañado en varios de aquellos viajes hacía unos años, por el mero hecho de correr aventuras. Y, de vez en cuando, Trev dirigía alguna operación para Warlock, aunque Jack nunca había conocido los detalles. Hacía nueve meses lo había llevado a St. Malo y lo había dejado allí para que cumpliera alguna misión peligrosa.

—Parece que he llegado demasiado tarde como para participar —dijo Jack con una sonrisa.

—Ya —respondió Trev, apoyándose en el carruaje—. ¿Vienes a visitar a Evelyn?

A Jack se le borró la sonrisa de los labios. La llamaba por su nombre de pila. Claro, era de esperar.

—No pensarás que vengo a visitar a sus sirvientes.

—No creo que ninguna asociación entre vosotros dos pueda tener una conclusión feliz.

—¿De veras? —preguntó Jack divertido—. ¿Acaso ahora te has convertido en su protector?

—Si es necesario, sí.

—¿Y ella te ha dicho lo que quiere? —le preguntó Jack.

Trev no era un marino, pero era un hombre muy valiente y muy eficaz. Con sus contactos, podía contratar a cualquier contrabandista para que ayudara a Evelyn, si ella se lo pedía.

—No, no me lo ha dicho, pero me imagino que desea invertir en uno de tus viajes y, aunque a mí no me gusta, sé que su marido la ha dejado en la pobreza, y que tú eres una apuesta segura.

Así que Evelyn no le había pedido a Trevelyan que fuera a Francia a buscar su fortuna.

—No has respondido a mi pregunta. ¿Lo has pasado bien esta tarde con la condesa?

—Me sorprende que lo preguntes. ¿Qué hombre con sangre en las venas no pasaría un rato agradable en su compañía?

—Recuerdo cuando éramos jóvenes y recorríamos juntos esta zona. Bebíamos salvajemente, y seducíamos a todas las muchachas.

—Eso fue hace mucho tiempo.

—¿Estás encaprichado con ella?

Trev abrió mucho los ojos.

—¿Por qué me preguntas eso?

—Somos amigos. Tengo curiosidad.

—Conozco a Evelyn desde hace muchos años. Está atravesando una difícil situación, y quiero ayudarla. Ahora estamos recuperando nuestra amistad.

Mientras Jack asimilaba aquella respuesta, Trevelyan preguntó:

—¿Y tú? ¿Acaso quieres seducirla, o vas a respetar el hecho de que es viuda y está de luto por su marido?

Antes de que Jack pudiera pensar cuál era la mejor forma de responder, oyó abrirse la puerta de la casa, y se giró. Evelyn estaba en el umbral, pálida y envuelta en un chal. A él se le aceleró el corazón cuando sus miradas se cruzaron.

Trev carraspeó.

—Tienes visita —le dijo con desagrado a Evelyn. Después miró a Jack—: Jack, pienses lo que pienses, deberías pensar de diferente forma.

Jack se giró y lo miró.

—¿Desde cuándo me dices lo que tengo que pensar?

Antes de que Trevelyan pudiera responder, Evelyn bajó las escaleras.

—Hola, señor Greystone —dijo, mirándolos con preocupación.

—¿De verdad vas a seguir llamándome señor Greystone? —le preguntó Jack, sonriendo—. Preferiría que me llamaras «Jack».

Ella se mordió el labio y miró a Trevelyan.

Jack también miró a su amigo, que tenía una expresión tensa. Supo sin dudarlo que Trev ya no quería marcharse.

—Es un poco tarde para recibir visitas —dijo ella con inseguridad—, pero tenemos que tratar algunos asuntos. ¿Entramos?

Jack miró a Trev.

—Conduce con cuidado —le dijo, encogiéndose de hombros—. Ya sabes que las carreteras son peligrosas de noche —añadió, y comenzó a subir los escalones de la entrada.

Mientras lo hacía, Evelyn comenzó a bajarlos. Él se detuvo al darse cuenta de que ella quería hablar con Trevelyan. No tenía intención de entrar y dejarlos a solas. Vio que Trevelyan le tomaba ambas manos, pero por mucho que intentó escuchar la conversación que mantenían, no pudo descifrar ni una sola palabra hasta que Trev se inclinó y Evelyn dijo:

—Buenas noches.

Jack se preguntó si estaban comenzando un romance.

Pocos minutos después, Trevelyan, John y Matilda se marcharon.

—¿Lo has pasado bien en el picnic?

Evelyn estaba a solas con Jack Greystone en su salón, y tenía el corazón acelerado. En realidad, estaba nerviosa desde que había visto a Jack en la puerta de su casa. Sin embargo, ahora que estaban juntos la sensación de nerviosismo había aumentado. Casi no podía respirar.

—Tienes la costumbre —dijo ella lentamente— de llegar inesperadamente, y a horas intempestivas.

Él sonrió.

—Es una costumbre que me salva del patíbulo.

Evelyn se encogió al oír aquello.

—¿Qué sucede? —preguntó él, acercándose y mirándola con atención—. ¿Te molesta pensar que puedo terminar bailando al extremo de una soga?

—Claro que sí —respondió ella al oír aquel comentario tan gráfico, que parecía que a él le gustaba. Greystone se detuvo muy cerca de ella.

—No has respondido a mi pregunta —dijo—, pero no es necesario que lo hagas. Yo estaba mirando por la ventana antes de que Trevelyan saliera de la casa —explicó, y metió las manos en los bolsillos de su chaqueta de lana verde.

Evelyn se marchó rápidamente hacia la chimenea para atizar el fuego. Si hubiera sabido que él iba a aparecer, no estaría tan nerviosa. ¿O sí? Su presencia era siempre muy inquietante. Él llenaba la habitación y dominaba el ambiente. Ningún otro hombre había conseguido que ella se sintiera tan consciente de su proximidad.

De repente, Evelyn se puso muy tensa. Greystone se había acercado a ella y estaba a su espalda.

—Has pasado una tarde muy agradable —dijo él, y ella sintió su respiración en el cuello y en la mejilla—. No sabía que Trev y tú fuerais viejos amigos.

Ella se giró, se chocó contra su pecho y se alejó de un salto. ¿Por qué la acosaba? ¿Por qué se burlaba de ella?

—Tenemos algo en común —dijo nerviosamente—. Nos conocemos desde niños. ¿Desde hace cuánto lo conoces tú?

—Desde que era un crío —respondió él, sin dejar de sonreír y mirarla implacablemente—. Su familia participa en el contrabando desde hace generaciones.

—Entonces, sabrás que es un buen hombre.

—Pronto estará cortejándote.

Ella se quedó helada.

—¿Cómo?

—No disimules. Sabes perfectamente que está comiendo de tu mano.

—¡Eso no es cierto!

—Claro que sí. Está enamorado de ti —dijo Jack. Se dio la vuelta y comenzó a pasearse con impaciencia por el salón.

Evelyn se retorció las manos. ¿Por qué estaban hablando de su amistad con Trev?

—Tengo la sensación de que está interesado —dijo—, pero espero que no sea así.

—¿Y por qué no? Él tendrá que volver a casarse algún día. Y tú también. ¿O acaso no estas dispuesta a rebajarte casándote con un barón, que es el título que él va a heredar? —le preguntó Jack, que ya no sonreía. Se detuvo y la miró directamente.

—Estoy de luto. No tengo planes de volver a casarme.

—Claro que sí. Sería muy extraño que no lo hicieras.

¿Era eso lo que pensaba Greystone? ¿Que ella pensaba casarse de nuevo aunque todavía estuviera de luto? ¿Creía que ella tenía interés por Trevelyan? Se quedó perpleja.

—Entiendo que todavía no te ha besado.

A ella se le escapó un jadeo de asombro.

—¡Es un caballero!

—Así que tengo razón —dijo él, con una breve sonrisa.

—¿Por qué me estás preguntando acerca de Trevelyan? ¿Acaso no has venido para hablar sobre el viaje a Francia?

—Sentí curiosidad —dijo él, encogiéndose nuevamente de hombros— al darme cuenta de que había un flirteo.

Evelyn sabía que ella no había flirteado. Sin embargo, las damas solían flirtear, y no había nada reprochable en aquel comportamiento.

—Él fue muy galante viniendo aquí con el pretexto de llevarnos de excursión para poder traernos comida —explicó—. Ni siquiera se llevaron lo que ha sobrado.

—Sí, verdaderamente es un héroe —dijo él—, pero no va a ir a Francia por ti.

Ella se mordió el labio.

—No. No va a ir a Francia por mí.

De nuevo, se miraron fijamente, y él sonrió.

—¿Hablamos del viaje?

Ella se acercó al sofá y se sentó.

—Temía que hubieras cambiado de opinión.

Él se sentó también, pero no en el otro extremo del sofá, sino en el medio, arrinconándola en la esquina que ella había ocupado. Entonces estiró las piernas y se apoyó en el respaldo del sofá.

—Te di mi palabra, Evelyn.

A ella se le aceleró el corazón. Él tenía la chaqueta abierta, lo suficiente para dejar a la vista su pecho ancho y su abdomen plano bajo la camisa de algodón blanco. Ella miró la pistola y la daga que tenía en la cintura, asomando por debajo de la chaqueta.

Evelyn apartó los ojos. Se le había quedado mirando fijamente, y recordando la última vez que habían estado juntos. Había sentido su cuerpo duro y poderoso al abrazarlo. ¿Cómo iba a olvidar aquel momento?

Su marido la había abrazado muchas veces, pero nunca de una manera tan memorable.

—Voy a ir a Francia mañana al amanecer —le dijo él.

—¿Mañana? —preguntó ella alarmada. Recuperó el sentido común al instante. Quería ir con él, pero el día siguiente era demasiado temprano.

—Sí, mañana. Parece que te inquieta.

Evelyn se sentía muy alarmada porque no deseaba tratar el tema en aquel momento. Le quedaban muy pocas cosas que vender y, cuando antes fuera a Francia, mejor.

—Estoy sorprendida —dijo. ¿Cómo podía mencionarle que tenía intención de acompañarlo, que temía que no pudiera encontrar el oro si no era con su ayuda?—. Pero también estoy entusiasmada. Ya me he deshecho de la mayoría de mis joyas —añadió, pensando en Ed Whyte.

—¿Qué quieres decir?

—Hablé con otro contrabandista antes de que tú accedieras a ayudarme. Se llama Ed Whyte. Fue una reunión desagradable, por decirlo suavemente.

—¿Cómo? —preguntó él, con cara de consternación, y se incorporó.

¿Acaso estaba preocupado?

—Cuando rechazaste mi oferta, tuve que seguir ocupándome del asunto.

—Era de esperar. ¡Qué terca eres!

Ella no supo qué significaba su intensa reacción. Su mente comenzó a trabajar febrilmente. Aquello era una distracción, cuando lo que en realidad necesitaba era pensar en el mejor modo de plantear su siguiente petición.

—Pensaba que habíamos llegado a un acuerdo. Le di mi anillo y mis pendientes de zafiros. Él se marchó con las joyas y sin la menor intención de volver, pero yo me di cuenta demasiado tarde.

Jack agitó la cabeza.

—Te robó —exclamó con incredulidad.

—Sí.

—Debería haberte dicho que te mantuvieras alejada de Ed Whyte. No tiene honor, es un hombre traicionero.

—Ya he aprendido la lección —dijo ella lentamente.

Él entrecerró los ojos.

—¿Qué quieres decir?

Ella tomó aire.

—Que confío en vos, y que no confiaba en Whyte. ¿Dónde está vuestro barco?

Él la observó. Cambió de posición y cruzó las piernas.

—En la cala que hay bajo la casa de vuestro tío. ¿Por qué?

Él podría estar a bordo en menos de una hora, y ella también. Faraday Hall estaba a una hora de camino a caballo.

—No sabía que habíais fondeado tan cerca.

—Utilizo a menudo esa cala —respondió él. Volvió a erguirse y descruzó las piernas. Entonces la miró con desconfianza—. Necesito mapas. Debéis tomar papel y pluma.

Ella sabía que tenía que decirle que iba a ir con él a Francia, pero en aquel momento no tuvo el valor de hacerlo. Asintió, se levantó y fue a la biblioteca, que estaba al lado del salón. En el escritorio se detuvo un instante para recuperar la calma. Si no le pedía que le permitiera acompañarlo, tenía la opción de embarcar a escondidas, sin que él lo supiera.

Alzó la vista.

Jack estaba en la puerta de la sala, mirándola con recelo.

—Sé que estás tramando algo —dijo suavemente—. ¿De qué se trata?

A ella se le encogió el estómago.

—¡No estoy tramando nada!

Él se acercó al escritorio y sacó la silla de Henri. Evelyn se sentó sin dejar de mirarlo.

Él se colocó tras ella, y puso una de las manos sobre la mesa.

—¿Dónde está tu castillo, exactamente?

Evelyn se dio cuenta de que a él se le había borrado la desconfianza de los ojos. Estaba concentrado y serio.

—¿Sabrás encontrar el camino desde las afueras de la ciudad? —le preguntó.

—Por supuesto.

Evelyn mojó la pluma en el tintero y comenzó a explicar:

—El camino más rápido es tomar el bulevar principal que atraviesa la ciudad y torcer hacia el sur en la rue Lafayette. Así saldrás de la ciudad. Si permaneces en esa carretera, atravesarás un viñedo; al llegar al segundo, debes torcer a la derecha y tomar un sendero de tierra que no tiene indicación alguna. El castillo D'Orsay está a un kilómetro de distancia por esa carretera, rodeado de viñas.

Mientras hablaba, Evelyn fue dibujando un mapa rápidamente. Él no se movió, y se convirtió en una distracción para ella al permanecer tan cerca. Cuando terminó de trazar el mapa, Evelyn alzó la vista.

Él le dijo con semblante serio:

—La última vez que estuviste allí fue hace cuatro años, ¿verdad? Tal vez los viñedos hayan desaparecido, o los hayan quemado. Y tal vez ese camino de tierra ahora tenga una señal. Necesito más datos.

Tenía razón.

—Justo antes de la última carretera, al norte, verás las ruinas de una torre —le dijo.

Él le quitó la pluma de la mano y escribió una equis en el lugar que ella le había indicado.

—¿Es correcto?

—Sí —murmuró ella.

Él dejó la pluma sobre el escritorio, y sus manos se rozaron.

—¿Dónde está el baúl de las reliquias familiares dentro de tu propiedad?

Evelyn titubeó, porque su enorme mano estaba junto a la de ella.

—Evelyn.

Entonces, ella se humedeció los labios, abrió un cajón del escritorio y sacó una llave. Después se agachó y abrió un cajón oculto que estaba al fondo del escritorio.

—Antes de morir, Henri me dio este mapa —dijo, y sacó un papel plegado que le tendió a Jack Greystone—. Obviamente, ese cuadrado oscuro es el castillo. En el jardín trasero hay tres robles gigantescos, junto a la terraza del salón de baile. Henri enterró un gran cofre en el centro de ellos, y eso es lo que significa esta cruz que ves aquí.

Jack lo estudió brevemente. Después puso el mapa sobre el escritorio.

—Bien —dijo.

Evelyn se preguntó si él sentía la mitad de tensión que ella. Se preguntó si le faltaba el aliento, o si estaba teniendo pensamientos inapropiados.

—Deberías esconder el mapa de tu marido. Y destruye el otro —dijo él, sosteniéndole la mirada.

Ella se sobresaltó.

—¿No los necesitas?

—Lo he memorizado todo —dijo él, con suavidad.

A Evelyn se le aceleró el corazón al oír su cambio de tono de voz y al ver el brillo de sus ojos. Sin embargo, ya no quedaba nada más que decir ni hacer. Él ya tenía toda la información que necesitaba para ir a Francia. Seguramente, Jack Greystone se despediría y se marcharía en aquel momento.

Entonces, ella se dio cuenta de que no habían hablado del pago. ¿Era aquel el motivo por el que seguía tan inmóvil a su espalda? ¿O acaso también estaba pensando en la atracción que había entre ellos?

Evelyn le preguntó:

—¿Cómo voy a pagarte?

Él miró su boca, y de repente, entrecerró los párpados, de modo que sus ojos quedaron escondidos.

—Tú decides —murmuró.

Evelyn tomó aire bruscamente. ¿Había malinterpretado su

mirada? ¿Qué significaba lo que acababa de decirle? ¿Acaso ella no lo sabía?

Evelyn miró los mapas que había en el escritorio; le resultaba imposible pensar con claridad. Él pasó la mano por encima de su brazo y tomó el mapa que había dibujado Evelyn y, en aquella ocasión, el roce de su brazo fue mayor. Ella giró la cara hacia él y lo vio romper el mapa sin apartar los ojos de ella.

Con cautela, Evelyn le preguntó:

—¿Y el pago por adelantado que querías?

Pasó un instante tenso. Finalmente, Jack respondió:

—Renuncio a él.

Ella deseaba con todas sus fuerzas estar entre sus brazos, pero estaba de luto, necesitaba que él fuera a Francia y se había convencido a sí misma de que aquello sería cruzar una línea muy fina en aquel momento.

—Pareces un ciervo que se ha quedado paralizado de miedo ante el cañón de mi escopeta —dijo él—. Pero no hay ningún arma, ¿no?

—Me pones nerviosa.

Él se inclinó sobre ella y apoyó la mano en el escritorio. Su pecho quedó en contacto con el hombro izquierdo de Evelyn. Ella se sintió atrapada entre él y la mesa. Sin duda, él la había puesto deliberadamente en aquella posición.

A Evelyn le latía con fuerza el corazón. ¿Acaso iba a besarla? ¿Por qué, si no, se había colocado así?

—¿Por qué te pongo nerviosa? —le preguntó.

Ella se estremeció.

—Creo que ya lo sabes.

Él estaba mirando su boca. Pareció que sonreía. Sin embargo, no la besó. No iba a cruzar aquella línea, pensó Evelyn con consternación.

—Estoy muy agradecida —susurró.

A él le ardieron los ojos.

—¿De veras?

Se apoyó con más firmeza en el escritorio, apretándole el hombro con el pecho.

—Si vas a jugar con fuego, te advierto que mi caballerosidad tiene un límite.

Evelyn ni siquiera entendía lo que le estaba diciendo. No quería pensar en lo que estaba sucediendo. Le tomó la barbilla con una mano. Quería que la besara.

La mirada de Jack era cada vez más ardiente.

—Me juré que iba a resistirme a todas las tentaciones —dijo con aspereza.

Entonces, ella supo que iba a besarla. Él se inclinó hacia delante, la agarró del brazo y atrapó sus labios.

Ella no se movió mientras sus bocas se fundían salvajemente. El corazón se le aceleró, y sintió un calor abrasador en el cuerpo. Se arqueó desesperadamente hacia él. Sabía que estaba de luto, pero, ¿cómo podía ser que algo que estaba mal fuera tan increíblemente bueno?

Él se apartó, con la respiración entrecortada.

—¿Vas a mandarme a Francia con algún recuerdo tuyo?

Era difícil pensar, cuando lo único que quería era estar un momento más entre sus brazos. Se levantó de la silla, temblando, muy consciente de lo que él le había pedido. Entonces él la abrazó de nuevo y la besó apasionadamente.

Evelyn se agarró a sus hombros y sintió la tensión de su cuerpo. Ella misma estaba rígida. Antes de estar en brazos de Jack nunca había sentido un deseo real. En aquel momento lo supo. Y aquello era una pasión tan abrasadora que casi le daba miedo, porque estaba dispuesta a hacer lo impensable.

Entonces pensó en Aimee, que podía despertarse y sorprenderlos. Y pensó en Henri, que acababa de morir. ¡Sin embargo, no quería pensar en su marido ni en su hija en aquel momento! Solo quería seguir besando a Jack Greystone, sin fin, sin vergüenza. Quería seguir sintiendo aquel fuego.

Pero él se apartó de nuevo, entre jadeos.

—Te deseo, Evelyn. Siempre te he deseado. Pero no quiero más juegos. Ya no somos niños.

Ella respiró profundamente. Tuvo que agarrarse al escritorio para poder mantenerse erguida. Su voz era sorda; ella nunca había oído un tono así. Y se daba cuenta de lo que estaba pasando, de dónde estaba exactamente: al borde de un precipicio. Si daba un paso más, caería.

¿Sería eso tan terrible?

Sus miradas quedaron atrapadas una vez más. A él le brillaban los ojos, y había una pregunta en ellos.

Evelyn vaciló. Intentó elegir, algo que casi le resultaba imposible con tanto deseo en el cuerpo. Sin embargo, ella solo se había acostado con su marido, que la amaba. Henri había muerto hacía solo cinco semanas. Pese a la intensa atracción que sentía por Jack, estaba de luto por su marido.

—¿Vas a llevarme a tu habitación? —le preguntó él sin rodeos.

Ella se abrazó a sí misma, lentamente.

—No puedo.

Él frunció los labios.

—Así que has querido engañarme otra vez.

—¡No! —exclamó ella, agitando la cabeza—. Quiero estar entre tus brazos, pero… Henri ha muerto. Yo estoy de luto, y nosotros dos ni siquiera estamos enamorados.

—Esto no tiene nada que ver con el amor. Esto es mejor que el amor, y tú lo sabes.

¿Qué quería decir?

—Henri me cortejó y se casó conmigo. Él me quería. Tú no me quieres. No puedo.

Él se quedó mirándola con incredulidad durante un largo instante.

—No puedo creer que estés usando la excusa del amor para rechazarme —dijo, y cabeceó—. Pero no tengas miedo. Es mejor así. En realidad, prefiero evitar tu cama. Nos veremos cuando vuelva de Francia.

Entonces, se dirigió hacia la puerta con zancadas largas y fuertes.

¡No podía dejar que se marchara así!

—¡Jack, espera!

Él se giró en la puerta.

—Deberías sentirte agradecida, Evelyn —le advirtió él.

—No quería jugar contigo. ¡No quiero que pienses tan mal de mí!

—¿De veras?

—¡Estoy muy confusa!

Él la miró con frialdad.

—Bueno, pues yo no. Zarparé con la marea. Buenas noches, condesa —dijo.

Y, con aquellas palabras, salió.

CAPÍTULO 8

El sol se asomaba por el horizonte.

Evelyn se arrebujó en su capa de lana. Iba sentada junto a Laurent en el pescante de su carruaje, y miraba con atención el barco fondeado en la cala que había bajo la casa de su tío. Corría una brisa helada, y ella se estremeció de frío, pero sabía que aquel tiempo era perfecto para navegar.

El barco era más grande que el de hacía cuatro años, y tenía más cañones, pero por lo demás parecía igual: tenía las velas y el casco negros. A la luz del amanecer, su aspecto era inquietante.

Sin embargo, la cala sí había cambiado. Se había construido un embarcadero que iba desde la playa hasta el lugar donde estaba anclada la nave, y la pasarela de embarque permanecía bajada. Hacía años que Evelyn no volvía a aquella cala; desde antes de casarse. Se había preguntado cómo iba a subir a su barco, pero aquel embarcadero resolvía sus problemas. Sin embargo, la pasarela podía subir en cualquier momento; en cubierta había una gran actividad, porque los marineros lo estaban preparando todo para zarpar. Aquella era una escena familiar que ella recordaba de su vida en Faraday Hall.

No había podido dormir en toda la noche, y no solo por la asombrosa pasión que había sentido en brazos de Jack, ni por su cobarde negativa a consumar aquella pasión. También sentía miedo por aquel viaje a Francia, y por el hecho de que, seguramente, Jack Greystone estaba muy enfadado con ella.

—Este es un plan horrible —le dijo Laurent mientras echaba el freno del carruaje—. Él todavía no nos ha visto. ¿Por qué no nos damos la vuelta y volvemos a casa? Podéis confiar en el capitán Greystone. Él no os robará el oro.

En aquel momento, Jack salió de su camarote y comenzó a caminar por la cubierta. A verlo, Evelyn tomó aire y dijo:

—Ahí está. Ahora debo ir a presentarme ante él.

Laurent la tomó del brazo antes de que ella pudiera bajar del coche.

—¿Por qué, *madame*? ¿Por qué tenéis que ir a Francia y arriesgar la vida?

—Me temo que él no será capaz de encontrar el oro, y volverá con las manos vacías. No podemos permitírnoslo —dijo Evelyn. Entonces, bajó al suelo, tomó su pequeña bolsa de viaje y comenzó a caminar hacia la arena.

Laurent se puso a su lado.

—¡El señor Greystone tiene un mapa! Si queréis estar más segura, yo podría ir en vuestro lugar.

—Tengo que ir con él, y confío en que sabrá protegerme, igual que sé que tú protegerás a Aimee en mi ausencia —dijo ella.

Laurent soltó un gruñido.

—Lo que decís no tiene sentido.

—¿Y si hay algún problema? Lo estoy enviando a correr un grave peligro.

—¡Razón de más para que vaya solo!

—No, razón de más para acompañarlo —replicó ella.

La noche anterior había empezado a preocuparse mucho por el peligro al que Jack iba a exponerse en Francia. Y en aquel momento, cuando su partida era inminente, se sentía más preocupada que nunca por su seguridad.

Atravesó la playa con los ojos clavados en Jack. Él estaba en la barandilla del *Sea Wolf II*, junto a la pasarela. Tenía una postura rígida y los brazos cruzados sobre el pecho. Su expresión era de desagrado. Ella ni siquiera intentó sonreír.

—Buenos días.

—¿Qué es esto?

Ella puso la mano en la barandilla de la pasarela y subió.

—¿Vas a zarpar para Francia?

—Sí.

A ella se le aceleró el corazón. Pese a la discusión que habían tenido la noche anterior, él iba a ayudarla de todos modos.

—Quería decírtelo anoche. Tengo que ir contigo.

Mientras empezaba a subir por la pasarela, con el pulso acelerado, no era capaz de mirarlo a la cara.

—¡Y un cuerno!

Él saltó sobre la barandilla, cayó en la pasarela y comenzó a bajar a grandes zancadas.

La agarró por la muñeca antes de que Evelyn hubiera recorrido la mitad del camino, y la detuvo.

—Puedo ayudarte a encontrar el cofre —le dijo ella.

—Estamos en guerra contra Francia, y el Canal de la Mancha está infestado de barcos de guerra. ¡Y Francia está sumida en la Revolución! ¿Estás loca? Mi barco no es lugar para una mujer, y Francia tampoco.

—Muchas mujeres viven en Francia, como hice yo durante varios años. Tú tienes que ir a mi castillo, y puede que sea peligroso. Quiero ayudarte en todo lo que pueda.

Él no daba crédito a lo que estaba oyendo.

—¡Puedes ayudarme volviendo a Roselynd, donde estarás a salvo!

Ella lo miró directamente a los ojos y dijo con suavidad:

—Siento lo de anoche.

Él tomó aire.

—Eso es un golpe bajo.

—Quería hablar de esto anoche, pero nos distrajimos del viaje.

Él la soltó.

—Sí, es cierto. No tienes permiso para subir a mi barco.

—Lo haré de todos modos —replicó ella, y subió por la pasarela, aunque por dentro estaba acobardada.

Él volvió a tomarla del brazo e hizo que se diera la vuelta.

—¿Estás dispuesta a ignorar mis órdenes?

Ella asintió.

—Sí, Jack. Puedo ayudarte, lo sé. Tal vez te resulte difícil encontrar mi casa, aunque tengas el mapa. Y yo hablo francés perfectamente, por si te interrogan. He traído disfraces en el carruaje, y podríamos pasar por dos sirvientes. Conozco muy bien la zona.

Él negó con la cabeza.

—No necesito tu ayuda, y nunca jamás te permitiría desembarcar en Francia.

—Por favor. Tú sabes que esto es por mi hija, en realidad, por su futuro. Tengo que ir contigo. Si hay algún problema, podemos resolverlo juntos.

—No confías en mí.

Ella se echó a temblar.

—Claro que sí. Pero como madre, no puedo permitir que vayas sin mí. No puedo soportar quedarme esperando tu regreso en Roselynd, preguntándome si has encontrado el castillo y el cofre, o si has tenido algún problema. ¡Y si necesitas mi ayuda? Por favor —suplicó ella, y le tocó el brazo. Sin embargo, evitó decirle que tampoco podría soportar la preocupación que iba a sentir por él.

Él apartó el brazo y la miró con dureza.

—No es seguro —le advirtió.

¡Estaba cediendo!

—Yo ni siquiera creía que fueras a ir a Francia hoy —susurró ella—, después de lo que sucedió ayer.

Él apartó la mirada.

Evelyn no supo lo que significaba su silencio, pero se dio cuenta de que su resistencia se estaba debilitando.

—No te daré ni el más mínimo problema. Te ayudaré, Jack —insistió—. Y quizá pueda explicarte por qué fui tan cobarde anoche. Quiero tener la oportunidad de darte esa explicación. Estás muy enfadado.

—No estoy enfadado, Evelyn. Contigo no. Y no tienes por qué explicarme nada mientras estamos cruzando el Canal. Eso sería una enorme distracción.

—No te distraeré, te lo prometo. Si lo prefieres, esperaré para explicarte la razón de mi comportamiento.

Él la miró con agudeza.

—No puedo creer que tengas tantas agallas. Vamos a perder la marea, y el viento es perfecto —dijo. Soltó un improperio sin dejar de observarla—. Está bien. Puedes utilizar mi camarote, pero te advierto una cosa: no tengo tiempo para discusiones ni para distracciones, y tú no vas a bajar a tierra conmigo. Si me encuentro con algún problema, hablaremos de ello en el barco, si a mí me parece necesario.

Él estaba muy serio, y ella se dio cuenta de que no quería llevarla. Sin embargo, había ganado, y se sentía exultante, aunque lo disimuló. Se giró y le dijo a Laurent que fuera a buscar los disfraces. Sin embargo, Jack la tomó de la mano en aquella ocasión.

—No te molestes —le dijo, y le quitó la bolsa de viaje para subirla al barco—. Mientras estés a bordo de mi velero, Evelyn, harás lo que yo diga.

—Sí, haré lo que tú digas —respondió ella dócilmente.

Él pasó la mirada por su rostro. Después, hizo un gesto hacia los marineros.

—También distraerás a mis hombres, así que te sugiero que te retires inmediatamente a mi camarote. Y no te creas que soy tonto. Te estás regodeando.

—Gracias —susurró ella, conteniendo la sonrisa.

Él la ignoró y le indicó a Laurent que se marchara. Después pasó por delante de ella, gritando que izaran la mayor.

Evelyn miraba por el ojo de buey del camarote. Aquella noche había sido despejada, y las estrellas habían iluminado el cielo hasta hacía una hora, cuando había empezado a clarear ligeramente. Aquel nuevo día iba a ser soleado y brillante. Y esas no eran las mejores condiciones para entrar en Francia a escondidas.

Estaban muy cerca de tierra, y las gaviotas revoloteaban por encima del barco, graznando. Eso significaría que el cruce del Canal había sido velocísimo, pero Evelyn sabía que viento soplaba con fuerza a favor del barco.

Cerró los ojos un instante. No le habían permitido salir a cubierta ni una sola vez, y ya conocía a la perfección el camarote de Jack. Ella no había fisgoneado sus mapas ni sus objetos personales, por mucha curiosidad que sintiera y, aunque había un baúl que le llamaba poderosamente la atención, no lo había abierto.

El tiempo pasaba con lentitud, así que Evelyn había mirado algunos de sus libros. Jack Greystone había leído muchísimo sobre la historia de China, India, Rusia, Francia, el imperio de los Habsburgo e incluso sobre las Indias Orientales.

Una vez, él había ido a verla con otro marinero, para ver cómo se encontraba, y le había llevado pan y queso.

Evelyn había conseguido dormir una hora en su cama, pero nerviosamente. No podía dejar de pensar en la otra noche, en su conversación y en cómo iba a estar su hogar de Francia. Esperaba que el castillo siguiera intacto. Pensaba que aquello hubiera agradado a Henri.

Y era demasiado desconcertante estar en su cama durante mucho tiempo. Su olor estaba por todas partes, y Evelyn sentía su presencia. No dejaba de pensar en sus abrazos, y sentía deseo y confusión.

Finalmente, la puerta del camarote se abrió, y apareció Jack. Evelyn se giró hacia él, y lo vio con un abrigo y unos pantalones oscuros y unas botas de montar. Iba armado y tenía una expresión peligrosa.

—Vamos a tocar tierra —dijo ella.

—Sí —respondió Jack. Dejó la puerta abierta, y no entró

en el camarote. Pasó la mirada por su figura, y después miró hacia su cama, que tenía las sábanas ligeramente arrugadas—. ¿Has podido descansar un poco?

—Estoy preocupada. Dormir es imposible.

—En realidad, solo son unas reliquias familiares —dijo él.

Ella titubeó.

—También estoy preocupada por ti —respondió ella con sinceridad. Estaba enviándolo al peligro y, si le ocurría algo, sería culpa suya.

—Como mínimo tardaré tres horas, pero no te sorprendas si estoy fuera la mayor parte del día.

—¿Y por qué ibas a tardar tanto? —preguntó ella angustiada.

—Si levantamos sospechas, tal vez tengamos que retrasarnos, e incluso tengamos que escondernos. Hay soldados por todas partes. La Vendée está en plena rebelión. El general Hoche ha emprendido una campaña para someter al valle del Loira. Aunque ahora quiere terminar el conflicto permitiendo que abran de nuevo sus iglesias, mis confidentes me han dicho que los viajeros son sospechosos.

—¡Debería ir contigo!

Dio unos pasos hacia la puerta, pero él alzó una mano.

—No voy a permitir que pongas un pie en tierra bajo ninguna circunstancia.

Ella se detuvo a medio camino. La expresión de Greystone era muy dura e inflexible. No tenía sentido discutir, aunque supiera que podía ayudarlo a llegar a su castillo más rápidamente. Él tenía una faceta galante, pensó Evelyn, por mucho que se empeñara en negarla.

Se preguntó si debería bajar del barco por su propia cuenta y seguirlo, pero descartó aquella idea al instante. No era tonta, y no tenía ganas de causar más problemas.

—¿Tengo tu palabra de que no vas a salir del camarote? No quiero que mis hombres te vean. Son marineros curtidos, y tal vez provocaras descontento.

—Te doy mi palabra.

—Intenta descansar. Aunque yo vuelva muy pronto, todavía tenemos que hacer el viaje de vuelta, y la armada francesa está en Le Havre.

Le Havre estaba al norte de Nantes. Evelyn dijo, por fin:

—Entonces, que Dios te acompañe.

—Una cosa más: hay una carabina debajo de mi cama, y una pistola en el cajón de la mesilla, con pólvora. He dado orden a mis hombres de que te protejan. Si los descubren, se harán a la mar. Pero aun así tú debes tener medios de defensa.

Si las autoridades francesas descubrían el barco, ¿zarparían sus hombres sin él? Ella se quedó horrorizada.

—Yo siempre puedo encontrar un pasaje para volver a casa —dijo él. La miró por última vez, salió del camarote y cerró la puerta.

A los pocos minutos, el barco se detuvo, y ella no pudo hacer otra cosa que esperar y rezar. Miró el reloj que había sobre el escritorio: eran las seis de la mañana. ¿Cómo iba a pasar las horas siguientes, o tal vez un día entero? Sentía mucho miedo por lo que pudiera sucederle Jack.

Comenzó a pasearse de un lado a otro y, de repente, se arrepintió de todo aquello. Ciertamente, estaba sumida en la pobreza y tenía que encontrar los medios para mantener a Aimee, pero podría haber hallado otra forma de hacerlo. O tal vez podría haber enviado a Francia a otro hombre que no fuera Jack. Se sentó en la cama con el estómago encogido de terror.

Si a Jack Greystone le ocurría algo, sería culpa suya.

Las horas pasaron con una lentitud agonizante, y Evelyn vio el sol elevarse poco a poco por el cielo. Al mediodía, uno de los marineros le llevó la comida y un poco de brandy, pero ella no pudo tocar nada.

Se tendió en la cama y se quedó mirando al techo del camarote, rogando que todo saliera bien, y que Jack volviera al barco sano y salvo.

Oyó un ruido seco.

Se dio cuenta de que se había quedado medio dormida, y de que la puerta del camarote estaba abierta. Se incorporó y se sentó. Sintió que el frío entraba en la estancia y vio la luz de la tarde, gris y nublada.

Lo primero que distinguió su silueta recortada en el hueco de la puerta. Jack estaba allí, frente a ella. Tenía el pelo suelto y despeinado.

El viento estaba moviendo el barco. Lo primero que sintió fue un alivio abrumador. Él estaba muy serio, pero claramente estaba sano y salvo, y ni siquiera parecía cansado. Jack había vuelto y estaba bien.

Entonces, Evelyn se dio cuenta de que su semblante era muy serio, demasiado, y notó una punzada de angustia en el estómago.

—¿Jack? ¿Qué ha pasado?

Él entró en el camarote y cerró la puerta.

—Hemos encontrado la casa. Lo siento, Evelyn, está destruida.

Ella asintió. El castillo estaba destruido. Pobre Henri…

—¿Y?

—Cavamos en el terreno que hay entre los árboles y… Lo siento, pero no había ningún cofre.

Ella se quedó inmóvil.

—Eso es imposible.

—Hemos pasado cinco horas cavando. De ninguna manera hemos podido pasar por alto un cofre —dijo él, y separó las piernas para mantener el equilibrio, puesto que el barco se movía mucho.

¿No había oro?

—Lo siento —repitió él con suavidad.

Aquel oro era todo el futuro de su hija.

—Tiene que estar allí —dijo Evelyn, con la voz ronca.

—No está.

Ella lo miró fijamente. No podía dar crédito a la noticia. Aimee iba a crecer en la pobreza, sin dote, sin futuro.

—Estoy seguro de que encontrarás la forma de mantener tu casa —dijo él, en un tono extraño. Parecía que quería consolarla.

Ella se dejó caer sobre la cama, casi sin oírlo. ¿Cómo era posible que el oro hubiera desaparecido? ¡Henri lo había enterrado para ellas!

—No te creo —jadeó. ¡Aimee no podía quedarse sin nada!—. ¡Tiene que estar allí!

En aquella ocasión, él la miró compasivamente.

Y aquella mirada fue lo que terminó de hundirla. Evelyn comenzó a temblar; el pánico se adueñó de ella. Intentó contenerlo, intentó recuperar la calma para poder pensar. Si no había oro, ¡encontraría otra forma de mantenerse!

Oh, Dios. No había oro. ¡Su hija se quedaría sin nada!

—¿Evelyn?

A ella, su padre también la había dejado en la pobreza, en manos de unos parientes que no la querían. De niña nunca había podido entender por qué estaba con sus tíos, y no con él. No entendía por qué siempre llevaba ropa usada, y por qué se pasaba la mitad de la vida en la cocina. Cada vez que su padre iba a visitarla, cosa poco frecuente, le prometía que le daría un futuro y le procuraría una dote. Siempre le prometía la vida de una princesa, y ella lo creía. Sin embargo, lo habían matado, y sus promesas habían quedado en nada.

¿Cuántas veces le había asegurado ella a su hija que todo iba a ir bien? ¿Cuántas promesas le había hecho a Aimee?

Evelyn comenzó a temblar.

Jack se sentó a su lado e intentó que tomara un poco de brandy.

—Toma. Necesitas beber esto.

Ella le dio un manotazo al vaso y derramó algo del licor.

—¡No! —gritó, mirándolo con los ojos llenos de lágrimas, entre la desesperación—. Henri nos dejó una fortuna.

—Si lo hizo, ha desaparecido. La han robado. Toma un poco.

Entonces, ella empujó el vaso violentamente, contra el pecho de Jack, y se puso en pie de un salto.

—Evelyn, deberías tumbarte.

—¡No! Mi hija es mi vida. ¡Ella lo es todo para mí! ¿Sabías que mi padre me dejó sin nada, que fui una huérfana pobre? Si Henri no se hubiera casado conmigo, yo habría sido institutriz, o costurera, o doncella.

Él palideció.

—¡Y ahora mi hija va a tener esa suerte! —exclamó Evelyn entre sollozos—. ¡Maldito sea! —gritó, pensando en Henri. Sabía que estaba muy mal maldecirlo, pero lo hizo de nuevo—. ¿Cómo ha podido hacernos esto? ¡Maldito, maldito, maldito!

—Has tenido una impresión muy fuerte —dijo Jack suavemente.

—Es exactamente igual que mi padre —gritó ella.

Se tapó los ojos con las manos. No había oro. Henri había dejado sin nada a su propia hija. Vagamente, oyó que Jack salía del camarote. Y lloró con más fuerza.

Evelyn abrió la puerta del camarote y se estremeció. Había luna llena y unas cuantas estrellas en el cielo, pero también había nubes que lo oscurecían todo de vez en cuando. Reinaba la serenidad. El viento sacudía las velas y la madera crujía. El mar chapoteaba contra el casco del barco. Evelyn tembló al mirar hacia el timón, donde estaba Jack Greystone.

Él también la estaba mirando.

Ella ni siquiera intentó sonreír. Recordó que él había sido muy amable en medio de su ataque de histeria. Al quedarse sola había llorado durante mucho tiempo, por primera vez, desde que había muerto Henri. Sin embargo, no había sido por la muerte de su marido, sino por la furia que sentía contra él.

Entonces, cuando las lágrimas cesaron, empezó a recordar su niñez, y después sus nueve años de matrimonio. Y comenzó a ver a su marido como a un hombre débil, muy parecido a su padre.

Aquel acceso de llanto también había sido el estallido de angustia acumulada durante toda una vida.

Estaba agotada, pero al menos ya no sentía la necesidad de llorar y gritar. El pánico también había desaparecido. Ella conseguiría un buen futuro para su hija. Nada podría impedírselo. Sin embargo, era muy consciente de que estaba sola por primera vez en la vida. Aquello le daba miedo, pero se obligó a ignorarlo.

Cerró la puerta del camarote y travesó la cubierta. Cuando llegó al timón, se detuvo junto a Jack.

—¿Te importa que me una a ti?

Él la miró con atención.

—Claro que no.

—Debo de tener muy mal aspecto.

—Tú nunca podrías tener mal aspecto —dijo él, y volvió a mirar al frente.

Tenía un magnífico perfil, pero su expresión era solemne. Llevaba el pelo suelto; su melena era larga, ondulada y rubia.

—Eres muy galante.

Él la miró de nuevo, casi sonriendo.

—Tal vez.

Ella también sonrió.

—Quisiera pedirte disculpas.

Él abrió unos ojos como platos.

—No es necesario.

—Sí, sí lo es. Has tenido que enfrentarte a un ataque de histeria. Lo siento.

—Tenías motivos para llorar. No te culpo.

—¡Nunca habías ido tan amable conmigo! —exclamó ella—. Si no tienes mala opinión de mí, ¿te compadeces, al menos?

—¿Es que no crees que puedo sentir solidaridad contigo? —le preguntó Jack, suavemente.

—Creo que me dijiste que encontraría el medio para mantenerme, y tengo intención de conseguirlo.

—¿Estás intentando decirme que no necesitas, ni quieres, mi solidaridad?

Ella sonrió más aún.

—No. En realidad, me gusta tu solidaridad.

Jack se giró hacia ella.

—Eres una mujer fuerte. Veo que has reaccionado y te has recuperado.

Ella notó una punzada de deseo al ver el brillo de sus ojos. Se preguntó si las cosas siempre serían así, si siempre lo desearía tanto.

Alzó la cara para sentir la brisa nocturna y mirar a las estrellas.

—No soy tan fuerte. Siempre he dependido de una persona u otra. Ahora, mi hija depende de mí, y yo debo valerme por mí misma.

Él volvió a mirar hacia delante, gobernando el barco con soltura, moviendo un poco el timón.

—Como ya he dicho, eres fuerte.

Era muy agradable que hubiera empezado a pensar tan bien de ella. Le parecía un milagro, teniendo en cuenta que dos noches antes estaba en sus brazos, y después él se había enfadado con ella. Lo miró abiertamente. Se deleitaba estando a su lado cuando no la estaba acusando de manipularlo ni estaban discutiendo por algo. ¿Cómo habían llegado a aquella nueva situación?

—¿Por fin tenemos una tregua?

Él sonrió.

—¿Es que estábamos en guerra?

—Bueno, ha habido varias batallas.

—Te debo una disculpa, Evelyn, por haber sacado conclusiones equivocadas cuando nos conocimos, y por ser tan grosero.

Ella se quedó anonadada.

—Estás perdonado.

—Ha sido tan fácil que seguro que debería redimirme de una forma más ejemplar.

—Pero... si has arriesgado la vida por mí.

—No te he traído el oro.

Al oír aquella frase, ella se sorprendió mucho.

—¿Lo sabías?

—Sí, tu tío pensó que ya me lo habías dicho tú.

—¿Y no piensas que he querido engañarte?

—No. Creo que solo una mujer muy boba le habría dicho a alguien que quería contratarlo para que fuera en busca de un cofre lleno de oro.

Evelyn bajó la cabeza.

—Ya no voy a buscar más tesoros —dijo, y volvió a mirarlo—. ¿Tú sabes algo de minas?

—No. Yo no, pero mi hermano sí.

—Si quiero que la mina de estaño sea rentable, tengo que hacer arreglos. Además, me han dicho que el antiguo capataz robaba. No sé si creérmelo, pero esa mina puede ser la fuente de ingresos que necesito para que mi hija tenga un buen futuro.

—El patrimonio de la familia Greystone es pequeño, y la mayoría de la gente cree que somos una familia pobre, pero no es cierto. Tenemos una mina de estaño y una de hierro, y las dos son muy productivas. Lucas se hizo cargo del patrimonio cuando todavía era un niño. Seguramente sabe más de minas que cualquiera.

—Si pudiera hablar con él, te lo agradecería mucho.

—Me cercioraré de que te ayude —dijo Jack—. Le pediré que visite tu mina, que hable con el capataz y que revise tus libros de contabilidad. Si esa mina puede producir beneficios, Lucas lo sabrá.

Evelyn se entusiasmó. También se dio cuenta de que Jack tenía muy buen concepto de su hermano.

—Estoy deseando conocerlo, y no solo porque pueda ayudarme con la mina.

Comenzó a soplar un viento fuerte. Ella se estremeció, y entonces se hizo un silencio lleno de paz.

—Háblame de tu padre —dijo Jack suavemente.

Evelyn se sobresaltó.

—Es una petición extraña —dijo. Sin embargo, ella había maldecido a su padre delante de él.

—¿De veras? —preguntó él con una sonrisa—. Tenemos en común muchas más cosas de las que tú piensas. Mi padre nos abandonó cuando yo tenía seis años. Era un granuja, y se marchó a Europa a disfrutar del juego y los burdeles. Nunca volvió a Greystone Manor, y nunca volvió a escribirnos, ni una sola vez. Murió de sífilis pocos años después.

Ella se quedó espantada al oír aquella historia, pero parecía que Jack solo sentía indiferencia.

—¡Lo siento mucho! Qué horrible para vosotros.

Él se encogió de hombros sin soltar el timón.

—Yo no me acuerdo de él, y no recuerdo haber sufrido cuando se marchó, seguramente porque nunca estaba en casa de todos modos. Siempre estaba en alguna taberna, o eso me han dicho. Creo que a mi hermano sí le hizo daño, porque él tiene tres años más que yo, y también a mi hermana Amelia. Sin embargo, a quien más daño hizo fue a mi madre. Ella se quedó postrada en la cama, y comenzó a perder la razón entonces, cuando todavía era muy joven. Recuerdo que pensaba que iba a volver a casa incluso cuando ya había muerto. Hoy en día confunde el pasado con el presente. Pos suerte, vive con Amelia y Grenville, y tiene sus momentos de lucidez.

Evelyn le acarició suavemente el brazo para reconfortarlo. Él le miró la mano, y luego la cara, fijándose un segundo en su boca.

—Háblame de tu padre —repitió en voz baja.

Evelyn apartó la mano, con el corazón acelerado. Sabía lo que significaba aquella mirada: que él tampoco podía olvidar su beso.

—Era un granuja, Jack, pero encantador y guapísimo. Yo

lo adoraba. Cuando me dejó en casa de mis tíos, con cinco años, yo lloré, le rogué y grité. ¡No quería que me abandonara! Sin embargo, sé que no habría podido criarme sin mi madre. Tuvo razón al dejarme en Faraday Hall después de que ella muriera.

Al contarlo, Evelyn se dio cuenta de que el dolor había desaparecido. ¿Acaso lo había diluido con el llanto de aquella tarde?

—Tu tío te tiene cariño. Y te admira.

Ella se rio sin ganas.

—Ahora lo sé, pero cuando era niña nunca me dijo una palabra, ni siquiera durante las comidas, cuando permitía que Lucille y mi tía dirigieran todas las conversaciones.

—Algunos hombres no tienen ganas de contradecir a sus esposas.

—Sí, eso lo entiendo. De todos modos, mi padre sí me escribía, y me visitaba una o dos veces al año. Yo vivía por sus cartas y sus visitas. Y él siempre llegaba con regalos, historias y promesas —dijo ella, y dejó de sonreír—. Nunca cumplió sus promesas. Me prometió que me daría un gran futuro, pero lo mataron en un duelo cuando yo tenía quince años, y entonces supe que no me había dejado ni la más mínima dote.

—Henri debió de aparecer en tu vida poco después, si te casaste a los dieciséis años.

—Sí, llegó cinco o seis meses después de la muerte de mi padre, y se enamoró de mí a primera vista —dijo ella, y miró cautelosamente a Jack—. Yo no esperaba recibir sus atenciones. Habían preparado a Lucille primorosamente para recibirlo, no a mí. La tía Enid había dejado bien claro que yo solo podría casarme con un granjero.

Jack miró hacia delante.

—Es lógico que se enamorara de ti —dijo—. Estoy empezando a darme cuenta de que eres muy modesta, pero eres increíblemente atractiva. Puedes atraer la atención de cualquier hombre al instante.

Ella no lo creyó, pero eso era lo que había ocurrido con Henri.

—Mucha gente me ha acusado de ser una interesada y una cazafortunas —dijo—. Estoy acostumbrada a las críticas. Pero, como no esperaba su interés, tardé en darme cuenta de que Henri quería casarse de verdad conmigo, de que no iba a marcharse.

—¿Te enamoraste de él?

—Lo quise. Se convirtió en mi mejor amigo.

—No es eso lo que te he preguntado. Enamorarse no es lo mismo que querer a alguien.

—Me sentía abrumada por la gratitud, Jack. Él me lo dio todo. Me dio un hogar y una familia, y el respeto, el amor y la confianza. Pero no, no me enamoré de él. Lo quise mucho. Antes de que se pusiera enfermo era un hombre elegante y apuesto.

Sin embargo, en aquel momento pensó en todo lo que había descubierto. Henri había sido un aristócrata irresponsable.

—Estaba enfermo la noche que os saqué de Francia. ¿Cuánto tiempo llevaba así?

—Parecía que estaba completamente sano hasta que nació Aimee. Poco a poco comenzó a tener más problemas. No podía respirar, sobre todo después de caminar o montar a caballo. Sus médicos le aconsejaron que se cuidara y descansara.

Jack la miró con agudeza.

—Así pues, estuvo enfermo la mayor parte de vuestro matrimonio.

Él se estaba preguntando por sus relaciones con Henri; Evelyn se dio cuenta perfectamente. Apartó la mirada, estremeciéndose.

—Sí.

—¿Tienes frío?

—El viento ha cambiado.

—Sí, es cierto. Ahora hemos alcanzado los diez nudos. Llegaremos a casa antes del amanecer.

Y él le enviaría a Lucas Greystone para que la asesorara con respecto a la mina. Pero después, ¿qué?

—Ven aquí —le dijo suavemente.

Ella se sobresaltó al ver que él señalaba el timón con la cabeza.

—No querrás que lleve yo tu bote, ¿verdad? —preguntó.

—Es un barco, y sí, puedes guiar el timón —dijo Jack.

Entonces, tiró de ella suavemente y la colocó ante el timón, que Evelyn agarró al instante. Y después, sintió que Jack se quitaba la chaqueta y se la ponía sobre los hombros. Él posó las manos allí.

—¿Mejor? —le preguntó.

Se mantuvo muy cerca de ella, sin mover las manos, respirando junto a su mejilla y envolviéndola en su calor.

—Sí —dijo Evelyn.

Lentamente, él tomó el timón, y ella quedó entre sus brazos. Estaba en contacto con su pecho.

—Dudo que debamos estar así mucho tiempo —murmuró Jack.

Ella no quería moverse. Se apoyó en él y cerró los ojos. Era perfecto.

—Evelyn —susurró él.

Ella no podía responder, y no quería hacerlo. Temía estropear aquel momento mágico. El corazón le latía con tanta fuerza que debía de estar oyéndolo.

Jack posó la boca en su mejilla.

Evelyn se estremeció, pero no de frío, sino de deseo.

—¿También capté tu interés desde el primer momento? —le preguntó.

Él se quedó inmóvil, con los labios en su mandíbula.

—Sí, Evelyn.

A ella se le aceleró aún más el corazón. Soltó el timón y se giró lentamente hacia él. Miró su boca, e intentó contener el deseo de ponerse de puntillas y besarlo salvajemente, profundamente, increíblemente…

—Sé que el barco está muy tranquilo —murmuró él—, pero hay dos vigías en la proa, y mis otros cuatro marineros están en cubierta.

Entonces, ella se apartó y él bajó un brazo para soltarla. Evelyn se ruborizó y dijo:

—Es que hace una noche tan bella…

—No. Tú eres lo más bello de esta noche.

Ella nunca había deseado tanto sus atenciones, pero también quería su afecto. Sí, se había dado cuenta de ello.

—Hay cosas más importantes que la belleza que ven los ojos.

—Sí, es cierto —dijo él, pero no se explicó.

Y ella no iba a pedirle que lo hiciera, porque aquello era un nuevo comienzo, tenía que serlo.

—Nunca olvidaré la noche que nos conocimos —susurró—. Sabía quién eras, aunque tú lo negaste. Estaba desesperada. Y ahí estabas tú, tan calmado y tan seguro en una noche tan peligrosa. Henri se estaba muriendo, y la vida de Aimee estaba en juego. Fue como si supiera que tú ibas a salvarnos.

Él la miró fijamente. Pasó un largo instante, y ella se preguntó por qué no respondía. Y, cuando el vigía gritó, el sonido le resultó indescifrable. Aunque, instintivamente, supo que era una advertencia.

—¿Jack?

Él tomó un catalejo y lo dirigió hacia babor. De repente, gritó:

—¡Largad la gavia, arriad el juanete! ¡Evelyn, ve abajo!

Ella se quedó paralizada al ver a sus hombres subir por las jarcias, plegar una vela e izar otra que se hinchó con una gran sacudida. Y el barco dio un bandazo brusco y cambió de rumbo.

—¿Qué ocurre?

—¡Hay un destructor francés a babor, y tiene el viento a favor!

Ella abrió mucho los ojos, pensando frenéticamente. A Jack Greystone, los barcos franceses le permitían el paso, ¿no?

Él gritó con impaciencia:

—Nos está persiguiendo. Como tú estás a bordo, no voy a disparar, por lo tanto tenemos que huir con el rabo entre las piernas.

Evelyn miró una vez más la expresión feroz de su rostro y bajó corriendo al camarote.

CAPÍTULO 9

—Evelyn.

Ella dio un respingo y abrió los ojos. Al instante, se encontró con la mirada de Jack.

Estaba acurrucada en su cama, sobre las sábanas. Él estaba sentado junto a su cadera, y había posado una mano en su hombro. Pasó la mirada por su cuerpo antes de apartarla.

Sin embargo, Evelyn pudo ver la admiración en sus ojos. Y también la especulación. Se incorporó y miró por los ojos de buey hacia el mar. Se sorprendió mucho. ¡Tenía que ser casi mediodía!

—Me he quedado dormida —dijo—. ¿Qué ocurrió?

Aquella noche, justo antes del amanecer, había oído un cañonazo a lo lejos. No sabía si el disparo era para ellos, pero le parecía lo más probable. El barco de Jack no había respondido y, finalmente, ella se había sentado en la cama y se había quedado dormida.

—Tuvimos que navegar hacia el sur, hasta Penzance, pero hace mucho que los hemos perdido de vista —dijo él, y sonrió como si estuviera contento. No llevaba puesta la chaqueta, y tenía la camisa abierta hasta el pecho. Por supuesto, llevaba la pistola y la daga en la cintura. Tenía el pelo suelto, y llevaba unos dos días sin afeitarse.

—Era un destructor francés y, si no hubieras estado a bordo, me habría encantado entablar un combate.

Tenía una mirada de nostalgia. Evelyn se dio cuenta de que, verdaderamente, a él le habría gustado luchar. No sabía si sentía admiración u horror.

—Me alegro de que hayas podido dormir un poco —dijo Jack.

—No sabía lo que estaba pasando —dijo Evelyn, y se puso en pie.

Tenía las piernas muy débiles, y estaba agotada. Durante el viaje no había dormido mucho, y apenas había comido. En aquel momento se dio cuenta de que tenía hambre.

Sin embargo, no parecía que Jack estuviera muy cansado. Al contrario; sonreía y tenía los ojos muy brillantes. Estaba muy animado.

Amaba el mar, pero, sobre todo, amaba el peligro que entrañaban sus actividades.

Al pensar en que los había perseguido un barco francés, Evelyn se preguntó si eso significaba que Jack no era un espía de la República Francesa.

—Jack, estoy desconcertada. Todo el mundo dice que burlas el bloqueo británico. ¿Por qué te perseguía un barco francés?

Él sonrió lentamente, y se encogió de hombros. Entonces, dijo:

—Estamos en la isla en la que vivo, pero todavía no he fondeado. Si deseas ir directamente a casa, solo tardaríamos una hora en llegar a Fowey. Pero pensé que tal vez te apeteciera bajar a tierra y cenar conmigo. Sé que estás muy cansada, así que puedo ofrecerte alojamiento por esta noche y llevarte a Roselynd mañana.

A Evelyn se le cortó la respiración. En circunstancias normales, habría rechazado aquella invitación, pero aquellas no eran circunstancias normales. Jack y ella se habían convertido en una especie de aliados, y ambos estaban agotados. Por supuesto, ella necesitaba volver con su hija cuanto antes. Sin embargo, no era justo pedirle a Jack que siguiera navegando, cuando llevaba cuarenta y ocho horas sin dormir. Y ella estaba tan cansada que podría dormir durante doce horas seguidas, si le proporcionaban una buena cama.

Además, estaban en la isla secreta de Jack. ¡Tenía curiosidad por conocerla!

La noche anterior, su relación había cambiado. Habían dejado atrás los malentendidos y las diferencias. Aquel viaje a Francia lo había cambiado todo, y había sido el comienzo de una relación de amistad. Ella se sentía eufórica.

¿Cómo iba a irse a casa ahora?

Tomó una decisión.

—No parece que tú estés muy cansado, pero yo sí lo estoy. ¡Incluso tengo hambre! Me encantaría cenar contigo, si no es molestia, y también acepto tu invitación para pasar la noche en tu casa.

Notó que le ardían las mejillas mientras hablaba. Iba a pasar la noche en su casa. Esperaba que pudieran tener otra conversación sincera y larga. Quería continuar por aquel nuevo camino.

Por fin, él la miró.

—Muy bien. Entonces, te quedarás a pasar la noche. Creo que te gustará mi cocinero… Es francés —dijo. Y con eso, salió del camarote—. ¡Izad la vela!

Evelyn se estremeció, y no precisamente por el frío.

Lo siguió a cubierta, y de repente se detuvo sorprendida. A poca distancia del barco había una isla de roca oscura, con una pequeña playa blanca. El terreno se elevaba mucho en el centro de la isla; seguramente, se tardaría una hora en llegar a lo más alto. Evelyn también veía parte de una mansión de piedra clara que contrastaba con las rocas negras de la isla.

Observó las vistas. No había ni un solo árbol; era una isla golpeada por el viento y por el mar, agreste y desolada. Evelyn se preguntó cómo podía alguien vivir allí. Tenía que ser muy solitario, casi como el exilio.

Jack estaba junto a la barandilla del barco. Le hizo una reverencia y dijo:
—Bienvenida a la isla de Looe, condesa.

Evelyn miró por la ventana de su dormitorio. La habitación estaba en el segundo piso, y desde allí se veía una torre de piedra oscura que estaba en una parte más baja del terreno. La isla tenía una historia interesante; Jack le había contado que aquella torre era el único vestigio que quedaba del castillo isabelino original. La edificación había quedado destruida por una serie de ataques e incendios. Los piratas y los contrabandistas llevaban siglos refugiándose en aquella isla.

Habían llegado hacía unas horas. Se trasladaron a tierra en un bote y atravesaron la playa a pie, y después subieron por un sendero rocoso que llevaba a la casa. Como la isla era tan árida y estaba tan aislada, aunque se viera la línea de costa a no demasiada distancia, ella no sabía qué esperar. Entonces, apareció ante sus ojos la preciosa mansión de piedra clara, irguiéndose entre las rocas y la arena de la isla.

Al pasar por el portón de ébano, se encontró en un vestíbulo con el suelo de piedra, bonitos muebles y pinturas con marcos dorados.

Un par de sirvientes se acercaron apresuradamente a saludarlos, y Evelyn miró a su alrededor; aquella era una casa tan lujosa como la mejor residencia de Londres. Se quedó asombrada.

Su dormitorio no era una excepción. Las paredes estaban tapizadas de tela azul y blanca, y la cama tenía dosel. La chimenea tenía la repisa y los laterales de escayola blanca, moldeada con hojas de vid y flores, y frente a ella había un sofá tapizado en seda azul y blanca. Delante del sofá había una mesa, y sobre ella, una bandeja de plata con sándwiches y té.

Evelyn miró el jardín, que estaba entre la torre y la casa. Estaban a mediados de abril, y el jardinero estaba cuidando las flores y los capullos de las plantas.

Evelyn se sintió como si estuviera invitada en la casa de campo de un gran señor.

Se apartó de la ventana con el corazón acelerado. Desde que había aceptado el ofrecimiento de Jack estaba muy nerviosa. Había tomado un baño caliente, y se había cambiado de vestido con ayuda de una doncella. El vestido era de un gris más claro que el que llevaba antes, y tenía el escote ligeramente más abierto, lo suficiente para que se viera su collar de perlas. Era como si se hubiera vestido para una cena elegante, como si no estuviera de luto.

Se acercó al espejo, y se vio joven y guapa. Pese a no haber dormido apenas en dos días, le brillaban los ojos y tenía las mejillas sonrojadas. Ya no estaba demacrada ni parecía que soportaba todo el peso del mundo sobre los hombros. Casi no sabía cuál era la explicación para estar tan animada.

Sin embargo, había un motivo: su anfitrión. Él ocupaba todos sus pensamientos. Al cabo de unos minutos bajaría las escaleras para cenar con él, y estaba impaciente. Se sentía como una debutante de dieciséis años, no como una viuda de casi veinticinco.

La doncella, Alice, había ayudado a Evelyn a peinarse y a arreglarse, y le preguntó:

—¿Necesitáis algo más, señora?

Evelyn se volvió hacia ella.

—No, Alice. Muchas gracias por tu ayuda.

—Estáis muy bella —dijo la sirvienta—. Y vais a volver loco al capitán.

—Estoy de luto —dijo Evelyn.

—Sí, ya lo he oído. Pero de todos modos, vais a captar toda su atención… y aquí no seguimos las reglas.

La noche anterior, Evelyn estaba en el barco de Jack, y los franceses los perseguían. ¿Y si los hubieran alcanzado? ¿Y si se hubiera producido una batalla? Jack iba a Francia todas las semanas, o al menos eso pensaba ella. Los británicos también querían capturarlo, como los franceses. Jack arriesgaba la vida diariamente. Era lógico que en la isla de Looe no se atuvieran a las normas sociales, aunque para ella siempre hubiera sido muy importante mantener el decoro y vivir con dignidad y respeto hacia uno mismo.

—¿Alice? ¿Cuánto tiempo llevas al servicio del capitán? —le preguntó a la doncella, antes de que se marchara.

—Llevo aquí dos años y medio, *madame*.

—Entonces, debes de conocerlo bien.

La doncella se sorprendió un poco, y respondió:

—Es un buen patrón.

—Y es un marino valiente y experto.

—Así es.

—Esta casa es preciosa. ¿Él está aquí a menudo?

—Sí, muy a menudo.

—Yo me sentiría sola si viviera aquí, tan lejos de todo y de todos —dijo ella—. Debe de ser muy solitaria la existencia en esta isla.

Alice se encogió de hombros.

—*Madame*, mi marido es el jardinero, y nuestros hijos viven en Looe —explicó la doncella, refiriéndose al pueblo que había frente a la isla, en la costa de Cornualles—. Por lo tanto, no estamos solos. Nos sentimos afortunados por tener este empleo.

—Sí, pero yo no me refería a eso. No sé cómo se las arregla el señor Greystone viviendo aquí solo —dijo Evelyn, sonriendo, y esperó la respuesta de Alice.

La doncella vaciló.

—Tendréis que preguntárselo a él, *madame*.

Evelyn sonrió de nuevo, y se dio cuenta de que la doncella no iba a chismorrear sobre Jack. Así pues, tenía toda la noche para averiguar lo que pensaba él de vivir en una isla, entre otras cosas. También se preguntó qué pensaba de ella ahora que habían alcanzado una tregua.

Se miró por última vez en el espejo.

—Él pensará que estáis muy bella, milady, y a la luz del

fuego, el vestido parece plateado —dijo Alice suavemente—. Es un color maravilloso para vos. Parecéis una princesa.

—¿Se me nota tanto? —preguntó Evelyn ruborizada.

—Sí, pero él es muy guapo, y todas lo pensamos —dijo Alice—. No tengáis miedo. Yo nunca lo he visto traer a mujeres aquí —añadió. Después asintió para despedirse y salió de la habitación.

Evelyn salió un minuto más tarde y bajó al salón, donde encontró a Jack con una copa de vino tinto en la mano. Al verlo, se le cortó la respiración.

Jack se había vestido de manera formal para la cena, con la única excepción de que no llevaba peluca. Se había afeitado y tenía el pelo recogido en una coleta perfecta, y atado con un lazo negro. Llevaba una chaqueta marrón bordada con hilo de oro, una camisa con encaje en la pechera y en los puños, y unos pantalones negros con unas medias blancas. Los zapatos también eran negros, con hebilla. Y como único adorno, un anillo con un rubí lucía en uno de sus dedos.

No parecía ni un contrabandista ni un forajido. Parecía un aristócrata elegante, y muy guapo, por cierto. En aquel momento, para Evelyn fue muy fácil recordar lo maravilloso que era estar entre sus brazos.

—Me estás mirando muy fijamente —dijo él—. Espero que no te importe que me haya servido una copa de vino mientras te esperaba.

—Por supuesto que no.

Él pasó la mirada, lentamente, por su figura.

—Me gusta mucho tu vestido. Nunca has estado más bella.

A Evelyn se le aceleró el corazón.

—No sabía que había que vestirse elegantemente esta noche.

Sin embargo, eso no era lo que quería decirle. Quería preguntarle si se había arreglado para ella. Iba vestido como un pretendiente, y estaba tan guapo como un dios de la mitología griega.

—Sabes cómo vestir de etiqueta —le dijo, sonriendo con calma.

—He asistido a alguna que otra fiesta en Londres —dijo él, sonriendo también—. ¿Te apetece vino blanco, o tinto?

Ella entró en el salón. Era una estancia muy amplia con grandes ventanales que daban al jardín, decorada en color blanco y dorado. Había dos arañas de cristal en el techo.

—Tomaré lo mismo que tú.

Él se acercó a un magnífico mueble bar y sirvió una copa de vino tinto. Después se la ofreció.

—Espero no haberte metido prisas.

Ella tomó la copa, pero no bebió. Estaba viendo una faceta muy diferente de Jack Greystone.

—¿Dónde está el capitán del *Sea Wolf*? —le preguntó.

Él se echó a reír.

—Aquí mismo. Soy capaz de comportarme con urbanidad, condesa —dijo. La sonrisa desapareció de sus labios mientras la tomaba del brazo y salía con ella del salón—. Aunque es lógico que tú no lo sepas, teniendo en cuenta cómo he sido desde que nos conocimos.

Ella se detuvo, y él también.

—¡Has sido un perfecto caballero! —exclamó.

—Me he portado de un modo horrible, y los dos lo sabemos. Pero te agradezco que me hayas perdonado. ¿Vamos?

La sonrisa de Jack era el equivalente masculino de un canto de sirena, pensó Evelyn. Era encantadora, seductora, imposible de resistirse a ella.

—¿Te ha gustado la habitación? ¿Hay algo que necesites? —preguntó él con suavidad.

Ella se estremeció al oír su tono de voz.

—Tu casa es preciosa. No creo que me falte nada.

—Me gusta la belleza —respondió él—. Pero eso, por supuesto, tú ya lo sabes.

Ella lo miró y se tropezó, y él la sujetó por la cintura con una sonrisa. Evelyn, con el corazón acelerado, se soltó suavemente.

—Me halagas demasiado.

—Eso no es posible —respondió él, mirándola con atención—. Pero estoy empezando a pensar que no entiendes el efecto que produces en el género masculino.

Evelyn se humedeció los labios, pero no pudo responder. Él le señaló el comedor.

La puerta de la habitación estaba abierta. Evelyn vio una mesa para doce comensales, con platos de porcelana, cubiertos dorados y copas de cristal resplandeciente. Había varios candelabros con velas encendidas. Aquella preciosa mesa estaba puesta para dos.

Evelyn entró en el comedor, y Jack la siguió. Él le retiró la silla y ella se sentó. Él lo hizo junto a ella, a la cabecera de la mesa.

—Te has tomado mucho trabajo en amueblar esta casa —dijo ella con la voz ronca, y se aclaró la garganta suavemente.

—Sí, es cierto. Prefiero vivir con lujos, ahora que puedo.

—No lo entiendo.

—Greystone Manor apenas tiene muebles. No es una finca tan pobre como piensa todo el mundo, pero tampoco es rica. Y Lucas es un hombre muy frugal y muy serio. Decidió ahorrar todo lo posible de la fortuna familiar. Hasta hace poco tiempo, él no sabía si Julianne o Amelia iban a casarse, y mucho menos tan bien. Pensó en guardar todo lo posible para su futuro, y es exactamente lo que hizo. A mí me gustan las cosas buenas de la vida, Evelyn, pero crecí con lo estrictamente necesario. Disfruto con todas estas cosas —dijo, haciendo un gesto que abarcó la habitación.

Comenzaron a aparecer sirvientes uniformados que les sirvieron un plato de ensalada de salmón.

—¿Por eso has elegido la vida de contrabandista?

Él sonrió divertido.

—El mar es mi verdadero amor, Evelyn.

—¿El mar, o la aventura?

—Ambas cosas. Yo nunca podría vivir como mi hermano.

El aburrimiento me mataría. Y me gustan mucho los beneficios del contrabando.

Entonces, nunca sería un caballero dedicado a la agricultura, ni un terrateniente, ni nada de lo que pudiera esperarse de él por su posición.

—No te culpo. Todo el mundo prefiere el lujo a la pobreza.

Él se puso serio.

—En cierto medio, nuestras vidas han tomado direcciones opuestas, ¿verdad?

Ella pensó en lo mucho que tenían Henri y ella antes de la Revolución.

—Tuve suerte de casarme con Henri. Ahora he vuelto a una situación menos afortunada —dijo, y se encogió de hombros como si sintiera indiferencia—. Por el contrario, tú tienes una vida lujosa.

—Uno nunca sabe lo que le depara el futuro —dijo Jack—. Tal vez tengas otro golpe de suerte; yo pienso que así será —añadió. Señaló el plato de ensalada de salmón y dijo—: Por favor.

Ella analizó su comentario. Jack se había mostrado optimista acerca de su futuro, y aquella no era la primera vez que lo hacía. Evelyn sonrió. Tenía mucha hambre y tomó un bocado. El salmón estaba delicioso y, durante unos momentos, Jack y ella comieron en silencio. Cuando hubo tomado la mitad del plato, suspiró, dejó los cubiertos y tomó un sorbito de vino.

—Puede que sea el mejor salmón que he tomado en mi vida.

—Te lo dije —respondió él—. Mi chef es excepcional.

Él siguió comiendo, y ella lo observó, preguntándose por su tono de voz y sus miradas. ¿Tendría intención de seducirla después de la cena, o acaso ella estaba obsesionada con aquellos pensamientos ilícitos? Él le había dicho varias veces que era muy bella, y había tensión entre ellos. Tanta tensión que era difícil de ignorar.

Y, si él se le insinuaba, ¿podría rechazarlo ella? ¿Quería rechazarlo?

Cuando terminaron la cena, les retiraron los platos.

—¿En qué piensas? —dijo él.

Ella se ruborizó.

—Pues... Parece que aquí disfrutas de muchos lujos, pero la isla es un lugar muy inhóspito.

Él la miró fijamente, y ella sospechó que sabía perfectamente que eso no era lo que estaba pensando.

—Sí, es inhóspita. Ese es el motivo por el que tantos piratas y contrabandistas la han usado de refugio.

—¿Y por qué es segura esta isla para ellos, o para ti? A mí me parece que es peligrosa. Estás muy aislado, y demasiado cerca de la costa.

—Cuando se acerca un barco, lo vemos. Y podemos huir —dijo Jack con una sonrisa. Terminó su copa de vino, y uno de los sirvientes se la rellenó—. Siempre tengo dos vigías de guardia. Nadie puede desembarcar aquí sin que yo lo sepa.

—¿Y las autoridades saben que vives aquí?

—La escritura de propiedad no está a mi nombre.

Lógicamente, estaría firmada por un amigo, o con un nombre falso. De lo contrario, irían a arrestarlo. Evelyn pensó en el viaje que acababan de hacer mientras tomaba un poco de vino.

—Tú odias salir corriendo.

—Sí, en efecto.

—Te habría encantado entrar en batalla con los franceses.

Él sonrió lentamente.

—No hay nada que me hubiera gustado más —dijo. Entonces, la miró, y su sonrisa se desvaneció—. Casi.

Ella correspondió a su mirada. ¿Significaba aquel comentario lo que ella pensaba? Él estaba muy serio.

Jack apartó la vista y tamborileó con los dedos sobre la mesa, como si estuviera inquieto.

—No quiero ser grosero —dijo finalmente—. Te agradezco que hayas aceptado mi invitación. Estoy disfrutando de tu compañía.

—No estás siendo grosero —dijo ella. Sin embargo, supo

con certeza que él estaba pensando en la pasión que sentían. El silencio se hizo tan tenso que ella dijo—: Jack, no entiendo por qué te persigue la armada francesa.

—Estamos en tiempo de guerra —dijo él—. Todo el mundo es sospechoso. Hay algunos lugares de Francia por los que puedo viajar sin problemas, pero en otros me inspeccionan como a todos los viajeros o viandantes que no son militares franceses.

Aquello tenía sentido.

—Si estás arriesgando la vida para burlar el bloqueo británico, eso no es justo.

Él se rio sin ganas.

—En tiempos de guerra no hay justicia y, cuando me conviene, también burlo el bloqueo francés. Además, su armada es patética, y es fácil conseguirlo.

Entonces, ella recordó un comentario que le había hecho Trevelyan: que Jack Greystone era un espía, y seguramente para los dos bandos. Bajó los párpados para evitar que él la escudriñara, y tomó un poco de vino.

—¿Qué ocurre? —preguntó él suavemente.

Evelyn no estaba dispuesta a estropear la velada acusándolo de espionaje.

—¿Acabará esta guerra alguna vez?

—Todas las guerras acaban más tarde o más temprano. Pero la cuestión es: ¿Quién vencerá, y quien será vencido?

Les sirvieron el segundo plato: cordero, patatas y verdura. El delicioso aroma del cordero asado con tomillo se extendió por el comedor. El momento fue perfecto, puesto que el tema de conversación de la guerra podía estropear la velada. Comieron en silencio durante unos minutos.

Cuando Evelyn ya no era capaz de tomar un bocado más, miró a Jack. Por fin, él dejó los cubiertos en el plato y suspiró. Después la miró y sonrió.

A ella se le aceleró el corazón. ¿Acaso nunca iba a hacerse inmune a su sonrisa?

—¿Te gusta vivir aquí?

—¿Es una pregunta con segundas?

—¿Soy demasiado entrometida? Es que siento curiosidad. Esta casa es maravillosa, pero me recuerda a Roselynd, porque no hay vecinos cerca y la isla está vacía, como el páramo de Bodmin.

—Es la guarida perfecta.

Él no había respondido a la pregunta.

—Yo me sentiría sola si viviera aquí —dijo Evelyn—. Me siento sola incluso viviendo en Roselynd, aunque esté con Aimee, Bette, Laurent y Adelaide.

Él tomó un sorbo de vino.

—Yo no me siento solo, Evelyn —dijo él. Su tono había cambiado ligeramente, casi parecía de advertencia. Después, sonrió y preguntó—: ¿No te ha gustado el vino? No has terminado la copa.

Así pues, quería cambiar de tema. Evelyn se lo permitió.

—Me encanta, pero soy capaz de emborracharme con una sola copa si no tengo cuidado.

Jack levantó la copa, la miró por encima del borde y se apoyó relajadamente en el respaldo de la silla.

—Y entonces, ¿qué? ¿Me contarás todos tus secretos?

—Tú conoces la mayoría de mis secretos —respondió ella, y de repente se dio cuenta de que era cierto. Jack Greystone sabía más que nadie sobre ella, aparte de su difunto marido.

Él la estaba atravesando con la mirada.

A ella le resultaba difícil respirar. Lentamente, dijo:

—¿Y tú? ¿Me contarás tus secretos si te emborrachas?

—No. Yo no tengo secretos. Soy un libro abierto.

Estaban recogiendo la mesa. La cena había terminado. Evelyn bajó la mirada con un cosquilleo en el estómago. Se estaba haciendo tarde, y la velada tocaba a su fin. Iban a levantarse, a subir las escaleras y a darse las buenas noches. Pero entonces, ¿qué ocurriría?

Alzó la vista lentamente. Tenía el corazón acelerado y le ardían las mejillas.

Jack dijo en voz baja:

—Creo que nunca había pasado una noche tan agradable.

Evelyn sentía lo mismo. Jack le había hecho más preguntas sobre su niñez, y a ella no le había importado compartir con él los recuerdos de su vida en Faraday Hall. Después, había conocido más cosas sobre la niñez de Jack, como por ejemplo, que desde muy pequeño sentía fascinación por los contrabandistas, especialmente por sus enfrentamientos con los aduaneros. Se había quedado sorprendida al saber que ayudaba a descargar los barcos y hacía vigilancia desde los cinco años. No era de extrañar que fuera tan experto y tuviera tanto éxito en el presente.

—Me alegro de que me invitaras a venir —dijo.

Jack no apartaba los ojos de ella. La intensidad de su mirada no se correspondía con su postura, que era completamente relajada, pero era lógico: él había tomado varias copas de vino, mientras que ella solo había tomado una. No parecía que Jack estuviera ebrio, pero nadie podía consumir tanto vino como él y estar totalmente sobrio.

—Bien, supongo que la velada ya ha terminado —dijo Jack—. Muchas gracias por haber venido, Evelyn —se puso en pie con tranquilidad, y lentamente, rodeó su silla. Ella notó el roce de sus manos mientras se ponía en pie. Sin embargo, él se apartó.

—¿Sabrás encontrar tu habitación? —le preguntó, mirándola fijamente.

—Sí, por supuesto. Está al final del pasillo del segundo piso.

Él le hizo un gesto, y ella lo precedió al salir del comedor.

—Bien —dijo Jack.

Evelyn no daba crédito. ¿Acaso su pregunta significaba que no iba a acompañarla a su habitación? Pasaron por delante del salón hacia las escaleras. De repente, ella se dio cuenta de que esperaba un beso de buenas noches, no una despedida formal.

A él tenía que latirle el corazón con tanta fuerza como a ella. Tenía que estar tan tenso como ella.

Evelyn comenzó a subir las escaleras, agarrándose a la barandilla, alarmada e impaciente. Cuando llegaron a la puerta de la habitación de Jack, ella se giró bruscamente. Él la esquivó para evitar un choque, pero no la sujetó, como había hecho antes.

Ella se humedeció los labios y sonrió.

—Bien, entonces supongo que tengo que desearte buenas noches.

—Sí, supongo que sí —dijo él—. Gracias de nuevo, Evelyn, y buenas noches.

¿Iba a dejar que se marchara? Evelyn respiró profundamente y dijo:

—No me importaría tener un acompañante para recorrer el pasillo. Está muy oscuro —dijo.

Él apartó la mirada.

—Hay lámparas encendidas. No te pasará nada.

¿Acababa de despedirla en tono firme?

Jack entró en su habitación y dejó la puerta entreabierta. Ella se quedó mirando el interior, y vio una gran sala de estar decorada en granate y rojo. Él se dirigió hacia lo que debía de ser el dormitorio.

No había intentado abrazarla. No había intentado besarla.

Y ella sentía una gran desilusión.

Fue rápidamente hacia su dormitorio. Alice la estaba esperando. En la chimenea ardía alegremente el fuego.

—¿Necesitáis ayuda para desvestiros, *madame*? —le preguntó la doncella con una sonrisa.

Mientras se ponía su camisón de algodón y encaje y se trenzaba el pelo, Evelyn se recordó a sí misma que estaba exhausta, y que él había bebido mucho vino.

Pero Jack había decidido comportarse como un perfecto caballero, ¡y ella no entendía por qué!

En aquel momento se dio cuenta de que llevaba todo aquel tiempo esperando que él se insinuara, y de que seguramente había decidido ir a la isla porque quería estar entre sus brazos. Se sentó en el sofá y miró al fuego. No debería sentirse tan decepcionada. Jack la respetaba. La estaba tratando como debía tratarse a una dama. A una dama que estaba de luto.

Sin embargo, ella estaba muy alterada. Henri nunca había hecho que ella se sintiera tan tensa, tan desesperada. Pero Henri no era joven y guapo, y no podía dejar atrás a la armada francesa, y nunca hubiera deseado enzarzarse en una escaramuza con un barco enemigo.

La imagen rubia y dorada de Jack le llenó la mente. Tal vez ya era hora de admitir que se había enamorado de él, que sentía una atracción que iba más allá de lo físico.

¿Y por qué no? Él había salvado la vida de su hija, y la suya, y era un hombre guapo, inteligente, valiente, experto en lo que hacía. Incluso provenía de una familia aristocrática. ¿Acaso se estaba enamorando? Eso sería peligroso. Aunque él pensara que era bella, y estuvieran haciéndose amigos, Jack Greystone era un contrabandista perseguido por las autoridades. Los hombres como él no cortejaban a mujeres como ella.

¿Quería que la cortejara? Y, en ese caso, ¿qué haría? Estaba de luto. Evelyn sentía asombro por todo lo que estaba pensando. Aquella era la segunda vez que pensaba en una relación con Jack.

De repente, se dio cuenta de que no quería estar de luto por Henri. Lo había cuidado durante ocho años, ¡ya había hecho suficiente! Y Jack estaba interesado en ella. De lo contrario, ¿por qué habían cenado juntos, y por qué habían conversado tanto? ¡Además, ella no se había imaginado sus miradas largas e intensas!

Nunca se había sentido tan interesada por un hombre

como por Jack. Ningún hombre la había atraído tanto. Y nunca había admirado tanto a nadie.

Si se estaba enamorando de él, por muy peligroso que fuera, tenía que hacer algo al respecto.

Después de todo, en la isla de Looe no había normas.

Se puso en pie y se deshizo la trenza del pelo con las manos temblorosas. Después se sacudió la melena y se puso la bata, y salió apresuradamente de su dormitorio.

La puerta de Jack seguía abierta. Evelyn atravesó la sala de estar granate y dorada y entró en su habitación, cuya puerta también estaba abierta. Sin embargo, casi no había luz allí, y Evelyn no vio a nadie.

—¿Qué estás haciendo?

Ella se sobresaltó, y se dio cuenta de que Jack estaba en la sala, junto a la chimenea. Tenía una mano sobre la repisa, y solo llevaba unos calzones blancos de lana que le llegaban a la rodilla.

—¿Qué estás haciendo? —repitió él con aspereza. Tenía una expresión dura, pero también de incredulidad.

Evelyn no esperaba que se hubiera desvestido, y nunca había visto a un hombre desnudo. Se quedó mirándolo fijamente. Él tenía el pelo suelto, y le llegaba hasta los hombros. Tenía el pecho ancho y musculoso, y el estómago tenso y plano. Ella no se atrevió a seguir mirando hacia abajo, aunque quería hacerlo. Lentamente alzó la vista hasta sus ojos.

Él se quedó atónito.

—¿Puedo pasar? —preguntó Evelyn.

—No.

Ella tragó saliva.

—En la isla de Looe no hay reglas.

Jack movió la cabeza con incredulidad.

—¿Qué demonios te pasa?

—Estoy cansada de vivir como una viuda.

—Vuelve a tu habitación, si sabes lo que te conviene.

—No puedo —susurró ella, y avanzó hacia él.

—Si vienes hasta aquí, no vas a poder marcharte.

—Bien —dijo ella—. ¡Eso es lo que quiero!

—Tú eres una persona con un alto sentido de la moralidad. Yo no. Vuelve a tu dormitorio antes de que me muestre tal como soy.

Ella tomó aire.

—Ya lo has hecho. Eres una persona con mucha moralidad, y en este momento lo estás demostrando. Y, mientras, yo he decidido volverme amoral.

—Tú no eres amoral. No podrías serlo —dijo él—. Estoy a un segundo de tomarte en brazos y llevarte a la cama —le advirtió—, pero voy a intentar ser un caballero.

—Puedes intentarlo mañana, y mañana, yo volveré a ser una viuda —dijo ella, y se mordió el labio. Era muy consciente de lo que hacía. Se desabrochó el cinturón de la bata, se la deslizó por los hombros y la dejó caer al suelo, a sus pies.

Él tenía la respiración entrecortada.

—No voy a permitir que te arrepientas esta vez —le dijo con los dientes apretados.

—No me voy a arrepentir —dijo ella—. De verdad, Jack. Te quiero.

Él negó con la cabeza.

—Esto no es amor, Evelyn. Es lascivia.

—No. Me estoy enamorando de ti.

—Entonces, te romperé el corazón más tarde o más temprano, porque para mí, esto no tiene nada que ver con el amor —le dijo él, sin mirarla.

Ella no lo creyó. No era posible que dos personas sintieran tanto deseo si no se estaban enamorando. Evelyn se giró y cerró la puerta de la habitación. Entonces, se puso frente a él y se quitó el camisón. Estaba desnuda.

A él le ardió la mirada y, en dos pasos, estuvo junto a ella. Antes de que Evelyn pudiera pensar, o reaccionar, él la había tomado entre sus brazos. La estrechó con fuerza contra sí y, sin saber cómo, ella le rodeó las caderas con las piernas y se agarró a sus hombros, mientras él la empujaba contra la puerta. Y la besó de una manera frenética.

Evelyn le devolvió el beso y metió la lengua en su boca. Oyó que él jadeaba. Sus lenguas se entrelazaron. Él le agarró una de las nalgas y la movió, y ella notó algo enorme y duro apretándole contra el sexo. Evelyn gritó de excitación.

Él la apretó con más fuerza contra la puerta, y sin dejar de besarla, bajó la mano y se desató el lazo de los calzones. La prenda se deslizó hasta el suelo, y él la apartó de una patada.

—Evelyn.

Evelyn no podía pensar. Él estaba latiendo contra su cuerpo, y el deseo la consumía.

Él tomó su cara con ambas manos e hizo que lo mirara.

—Última oportunidad. Te dejaré marchar si me dices que has cambiado de opinión.

—Hazme el amor —jadeó ella, aferrándose a sus hombros y moviendo el cuerpo.

Él gruñó, la tomó en brazos y la llevó al dormitorio. La tendió en la cama y, durante un instante, ambos se miraron fijamente.

—Nunca he tenido un amante —susurró Evelyn.

Él abrió mucho los ojos.

—¡Pero si estabas casada con un hombre muy mayor!

Evelyn no pudo sonreír.

—Pero nunca había deseado a nadie. Nunca había pensado en tener una aventura, hasta que te conocí.

—Eres una mujer extraordinaria —dijo él, con la voz ronca—, y no quiero hacerte daño.

Entonces, justo cuando ella pensaba que él se refería a que no quería romperle el corazón, atisbó su cuerpo entero, musculoso y fuerte, sobre ella. Se sentía tan vacía, tan mareada, que se quedó inmóvil. No podía soportar más la espera.

—Date prisa —le susurró—. Hazme el amor.

Él se colocó encima de ella, sonriendo. Y un momento después, Evelyn estaba llorando de éxtasis y placer.

CAPÍTULO 10

Evelyn se despertó en la cama de Jack Greystone.

Sonrió y se estiró como un gato, mientras recordaba la noche anterior. Nunca se había sentido tan bien, tan satisfecha y tan amada. Y era una desvergonzada, además, porque estaba completamente desnuda bajo las sábanas de Jack, disfrutando de su tacto.

Se preguntó dónde estaría él, y se incorporó. Su parte de la cama estaba fría, así que debía de haberse levantado hacía un buen rato. Evelyn deslizó la mano por las sábanas en las que él había dormido, y sintió una punzada en el corazón. Si acaso no estaba enamorada de él antes, se había enamorado durante aquella noche.

¡Ojalá él no se hubiera marchado! Así, ella podría haberse deslizado entre sus brazos una vez más.

Se levantó de la cama y comprobó con agrado que él había dejado su camisón y su bata doblados sobre una silla. Se puso ambas cosas y se acercó la ventana. Al abrir las cortinas, la luz del sol inundó la habitación.

Era casi mediodía. El cielo estaba muy azul y había algunas nubes blancas y esponjosas. Era un bonito día de primavera. Miró al jardín y, más allá del seto, al mar azul grisáceo.

Se dio la vuelta, salió del dormitorio y encontró vacía la sala de estar. Después asomó la cabeza al pasillo y, al encontrarlo desierto, salió apresuradamente hacia su habitación. Cerró la puerta de golpe.

Entre jadeos, se echó a reír. Esperaba que nadie supiera que había pasado la noche con Jack, pero, de ser así, ¿qué importancia podía tener? Nunca se había sentido tan feliz, tan despreocupada, tan joven. ¡Le entusiasmaba haber tenido un amante, haber transgredido las normas!

De repente, pensó en Henri, y se puso muy seria. ¿Cómo podía haber soportado sus caricias? Nunca se había permitido encontrarle fallos cuando estaba casada con él, pero aquella noche había conocido la diferencia entre tolerar a un hombre y desear intensamente a alguien.

Sintió pena de la recién casada que había sido, pero ella no sabía nada de la vida y, además, Henri le había dado a Aimee. Por eso, siempre sentiría gratitud hacia él. Sin embargo, la gratitud no era lo mismo que el amor.

Alguien llamó a la puerta. Jack. Evelyn abrió rápidamente, pero la sonrisa se le borró de los labios al ver a Alice, que le llevaba la bandeja del desayuno.

—Buenos días —dijo la doncella alegremente, pasando por delante de ella para dejar la bandeja sobre la mesa—. ¿Habéis dormido bien?

—Sí —dijo Evelyn. Se preguntó si Alice sabía algo de su aventura, pero no percibió ninguna señal de ello—. He dormido maravillosamente. ¡Es muy tarde!

—Son las once y media, milady. ¿Necesitáis ayuda para vestiros?

—Eso sería estupendo —dijo Evelyn, sonriendo forzadamente. ¿Dónde estaba Jack? ¿Tenía tan buen humor como ella?

Notó que la sonrisa se le borraba de la cara.

«Para mí, esto no tiene nada que ver con el amor. Es lascivia».

¿Por qué acababa de recordar aquella terrible afirmación? Se frotó los brazos. De repente, sentía preocupación. Pero después, él le había dicho que era una mujer extraordinaria, y le había hecho el amor muchas veces.

Alice le tendió una taza de chocolate. Evelyn le dio las gracias.

—¿Se ha levantado el señor Greystone? No me imagino que él se haya quedado dormido.

Alice apartó la mirada.

—Está paseando por la playa.

Evelyn dejó la taza sobre la mesa. Se había llevado una sorpresa.

—Él recorre toda la isla por las mañanas cuando está en casa. Nunca duerme más allá de las seis de la mañana.

Evelyn estaba impaciente por reunirse con él. Quería volver a estar entre sus brazos, quería que la reconfortara. Él tenía que estar tan entusiasmado como ella con aquella aventura y, seguramente, le había tomado afecto aquella noche. ¡Ella no podía ser solo una de sus muchas amantes!

—Alice, ayúdame a vestirme. Voy a reunirme con el capitán.

Era un día muy bonito y soleado. Corría una brisa fuerte y, cuando Evelyn salió de la casa, tomó una bocanada de aire con olor a salitre. Estaba muy impaciente por encontrar a Jack. En la isla había dos playas, y los sirvientes no sabían en cuál podía encontrarse, así que ella debía elegir por dónde empezar la búsqueda. Decidió dirigirse hacia la cala en la que él había fondeado el barco, y tomó el mismo camino por el que habían ido a la casa.

Mientras bajaba hacia la arena, se imaginó la sorpresa de Jack al verla, y después se imaginó su abrazo cálido de amante. Sonrió. Sentía una enorme felicidad, una alegría que solo podía comparar al momento en que había nacido Aimee.

Al acordarse de su hija, se detuvo al final del camino. Debía volver a Roselynd aquella misma tarde; tenía que atender sus deberes de madre, y echaba de menos a Aimee. Sin embargo, no quería volver ya. Tal vez pudiera quedarse un día más...

Llegó al camino de arena que bajaba hacia la playa y se levantó la falda del vestido. El risco central de la isla quedaba a su izquierda, y ante ella vio la pequeña playa blanca donde habían desembarcado el día anterior. A lo lejos se distinguía la costa inglesa. Sin embargo, en la cala no había nadie y, decepcionada, Evelyn se detuvo en seco.

Jack tenía que estar en la otra playa de la isla, que estaba al sur de la casa, frente a las aguas del Canal de la Mancha. Suspiró y se dio la vuelta. Al llegar a la casa estaba fatigada, y pensó en suspender la búsqueda y quedarse allí esperando a Jack. Sin embargo, tal vez él no volviera hasta dentro de unas horas. Atravesó el jardín y cruzó el seto para continuar su camino. Sin embargo, vaciló, porque aquella parte de la isla era muy escarpada y rocosa, difícil para andar por ella. No había más que rocas negras de las que formaban el perímetro de la isla.

El camino subía por la colina entre aquellas rocas, y era mucho más peligroso que el anterior. ¿Estaría muy lejos la segunda playa? Evelyn se quitó la capa y la dejó en una roca, y después comenzó a ascender por el sendero, tropezándose de vez en cuando. Rápidamente se quedó sin aliento, pero continuó hasta llegar a la cima de la colina.

Miró hacia delante. Las vistas eran magníficas. El océano se extendía hasta el infinito y brillaba como la plata bajo la luz del sol. En el azul del mar había algunas manchas diminutas, y ella pensó que eran barcos que cruzaban el Canal.

Entonces miró la playa, y se quedó helada.

Jack estaba varios metros más abajo, hablando con otro hombre.

Se quedó sorprendida al ver un bote en la orilla y, a lo lejos, un barco, tal vez un cúter, anclado en aguas más profundas.

¿Con quién se había reunido Jack? Debía de ser otro contrabandista. ¡No había otra explicación!

Pensó en darse la vuelta, pero descartó la idea. Sabía que Jack era contrabandista, así que no había nada que ocultar.

Comenzó a descender. El camino se estrechó y se volvió serpenteante, como si fuera un desfiladero entre las rocas. La bajada requería toda su atención. Las rocas formaban altos muros negros que le impedían ver la playa, los hombres y el mar. Al menos, el cielo estaba muy azul.

Una media hora más tarde, llegó por fin al final del sendero. Se detuvo, jadeando, y tomó aire. Al bajar a la playa vio a Jack y al otro hombre. Ellos todavía no se habían percatado de su presencia, y Evelyn oyó el murmullo de su conversación, aunque no pudo discernir las palabras. El interlocutor de Jack no parecía un contrabandista, en realidad, a menos que también fuera de familia aristocrática, como él. El extraño iba vestido como un caballero: llevaba una chaqueta marrón y unos pantalones claros, y llevaba el pelo recogido en una coleta.

Al mirarlo bien, Evelyn se alarmó. Le resultaba muy familiar, pero eso era imposible, ¿no?

Los dos estaban de espaldas a ella, mirando al mar. De repente, el viento cambió y agitó la falda de su vestido. Ella se la agarró mientras oía las palabras de Jack:

—Ya te he dicho que no sé dónde va a ocurrir.

—¡Eso no me sirve de nada! —replicó el extraño.

Evelyn se quedó helada. ¡Ella conocía aquella voz!

El extraño continuó hablando con un marcado acento francés.

—¿Cuántos hombres reunirá D'Hervilly?

—Tres o cuatro mil —dijo Jack—. Pero vuestro problema son los chuanes. Cadoudal tendrá diez mil rebeldes, o más.

El otro hombre soltó una imprecación en francés. Evelyn los miró fijamente. Ella no sabía quién era Cadoudal, pero sí sabía quién era el célebre conde D'Hervilly. Un exiliado bien conocido, que pedía constantemente apoyo al gobierno británico para las zonas rurales francesas donde se producían las rebeliones contra el gobierno de la República. ¿Había oído correctamente? ¿De qué estaban hablando en realidad?

—Un ejército rebelde de quince mil hombres puede ser derrotado con facilidad —dijo el francés, encogiéndose de hombros—, pero debemos saber cuándo va a producirse esa maldita invasión. Según los rumores, quieren invadir Bretaña. Averígualo —añadió. Era una orden.

Ella se echó a temblar. Estaban hablando de un ejército de los chuanes, los campesinos y nobles que continuaban con la rebelión contra la República Francesa en La Vendée, desde sus colinas, valles, granjas y pueblos. Recientemente, el gobierno francés había empezado a reprimirlos con dureza.

Evelyn no podía respirar. Intentó comprender lo que había escuchado. Ellos también habían hablado de una posible invasión de Bretaña. D'Hervilly tendría tres o cuatro mil hombres. ¡Eso parecía un ejército formado por exiliados!

¿Estaban hablando sobre una invasión de Bretaña por un ejército de británicos y exiliados franceses?

¿Y Jack había recibido la orden de descubrir y revelar los planes militares británicos?

¡No podía haber oído bien! ¡Tenía que haberlo malinterpretado! ¡No podía pensar con claridad en aquel momento!

—¿Ha cambiado mi contacto?

—No —respondió el francés.

Evelyn se dio cuenta, demasiado tarde, de que se le había escapado un grito al oír el último comentario de Jack. El extraño se volvió hacia ella y la vio.

Entonces, Evelyn supo de quién se trataba: era Victor LaSalle, el vizconde LeClerc, que había sido vecino suyo en París durante el verano de mil setecientos noventa y uno y que había sido arrestado aquel mismo verano, acusado de ser enemigo del Estado. Eso había sucedido justo antes de que ella huyera de París con su familia. Evelyn se quedó mirándolo horrorizada.

Y él se quedó mirándola a ella, con la misma expresión.

Entonces, ella empezó a comprenderlo todo. ¿Por qué estaba LeClerc preguntándole a Jack por una invasión en Francia si eso era lo que estaba haciendo? ¿Y cómo era posible que se hubiera librado de la acusación que pesaba contra él y hubiera sobrevivido en una cárcel francesa?

—¡Evelyn! —exclamó Jack.

Comenzó a caminar hacia ella, sonriendo. Ella no se movió, porque su sonrisa era completamente falsa.

Evelyn consiguió devolverle el gesto amable.

—¡Hola! Me han dicho que estabas paseando por la playa, y he venido a caminar contigo.

Él la tomó de la mano y se la besó.

—¿Has dormido bien?

—Sí, muy bien.

¿Qué era lo que había interrumpido? ¿Qué debía pensar? Solo había una conclusión: que LeClerc se había pasado al bando de la República Francesa. Que Jack era un espía francés. ¡Estaban hablando sobre una invasión británica a Francia!

Sus miradas se cruzaron, pero ella no alcanzó a ver las profundidades grises de sus ojos. Estaban oscuros y fríos. Su expresión era tensa y dura, pese a la sonrisa.

—¿Os he molestado? ¿He interrumpido vuestra reunión? —preguntó ella, sin dejar de sonreír, con el corazón encogido de miedo. ¡Jack no podía ser un espía!

—Tú nunca podrías molestarme. Ven, voy a presentarte a un viejo amigo.

Evelyn se echó a temblar. Miró al vizconde, que la estaba observando con más frialdad, incluso, que Jack, y se humedeció los labios nerviosamente.

—No te molestes —le dijo el vizconde a Jack—. Conozco a la condesa. *Bonjour*, Evelyn. *Ça va bien?*

Ellos nunca se habían tratado con tanta familiaridad. Solo habían socializado en un par de ocasiones.

—Señor vizconde. Gracias a Dios que pudisteis escapar de

la cárcel. No esperaba volver a veros. Esta es una maravillosa sorpresa.

—Me lo imagino. Yo tampoco esperaba veros a vos, condesa —dijo él. Le tomó la mano y se la besó—. Me enteré de la muerte de Henri. Mi más sentido pésame.

Ella temía preguntarle por su esposa y sus hijos. Él sonrió, y dijo:

—No sobrevivieron. Mi esposa fue arrestada pocos días después de mí, y murió en la guillotina. Y mis hijos sufrieron el mismo destino.

Ella tomó aire.

—Lo siento.

LeClerc dijo:

—No sé cómo habéis encontrado el camino a esta isla. O tal vez no deba preguntarlo.

Sin perder la sonrisa, Jack dijo:

—La condesa es mi invitada.

—Obviamente —respondió LeClerc, y se dirigió nuevamente a Evelyn—: Bueno, espero que disfrutéis de las comodidades que ofrece mi amigo —dijo con una expresión divertida—. Me marcho, Greystone.

Jack miró a Evelyn con severidad.

—Espera aquí.

Evelyn asintió con tirantez. No tenía ninguna intención de moverse, a menos que se lo indicaran.

Jack y LeClerc caminaron hacia el bote sin hablar. El vizconde subió a la pequeña embarcación y alzó los remos mientras Jack la empujaba hacia el agua. Mientras las olas mecían el bote y chapoteaban contra las botas de Jack, los dos hombres permanecieron conversando unos instantes. Por supuesto, Evelyn no pudo oír nada de lo que decían.

Los ojos se le llenaron de lágrimas. LeClerc estaba vivo, y ella se alegraba, pero, si había entendido correctamente, Jack estaba traicionando a su país. Oh, Dios. Tenía que estar equivocada. Aquello no podía ser cierto.

Por fin, LeClerc se alejó remando y Jack se dio la vuelta para volver a la playa, hacia ella. Seguramente, sonreiría, la abrazaría y le diría que la quería. Y le explicaría lo que ella había oído.

Jack salió del agua y comenzó a caminar por la playa con una expresión seria. Ella cerró los ojos de miedo.

—¿Cuánto has oído?

Ella abrió los ojos.

—Y yo que me esperaba una reunión de amantes.

Él se puso muy tenso.

—No he olvidado lo de anoche, Evelyn. ¿Acaso estás intentando distraerme?

Ella movió la cabeza. Una lágrima se le cayó por la mejilla.

—Me había despertado tan feliz…

—Sí, me imagino que estabas muy feliz, ¡y no intentes distraerme! ¿Cuánto tiempo llevabas escuchándonos?

Evelyn lo miró a través de las lágrimas.

—¿Por qué estabas hablando del conde D'Hervilly? ¿Por qué habéis hablado de los chuanes? ¿Quién es Cadoudal?

Él soltó varias maldiciones.

—¿Cómo pudo escapar LeClerc de la guillotina? ¡Mataron al resto de su familia! —gritó ella.

—¿Cómo crees tú? —rugió él.

Ella se estremeció.

—Es un republicano, ¿no? Delató a sus amigos y a su familia, y le juró lealtad a la Patrie… ¡No es el primero que lo hace!

—No deberías haber bajado a la playa —gritó él—. ¡Y cuando viste a LeClerc, deberías haberte ido!

—¡Anoche hicimos el amor! ¿Eres espía?

—No hicimos el amor, Evelyn.

Entonces, ella lo abofeteó.

—¡Eres un espía francés!

Él retrocedió, con la mejilla enrojecida.

—Te sugiero que olvides lo que has visto y oído. Vamos a

volver a casa, y te llevaré a Roselynd —dijo, y le señaló con enfado el camino que ascendía entre las rocas.

—¡Oh! ¡Ni siquiera lo has negado! ¡Pero sí niegas que hayamos hecho el amor!

—Ya te dije que te iba a romper el corazón. ¡Lo que no sabía era que sucedería a la mañana siguiente!

Ella tuvo ganas de abofetearlo de nuevo.

—¿Cómo puedes traicionar a tu país, al mío, al de Aimee?

Él la atravesó con la mirada.

—Pero si ya lo sabes, Evelyn. No tengo conciencia. Soy un granuja y un mercenario. Vamos —dijo. La tomó del codo y tiró de ella hacia el sendero.

Evelyn se zafó de un tirón. No quería creerlo, pero lo había oído todo. Jack Greystone era un maldito espía francés.

—Maldito seas.

Él abrió mucho los ojos, y Evelyn tuvo la sensación de que se estremecía.

—Bien dicho. Ahora, vamos.

Ella echó a andar rápidamente. Él la siguió.

Apenas tenía nada que recoger.

Evelyn, entre lágrimas, dobló su ropa interior y la metió en la bolsa de viaje. Ya había guardado el vestido gris y el camisón y la bata, aunque tenía ganas de quemar ambas cosas.

Jack era un espía francés, y ella se había enamorado de él. Aquella mañana se había despertado alegre, creyendo que Jack era un gran hombre, un héroe. Era inteligente, ambicioso y poderoso. Era fuerte y valiente. Era un contrabandista, sí, pero aquella era una forma de vida para un hombre como él. Y les había salvado la vida a su marido, a ella y a su hija hacía cuatro años, en Francia. Por supuesto que era un héroe, un hombre a quien podía admirar y en quien podía apoyarse.

Había creído todo eso, pero se había equivocado. En realidad, Jack estaba ayudando a sus enemigos, a los enemigos de

Henri y a los de Aimee. No era un gran hombre; era un traidor.

Sabía que tenía que aceptar la verdad, pero tenía el corazón y el estómago encogidos. ¿Cómo iba a conseguirlo, cuando una parte de ella protestaba furiosamente? Una parte de ella exigía una explicación que pudiera borrarle el recuerdo de lo que había oído aquella mañana en la playa, ¡como si no hubiera ocurrido!

Se dejó caer a los pies de la cama, llorando. Aquella noche había hecho el amor con un espía, con un hombre que era su enemigo. Después de todo, ella no tenía ninguna experiencia en cuestión de amantes, porque de lo contrario habría notado algo extraño. Sin embargo, debería haber reflexionado, debería haber recordado que en Gran Bretaña todo el mundo sabía que Jack Greystone burlaba el bloqueo inglés, y que su cabeza tenía precio.

No debería sentirse tan engañada, ni debería estar sorprendida.

Le resultaba muy difícil pensar con claridad con tanta angustia. ¿Sufrirían una masacre D'Hervilly y los soldados ingleses que lo acompañaban a causa de lo que estaba haciendo Jack? Ella no sabía mucho de la guerra, pero nadie podía creer que los británicos y el marqués pudieran desembarcar fácilmente en Francia en aquel momento. Seguramente, el ejército francés los estaría esperando.

¿Debía decirle a alguien lo que sabía? ¿No debería acudir a las autoridades?

—¿Has terminado? —le preguntó Jack fríamente.

Evelyn se giró despacio, y lo vio en la puerta de la habitación. Se levantó lentamente de la cama.

—Me estaba enamorando de ti —le dijo.

Él se puso tenso.

—Yo nunca he querido tu amor, Evelyn, y no lo esperaba.

¡Qué daño hacían sus palabras!

—Dios Santo, hablabas en serio cuando dijiste que tu deseo era solo lascivia.

Él no respondió.

—No lo entiendo. Acepto que seas un mujeriego, pero... tienes una familia a la que adoras, y todos son británicos. ¡El marido de Julianne incluso estuvo en Francia, luchando contra los revolucionarios! Cuando les das secretos a los franceses, no solo estás traicionando a tu país, sino también a tu familia.

—Estás sacando conclusiones apresuradas —le advirtió él.

—Sé lo que he oído. El conde D'Hervilly ha reunido a un ejército de exiliados y quiere reunirse con el ejército de los chuanes después de invadir Francia —dijo ella, enjugándose las lágrimas—. Y tú vas a decirle a LeClerc cuándo ocurrirá esa invasión, ¿verdad?

Jack se acercó a ella a grandes zancadas, con una expresión muy tensa. Evelyn soltó un grito cuando él la tomó del brazo.

—Solo puedes hacer una cosa, Evelyn, y te lo digo en serio. Vas a olvidarte de todo lo que has oído.

¿La estaba amenazando?

—¿Y si no puedo? ¿Y si acudo a las autoridades!

—¡Entonces estarás poniendo tu vida en peligro! —exclamó él, zarandeándola—. ¡Júrame ahora mismo que vas a olvidar lo que has oído! ¡Júralo!

Ella negó con la cabeza, sin dejar de llorar.

—¿Quieres decir que estaré poniendo tu vida en peligro?

—No. Mi vida ya está en peligro, Evelyn. Pero si tú le cuentas esto a alguien, estarás poniéndote en peligro también a ti misma. Yo te estoy protegiendo. No quiero que resultes perjudicada por nada de esto.

—No te creo. ¡No sé qué creer!

—Deberías creerme a mí —respondió él con dureza.

—Niégalo, entonces. Explícamelo.

Él se quedó mirándola fijamente. Cuando volvió a hablar, estaba más calmado.

—No soy un espía francés. Tú lo has malinterpretado porque no has oído toda la conversación. Te pido que me concedas el beneficio de la duda, porque te importo.

Ella lo observó con incredulidad. ¿Debía creerlo, después de lo que había oído y había visto? Quería confiar el él, y él estaba utilizando el hecho de que ella se estuviera enamorando para conseguir su docilidad.

—Eso no es justo —susurró.

Jack la miró con dureza.

—No hay nada justo.

«No hay justicia en tiempos de guerra», pensó ella. Él se lo había dicho la noche anterior.

—Veo que tienes dudas. ¿Y si te equivocas, Evelyn? ¿Cómo te sentirás si acudes a las autoridades y me acusas de traición, y después soy inocente? Yo soy el hombre al que amas.

—¡No me manipules!

—¡Entonces no juegues a la guerra!

Ella se echó a temblar.

—¿Y si tengo razón? ¿Y si les estás pasando secretos militares a los republicanos? ¡Entonces morirán soldados británicos y emigrados!

—¿Desde cuándo eres tan patriota? —gritó él.

—Hay otros que creen que eres un traidor. ¡Le han puesto precio a tu cabeza! —gritó ella también.

—Sí, es cierto. Y, algunas veces burlo el bloqueo inglés, motivo por el que me han puesto precio. Pero ya te dije anoche que también burlo el bloqueo francés. Si te importo, lo mejor es que olvides todo lo que ha ocurrido hoy. Si de verdad te importo, tomarás la decisión de confiar en mí.

—¡Estás usando mis sentimientos contra mí!

—¡Entonces deja que tu corazón decida!

—¡Maldita sea! —gritó Evelyn—. ¿Y si D'Hervilly lleva a sus hombres a una masacre segura?

—¿Y si te equivocas? —le preguntó él. Después la observó fijamente y añadió—: ¿Y qué pasa con Aimee?

—¡Cómo te atreves a meter a Aimee en esto!

—Esto es una guerra, Evelyn. Si le dices a alguien lo que

has oído, te vas a involucrar plenamente en ella. No creo que entiendas que es un asunto de vida o muerte.

—¿De la vida o muerte de quién? ¿De D'Hervilly y sus hombres, o de ti?

—De la vida o de la muerte para él, para ellos, para mí... y para ti también.

—¿Me estás protegiendo, o amenazándome?

Él abrió mucho los ojos.

—Yo nunca te amenazaría. ¡No soy un monstruo! Todos los días mueren hombres y mujeres por esta guerra, y no quiero que tú seas una víctima más. Estoy intentando protegerte, pese a tus acusaciones.

—Si lo que quieres es asustarme, lo estás consiguiendo.

—Bueno. Espero haberte asustado tanto como para que te falle la memoria con respecto a lo que has oído hoy —respondió él, y tomó su bolsa de viaje—. Aimee acaba de quedarse sin padre. No puede permitirse perderte también a ti.

Jack salió de la habitación.

Evelyn gritó. No sabía qué hacer ni qué creer. No sabía por qué iba a querer protegerla Jack, porque, si era un espía francés, no tenía conciencia. Y también tenía miedo de que él estuviera utilizando sus sentimientos para conseguir su silencio.

Pero, ¿y si ella se equivocaba y él era inocente? Sin dejar de llorar, lo siguió.

El carruaje de su tío se detuvo en el camino de Roselynd. Evelyn se había pasado la hora anterior en el asiento trasero del coche, conteniendo las lágrimas. Todo había terminado. Ya no podía tener una relación amorosa con Jack Greystone y, sin duda, él tampoco lo deseaba. A ella le parecía odioso. Y de todos modos, había sido una cuestión de lujuria y no de amor.

Sentía una pena abrumadora.

Sin embargo, no olvidaba que él había ayudado a su familia a huir de Francia. Y, por mucho que intentara contenerse, no dejaba de recordar su viaje a Francia y la noche que habían pasado juntos.

Era como si tuviera recuerdos de dos hombres diferentes.

Se recordó que el primero de ellos no era real. El genuino Jack Greystone era el espía francés.

Salvo que él quería que le concediera el beneficio de la duda, que confiara en él. ¡Y una parte de ella deseaba hacerlo!

Pero no iba a ser tan tonta. Sería fuerte; tenía que proteger a su hija. Debía mantenerse alejada de aquellos asuntos de la guerra.

Al bajar del carruaje, la puerta principal de la casa se abrió, y Aimee salió corriendo.

—¡Mamá! ¡Mamá!

Evelyn la tomó en brazos, se puso de rodillas y la estrechó contra sí. Sintió un gran consuelo al poder abrazar a su hija.

—¡Mamá! ¡Estás llorando! —le dijo Aimee.

Estaba llorando, cuando no había derramado una sola lágrima por la muerte de su marido. Durante las horas que había pasado en la isla de Looe, había llorado más que en toda su vida. Era asombroso que Jack Greystone pudiera hacerle tanto daño.

Ni siquiera se habían despedido. Durante el corto trayecto hasta la cala que había bajo la casa de su tío, Jack había permanecido al timón sin moverse, con una postura rígida, y ella había permanecido en la barandilla del barco, de espaldas a él. Él estaba furioso, y ella estaba angustiada.

Jack no la había acompañado hasta la orilla; la había llevado, en un bote, uno de sus hombres. Evelyn quería mirar hacia atrás para verlo una vez más, pero no lo había hecho.

—Todavía estoy triste por tu padre —dijo. Oh, ¡cuánto detestaba mentirle a Aimee!—. Pero me alegro mucho de verte, *chérie*.

—Yo también estoy triste, mamá, pero Laurent me llevó a

la posada, ¡y mira, ahora tenemos un cachorrito! —exclamó Aimee con una sonrisa resplandeciente.

Evelyn se levantó y vio a Laurent saliendo de la casa, precedido por un cachorro regordete de orejas pequeñas que movía el rabo alegremente. El cachorro era tan grande como un labrador adulto.

—¿Es un mastín?

Laurent sonrió con timidez.

—La perra del señor Trim tuvo una camada, y fuimos a ver los perritos. Aimee se empeñó, *madame* —explicó. Al mirar con atención a Evelyn, la sonrisa se le borró de la cara—. ¿Estáis bien?

—No hemos tenido suerte con nuestro viaje —respondió ella.

Él abrió mucho los ojos.

Ella sostuvo su mirada unos instantes. Después se arrodilló para acariciar al perrito, que estaba saltando sobre su falda.

—Baja —le dijo—. ¿Cómo se llama?

—Es una perrita, mamá. Se llama Jolie —dijo Aimee—. Nos la vamos a quedar, ¿verdad? ¡Por favor! ¡Ya duerme en mi cama!

Evelyn se preguntó cómo iban a darle de comer a aquella perra tan grande, y suspiró.

—Sí, nos la vamos a quedar, pero tú te tienes que encargar de que no muerda los muebles que nos quedan.

Aimee se lo prometió, y después entró corriendo en casa, seguida por la perra.

Al verlas jugando alegremente, Evelyn no pudo evitar sonreír.

—Habría sido mucho más fácil darle de comer a un perro más pequeño —dijo suavemente.

Laurent la tomó de la mano.

—¿No hay oro?

—Parece que lo robaron, porque Jack cavó por toda la zona.

Laurent la siguió al interior de la casa.

—*Mon Dieu!* —dijo—. ¿Y ahora lo llamáis «Jack»?

Ella se sobresaltó. Le entregó la pequeña bolsa de viaje. Tenía el pulso acelerado. Casi estaba preparada a confiarle a Laurent que había tenido una pequeña aventura.

—Sí, ahora es «Jack».

—Habéis estado llorando. Y por algún motivo, creo que no habéis llorado a causa del oro.

—En realidad, he llorado muchas horas en el barco, pero no fue por el oro. Henri debería haberse ocupado de que tuviéramos algo para el futuro —dijo ella, mientras se giraba hacia el jarrón de flores que había en la única mesa del vestíbulo. Se detuvo y comenzó a colocarlas—. Nos dejó sin un penique, Laurent. Es inexcusable.

En aquella ocasión, Laurent no se apresuró a defender a su amado patrón.

—No sé cómo hizo tal cosa —murmuró.

Ella tomó una rosa.

—Ya no estoy de luto —declaró. No iba a volver a ponerse un vestido gris ni negro o, al menos, hasta dentro de mucho tiempo—. Pídele a Adelaide que me planche el vestido granate.

Él se irguió.

—Creo que habéis tomado la decisión correcta, *madame*, puesto que Henri estuvo enfermo durante mucho tiempo.

Ella lo tomó del brazo para interrumpirlo.

—He tenido una aventura con Jack —dijo. Oh, cuánta calma aparentaba.

Él abrió unos ojos como platos, y Evelyn sonrió con tristeza.

—Creo que me enamoré.

—*Madame!* —exclamó Laurent, y comenzó a sonreír de alegría.

—No —dijo ella, agitando la cabeza—. Él me advirtió que me rompería el corazón más tarde o más temprano, y lo hizo en un solo día —explicó. Antes de que él pudiera hablar, añadió—: No puedo darte los detalles. Pero he sido una tonta, y todo ha terminado.

Él le apretó suavemente la mano.

—*Madame*, ¿cómo va a haber terminado, cuando estáis tan enamorada?

—No estoy enamorada —replicó ella. Sin embargo, en cuanto hubo hablado supo que Laurent tenía razón. Todavía estaba enamorada, por muy perverso que fuera Jack. Estaba enamorada de un traidor.

A menos que Jack fuera inocente, y ella estuviera equivocada.

Laurent la rodeó con un brazo.

—Habéis tenido una pelea de amantes, *madame*, y no tenéis la experiencia suficiente para daros cuenta. No tengáis miedo. El señor Greystone volverá a esta casa dentro de poco tiempo, y traerá flores.

Evelyn mantuvo una sonrisa forzada. Jack Greystone no iba a aparecer en Roselynd, y menos con flores. Sobre aquello no tenía ninguna duda.

CAPÍTULO 11

Mientras veía a Aimee y a la perra jugando por el jardín desde la ventana del vestíbulo, Evelyn pensó que el animal estaba creciendo mucho. Había pasado una semana desde su vuelta de la isla de Looe, y la perra ya tenía un buen tamaño.

No se arrepentía de haber permitido a su hija quedarse con la mascota, porque se habían vuelto compañeras inseparables. Sin embargo, Jolie comía mucho, y Evelyn temía que no iban a poder permitírselo mucho más tiempo. Además, había ordenado que durmiera en la cocina por las noches. ¡No quería que compartiera la cama de su hija!

Se le encogió el corazón. Al día siguiente iba a visitar la mina de estaño. Su visita no sería ninguna sorpresa, porque le había enviado una carta al nuevo capataz aquella misma semana para informarle de sus planes. También había hablado con dos bancos, uno de Fowey y otro de Falmouth, para averiguar si era posible que una mujer en su situación solicitara un préstamo y, de ser así, cuánto podrían concederle. No le habían dado muchas esperanzas. Su solicitud no sería aceptada hasta que pudiera demostrar que había heredado el patrimonio de Henri. Y le habían advertido que, cuando lo consiguiera, tal vez no le fuera concedido el crédito. Parecía que Henri ya había consumido esos créditos hacía mucho tiempo, y las viudas pobres no eran buenas candidatas a un préstamo.

Intentó explicar que, estando el precio del estaño tan alto como estaba, iba a obtener ingresos suficientes en cuanto las reparaciones estuvieran hechas, y que podría devolver el crédito. Sin embargo, no parecía que su afirmación hubiera interesado a ninguno de los dos empleados con los que había hablado.

Suspiró. Ojalá aquella angustia que le atenazaba el corazón se desvaneciera.

Laurent siguió diciéndole que todo había sido una pelea de enamorados y que Jack la visitaría pronto y, al final, ella le gritó que se trataba de algo mucho más grave que eso. Laurent se había quedado horrorizado, y ella había tenido que pedirle disculpas. Su dolor la estaba convirtiendo en una bruja. Incluso Aimee la miraba con preocupación.

Tenía que olvidarlo todo, pero era extremadamente difícil, teniendo en cuenta que había pasado una noche entera en sus brazos. Y, aunque pudiera olvidar aquella noche, ¿cómo iba a olvidar lo que había oído en la playa, o la conversación que habían tenido después?

Había pensado mucho en aquella conversación. No podía permitir que un ejército de emigrados dirigido por los británicos intentara invadir Francia y fuera masacrado. Y había llegado a la conclusión de que iba a hablar con las autoridades muy pronto. Era su deber patriótico.

Sin embargo, aquella idea la enfermaba, porque no sabía si iba a poder traicionar a Jack. Pensó en declarar que había oído hablar a dos hombres a quienes no conocía; pero, si hacía eso, estaría mintiendo por él, cuando él no correspondía a su amor.

En medio de aquellos pensamientos tristes, vio que un carruaje se acercaba a la casa. Se quedó mirándolo fijamente. Aunque no distinguía a sus ocupantes, pensó que seguramente se trataba de Trevelyan.

Le había enviado una nota pidiéndole que la visitara. Estaba completamente arrinconada, y por lo tanto, haría lo que tenía que hacer: pedirle un adelanto de fondos para hacer arreglar la mina.

Ya no tenía orgullo. Estaba desesperada. Sin embargo, lo peor de todo era saber que él sentía cariño por ella, y que aquel cariño le empujaría a ayudarla. ¿La convertía eso en alguien tan falto de principios como Jack? Evelyn se apartó todas aquellas dudas de la cabeza bruscamente y fue a la cocina para pedirle una bandeja de té a Adelaide. Solo té, con algunos azucarillos y limón. Trev lo entendería.

Volvió al vestíbulo y abrió la puerta intentando sonreír. Trev estaba con Aimee y la perrita. Él se agachó, tomó un palo y se lo lanzó a Jolie para que corriera tras él. Aimee sonrió y dio palmadas cuando Jolie llegó hasta el palo y comenzó a olisquearlo. El animal decidió recogerlo, y Trev la alabó al instante.

—Vamos, Aimee, ve y acaríciala, y después tíraselo otra vez y dile que te lo lleve —le indicó a la niña—. Y así aprenderá muy pronto y podrás jugar con ella cuando quieras.

Evelyn sintió una inmensa calidez al ver que Aimee corría hacia la perra diciéndole lo estupenda que era. Aimee tomó el palo y Jolie empezó a saltar y a ladrar de impaciencia. Su hija tiró el palo y le dijo que fuera a buscarlo, pero la perra, en vez de perseguir el palo, comenzó a saltar alrededor de Aimee.

A Evelyn le dieron ganas de llorar. Decidió que nunca se desharía de aquella perra. Y pensó que algún día, Trevelyan sería un magnífico padre. Era evidente.

Entonces se dio cuenta de que Trev la estaba mirando, y recordó que debía sonreír.

—Hola.

Él se acercó con el semblante serio.

—¿Qué ha pasado? ¡Estás muy triste!

Evelyn tomó aire. No quería que él se diera cuenta de su estado de ánimo.

—Me ha gustado mucho verte con Aimee —dijo con sinceridad.

Trevelyan era un hombre bueno, guapo y honorable. ¿Por qué él no hacía que se le acelerara el pulso?

—Parece que estás muy triste, Evelyn, pero no voy a insistir. Me alegré mucho al recibir tu nota —dijo él. Le tomó una mano y se la besó, aunque siguió mirándola con preocupación.

—Gracias por venir. Y gracias por enseñarle a Aimee a jugar con Jolie.

—Es una perra muy grande para una niña tan pequeña —dijo él con una sonrisa, mientras la seguía al interior de la casa.

—Estuve fuera unos pocos días y, cuando volví, era un hecho consumado.

—¿De veras? ¿Adónde has ido?

Ella vaciló ante el salón. Se arrepintió de haber sacado el tema de su breve viaje.

—Parece como si te hubieran sorprendido robando galletas de la lata —comentó él suavemente.

Ella no pudo seguir sonriendo.

—Henri dejó algunos bienes en Francia. Fui a recuperarlos, pero ya no estaban. Quizá los robaron.

Él se atragantó.

—¿Fuiste a Francia? —preguntó con incredulidad y, cuando Evelyn entró al salón, la siguió con los ojos muy abiertos—. Espera un momento. ¿Por eso querías hablar con Jack? ¿Te llevó él a Francia, Evelyn?

Ella sonrió con tirantez.

—Sí, me llevó él. Fue un viaje muy corto.

Él siguió mirándola con una absoluta incredulidad.

—No puedo creer —dijo por fin— que mi amigo te llevara a un país con el que estamos en guerra. ¡Y por mar, sabiendo que está infestado de barcos enemigos! ¿Por qué no acudiste a mí? Tengo muchos contactos. ¡Y yo mismo habría ido a Francia por ti!

Ella se sentó en la silla más cercana, intentando no llorar.

—Tenía intención de darle una buena recompensa —dijo ella.

—Greystone no te llevó al otro lado del Canal por unas cuantas libras. ¡Ni por mil libras! Es evidente que ha ocurrido algo. ¿Por qué estás tan disgustada?

—Contaba con esos bienes que nos dejó Henri, Trev. Ahora, sin embargo, debo reparar la mina y conseguir que sea lucrativa.

—Quiero ayudarte —dijo él inmediatamente. Se sentó a su lado y le tomó las manos—. Tienes una niña a la que dar de comer, por no mencionar a una perra que va a crecer mucho —añadió con una sonrisa.

Él estaba buscando su mirada y, en aquel momento, Evelyn se dio cuenta de que sentía algo por ella. No podía permitir que se hiciera falsas esperanzas.

—Eres tan bueno conmigo... —murmuró—. Necesito un préstamo. Ya he ido a dos bancos, pero debo demostrar que he heredado el patrimonio de Henri, aunque me han indicado que, de todos modos, seguramente me van a denegar el crédito.

—Yo nunca te lo denegaría —dijo él, y se puso en pie.

Ella también se levantó.

—Pero no quiero manipularte de ninguna manera.

—Esa es una afirmación muy extraña.

—No, no lo es. Te he pedido que vinieras para poder pedirte este préstamo. Me han dicho que, para que la mina pueda dar beneficios, hay que hacer algunos arreglos. Es evidente que yo no tengo dinero para hacerlos. Pero, cuando estén terminados, podré devolverte el préstamo —dijo ella, y tragó saliva—. Así que, como verás, esta no es una visita social.

Él sacudió la cabeza con tristeza.

—No pensaba que lo fuera, porque tú estás de luto.

Ella se puso tensa al instante, al recordar la noche que había pasado en brazos de Jack. Ojalá no se ruborizara demasiado.

—¿Por qué temías pedirme un préstamo? Eres mi amiga,

Evelyn, y eres una mujer bella, elegante y buena que está en una situación difícil. Me gusta ser el caballero andante que viene en tu rescate —dijo él con una sonrisa. Claramente, estaba intentando tranquilizarla.

—Tú eres un buen hombre. Tu amistad es muy preciada para mí.

A él se le borró la sonrisa.

—¿Pero?

—Pero no puedo corresponder a ningún sentimiento amoroso —dijo ella—. Ahora no. Todavía no. Tal vez nunca.

Él la miró fijamente, bajó los ojos y se puso a caminar lentamente. Evelyn se mantuvo inmóvil, mirándolo. Después se giró hacia ella.

—Lo entiendo. No te estaba pidiendo ese tipo de afecto, pero he de admitir que has captado algo de mi interés. Sin embargo, no estoy enamorado de ti, Evelyn. Me siento atraído, y tal vez pudiera enamorarme de ti, pero ese día todavía no ha llegado.

Ella se sintió muy aliviada.

—Me alegro mucho de que hayamos recuperado nuestra amistad.

—Tienes mi amistad, Evelyn, quieras o no. Sin embargo, me gustaría hacerte una pregunta.

Ella sabía a qué se refería Trevelyan, y se quedó paralizada.

—Te has vuelto loca por él, ¿verdad?

Evelyn se quedó callada.

—Ni siquiera tienes que decir nada. Eso es suficiente respuesta.

Ella se retorció las manos.

—¡Ni siquiera somos amigos!

—Claro que no. Te sugiero que seas prudente, Evelyn. Greystone es un mujeriego, está interesado en ti y de tu relación con él no saldrá nada bueno —dijo él con firmeza—. Además, un encaprichamiento es solo eso.

Evelyn no sabía qué responder. Quería negar cualquier interés por su parte, pero eso sería mentir. Y, de todos modos, el hecho de que Trevelyan supiera la verdad era un alivio.

—¿Cuánto dinero necesitas? —le preguntó él.

—Todavía no lo sé —dijo Evelyn, y los ojos se le llenaron de lágrimas de gratitud.

En aquel momento, Laurent se acercó a la puerta del salón, y los dos se volvieron hacia él.

—Hay otra visita, *madame* —dijo el mayordomo—. Es el señor Lucas Greystone.

Ella tardó un momento en entender lo que le decía. ¿El hermano de Jack estaba en la puerta? Se le aceleró el corazón al darse cuenta de lo que significaba su llegada. Jack había enviado a Lucas para que la ayudara pese a lo que había ocurrido.

Trevelyan se acercó a ella.

—¿Conoces a Lucas Greystone?

—Ha venido a ayudarme con la mina —susurró ella.

—Es una idea excelente —dijo Trev—. Lucas entiende de minas más que nadie que yo conozca. Él sabrá qué arreglos hay que hacer, y cuál es su coste.

—¿Lo conoces bien?

Trev asintió.

—Sí.

Ella titubeó.

—¿Crees que puedo confiar en él?

—Lucas es un caballero, si es lo que me estás preguntando.

Evelyn se ruborizó. Jack era un espía, pero, ¿no le había dicho que su hermano gestionaba el patrimonio familiar? ¿Y no estaba su hermana Julianne casada con un tory muy conocido? No había motivos para pensar que Lucas estuviera involucrado en la guerra.

—Creo que lo mejor será que me marche y os deje hablar con tranquilidad.

Evelyn lo miró e, impulsivamente, le apretó una mano.

—Muchísimas gracias.

Él se inclinó.

—De nada, Evelyn. Estoy encantado de ayudarte.

Salieron al vestíbulo, donde esperaba Lucas Greystone.

—¿Lady D'Orsay? —preguntó. Después le hizo una reverencia. Era alto y rubio, de hombros anchos, casi como si fuera hermano gemelo de Jack—. Soy Lucas Greystone, y mi hermano ha insistido en que debo ayudaros con vuestra mina de estaño, pase lo que pase.

Evelyn se preparó lentamente para acostarse. Estaba haciéndose una trenza y, mientras, observaba su rostro en el espejo.

Jack había enviado a Lucas a ayudarla. ¿Por qué?

Lucas había estado una hora con ella después de saludar a Trevelyan, que se había marchado. Había tomado una taza de té y le había hecho una docena de preguntas; ella no había podido responder a ninguna. Luego le había pedido permiso para visitar la mina aquella misma tarde, de camino a Londres. Ella se lo había dado al instante y le había escrito una carta para el capataz. Por último, le había pedido los libros de contabilidad para revisarlos, y se los había llevado, diciéndole que se los devolvería en cuanto hubiera terminado.

Ella le había dado las gracias efusivamente.

—Por supuesto, es un placer. Pero no me deis las gracias a mí, sino a mi hermano. Él me dejó bien claro que no tenía más remedio que venir corriendo en vuestra ayuda. Debéis de haberle causado una honda impresión —dijo Lucas.

Y con eso, se marchó.

¿Por qué tenía Jack tanto interés en ayudarla? ¿Acaso sentía algo por ella, pese a todo?

¿Qué otra razón podía haber?

Evelyn se dio cuenta de que deseaba desesperadamente que él sintiera algo por ella, aunque fuera un maldito espía. Se le llenaron los ojos de lágrimas. Dios, ¿qué le ocurría?

Mientras se preguntaba aquello, apareció un hombre en el espejo, detrás de ella. Tenía una sonrisa maliciosa.

Era delgado y moreno, y vestía elegantemente, pero le faltaba uno de los dientes delanteros y tenía un cuchillo en la mano.

Antes de que ella pudiera gritar, él la agarró y le puso un cuchillo en el cuello. Ella gimió de dolor al notar la afilada hoja en la piel.

Sintió un miedo horrible. Aquel hombre iba a cortarle el cuello.

El corazón se le paró de repente. ¿Estaba bien Aimee?

—*Vous devriez fermer vos portes la nuit, Comtesse.*

«Deberíais cerrar las puertas de noche, condesa».

—¿Aimee? —jadeó ella, y se retorció. Cuando le agarró los antebrazos al hombre para intentar liberarse, él le apretó el cuchillo contra el cuello, y ella notó que le corría la sangre por la piel—. ¡Por favor! ¡Mi hija!

—¡Yo no hablaría si fuera vos! —le dijo el hombre, y la agarró con fuerza.

Ella se atragantó del miedo, pero se quedó inmóvil. Dios Santo, ¿estaría bien Aimee?

—Tengo un mensaje para vos —dijo el intruso en voz baja, hablándole al oído.

Ella gimoteó, con miedo a que el cuchillo se le hundiera más en el cuello. Sin embargo, al sentir los labios de aquel hombre en la oreja y el contacto de su cuerpo, tuvo ganas de vomitar.

—Si LeClerc es traicionado, vuestra hija y vos lo pagaréis caro. *Comprenez-vous?*

Evelyn tenía demasiado miedo como para asentir. Gimió de nuevo.

—*Comprenez-vous?* —repitió él, dándole un zarandeo—. ¡Si nos traicionáis, moriréis!

Entonces, él la soltó, y Evelyn se cayó al suelo, agarrándose el cuello. Oyó que el hombre salía de la habitación y corría por el pasillo. Abajo resonó un portazo. Jolie comenzó a ladrar.

Ella jadeó, intentando levantarse. Cuando lo consiguió, atravesó tambaleándose el dormitorio y salió al pasillo, hacia la habitación de Aimee. Al ver a su hija profundamente dormida en su cama, le fallaron las rodillas del alivio. Cayó al suelo nuevamente, entre sollozos. Aimee estaba bien, gracias a Dios.

Y Jolie había dejado de ladrar. ¿Significaba eso que su atacante se había marchado ya?

Se tocó la garganta. ¿Cuánto había sangrado? Si la niña se despertaba y la veía así, se llevaría un susto horrible.

Así pues, salió de la habitación, y en el pasillo se chocó contra Laurent, que había acudido con una vela encendida.

El mayordomo se quedó pálido.

—*Mon Dieu! Qu'est-ce que c'est passé? Evelyn! Vous êtes d'accord?*

—¡Shh! Me han atacado, pero estoy bien —dijo ella, y se apoyó en la pared.

—¡No estáis bien! —jadeó él. La sujetó por la cintura y la llevó hacia el dormitorio. Allí, la sentó en la cama y dejó el candelabro sobre una mesa. Acto seguido, le limpió la herida con un pañuelo para poder inspeccionársela—. ¡Solo es un corte! ¿Quién os ha hecho esto?

—No lo sé —susurró ella.

—¿Que no lo sabéis? ¿Quién ha sido? ¿Un ladrón?

Evelyn apenas podía oírlo. Estaba conmocionada. Un hombre había entrado en casa y las había amenazado a Aimee y a ella... si LeClerc era traicionado. ¿Por quién? ¿Por otra persona? Si alguien traicionaba al vizconde, ¿volvería aquel intruso para matarlas?

Jack había intentado advertírselo, ¡había querido protegerla! Tal vez fuera un espía, pero sabía que ella no lo era y que, al oír la conversación entre LeClerc y él, se había puesto en peligro a sí misma. Dios, todo le parecía muy claro en aquel momento.

—Sí, ha sido un ladrón —dijo. No quería mentir a Laurent, pero lo hizo por proteger a su sirviente—. Quería joyas.

Evelyn agarró la almohada y se abrazó a ella. ¿Qué debería

hacer? Porque tenía que proteger a Aimee, y se veía involucrada en aquellos asuntos de la guerra, ¡cuando no quería estarlo!

Deberían ir a Londres, pero no tenían dinero para pagar el viaje ni la estancia.

Evelyn se echó a temblar. Le parecía demasiado peligroso permanecer en Roselynd, pero no tenía adónde ir.

Ojalá pudiera preguntarle a Jack lo que debía hacer. Tal vez fuera un espía, pero ella creía que quería protegerlas a Aimee y a ella. Lo creía con todo su corazón.

—Voy a buscar la pistola y a cerrar con llave la casa —dijo Laurent—. ¿Estaréis bien?

Evelyn no sabía si volvería a estar bien alguna vez, pero consiguió asentir. Laurent se marchó con decisión. Evelyn respiró profundamente unas cuantas veces para calmarse, y después se levantó y sacó su propia pistola de debajo de la cama. Estaba cargada, por supuesto, pero lo comprobó de todos modos. Después, tomó la vela y bajó las escaleras para ayudar a Laurent a cerrar la casa.

Jack detuvo a su caballo bruscamente. Era una mañana de principios de mayo, y la primavera había llegado por fin a Cornualles. Había algunas nubes blancas en el cielo azul, y lucía el sol. Las flores estaban empezando a asomar en el páramo. Durante la última hora, desde que había salido de Bodmin, él había sido el único viajero de la carretera.

Frente a él estaba la Posada del Brezo Negro. Estaba muy tenso, y se arrepentía de haber elegido la taberna de Trim para su reunión. Ya había ido a Roscoff para entregar el cargamento de seda china. Había decidido hacer otro viaje para cargar más telas, e iba a hablar con un inversor al respecto. Le había enviado una nota a Thomas Godfrey sugiriéndole que se vieran en el establecimiento de Trim.

Sin embargo, en aquel momento lo pensó mejor.

Animó al caballo a ponerse en marcha. Al contrario que la carretera, la posada estaba llena de gente; había una docena de caballos y carruajes aparcados fuera. Jack lo prefería así; era más fácil pasar desapercibido entre la multitud. Por el contrario, prefería que la carretera estuviera vacía, puesto que nadie podía seguirlo sin que él se diera cuenta.

Y Roselynd estaba a menos de media hora de camino desde allí.

Jack estaba sombrío. No había podido olvidarse de Evelyn en todos aquellos días. Se enfadaba consigo mismo cada vez que pensaba en que había hecho el amor con ella. No porque se arrepintiera, sino por no haber sido capaz de controlar sus impulsos y aquella frenética pasión que no había experimentado nunca. No quería sentir aquel tipo de deseo nunca más.

Porque seguía sumido en la lujuria, y el maldito deseo no desaparecía.

Él podía controlar un deseo insatisfecho. Sin embargo, se ponía furioso al recordar las acusaciones que ella le había hecho.

Por supuesto, él era espía, y espiaba para ambos bandos. Así pues, en cierto modo Evelyn tenía razón. Sin embargo, también estaba muy equivocada, porque, a la hora de la verdad, él elegiría a su país por encima de todo, incluso por encima de su propia vida.

Qué irónico era todo, pensó con amargura. Jack Greystone, el mercenario, en el fondo era un patriota.

No tenía ninguna intención de darle explicaciones a Evelyn, ni de contarle su papel en aquella guerra. No iba a hablarle de sus actividades porque no quería que ella se involucrara.

«Te quiero».

«Esto no tiene nada que ver con el amor. Esto es lujuria».

Nunca había estado de tan mal humor. No era posible que ella lo quisiera. Ni siquiera lo conocía. Sin embargo, si de veras se había enamorado de él, creería en él pese a los rumores, pese a su mala fama y a la recompensa que ofrecían por su captura.

Como todo su país, ella lo consideraba un proscrito.

Tenía que dejar de pensar en Evelyn. En cierto modo, había sido su primer amante. Ella era madre, y era viuda, pero tan inexperta e ingenua como una debutante. La noche que habían pasado juntos había demostrado lo inocente que era. Él había sentido un entusiasmo salvaje al enseñarle lo que era la verdadera pasión.

Seguía siendo presa de la lujuria, no del amor, insistió para sí, como nunca. ¿Y por qué no había de ser así? Evelyn era buena, bella, decidida e inteligente. Una mujer extraordinaria. La aventura que habían comenzado debería estar en pleno auge, y sin embargo había terminado sin más. No podía soportarlo. Ardía de pasión, y se sentía muy inquieto. Pero había más.

Ella no se merecía formar parte de aquella maldita guerra. Nadie se lo merecía. Él quería que estuviera alejada de todo aquello. Incluso debía admitir que tenía el impulso de protegerla, pero, ¿no había sentido siempre lo mismo desde que la conoció en Francia? ¡Y él que decía no tener conciencia ni alma!

Tenía la esperanza de que Evelyn hubiera olvidado lo que había oído en la playa. Era cierto que, si ella se lo contaba a alguien, estaría poniendo en peligro su vida y la de su hija. Había pensado en visitarla para asegurarse de que guardase el secreto.

Jack llegó a la posada, subió los escalones de la entrada, abrió la puerta principal y se detuvo para observar la taberna del establecimiento.

Había una docena de mesas ocupadas. Vio a Godfrey, que estaba sentado a solas, no muy lejos del mostrador, donde Trim y una camarera estaban sirviendo cerveza. No había soldados presentes; eso lo había dilucidado al instante. En aquel momento, con más cuidado, buscó a clientes sospechosos, oficiales de incógnito u otros espías.

Vio a Ed Whyte, que estaba sentado con otros dos hombres con un aspecto tan insidioso como él, jugando a las cartas. De vez en cuando, Whyte les pasaba información sobre la armada y las fortificaciones británicas a los franceses. Como agente francés estaba en uno de los últimos escalafones y era insignificante.

Sin embargo, Jack pensó en Evelyn, a quien habían robado, y el corazón se le aceleró.

Sonriendo, se acercó a Trim.

—Buenas tardes, John. Parece que el negocio va muy bien hoy.

Trim le sonrió.

—¡Qué alegría verte! Hacía mucho tiempo. ¿Qué quieres tomar?

—¿Hay alguna noticia de Roselynd? —preguntó Jack. No era una pregunta premeditada, y casi no podía creer que la hubiera formulado.

—El mayordomo de la condesa estuvo aquí hace un par de semanas, con la hija de la dama. Se llevaron uno de los cachorros de mi mastina —dijo el posadero con orgullo.

Jack siguió sonriendo.

—Es una niña muy guapa —dijo—. Se parece a su madre.

—Sí, es verdad. Mi esposa quería visitar a la condesa. Tal vez la mande para allá. Ah, y he oído unos chismorreos. Dicen que ha visitado varios bancos para pedir crédito.

Evelyn encontraría la manera de salir adelante, pensó Jack. Esperaba que Lucas pudiera ayudarla a convertir la mina en un negocio lucrativo.

—Es una pena que su esposo no pensara en dejarlas en una situación acomodada.

—Sí, he oído decir que seguramente los bancos no le van a adelantar nada, pero lord Trevelyan fue a verla el otro día. Él mismo me dijo que la fiara si alguna vez venía por aquí, y que él se haría cargo de las cuentas.

Jack permaneció impasible, pero por dentro se enfureció.

Claro; era lógico que Trevelyan estuviera cortejando a Evelyn, y que tuviera una deferencia tan noble.

—Seguramente, él le prestará todo lo que necesite —dijo malhumoradamente.

—Espero que la corteje cuando ella deje el luto —comentó Trim—. La condesa necesita un marido, y él es un caballero estupendo.

Jack se dio la vuelta.

—¡Cuánta razón tienes! —dijo, de espaldas a Trim. Y era cierto, el posadero tenía razón. Sin embargo, él no se alegraba ni por Evelyn ni por Trev—. Discúlpame, Trim.

Jack se acercó a la mesa de Godfrey. Era un hombre bajo de estatura y fornido; llevaba una peluca blanca y una chaqueta de satén marrón.

—Dios Santo —dijo Godfrey—. ¡Qué sitio!

Jack miró a Whyte por encima del hombro de su interlocutor. Estaba muy molesto.

—A mí me viene bien para mis propósitos —afirmó. Sacó una silla, le dio la vuelta y se sentó a horcajadas, apoyando los brazos en el respaldo—. ¿Cómo estás?

Godfrey apuró su copa.

—Ansioso por oír tu siguiente plan.

Jack miró a Whyte de nuevo, y después le habló a Godfrey de la seda china.

—Tendría que marcharme inmediatamente a Roscoff, o si no venderán la seda. Te ofrezco el cincuenta por ciento, Tom. Mis beneficios del último viaje fueron tres mil quinientas libras, y ya tenía la seda vendida antes de llegar a nuestras costas.

—De acuerdo, acepto. ¿Cuánto necesitas?

Jack sintió alivio. Se lo dijo, y Godfrey respondió que le dejaría un cheque en el banco de Fowey, donde Jack tenía sus cuentas al mismo nombre que la escritura de la isla de Looe.

—¿Quieres beber algo? Si es así, te acompaño, pero, de lo

contrario, me volveré a Londres —dijo finalmente Godfrey, y añadió con una sonrisa—: Tengo una nueva amante, Jack. Una cantante de ópera de Venecia. ¡Y solo tiene veinte años!

Jack se echó a reír.

—Yo también me volvería corriendo a Londres si estuviera en tu lugar —dijo, pensando en Evelyn. ¿Iba a poder olvidar alguna vez sus miradas de pasión cuando estaba bajo él en la cama?

Godfrey asintió, se despidió y se marchó.

Jack no se movió de allí. Siguió sentado, mirando a Whyte entre la multitud.

Aquel desgraciado había robado a Evelyn...

Entonces, Whyte lo vio a él, y se sobresaltó.

Jack sintió un placer salvaje. ¡Oh, cuántas ganas de pelea tenía! Se puso en pie y apartó la silla de una patada. La silla cayó al suelo, y en la taberna se hizo el silencio.

Whyte palideció al ver que Jack se acercaba a él.

—Hola, Ed.

Whyte se puso en pie de un salto.

—¿Qué ocurre? Greystone, si te he hecho enfadar por algo, ¡fue un error!

Jack se echó a reír y le dio un puñetazo en la cara.

El hombre se cayó hacia atrás, sobre la mesa de al lado, y los parroquianos se apartaron corriendo.

Jack lo agarró antes de que pudiera levantarse, y le dio otro puñetazo. Whyte gimió de dolor.

Después, Jack apartó la mesa, se colocó sobre él y le puso la daga en el cuello.

—Quiero los zafiros de la condesa D'Orsay.

Whyte tartamudeó.

—No...

—¿No qué? ¿Que no te haga esto? —preguntó Jack. Entonces, le trazó una fina línea en la yugular, solo arañándole la piel.

Whyte gritó.

—¡De acuerdo! ¡Está bien!

—Y un cuerno. No está bien. Tú le robaste a la condesa. Eso no está bien, Whyte —dijo Jack, y le dio un rodillazo en la entrepierna.

Whyte se puso muy rojo. Jadeó de dolor, con los ojos fuera de las órbitas. Jack susurró:

—¿Dónde están las joyas?

Whyte consiguió balbucear:

—¡En mis alforjas!

Entonces, Jack hizo que se levantara y, sin apartarle la daga del cuello, dijo:

—Trim, ve por sus alforjas.

El posadero salió de detrás del mostrador con un mosquete. Corrió hacia la calle. Un momento más tarde, apareció con un par de alforjas viejas y polvorientas. Jack le indicó con un gesto de la cabeza que las dejara en la mesa. Trim lo hizo, y las registró. Sacó un paquetito de tela.

—Ábrelo —le dijo Jack.

Trim lo hizo, y dejó a la vista un anillo y unos pendientes de zafiros.

—¡Las joyas de la condesa! —exclamó el posadero.

Jack sonrió a Whyte.

—Le diré a la condesa que has visto a Dios, mi buen amigo. Y que los designios de Dios son inescrutables —le dijo, y lo soltó, empujándolo.

Whyte se agarró la entrepierna y gruñó de dolor, mientras los demás clientes de la taberna se reían. Todos volvieron a sentarse, y Jack se guardó los zafiros en el bolsillo mientras Whyte y sus dos amigos salían apresuradamente.

Al verlos pasar a través de la ventana, Jack dijo:

—Siento haber causado este escándalo, John.

—¡Pobre condesa! Has hecho bien en recuperar sus joyas —dijo Trim—. Si hubiera sabido que Whyte le estaba robando, habría intervenido. Yo estaba presente ese día. ¡Le advertí que no acudiera a él!

Whyte montó a caballo con ayuda de sus amigos, y los tres se marcharon.

—Ella no hace caso a nadie —dijo Jack suavemente.

¿Cómo iba a devolverle las joyas sin verla? Sin embargo, ¿no tenía que hablar con ella para asegurarse de que entendía que tenía que olvidar todo lo que había oído en la isla de Looe?

Trim lo estaba mirando con sorpresa.

Jack sonrió rápidamente, y con indiferencia. ¿Acababa de parecer un idiota enamorado?

—¿Qué te debo por los daños?

Trim miró la única silla que se había roto.

—Tal vez uno o dos chelines.

Jack le pagó una libra, le dio una palmada en la espalda y se encaminó hacia la puerta. Unos cuantos de los hombres que estaban sentados en las mesas se giraron hacia él y lo jalearon.

—¡Bien hecho, Greystone! —le dijo uno.

Claramente, la condesa le caía bien a casi todo el mundo.

¿Y por qué no iba a ser así? Era fácil ver que había tenido una vida difícil.

Jack fue hacia su caballo. De repente se dio cuenta de que tenía unas ganas horribles de ver a Evelyn, y por aquel mismo motivo, no iba a acercarse a ella. Enviaría a Trevelyan para que la visitara y le devolviera los zafiros. Trev ya era asiduo en su casa, de todos modos, y él podría confiar en su amigo y utilizarlo para mantenerla fuera de peligro.

Estaba tan abstraído que no se dio cuenta de que alguien se había colocado detrás de él hasta que fue demasiado tarde.

Jack comenzó a correr al sentir el peligro, pero su perseguidor le golpeó la cabeza con un objeto grande y oscuro. Él se tambaleó e intentó sacar la daga, pero recibió un segundo golpe, esta vez en los riñones y asestado por otro hombre, que le hizo caer al suelo. Entonces, llovió sobre él una sarta de culatazos de escopeta, y alguien le dio patadas en las costillas, en la espalda y en el pecho.

Lo habían tomado por sorpresa, e iba a morir.

Se le nubló la vista y se retorció de dolor. Poco después se dio cuenta de que la paliza había cesado, y de que tenía sabor a sangre en la boca.

¿Le había hecho aquello Ed Whyte?

—¿Sabes dónde debe estar tu lealtad?

Jack se percató de quién era aquel marcado acento francés. Intentó enfocar la visión, y vio un rostro moreno y unos ojos negros muy familiares que le miraban fijamente.

—Será mejor que no nos engañes, *mon ami* —dijo Victor LaSalle, vizconde LeClerc, suavemente—. No vamos a tolerar ninguna traición.

LeClerc sospechaba la verdad. Sospechaba que Jack espiaba para ambos bandos.

El francés le sonrió fríamente.

—Asegúrate de estar con nosotros, *mon ami*, no contra nosotros. ¿Me oyes?

Jack asintió, y el movimiento le causó una descarga de dolor. Alguien gimió, y se dio cuenta de que era él.

—Bien, porque, si nos traicionas, tus seres queridos pagarán un precio terrible.

Jack intentó comprender lo que le estaba diciendo.

LeClerc se le acercó mucho, tanto que Jack pudo sentir su respiración.

—Tu bella amante ya no será bella, y yo disfrutaré hasta del último segundo que pase con ella.

Jack jadeó, y gruñó.

LeClerc se irguió y le hizo un gesto al hombre que estaba a su lado. El hombre le dio una patada en las costillas a Jack, y Jack gritó.

—Eso es para asegurarme de que entiendes las consecuencias de tus actos… mon ami.

Jack lo oyó perfectamente, y lo entendió perfectamente.

LeClerc le haría daño a Evelyn, la violaría y la destrozaría. Él tenía que avisarla, tenía que protegerla.

Jack oyó unos caballos alejándose al galope. LeClerc y su compañero se habían marchado. Intentó sentarse, pero sintió un dolor muy intenso en las costillas y en la cabeza. Después vio una luz muy potente detrás de los párpados y, después, solo la oscuridad.

CAPÍTULO 12

Evelyn se despertó de repente y se incorporó. La perra estaba ladrando, y alguien llamaba a la puerta principal. Ella sintió terror. ¡Era medianoche! Se levantó de un salto, encendió una vela y tomó la pistola, que ahora guardaba en la mesilla de noche. Al salir al pasillo se encontró con Laurent, que portaba una carabina y una vela.

—¿Quién puede ser? —preguntó Evelyn.

Él tenía los ojos abiertos como platos, y el gorro de dormir torcido.

—Los ladrones no llaman.

No, los ladrones no llamaban a las puertas cuando iban a robar. Así pues, ¡aquello era una emergencia! Los dos bajaron corriendo las escaleras, y Laurent se acercó a la puerta.

—¿Quién es? —preguntó a gritos.

Dejaron de golpear frenéticamente la puerta, y alguien respondió:

—*Madame!* ¡Soy John Trim! ¡Rápido!

Laurent y Evelyn se miraron con asombro. Ella se agarró a su hombro cuando lo vio bajar la carabina.

—Puede que sea una trampa.

Él la miró con horror.

Entonces, ambos alzaron las armas y ella apuntó hacia la puerta mientras Laurent abría lentamente.

John Trim apareció en el umbral. El posadero llevaba un abrigo muy grueso y estaba muy pálido.

—¡Milady! ¡Perdonadme! Es por Greystone, ¡él se empeñó en que lo trajera aquí!

Evelyn vio que había una carreta cerca de la entrada, y un hombre junto a ella. En medio de la oscuridad, le pareció que era Will Lacey, un vecino del pueblo.

—¿Qué ha ocurrido? —preguntó ella.

—¡Greystone está malherido! Lo encontramos fuera de la posada y nos pusimos a atenderlo, pero él se empeñó en que lo trajéramos.

Evelyn se quedó paralizada. ¿Jack estaba herido? ¿Jack estaba en aquel carro? ¡Ella no lo veía!

—Lleva inconsciente más de una hora —dijo Trim, y corrió hacia el carro.

Entonces, Evelyn lo siguió, y vio como el posadero y Lacey arrastraban a un hombre y lo sentaban al borde del carro. A Evelyn se le escapó un jadeo al ver que era Jack, y que la cabeza se le caía hacia atrás. Estaba inconsciente, tal y como había dicho Trim.

Laurent los ayudó y, entre los tres, metieron a Jack en casa. Al verlo a la luz de las velas, Evelyn estuvo a punto de gritar. Tenía la cara destrozada y llena de cortes, y la camisa ensangrentada.

¿Quién le había hecho aquello?

—¿Dónde lo ponemos? —preguntó Trim resollando.

—Arriba. Necesita una buena cama —dijo Evelyn. ¿De veras era ella la que hablaba con tanta calma, con tanto sentido común, cuando estaba llena de espanto?

—Evelyn —susurró Jack, que había despertado.

—Shh —dijo ella, intentando sonreír—. Tienes que ayudar un poco para que puedan subir las escaleras contigo. Sé que es un gran esfuerzo, pero cuando estés tumbado te sentirás mucho más feliz.

¿Cuánta sangre habría perdido?

Él también le sonrió, aunque tenía una mirada de dolor.

—Yo siempre estoy mucho más feliz… en la cama.

Entonces, se puso muy pálido.

—¡Jack! —gritó ella.

Pero era demasiado tarde. Se había desmayado de nuevo.

—Es mejor así —dijo Laurent.

Evelyn siguió a los hombres mientras lo subían por las escaleras con lentitud y dificultad. Por suerte, Jack siguió inconsciente durante todo el trayecto. Por fin, llegaron al piso de arriba. Evelyn los guió hasta un dormitorio y dejó la pistola en una mesita. Laurent comenzó a encender velas. Apareció Adelaide con la cara muy pálida. Trim y Will acercaron a Jack a la cama.

Evelyn se mordió el labio al ver, por fin, hasta qué punto estaba herido Jack. Tenía un lado de la cabeza lleno de sangre. Claramente, le habían golpeado encima del oído izquierdo, y la sangre se le había secado en la mejilla, en el pelo y en la sien.

No llevaba chaqueta; su camisa blanca y sus pantalones también tenían numerosas manchas de sangre. Era como si lo hubieran pateado y golpeado repetidamente con un objeto pesado. Dios, ¿acaso le habían pegado un tiro? Evelyn se mareó.

Trim y Lacey contaron hasta tres y subieron a Jack a la cama. Él se despertó, gritó de dolor y soltó un juramento.

Evelyn corrió hacia él y le tomó las manos.

—Ahora estás a salvo.

Él abrió los ojos y la miró, pero sin reconocerla.

—Te pondrás bien —dijo Evelyn suavemente, sin prestar atención a la presencia de los demás—. Yo te voy a cuidar.

A él le brillaron los ojos entonces, como si la reconocieran, y sonrió ligeramente. Se miraron fijamente unos segundos, y él volvió a desmayarse.

A Evelyn se le encogió el estómago.

—¿Qué ha pasado? —preguntó mientras le desabrochaba la camisa—. ¿Le han disparado?

—No sabemos lo que ha pasado, pero le han pegado una paliza —respondió Trim—. Y no, no le han disparado. Al ver la sangre yo también lo pensé, pero no es así.

Cuando abrió la camisa de Jack, Evelyn estuvo a punto de gritar. Estaba lleno de hematomas y heridas.

—¿Quién ha sido?

—No lo sabemos. Tal vez fuera Ed Whyte.

—¿Whyte?

—Jack estuvo en la taberna, milady, y Whyte y él tuvieron una pelea. Whyte se marchó primero, y poco después salió Jack. Otro cliente lo encontró delante de la posada; está claro que lo atacaron cuando salió. La señora Trim piensa que tiene varias costillas rotas. Eso es muy doloroso, lady D'Orsay, y explicaría por qué no puede mantenerse consciente. Pero no nos permitió atenderle, así que no sé cuál es el alcance de sus heridas. Antes de desmayarse insistió en que lo trajéramos aquí.

Evelyn se preguntó si Whyte había hecho aquello. Era extraño, pero tenía la sensación de que no había sido el contrabandista.

—Necesito agua caliente, vendas, jabón y brandy.

—Os lo traeré todo, milady —dijo Adelaide, y se marchó rápidamente.

Laurent se colocó junto a Evelyn y murmuró:

—Creo que tal vez necesite algunos puntos de sutura en la herida de la cabeza.

—Un golpe en la cabeza puede causar muchos daños, milady. Necesita un médico y mucho descanso —comentó Trim.

Por supuesto que tenía que verlo un médico, pero el mejor doctor estaba en Bodmin, y Jack necesitaba atención en aquel mismo instante.

—Señor Trim, no sé cómo daros las gracias a usted y al señor Lacey por traerlo. Por favor, permitidme que os ofrezca una habitación para pasar la noche —dijo Evelyn.

—¿Podemos ayudaros a curarlo? —le preguntó Trim—.

Cuando le hayáis lavado las heridas, yo puedo vendarle las costillas.

—¿Sabéis cómo hacerlo?

Trim sonrió brevemente.

—Esto es el páramo de Bodmin, milady. Por supuesto que sé.

Ella se dio cuenta de que tenía agarrada la mano de Jack. La soltó y se puso en pie.

—Entonces, acepto vuestra ayuda.

Evelyn llevaba horas sentada junto a la cama de Jack, velando su sueño. Estaba empezando a amanecer, pero él permanecía inmóvil. Estaba durmiendo, y ella se sentía aliviada.

Laurent y ella le habían quitado toda la ropa, salvo la ropa interior, y le habían lavado toda la sangre del cuerpo. Aunque tenía muchos rasguños, la herida más grave era la de la cabeza. Sin embargo, no parecía que necesitara puntos.

Trim y Will Lacey se habían quedado abajo, comiendo una sencilla cena que les sirvió Adelaide. Después habían subido para vendarle las costillas a Jack, que se había despertado a causa del dolor. Le habían dado dos vasos de brandy para aliviarlo y, después, él había soportado el vendaje estoicamente, apretando los dientes, sin decir una palabra. Y, en cuanto Trim terminó, él la miró, cerró los ojos y se quedó dormido. Así había permanecido desde entonces.

Evelyn no se movió de su lado. Llevaba toda la noche intentando no llorar. Un hombre no moría por unas costillas rotas y, aunque la infección sí podría matarlo, le habían limpiado las heridas con un brandy francés de contrabando, un alcohol tan fuerte que, de ser ingerido, podría matar a un hombre.

Se enjugó las lágrimas y continuó sujetándole la mano. Quería saber qué había ocurrido y por qué, quería saber quién le había dado una paliza tan brutal. No sabía por qué habría discutido con Whyte, pero aquel contrabandista era un cobarde, y ella no creía que hubiera atacado a Jack de aquella manera.

¿Estaría relacionada aquella agresión con el espionaje de Jack? ¿Acaso no la habían amenazado a ella hacía diez días?

—¿Por qué estás... llorando?

La voz quebrada y áspera de Jack la sacó de su ensimismamiento.

—¡Te has despertado!

Él gimió suavemente y preguntó:

—¿Qué ha pasado?

Ella le besó la mano.

—Te han dado una paliza. ¿Quién ha sido, Jack?

Él se sobresaltó.

—¿Dónde estoy?

¿No lo recordaba?

—Estás en Roselynd. Trim te encontró fuera de la posada, inconsciente. Te habían dado una paliza. Él quería atenderte allí, pero tú te empeñaste en venir aquí.

Ya no pudo contener las lágrimas, y se le derramaron por las mejillas.

Él la había estado observando atentamente, pero en aquel momento cerró los ojos, como si estuviera exhausto. Al cabo de un instante volvió a abrirlos.

—Estás muy preocupada.

Evelyn se echó a temblar.

—Sí, lo estoy.

—¿Por qué?

—Creo que tú sabes por qué —dijo, y notó que se ruborizaba.

—No... no lo sé.

Entonces, Jack intentó acariciarle la cara, pero no pudo levantar el brazo y gruñó de dolor.

—¿Quieres un poco de brandy?

Se había quedado muy pálido. Claramente el más mínimo

movimiento le resultaba insoportable. Al ver que no respondía a su pregunta, Evelyn se dio cuenta de que estaba luchando por no desmayarse, y se apresuró a llevarle un vaso de licor. Le estaba dando el mejor brandy que había en la casa, el que tomaba Henri y el que les ofrecía a sus invitados.

Se sentó en la cama, junto a él, pero se dio cuenta de que no iba a poder beber a menos que se incorporara. Sin embargo, sabía que moverlo le causaría mucho dolor.

—Ayúdame... a sentarme.

Evelyn dejó el vaso en la mesilla y le pasó el brazo por debajo de los hombros. Él gimió.

Ella se quedó consternada. Todavía no lo había movido, y Jack ya tenía los ojos cerrados y la frente cubierta de sudor. Estaba jadeando.

Pasó un momento muy largo. Jack tomó aire y la miró con determinación.

—Ayúdame a sentarme, Evelyn —le dijo nuevamente.

Entonces, ella empezó a levantarlo. Él gruñó y se empujó hacia arriba con las manos. Finalmente, gritó de dolor al conseguir erguirse, y ella se apresuró a ponerle dos almohadas detrás de la espalda.

—Maldita sea —masculló Jack entre jadeos.

Cerró los ojos e intentó soportar el dolor. Evelyn se enjugó las lágrimas y tomó un paño húmedo para lavarle el sudor de la frente. Él abrió los ojos y la miró. Ella sonrió ligeramente y le pasó el paño por el labio superior. Después le acercó el vaso y le ayudó a dar un sorbo.

Cuando iba a quitar el vaso, él dijo:

—Necesito más... que un trago.

—Claro —dijo ella, y le ayudó a tomarse el vaso entero.

Después, dejó el vaso en la mesilla. Jack cerró los ojos, con la frente y la cara bañados en sudor una vez más. El mero hecho de beber el brandy había sido muy doloroso para él. Ella quería hacerle preguntas, pero sabía que iba a resultarle agotador responderlas.

Volvió a secarle el sudor y después volvió a su silla.
Jack abrió los ojos y la miró.
—Gracias.
—¿Te sirve de algo el brandy?
—Sí. Me gustaría tomar otro vaso.
Ella se lo dio, y observó que a Jack se le suavizaba la expresión. Poco a poco, él se relajó.
—¿Estás mejor? —susurró ella.
Jack sonrió un poco, y le miró la boca.
—¿Me ha traído Trim?
—Sí. ¿Qué ha pasado, Jack?
—Me pegaron cuando salí de la posada.
—¿Quién?
—No lo sé.
—¿No viste a tus atacantes?
—No, no los vi. Me alcanzaron por la espalda, Evelyn.
Ella se estremeció. Jack era el hombre más inteligente que conocía, y no se creía que no supiera quiénes lo habían atacado.
—Trim me contó que te peleaste con Whyte.
—Sí, es cierto. Pero Whyte no tendría el valor de pegarme. ¿Me has estado atendiendo tú?
—Trim fue quien te vendó las costillas. Seguramente las tienes rotas. Yo no hubiera sabido vendártelas bien. Pero aparte de eso, sí, yo te he estado atendiendo desde medianoche.
Él se quedó mirándola fijamente.
—No tengo rotas las costillas.
—Eso no puedes saberlo con certeza.
—No las tengo rotas —repitió él con firmeza. Después añadió con más suavidad—: Parece que estás muy asustada. ¿Tienes miedo por mí?
—Claro que sí.
—No llores por mí. Estoy bien.
Ella se enjugó las lágrimas.
—¡No estás bien! Tienes costillas rotas y una herida en la cabeza. ¡Podrían haberte matado!

—Me recuperaré muy pronto —respondió Jack—. Las heridas se curan. Y las costillas también.

—Tengo que saber la verdad, maldita sea. Si sabes quién te ha hecho esto, ¡dímelo! ¿Tiene algo que ver con tus actividades en la guerra?

Él sonrió con una expresión divertida. Sin embargo, Evelyn se dio cuenta de que era un gesto forzado.

—Soy contrabandista, Evelyn, y mi forma de vida entraña muchos peligros. Incluso aunque no hubiera guerra, mi vida ha estado amenazada muchas veces. No hay ningún motivo para pensar que esto pueda tener relación con la guerra.

Ella pensó en LeClerc.

—¡Claro que hay motivos!

—Me he ganado muchos enemigos durante estos años —dijo él.

—¿Y si los británicos se han enterado de lo que haces?

—Ellos me ahorcarían, no me pegarían.

Evelyn se irguió y se abrazó a sí misma.

—¡Eso es muy reconfortante!

Él alargó el brazo con un gesto de dolor, le tomó la mano y se la besó.

—Estás preocupada por mí —dijo—. Pensaba que me odiabas.

—Yo no podría odiarte —respondió ella, y se inclinó hacia él para tomarle suavemente la barbilla con una mano—. Mis sentimientos no han cambiado. Temo por ti... porque te quiero.

El se quedó mirándola, y los ojos se le oscurecieron.

—Y como yo soy un desgraciado y un egoísta, me alegro.

Evelyn escudriñó sus ojos, deseando que él le diera alguna señal de que también ella le importaba, de que sus sentimientos hacia ella iban más allá de la atracción física. Sin embargo, Jack se limitó a sonreír y murmuró:

—Ven a sentarte a mi lado.

Evelyn sabía que debía negarse, pero él tiró ligeramente

de su mano y ella se sentó en la cama. Sin querer, se inclinó sobre él y apoyó el pecho en su brazo desnudo.

—Te he echado de menos —dijo Jack.

A ella se le aceleró el corazón.

—Yo también te he echado de menos. Pero Jack...

—No. Estoy demasiado cansado para seguir hablando de esto —dijo él. Entonces, giró la cara y le besó un lado del pecho, puesto que no podía elevarse más y besarla adecuadamente. Y después se hundió en las almohadas y cerró los ojos, sin soltarle la muñeca.

Evelyn lo miró. Estaba débil, herido y exhausto, y ella sentía miedo, deseo y un profundo amor por él. Y, cuando Jack comenzó a respirar profunda y rítmicamente, al quedarse dormido, ella se inclinó hacia él y le besó la sien.

—Tengo miedo, Jack —susurró—. Tengo mucho miedo por los dos.

—¿Me permitís? —preguntó Laurent con una sonrisa.

Al día siguiente, Evelyn tenía una bandeja en las manos y se disponía a subir las escaleras. Jack llevaba durmiendo un día y medio, y ella pensaba que se despertaría pronto.

—No te preocupes, Laurent, no es necesario.

Laurent se rio suavemente.

—No os habéis apartado de su lado, *madame*, salvo para atender a Aimee.

—¡Tendrá mucha hambre cuando se despierte! —dijo ella, ruborizándose.

—Estáis enamorada, y me parece bien —dijo él. Sin embargo, su sonrisa se desvaneció—. Pero os negáis a hablar del verdadero problema. Habéis estado comportándoos de un modo extraño desde que el ladrón entró en casa. Sé cuándo estáis disimulando, condesa.

Ella sonrió con tristeza.

—Primero, un ladrón y, después, la visita de John Trim.

¿Cómo no voy a estar nerviosa? —preguntó, y comenzó a subir las escaleras, con la bandeja bien sujeta.

—¡Yo solo quiero ayudar! —dijo él.

Evelyn se dio la vuelta.

—Laurent, te lo contaría todo si pudiera, pero no puedo —respondió, y haciendo caso omiso de la consternación del mayordomo, siguió subiendo apresuradamente.

Cuando llegó a la habitación de Jack, vio al instante que la cama estaba vacía. Con el corazón en un puño, giró la mirada y lo encontró junto a la ventana.

Estaba despierto. ¡Incluso estaba en pie! Evelyn se entusiasmó, y él se volvió hacia ella.

La alegría de Evelyn se desvaneció. Él solo llevaba los calzones interiores, y tenía la espalda llena de hematomas de color morado. El ver aquellos hematomas le causó mucho dolor. Sin embargo, él tenía el pelo suelto y la mirada aguda, brillante. Era tan alto, tan ancho de hombros, tan musculoso, tan increíblemente masculino... Era el epítome del hombre bello.

Durante unos segundos, ella se quedó mirándolo con admiración.

—¡Estás despierto! —exclamó por fin. El corazón le latía con fuerza, incontrolablemente.

—Sí, estoy despierto —respondió él sin sonreír.

—Y debes de sentirte mejor, para estar en pie.

Él se giró hacia ella por completo y la miró de arriba abajo y, después, de nuevo hasta la cara.

—Te has quedado mirándome como si nunca me hubieras visto sin ropa.

Ella se ruborizó. Entró en la habitación y dejó la bandeja sobre una silla. ¡No iba a responder a aquel comentario!

—No sabía que te ibas a levantar. Estabas profundamente dormido. Son las tres de la tarde.

Jack se volvió a mirar por la ventana una vez más.

—Desde aquí se ve a kilómetros a la redonda —dijo. Se

alejó de la ventana, moviéndose despacio y con cuidado. Se acercó a la cama y se agarró al poste con un gesto de dolor—. ¿Cuánto tiempo llevo aquí? —preguntó.

—John Trim te trajo anteayer, justo a medianoche.

—Recuerdo vagamente que había salido de su posada cuando me atacaron.

—Él dijo que te habías desmayado justo después de pedir que te trajeran aquí. ¿Recuerdas el trayecto en carro?

—No —respondió él, y su mirada se agudizó aún más—. ¿Estás bien, Evelyn?

Ella se sobresaltó.

—¿Cómo es posible que me preguntes eso a mí? Tú eres quien recibió la paliza, Jack, y fue un ataque brutal.

—Entonces, ¿va todo bien? —insistió él.

Ella no entendía lo que quería decir, así que respondió lentamente:

—Sí, todo va bien.

Pensó en el intruso que la había amenazado, el amigo de LeClerc. Sin embargo, le hablaría de aquel incidente cuando él se hubiera recuperado.

—¡No deberías haberte levantado!

—Estaba comprobando mi estado —respondió Jack—. ¿Dónde está mi pistola? ¿Y mi cuchillo?

Ella se quedó asombrada. Claramente, hasta el más mínimo movimiento le causaba un gran dolor. Sin embargo, le preocupaba no poder defenderse si aparecían sus atacantes.

—Abajo.

—¿Podrías traérmelos, por favor? —preguntó él, y entonces sonrió para suavizar sus palabras.

—¿Sigues estando en peligro?

—Yo siempre estoy en peligro. Ofrecen una recompensa por mi cabeza.

—Está bien. Ahora mismo vuelvo.

Evelyn salió del dormitorio con la cabeza llena de preguntas, y subió el cuchillo y la pistola del vestíbulo. Jack había vuelto a la ventana, y estaba mirando hacia el sur. Por supuesto, la costa no era visible desde allí.

Evelyn le dejó las armas sobre la mesilla mientras él volvía lentamente hacia la cama.

—Gracias.

—Me estás preocupando —le dijo ella.

—No es mi intención.

De repente, a él le fallaron las rodillas y tuvo que agarrarse al poste de la cama. Había palidecido.

—¡Tienes que descansar! —exclamó Evelyn—. ¿Te ayudo a tumbarte en la cama?

Se acercó a él y lo tomó del brazo con firmeza.

—Tú siempre puedes ayudarme a tumbarme en la cama, Evelyn.

Ella se ruborizó.

—Jack.

Por fin, él sonrió.

—Lo siento. No he podido resistirme.

Permitió que ella lo guiara a la cama y, cuando se sentó, soltó una maldición entre dientes.

—¿Te ayudo a comer? Debes de estar hambriento.

Él hizo un gesto negativo. Ni siquiera miró la bandeja.

—¿Cuánta gente sabe que estoy aquí?

—Mis sirvientes, Trim y Will Lacey, el herrero de Bodmin. Sin embargo, Trim y Lacey no se lo dirán a nadie.

—Todo el mundo comenta las cosas. Espero que ellos se contengan —dijo él. La estudió atentamente y añadió—: ¿Sabes, Evelyn? Nunca hemos hablado de ello, pero tú eres una viuda que vive sola con un único sirviente masculino en tiempos de guerra.

Ella se sintió muy alarmada.

—La guerra está a cientos de kilómetros.

—El año pasado, unos desertores franceses aparecieron en Land's End y tomaron como rehenes a un granjero y a su familia.

—Yo no estoy tan cerca de la costa.

—Hay revueltas por falta de comida en todas partes.

Ella no había oído que las hubiera en Cornualles, pero decidió no llevarle la contraria.

—¿Qué es lo que quieres decir?

—Que una viuda con una niña pequeña no debería vivir sola en el páramo, como estás haciendo tú.

—¡Esta es mi casa! No tenemos otro sitio al que ir.

—Deberías pensar en volver a casa de tu tío, por lo menos temporalmente.

—¡Eso nunca me lo habías dicho! ¿Acaso quieres que me mude por la paliza que te han dado?

—Quiero que te mudes por las razones que te he dado, Evelyn —dijo. Entonces miró la bandeja—. En realidad, tengo mucha hambre.

Ella siguió muy alarmada. Era evidente que Jack quería cambiar de tema. Sin embargo, sonrió.

—¿Puedes manejarte con el tenedor y la cuchara? —le preguntó, y puso la bandeja sobre la cama, junto a su cadera.

—No soy un niño. Ya he tenido heridas antes.

Ella se sentó en la silla y se cruzó de brazos. Estaba mucho más decidida que antes a averiguar lo que había sucedido. Lo dejó comer durante unos momentos, y después preguntó:

—¿Recuerdas algo de la paliza?

—No.

—¿Tienes idea de quién pudo hacerlo, y por qué?

—No —repitió él. Dejó el tenedor sobre la bandeja y dijo—: Lo que sí recuerdo es que ya me has hecho estas preguntas. ¿No es así?

—Sí, ayer por la mañana te despertaste brevemente. No te creo, Jack.

Él sonrió.

¿De verdad?

—Sí, de verdad. Creo que sabes quién te atacó.

—Evelyn, aunque lo supiera no te lo diría. Cuando estuvimos en mi isla, te dije que no quería que te involucraras en la guerra, y eso significa que no quiero que te veas mezclada en ningún aspecto de mi vida que pueda ser peligroso.

—Estoy muy alarmada, Jack.

—¿Por qué?

—Porque el otro día te trajeron a mi casa en muy mal estado. Y hace dos semanas oí aquella horrible conversación en la playa. Ayer intentaste contarme que la paliza tenía relación con el contrabando, pero sé que no es cierto. Tiene que ver con la guerra.

—¡Vaya conclusión! —exclamó él con cara de inocencia.

—¿No lo niegas?

—Eres demasiado terca. Sí, lo niego, Evelyn.

—He escrito a Lucas. Le he contado que te dieron una paliza brutal.

Él se encogió de hombros.

—¿Y le dijiste que sigo vivo y coleando?

—¡Por supuesto!

—Seguramente aparecerá por aquí. Es mi hermano mayor, y puede ser muy molesto. Creo que algunas veces olvida que ya soy un hombre adulto.

—Si viene, tengo intención de hacerle las mismas preguntas que te he hecho a ti.

—Y, sin duda, te dará las mismas respuestas que te he dado yo —dijo Jack. Se encogió de hombros y, al hacerlo, palideció.

Evelyn se puso en pie de un salto, pero se dio cuenta de que no podía hacer nada por aliviar su dolor. Se retorció las manos de angustia.

—¿Por qué le pediste que viniera? Pensé que no ibas a hacerlo después de la discusión que tuvimos en tu isla.

Él apartó la mirada instantáneamente.

—Sé que él puede ayudarte. El hecho de que discutiéramos no significa que sienta indiferencia por tu situación.

Ella se mordió el labio. Él acababa de hacer referencia al terrible engaño, la terrible traición, que se interponía entre ellos.

Jack la miró fijamente.

—Estoy empezando a recordar algo, Evelyn. Son recuerdos vagos. O tal vez fuera un sueño. ¿Has estado sentada a mi lado todo el tiempo, y has estado llorando?

Ella se quedó helada. El día anterior había estado llorando, y le había dicho que todavía lo quería.

—Sí —dijo en voz baja.

—Has estado cuidando de mí. Podrías haberme rechazado. Otra mujer lo habría hecho.

—Yo no soy otra mujer. Nunca haría algo así.

—No, tú no, pese a nuestras diferencias. Pero ¿llorar? ¿Por qué ibas a llorar por un espía francés, por un traidor?

—Ya basta. No eres justo.

—No tengo intención de ser justo en este momento. De hecho, tengo recuerdos muy extraños —dijo Jack con los ojos brillantes.

—¿De la paliza? —preguntó ella, con la esperanza de que le dijera la verdad.

Él ignoró su pregunta.

—¿Me ayudaste a beber brandy? ¿Me ayudaste a sentarme?

Ella frunció el ceño. ¿Cuánto recordaba Jack? ¿Recordaba que ella le había declarado su amor? ¿Debería hacerle aquella confesión otra vez? ¡Pero si era él quien tenía que admitir que sentía afecto por ella!

—Al ver que te habían pegado me puse furiosa, sea cual sea el motivo. Y lloré. Es lógico que me disgustara al verte herido. Somos amigos.

—Estoy empezando a pensar que todavía sientes algo por mí, y que somos más que amigos.

Evelyn notó que se ruborizaba, pero debía ignorarlo.

—Quiero que te recuperes. Y puedes quedarte aquí hasta que estés bien.

—Eso es una evasiva, Evelyn —dijo él, y su expresión se endureció de nuevo—. Creo que hemos llegado a la conclusión de que Roselynd está demasiado alejado de todo, demasiado aislado, como para que una viuda viva aquí sola con su hija.

—No puedo pedirle a mi tío que nos acoja.

—Yo sí.

Ella se sobresaltó al verse de nuevo bajo el techo de su tío. Entonces, oyó los ladridos de la perra, y se alarmó.

—¿Tienes perro? —dijo él, y bajó las piernas de la cama para levantarse, haciendo caso omiso del dolor.

—Aimee tiene una cachorrita —dijo ella—. ¡No te levantes!

Evelyn se acercó rápidamente a la ventana y miró hacia fuera. Se acercaba un carruaje que ella reconoció al instante.

—¿Quién es? —preguntó Jack, con la pistola en la mano.

—Es Trevelyan —dijo ella, aliviada.

Él se dejó caer en la cama, jadeando por el esfuerzo.

—¿Le has dicho que estoy aquí? —preguntó con incredulidad.

—¡Por supuesto que no!

De repente, ella se preguntó qué iba a hacer. Jack estaba enfermo, y Trevelyan podía ayudarlos.

—Evelyn, dile que suba. Quiero hablar con él en privado.

Evelyn intentó adivinar qué quería decirle Jack a Trev, y se alarmó al pensar en que quería hablar de ella.

—No es una petición —dijo él, en un tono tan suave que ella se estremeció—. Tengo que hablar con él de algunos asuntos. Y no se te ocurra escuchar detrás de la puerta.

Esa había sido su intención, exactamente. Sonrió con tirantez.

Él le devolvió una sonrisa fría.

CAPÍTULO 13

Laurent acababa de recibir a Trevelyan en el vestíbulo. Evelyn bajó las escaleras, y mientras se quitaba el sombrero, Trev se acercó a ella.

—Acabo de enterarme —le dijo—. ¿Cómo está?

A Evelyn se le escapó un jadeó.

—Sí. La gente chismorrea, Evelyn, y creo que no es recomendable que siga aquí mucho tiempo. Mi mayordomo me ha dicho que le han dado una paliza y que se está recuperando aquí.

—Le pegaron brutalmente junto a la Posada del Brezo Negro, pero hoy está mejor. Sin embargo, no creo que pueda trasladarse a otro sitio todavía. Acaba de despertarse, y ha preguntado por ti.

Trevelyan comenzó a subir las escaleras.

—¿Te importa?

Ella lo agarró del brazo.

—¿Por qué quiere hablar contigo? ¿Sabes quién le ha hecho esto, y por qué?

—No lo sé, pero conozco a Jack desde hace muchos años y espero poder ayudarlo a salir del problema en el que esté —le dijo él con una sonrisa—. ¿Y cómo voy a saber yo algo de esa paliza?

Ella lo miró con suma atención.

—Estoy empezando a preguntarme si tú también estás involucrado en esta guerra.

Él se echó a reír.

—Evelyn, yo tengo que gestionar una finca muy grande. No tengo tiempo para guerras ni para revoluciones.

Ella sonrió con tristeza. Con aquella respuesta, Trevelyan acababa de confirmarle sus sospechas.

—Quiere hablar contigo en privado. Sube.

Jack se habría puesto a caminar de un lado a otro de haber podido. Sin embargo, tuvo que quedarse sentado en la cama, sujetándose las costillas, pensando febrilmente y soportando un terrible dolor de cabeza. Aunque no recordaba mucho de su viaje en carro a Roselynd, sí recordaba todos los detalles de la paliza, y las amenazas que había proferido LeClerc contra Evelyn.

Ahora que ella ya no estaba en la habitación, podía palidecer abiertamente. ¡Gracias a Dios que estaba bien!

Sin embargo, no podía seguir viviendo sola en Roselynd. Él no iba a permitirlo. Claramente, sus enemigos pensaban usarla para obligarlo a que obedeciera. Y era él quien la había puesto en peligro al invitarla a la isla de Looe.

Finalmente se puso en pie con dificultad. Le dolían horriblemente las costillas, pero sabía que no las tenía rotas. Le Clerc lo necesitaba en acción, no postrado en una cama.

También el dolor de cabeza se le intensificó al caminar. Tenía que proteger a Evelyn, y no debería estar en Roselynd, pero había acudido allí para comprobar que ella no estaba herida. Por otro lado, sabía que no podía mantener ninguna relación con ella.

Se le encogió el corazón de un modo poco familiar. ¡Le había dicho que lo amaba, o solo había sido un sueño?

Ella no iba a sacar nada bueno del hecho de quererlo, y él no debería sentirse contento por aquella confesión.

Había tomado una determinación.

Jack se giró hacia la puerta al oír los pasos de Trevelyan. El heredero del barón se detuvo en el umbral y lo miró con agudeza. Después entró en la habitación, pero no cerró la puerta.

—¿Sobrevivirás? —preguntó.

Sin embargo, no sonreía. Seguramente, Trev sabía que recibir golpes de los fanáticos que estaban dispuestos a morir por la Patrie no era un asunto de risa.

Jack se mantuvo impasible.

—Sin duda. Asegúrate de que no nos escuche nadie.

Trev miró de nuevo al pasillo.

—Supongo que vamos a ir al grano de un asunto del que nunca hemos hablado.

—Sí —dijo Jack, pensando en Warlock y en su círculo de espías—. Supongo que sí.

Trev se acercó a la única ventana de la habitación y miró hacia fuera un instante. Después se volvió.

—Este es un lugar muy remoto. ¿Hay espías en esta casa?

—Creo que los sirvientes de Evelyn son leales.

Trevelyan miró de nuevo por la ventana.

—Nadie debería tener que vivir aquí.

Jack estaba de acuerdo. Y, claramente, Trevelyan sentía afecto por Evelyn. A Jack no le gustaba eso, pero Trevelyan no estaba perseguido por las autoridades ni había recibido una paliza brutal de unos revolucionarios. Sin embargo, eso no significaba que no tuviera sus propios secretos.

—¿Qué estás dispuesto a hacer por Warlock? —le preguntó.

—Lo que pueda, cuando pueda —dijo Trev vagamente, y se encogió de hombros—. Yo solo participo cuando se me necesita. Lo prefiero así —explicó, y rodeó la cama—. ¿Y cuál de tus amigos te hizo esto?

Jack lo miró.

—Llevo mucho tiempo jugando a dos bandas, Trev.

—Eso me lo imaginaba —respondió Trev—. Bueno, entonces debo suponer que te ha agredido un republicano. El capitán Barrow no se hubiera molestado en sacudirte, si no que se habría dado la satisfacción de colgarte para cobrar la recompensa. Y Warlock nunca pondría en peligro a sus operativos. Tiene métodos mucho más recalcitrantes de controlar a sus espías.

Jack se preguntó el motivo de aquel comentario. ¿Acaso Warlock había obligado a Trev a ponerse a su servicio?

—Mis camaradas franceses sospechan que los estoy traicionando —dijo Jack. Tuvo que sentarse, y al cambiar de posición sintió un dolor que le hizo resollar.

—Y tienen razón, ¿no es así? —le preguntó Trev. Sirvió brandy en el vaso que había en la mesilla y se lo dio—. Tal vez puedas fingir ante todo el país que eres un mercenario y que te vendes al mejor postor, pero los dos sabemos que no es cierto.

Jack dio un sorbo al licor.

—Soy un mercenario. Disfruto de los beneficios que obtengo con el contrabando. De hecho, estoy muy acostumbrado al lujo y a la riqueza.

Trev soltó un resoplido.

—Te gusta que intenten darte caza. Te gusta ser un cazador. Disfrutas del peligro, y estarías metido en este juego aunque no sacaras ni un penique. No se me ocurre nadie más adecuado que tú para ser agente doble, Jack.

Jack decidió no contradecir a Trev, porque su amigo lo conocía bien.

—Me han exigido que reevalúe mi lealtad —dijo Jack, y al pensar en la amenaza que LeClerc le había hecho a Evelyn, se le encogió el estómago. Tal vez intentara negarlo, pero sus sentimientos hacia ella no habían cambiado. De hecho, parecían más fuertes que nunca.

LeClerc quería saber cuándo se iba a producir la invasión de la bahía de Quiberon, y Jack se preguntaba cómo iba a retener aquella información. Sin embargo, no podía dársela, puesto que eso sería poner en peligro la misión.

—Eso es un problema, ¿no? —iba diciendo Trevelyan—. Porque puedes fingir que eres indiferente a ambas causas, y puedes decir que estás jugando a dos bandas para tu propio engrandecimiento, pero da la casualidad de que yo sé que no puedes reevaluar tu lealtad, porque en el fondo, eres tan patriota como yo.

Cuando terminó de hablar, tomó la botella de brandy y preguntó:

—¿Puedo tomar un poco?

Jack asintió y lo vio dar un trago de la botella. Warlock siempre pondría a Gran Bretaña por delante de todo. Jack siempre había pensado que él también lo haría, pero en aquel momento supo que lo primero sería Evelyn.

Se estremeció al pensar en el significado de aquella decisión.

—Antes de que hablemos más de esto, tengo que estar seguro de que todo lo que digamos aquí va a ser estrictamente confidencial.

Trev tomó otro sorbo de brandy y dejó la botella en la mesa.

—¿Y a quién se lo voy a contar? Yo no estoy haciéndome pasar por espía francés, como tú —dijo él.

Sin embargo, Jack no quería que Warlock supiera que Evelyn D'Orsay estaba involucrada en aquella situación, ni que él pensaba protegerla.

—No puedes hablar de esto con nadie —le dijo a Trev—. Ni siquiera con Lucas.

Trev abrió mucho los ojos.

—¡No quieres que le cuente tus secretos a Warlock!

—Yo no he dicho eso —mintió Jack sin cambiar de expresión—. Pero él tampoco debe saberlo.

—De acuerdo. Tienes mi palabra.

—Estoy en mitad de una operación —explicó Jack—.

Tengo que convencer a mis superiores franceses de que soy leal, por lo menos hasta el final del verano.

—Ahórrame los detalles. No quiero saber lo que estás haciendo. ¿Puedes convencerlos? Y, si puedes, ¿qué sucederá cuando haya terminado la misión? ¿Qué pasa si todo sale bien? ¿Sabrán entonces los franceses que tú eres del bando enemigo?

—Hasta el momento, nunca he dudado de mi capacidad para jugar a este doble juego. Sin embargo, es posible que en otoño se sepa la verdad, y entonces no solo habrá una recompensa por mi cabeza, sino dos.

—Qué maravilloso —dijo Trevelyan, con una mirada de ira—. La isla de Looe ya no será un refugio seguro, Jack.

—¿Estás preocupado por mí? —preguntó Jack, fingiendo que la idea le divertía.

—Somos amigos.

Jack se puso serio. Después, continuó con sinceridad.

—Nunca he pensado en cómo podría terminar este doble juego. He estado demasiado ocupado haciendo de espía francés y de espía británico mientras intentaba esquivar a nuestra armada y a los aduaneros que de vez en cuando aparecen por Cornualles.

—Pues será mejor que empieces a pensarlo —le dijo Trev—. Quisiera ayudarte. Esta es mi sugerencia: puedes ingeniártelas para salir de esta misión, y liberarte de todo compromiso con los republicanos. Vuelve a la vida de simple contrabandista. Di que has terminado de participar en la guerra, como han hecho tantos otros contrabandistas.

Jack titubeó. Trevelyan hacía que pareciera muy fácil. Sin embargo, Warlock no le permitiría abandonar el espionaje, y los rebeldes de La Vendée estaban desesperados por contar con la ayuda de los británicos. Después de haber tratado con Cadoudal varias veces, Jack no tenía la sensación de que pudiera darle la espalda a su causa tan fácilmente.

Y, aunque fuera después de la invasión de Quiberon, ¿estaba dispuesto a retirarse de aquel juego? ¡Solo tenía veintiséis años! ¿Qué iba a hacer sin la persecución y el peligro?

Entonces vio a Evelyn, viviendo sola con su hija en Roselynd. Ella necesitaba protección, un marido y una familia...

—No puedo dejarlo ahora —dijo suavemente. Sin embargo, sintió incomodidad al decirlo.

—No, ya me lo parecía —dijo Trev—. ¿Intentarás al menos dejarlo en otoño, después de esta operación?

Estaba poniendo en peligro a Evelyn. Ella necesitaba a alguien sólido en su vida, alguien como Trevelyan, que espiaba solo de vez en cuando y no era un doble agente a quien acababan de dar una paliza ni había provocado que amenazaran a quienes quería.

—Lo dudo. Siempre he querido ver el final de esta guerra.

—No me sorprende. ¿Y Evelyn?

Jack se estremeció, y los dos amigos se miraron con fijeza. Trev añadió:

—Tal vez la estés poniendo en peligro.

Jack asintió con tristeza.

—Eso es lo último que quiero. ¿Hasta qué punto te sientes atraído por ella?

—No estoy enamorado, si es lo que me estás preguntando.

—¿Por qué no?

—Acabo de terminar el luto por mi esposa —dijo Trev—. Y ella está de luto todavía. Además, somos viejos amigos.

—Y cuando ella termine su luto, ¿piensas cortejarla? ¿Te planteas casarte con ella? Es imposible no darse cuenta de que haríais una pareja perfecta.

Trevelyan sonrió con ironía.

—Por si no te habías dado cuenta, a mí me ve como un amigo, no como pretendiente. Tú eres su caballero andante. Creo que está enamorada de ti.

—¿Te ha hablado de mí?

—Si lo ha hecho, yo no voy a traicionar su confianza.

—¿Desde cuándo eres tan caballeroso?

—Desde que murió mi esposa —le soltó Trev con sequedad—. He aprendido una o dos cosas —añadió después, con más calma—. ¿Por qué has venido aquí? Podrías haber ido a varios sitios a esconderte y a recuperarte.

—Yo también estoy preocupado por Evelyn. Tal vez ella corra más peligro que yo.

—¿Qué demonios significa eso?

—Mis superiores franceses piensan que tengo una relación con ella. La han amenazado.

Trevelyan palideció.

—¿Cuándo?

—En la Posada del Brezo Negro.

—¿La amenazaron cuando te pegaron? ¿Están dispuestos a usarla contra ti?

—Sí, quieren ganarse mi lealtad absoluta. Pero es peor que eso. Evelyn oyó una conversación secreta que mantuve con un republicano. La descubrieron. Y, por desgracia, mi amigo francés la conocía de cuando ambos vivían en París.

Trev soltó una maldición.

—Así que la amenazan para que tú obedezcas, y ella sabe cosas que no debería saber.

—Exactamente.

—No deberías estar aquí —dijo Trev—. No deberías volver a verla, hasta que hayas dejado por completo el espionaje.

—Lo sé. Creo que tal vez pueda soportar un viaje en carruaje mañana. Pero también estoy intentando convencerla de que se vaya a vivir a Faraday Hall. De cualquier modo, quiero que tú cuides de ella.

Trevelyan se quedó en silencio durante unos segundos.

—Eso es muy generoso por tu parte —dijo—. No hay nada casual en todo esto, ¿verdad? Ella no es una aventura cualquiera. Te ha atrapado.

Jack se ruborizó.

—No, no es cierto. Simplemente, no quiero que sufra ningún daño. Es inocente de todo esto, y estoy harto de ver que los inocentes tienen que pagar con sus vidas cuando no han hecho nada malo.

—No puedes marcharte mañana —dijo Trevelyan después de una larga pausa—. Me imagino que necesitarás uno o dos días más antes de poder moverte. Sin embargo, Evelyn puede marcharse con Aimee.

Jack apretó los puños. Sintió una punzada de pena en el corazón, algo que tuvo que ignorar.

—Es una idea excelente.

Evelyn estaba paseándose por el vestíbulo, preguntándose por la conversación que estaba teniendo lugar en el piso de arriba. ¡Ojalá hubiera podido escucharla! Quería saber de qué estaban hablando, porque estaba segura de que era sobre la agresión que había sufrido Jack.

Por fin oyó movimiento en las escaleras, y vio bajar a Trevelyan. Él tenía una expresión seria. Se detuvo.

—¿Evelyn? ¿Podrías venir a la habitación de Jack? Queremos hablar contigo sobre un asunto.

Ella se alarmó, pero sonrió.

—Por supuesto —dijo, y comenzó a subir las escaleras—. ¿Ha ocurrido algo? Tienes una cara muy seria.

Él sonrió.

—Jack quiere hablar contigo, y yo me marcharé poco después.

Ella se sintió aún más alarmada. Cuando llegaron al dormitorio, encontraron a Jack sentado al borde de la cama, vestido con unos pantalones y una camisa. Ambas prendas estaban deformadas, y no le sentaban bien. Tenía en la mano un vaso de brandy, y pero su mirada gris se clavó instantáneamente en ella. Sonrió.

Y Evelyn supo que tramaban algo.

—¿Te encuentras bien?

Jack se puso en pie lentamente.

—Trevelyan va a llevaros a Aimee y a ti a casa de tu tío.

Ella dio un respingo.

—¿Cómo?

—Trevelyan se marcha, Evelyn. Va a oscurecer dentro de poco —dijo él. Se le acercó y la miró fijamente—. Quiero que os lleve a casa de Robert esta misma noche.

Ella se quedó horrorizada.

—Laurent te llevará el equipaje mañana. Así podrás marcharte inmediatamente.

Ella se giró a mirar a Trevelyan, que sonrió. Ella se indignó y volvió a mirar a Jack.

—¿Y tú vas a venir con nosotras?

—No.

—¡Ni hablar! ¡Tú ni siquiera puedes ponerte en pie sin palidecer de dolor! ¿Y quieres que te deje aquí solo, después de la paliza que te dieron?

—Evelyn, no puedes seguir viviendo aquí sola. Es demasiado peligroso.

—¡No voy a dejarte aquí solo, porque también sería demasiado peligroso! —exclamó ella, y se giró hacia Trevelyan—. ¿Por qué has accedido a llevar a cabo este plan absurdo? Jack está herido. No puede defenderse. Han estado a punto de matarlo.

Trevelyan la miró durante un momento. Tenía una mirada de tristeza.

—Existe el peligro por asociación, Evelyn. Jack es un forajido. Tiene muchos enemigos. Le hicieron una advertencia. Le dijeron que la próxima vez será más grave, y tú podrías verte afectada.

—¡Si hay una próxima vez, pienso estar cerca para ayudarlo! ¿Acaso los dos pensáis que hay más peligro?

Trevelyan la miró consternado.

—Nunca se sabe —dijo—. Lo más inteligente es tener precaución.

Ella se volvió hacia Jack.

—¿Por qué quieres que me vaya? ¿Estás en peligro en este momento? Esta es mi casa, y mi hija está aquí. ¡Debo saberlo!

Él vaciló.

—Yo siempre estoy en peligro, Evelyn. El peligro me sigue a todas partes, y me encontró en la Posada del Brezo Negro. No creo que mis enemigos aparezcan esta noche aquí, pero Trev tiene razón. Hay un peligro asociado a mí. No debería haber venido. Y tú no deberías estar aquí, viviendo sola, independientemente de lo que a mí me ocurrió el otro día.

—Yo no voy a volver a casa de mi tío mientras tú estés aquí. Y antes de que protestes, no te voy a dejar solo en esta casa. Ni hoy, ni mañana.

—¿Significa eso que estarías dispuesta a marcharte de Roselynd cuando yo me vaya?

Evelyn respiró profundamente. ¿En qué clase de peligro se encontraba él? Además, debía admitir que Aimee y ella también estaban en peligro en Roselynd. ¡LeClerc las había amenazado! Sin embargo, no podía decirle nada a Jack en aquel momento, porque perdería todos los argumentos en aquella discusión.

—Lo pensaré, si tú también vas a algún lugar seguro.

Trevelyan interrumpió el silencio.

—Parecéis una pareja de amantes —dijo en voz baja.

Evelyn se puso tensa, pero no lo miró. Estaba concentrada en Jack.

—¿Puedes volver a la cama, por favor? Se supone que debes descansar —dijo.

Él la observó. Después le entregó el vaso de brandy y fue lentamente a la cama. Evelyn se apresuró a tomarle del brazo para ayudarle a sentarse. Al instante, él se sujetó el costado, con una expresión sombría.

Evelyn lo miró.

—No me merezco tu lealtad —dijo él lentamente—. Evelyn, deberías reflexionar sobre esto, por el bien de Aimee.

Dios, cuánto la asustaba.

—No puedo dejarte aquí solo sabiendo que estás herido —susurró ella—. No puedo. Y tienes mi lealtad, Jack, la merezcas o no.

Oyó que Trevelyan se marchaba, pero no se giró. Jack tampoco se movió.

Finalmente, ella se cruzó de brazos y esbozó una sonrisa forzada.

Él no sonrió.

Evelyn se sentó al borde de su cama. Estaba agotada. Trevelyan se había marchado hacía varias horas, aunque ella había bajado corriendo las escaleras para alcanzarlo antes de que saliera de la casa. Quería darle las gracias por su preocupación, y despedirse de él. Él le había aconsejado, con solemnidad, que se marchara de Roselynd lo antes posible. Después, se fue.

Bien, ahora él ya sabía con toda seguridad que estaba enamorada de Jack. Si le había hecho daño, lo sentía mucho. Sin embargo, la preocupación que mostraba su amigo intensificaba su propia ansiedad.

Y le asombraba que Trevelyan y Jack hubieran conspirado a sus espaldas, como si los dos quisieran protegerla.

Jack se había quedado dormido por la tarde, para alivio de Evelyn. El descanso le ayudaría a recuperarse más rápidamente.

Ella había cenado con Aimee y con los sirvientes en la cocina, y mientras Bette preparaba a la niña para que se acostara, Laurent y ella habían cerrado con pestillo todas las ventanas y las puertas de la casa.

En aquel momento eran casi las once de la noche. Sin embargo, ella se sentía inquieta y no podía dormir. ¿Estaban Aimee y ella en un peligro inminente? ¿Y Jack?

Trevelyan y él estaban en lo cierto. Ella no debería estar viviendo sola, con Aimee y tres sirvientes, en mitad del páramo de Bodmin. Aunque no hubiera oído la conversación en la isla, ninguna viuda debería vivir así. Detestaba volver a casa de su tío, pero no tenía más remedio que hacerlo. Aunque tuviera dinero, alquilar una vivienda en Londres sería algo prohibitivo.

Oyó crujir el suelo en el pasillo, junto a su habitación. Evelyn tomó la pistola y se puso en pie de un salto, con el corazón en un puño. Le temblaba la mano y soltó una maldición, porque no podía mantenerla quieta.

Jack apareció en el umbral y se quedó inmóvil.

Ella abrió mucho los ojos, y él también.

—Baja la pistola —le dijo.

Ella lo hizo. Le temblaban las rodillas.

—¡Qué susto me has dado!

—No era mi intención —dijo él, y los ojos le brillaron al ver que ella estaba en camisón, con el pelo suelto por la espalda.

Evelyn se sentó al borde de la cama. Jack estaba en su habitación, y ella se sentía muy tensa.

Era muy tarde y estaban a solas. Él llevaba aquellos pantalones y aquella camisa prestados, que le quedaban grandes. Tenía la camisa abierta, y su abdomen, bajo las vendas, era plano y duro. Evelyn no se atrevió a mirar más abajo.

—¿Por qué no estás durmiendo? —le preguntó.

Él se apoyó en el marco de la puerta.

—¿Y tú?

La miró con sus ojos grises, lentamente. Observó su rostro, y después el camisón, de un modo claramente sexual.

El deseo se adueñó de ella al instante. La sacudió como un ciclón. Se puso en pie lentamente, sin aliento.

—¿Cómo voy a dormir?

—¿Y yo? —preguntó él, y entrecerró los párpados para ocultar el fuego de sus ojos.

¿Acaso quería hacerle el amor? ¡Si apenas podía andar! Sin embargo, ¿por qué otro motivo iba a ir a su habitación?

—No puedo dormir porque estoy preocupada por ti —dijo ella.

—No quiero que te preocupes por mí —dijo él suavemente—. No quiero que tengas que dormir con un arma.

Ella titubeó.

—Empecé a dormir con una pistola en la habitación antes de que te atacaran, Jack. Siempre he sabido que esta casa está muy aislada.

Por supuesto, estaba distorsionando la verdad. Dormía con una pistola por las amenazas que le había hecho el esbirro de LeClerc.

—Me marcho mañana —dijo él de repente—. Y tú también. Irás a casa de tu tío.

—Eso parece una orden, como si estuvieras hablando con tus marineros.

—Maldita sea. Eres una mujer terca e independiente, como Julianne y Amelia. Sin embargo, por esta vez, ¿no podrías acatar la orden y obedecer?

—No te has recuperado de la paliza. ¡No puedes haberte recuperado en tres días! ¡No puedes viajar mañana!

—Tú estás en peligro ahora, por mi culpa.

—¿Qué quieres decir?

—Nunca debería haberte llevado a mi isla. Nunca debería haberme acostado contigo. Tengo demasiados enemigos, Evelyn. Y mira lo que ha pasado. Oíste mi conversación con LeClerc, y eso te ha puesto en una situación terrible. Después, mis enemigos me han atacado, y yo he venido aquí. Posiblemente, los he atraído a Roselynd.

Ella se puso en pie con cara de perplejidad.

—¿Acaso te arrepientes del tiempo que pasamos en la isla de Looe?

—¿Tú no?

—¡No! ¡No, claro que no!

Él agitó la cabeza lentamente.

—Soy un canalla y un egoísta, pero no tanto como parece.

No puedo continuar poniéndoos a Aimee y a ti en peligro. No puedo.

Ella no podía creerlo. ¿Se estaba despidiendo? ¿De veras pensaba marcharse al día siguiente? Evelyn se puso muy rígida.

—No puedes viajar mañana.

—Puedo, y voy a hacerlo.

Si se marchaba al día siguiente, sufriría mucho, y seguramente su recuperación sufriría un contratiempo. Y después, ¿qué? ¿Cómo iba a sobrevivir ella sin saber cómo estaba? ¡Se preocuparía a cada momento del día!

—¡Jack! ¿Qué querían? ¿Por qué te pegaron? Por favor, ¡dímelo!

—Solo fue una advertencia. Si hubieran querido matarme, lo habrían hecho, Evelyn. Me sorprendieron y no pude defenderme.

—¡Entonces, me alegro de que solo fuera una advertencia!

—Y yo me alegro de que tú no hayas sufrido ningún daño. No podría vivir con mi conciencia si sufrieras más de lo que has sufrido, y por mi culpa.

Ella se puso muy tensa al pensar en el intruso que la había amenazado.

—¿Evelyn?

¿Acaso Jack sentía algo por ella? Parecía que sí le importaba. Ella no iba a hablarle de aquel incidente, porque solo conseguiría disgustarlo más.

—Si fue solo una advertencia —le preguntó—, ¿por qué piensas que debes marcharte mañana, si apenas puedes andar?

—Porque tengo muchos enemigos, y cualquiera de ellos podría decidir perseguirme. Nuestra amistad es un peligro para ti.

A ella se le encogió el corazón de consternación y de miedo.

—Me estás preocupando —dijo por fin—. Tenemos todo

el derecho a ser amigos. Casi parece que deseas terminar por completo con nuestra amistad.

A él le ardieron los ojos.

—No fue un sueño. Me dijiste que me querías, ¿verdad?

Ella se quedó paralizada.

Él entró en la habitación y la agarró de los hombros.

—¿Vas a negarlo? —le preguntó suavemente.

Ella hizo un gesto negativo con la cabeza.

—No.

Entonces, Jack la abrazó.

—Soy un proscrito, Evelyn. Soy un espía. Este país está en guerra, y esta guerra no va a terminar mañana. No merezco tu lealtad, y menos tu amor.

Ella empezó a mover la cabeza, protestando.

—No me importa que seas un proscrito, ¡y no me importa que hayas espiado para los franceses! —exclamó.

Sin embargo, después hubo un silencio, y Evelyn se dio cuenta de que él no había declarado que sintiera ningún afecto por ella. Se humedeció los labios y respiró profundamente.

—Tú me preguntaste por qué estaba tan preocupada por ti, y ahora, yo debo hacerte la misma pregunta.

—No —dijo él, mientras deslizaba las manos desde sus hombros, por su cuello, hasta sus mejillas—. No me pidas algo que no puedo darte.

A ella se le escapó un jadeo. Jack se negaba a admitir ningún sentimiento hacia ella, pero, ¿lo albergaba en realidad?

Él acercó su boca a los labios de Evelyn.

—Me voy a volver loco si no hago el amor contigo una vez más antes de irme —le dijo con la voz ronca—. Evelyn, te necesito esta noche.

A ella se le cayeron las lágrimas. ¿Debería resistirse? Pero, ¿por qué? Lo quería y, aunque él no correspondiera a su amor, su cuerpo estaba gritando de deseo. Y él pensaba irse al día siguiente. Quería terminar con su relación.

Lo miró a través de las lágrimas.

—Te quiero, y no me da miedo decirlo.

Él la estrechó entre sus brazos y la besó, profundamente, apasionadamente, salvajemente.

Evelyn pensó que tal vez aquella fuera la última vez que hacían el amor. Se agarró a sus hombros y lo besó.

CAPÍTULO 14

Evelyn estaba en brazos de Jack, sin aliento, con el corazón acelerado. Tenía la mejilla en su pecho, y sus piernas estaban entrelazadas. Ella no podía creer el estallido de pasión que acababan de experimentar, no solo una vez, sino dos.

Él le tomó la mano y se la besó. Evelyn notó que se ponía tenso de dolor al hacerlo.

Ella se incorporó y se apoyó en un codo, bajo las sábanas.

—¿Estás bien? —preguntó. Al hablar, se ruborizó. Jack no le había hecho el amor, ¡ella le había hecho el amor a él!

Él sonrió lentamente.

—Estoy mejor que bien, Evelyn —dijo, y entornó la mirada—. ¡Aprendes muy rápidamente!

Ella sintió que le ardían las mejillas.

—Soy una desvergonzada.

Jack le había mostrado varias formas de hacer el amor en las cuales no tenía que estar sobre ella, puesto que no podía mantener aquella postura. Y ella apenas podía creer lo que habían hecho.

—Sí, eres muy desvergonzada —dijo él, conteniendo la risa, y le besó la mano de nuevo. En aquella ocasión, hizo una mueca de dolor, y volvió a tenderse con cuidado.

Con la mente más despejada, con el corazón más calmado, Evelyn se preocupó por sus heridas.

—Oh, vaya, seguramente hemos perjudicado tu recuperación.

—Seguramente, has ayudado a que me recupere antes —dijo él—. Nunca me había sentido mejor.

Sin embargo, cuando empezó a sentarse de nuevo, con dificultad, la sonrisa se le borró de los labios y su expresión se volvió decidida.

Evelyn le rodeó rápidamente con un brazo. Le preocupaba su intención de marcharse al día siguiente. Sabía que iba a sufrir mucho si se empeñaba en viajar. Necesitaba descansar en la cama, y no deberían haber hecho el amor. Pero él le había dicho que deseaba hacer el amor con ella por última vez.

Su semblante se volvió serio al enfrentarse con la realidad. Esperaba que él no tuviera la fortaleza suficiente como para terminar con su aventura. Estaba segura de que ella le importaba, y de que su relación estaba empezando, y de que él sentía algo por ella.

—¿Te duelen las costillas? —le preguntó.

Él la miró con seriedad.

—Sí, me duelen. Me van a estar molestando durante una semana, por lo menos, pero solo están magulladas, no rotas, Evelyn. No puedo arrepentirme de haber estado contigo.

Ella quiso acariciarle la mejilla con ternura, pero se contuvo.

—Yo tampoco me arrepiento.

Él sonrió con picardía.

—No, me imagino que no.

¿Se estaba ruborizando otra vez? Miró hacia la puerta de su dormitorio, que estaba abierta, y a la sala de estar de la suite.

—Espero que todo el mundo esté dormido.

—Sin duda, has despertado a toda la casa.

Ella se estremeció del susto, y entonces se dio cuenta de que él le estaba tomando el pelo.

—Ya he confiado en Laurent. Le dije que nos convertimos en amantes en tu isla.

Él abrió mucho los ojos.

—Me alegro de que tengas un confidente, pero, ¿estás segura de que ha sido inteligente, Evelyn?

—Él nunca chismorrearía sobre mí.

Él la miró un instante. Después dijo:

—Debería irme. Tal vez todavía no se hayan dado cuenta, pero se enterarían de todo si paso la noche contigo.

Ella se mordió el labio, con la tentación de pedirle que se quedara de todos modos. ¿Y qué había de su conversación previa?

—No quiero ir a casa de mi tío, y tú no estás recuperado, los dos lo sabemos. Dijiste que no creías que hubiera un peligro inmediato. ¿Por qué no puedes quedarte descansando unos días más?

—¿Acaso vamos a tener la misma discusión de antes? No, creo que no. Además, sabes que, si me quedo aquí contigo, no voy a descansar mucho —dijo, intentando abrazarla.

Ella se apartó.

—Entonces, ¿te marchas por la mañana?

—Los dos nos marchamos por la mañana. Sé que no quieres ir a casa de tu tío por culpa de tu tía, pero es mucho más seguro para ti. Yo no podré marcharme si tú te quedas aquí.

Evelyn lo observó atentamente, y él también la miró. Por supuesto que no debería quedarse sola en Roselynd. Sabía que tenía que hablarle del intruso. No podía seguir guardando un secreto así, y tal vez incluso le afectara a él. Se puso muy tensa. Bajó de la cama y, de espaldas a él, se puso el camisón. Cuando se giró, él estaba sonriendo.

—Eres increíblemente atractiva.

Ella no se dejó distraer.

—Hay una cosa en la que tienes razón. Yo no debería vivir aquí, en Roselynd, con Aimee.

—Bien. Entonces, estamos de acuerdo —dijo él. Sin embargo, después entrecerró los ojos—. ¿Qué significa eso?

—Hace dos semanas, el día de la visita de Lucas, un intruso se coló en esta casa.

—¿Cómo?

—Estaba a punto de acostarme, cuando me di cuenta de que había alguien en mi habitación. Era un hombre. Me agarró y me amenazó con un cuchillo.

Jack se levantó de un salto, gruñendo.

—¿Y me lo cuentas ahora? —preguntó con incredulidad.

—¡No podía preocuparte cuando llegaste a esta casa, ensangrentado e inconsciente!

—¿Qué pasó, Evelyn?

Ella se echó a temblar al oír su tono de voz.

—Me puso el cuchillo en el cuello y me dijo que, si LeClerc era traicionado, Aimee y yo lo pagaríamos.

Él palideció.

—Después, se fue —añadió Evelyn con la voz trémula.

—¡No puedo creerme que no me lo hayas contado hasta ahora! ¿Te hirió?

—No, pero me asusté mucho.

—¿Y esto ocurrió hace dos semanas? ¿Por qué no me mandaste aviso?

—No nos hablábamos.

—¿Y qué? —preguntó él. La agarró del brazo y la atrajo hacia sí—. ¿No sabes que yo siempre acudiré a tu llamada cuando tengas problemas, o estés en peligro?

Ella negó con la cabeza.

—No, no lo sabía.

—¡Pues ahora ya lo sabes! Olvídate de Faraday Hall. Irás a Londres. Amelia está a punto de dar a luz, así que te quedarás con Julianne y Paget.

Evelyn soltó un jadeo.

—¡No puedo molestarles de esa manera!

—Pero yo sí, y lo haré. Robert no podrá protegerte si le ocurre algo a LeClerc. Paget tiene guardias. Además, las autoridades vigilan su casa a menudo. Y, como también fue espía de Pitt, puedo contárselo todo a Dominic. De hecho, no se me ocurre un lugar más seguro para ti.

—¿Y la isla de Looe?

—Yo no siempre estoy allí, Evelyn. ¿Cuándo puedes tenerlo todo listo para viajar?

Ella se sintió abrumada.

—Jack, tardaría dos días en preparar a todo el mundo para un viaje así.

—Prepáralo todo mañana —dijo él—. Te concedo un día más.

Al cabo de un día, todo el mundo seguía haciendo el equipaje frenéticamente, y Evelyn pensaba que podían estar preparados para salir a mediodía. Recoger la ropa había sido fácil, pero, para una estancia larga, necesitaban otros objetos personales, como libros, por ejemplo. Y, con los precios tan altos, tampoco iba a dejar en la casa ningún artículo perecedero. Laurent había ido al pueblo y Trim les había prestado su carro, así que tenían dos vehículos en vez de uno.

En aquel momento, el mayordomo apareció en el umbral de la habitación de Aimee.

—Esto es una locura —dijo con el ceño fruncido—. Pero, para que lo sepáis, la despensa está casi vacía, y en el carro ya no queda sitio apenas.

Ella sonrió.

—Muy bien.

Él se cruzó de brazos y la miró fijamente.

—¿Por qué tenemos tanta prisa? ¿Qué ha ocurrido? ¿Por qué no me miráis a la cara?

Ella se ruborizó. No podía decirle a Laurent que Jack era un espía, y que quien la había amenazado era su aliado francés. Tampoco podía explicarle que los enemigos de Jack tal vez fueran a buscarla a Roselynd, y eso sería un peligro para Aimee y para ella. Había engañado a Laurent diciéndole que

Julianne los había invitado a pasar el verano con ellos en Londres. Laurent se había puesto muy contento, porque le encantaba la ciudad, pero pronto había empezado a desconfiar. Después de todo, la mayoría de los aristócratas pasaba el verano en sus mansiones del campo.

—Creo que es lo mejor para Aimee. Vivir con un poco de lujo. Y no podía rehusar la invitación de lady Paget.

Él refunfuñó.

—Habéis pasado la noche con él.

Ella se puso tensa. Jack había ido a su habitación de nuevo la última noche, pero ella no se había sorprendido en aquella ocasión. Lo estaba esperando. Sin decir una palabra, la había abrazado, y no se había separado de ella hasta el amanecer.

—Sí, es cierto.

—Esto es por Greystone, estoy seguro. Os está enviando a Londres por algún motivo. Como le han dado esa paliza, supongo que tiene miedo de sus enemigos. Pero, ¿por qué iban a amenazaros a vos sus enemigos?

Ella se sentó al borde de la cama.

—Oh, Laurent, si pudiera contarte sus secretos, lo haría. ¿No podemos dejarlo así?

—Nunca os había visto tan feliz. Pero tampoco nunca os había visto tan asustada.

—Una viuda no debería vivir sola como estoy haciendo yo, en este páramo desolado, y menos en tiempos de guerra.

Él la tomó de la mano.

—Corren muchos rumores sobre él. Pero creo que sé lo que está ocurriendo. Es un espía inglés, y los franceses quieren matarlo. Y ahora, vos sois su amante. Así pues, también estáis en peligro —dijo. Estaba muy pálido—. Todos estaremos en peligro si se queda en Roselynd con nosotros.

Evelyn se sintió aliviada por el hecho de que Laurent creyera que era un espía inglés. Sin embargo, antes de que pudiera responderle y reconfortarlo, alguien comenzó a llamar con firmeza a la puerta principal. Ella se puso en pie, preguntándose quién podría ser. Tal vez, Trev.

Jack llegó apresuradamente desde su dormitorio, donde estaba descansando, y se acercó a la ventana. Jolie comenzó a ladrar, y en aquel momento, los golpes de la puerta se volvieron fuertes e imperiosos.

La habitación de Evelyn estaba orientada al norte, y daba al jardín delantero de la casa, y a la entrada. Jack se puso tenso.

—Soldados —dijo.

A Evelyn se le encogió el corazón. Se acercó a la ventana y vio a cinco oficiales de caballería con sus casacas rojas y sus cascos negros, y con los mosquetes colgados del hombro y las espadas al cinto.

Los golpes continuaron, y también los ladridos de Jolie.

—¿Hay alguien en casa? —gritó uno de los soldados—. ¡Abran1

Ella miró a Jack con espanto. Él dijo:

—Han venido por mí.

Iban a arrestarlo, y Evelyn sintió pánico. Sin embargo, él le puso una mano en el brazo, sonrió y miró a Laurent.

—Distráelos, por favor. Dame cinco minutos, o diez si es posible.

—¿Adónde vas? —preguntó Evelyn. Él ya estaba saliendo de la habitación—. ¿Dónde vas a esconderte?

Jack no respondió. Ya estaba en el pasillo. Evelyn tomó su arma y miró a Laurent. El mayordomo dijo, en voz muy baja:

—Encontró túneles, *madame*, el primer día que estuvo aquí.

Ella se quedó asombrada.

—¡Pero si estaba inconsciente!

—Sabía dónde mirar, y me envió a buscarlos. Uno conduce a los establos. El resto, no lo sé.

Aquellos túneles los usaban los anteriores dueños de la casa para el contrabando y, claramente, Jack sabía dónde estaban. Había encontrado una salida para escapar si era necesario.

—Me los mostrarás más tarde —dijo Evelyn.

Laurent asintió. Evelyn salió de su habitación con la pistola en la mano, y el mayordomo la siguió.

En el pasillo, miró al interior de la habitación de Jack. Estaba vacía. Él había bajado por las escaleras de atrás.

Laurent y ella bajaron las escaleras justo cuando el oficial abría la puerta.

—¡Señor! Me habéis dado un susto de muerte —gritó Evelyn.

El soldado permaneció fuera de la casa, con la puerta abierta de par en par, y miró la pistola que ella llevaba en la mano, y a Laurent. Después, entró al vestíbulo. Evelyn oyó pasos y se dio la vuelta. Adelaide y Bette estaban allí, con Aimee. Jolie estaba atada con una correa, y movía la cola.

—¿Mamá? —preguntó Aimee asustada.

Evelyn miró al oficial con una expresión de advertencia. Después se acercó a su hija y se arrodilló a su lado, sonriendo.

—No pasa nada, cariño. Son soldados británicos, hombres buenos que nos protegen, no como los soldados malos de París.

Aimee estaba temblando, al borde de las lágrimas.

—¡Diles que se marchen! —rogó la niña.

—Eso es lo que voy a hacer —dijo Evelyn, y le besó la mejilla a su hija—. Adelaide, llévatela a al cocina. Y a Jolie también.

Evelyn se sintió consternada al darse cuenta de que su voz sonaba muy aguda y delataba su nerviosismo.

Adelaide la miró con preocupación y se llevó a Aimee, a Bette y a Jolie a la cocina. Evelyn esperó hasta que hubieron desaparecido para volverse hacia el oficial.

—Habéis asustado a mi hija, señor.

—Me pregunto por qué —dijo él, y le hizo una respetuosa reverencia. El oficial tendría más o menos la misma edad que ella, y era bastante guapo, con el pelo castaño y los ojos verdes—. Soy el capitán Richard Barrow, de la Guardia Real. ¿Sois vos la condesa D'Orsay?

—Sí, soy lady D'Orsay, capitán. Mi hija está asustada porque no ha olvidado cómo es vivir en París con Robespierre. Tiene miedo de los soldados, y con un buen motivo.

Él sonrió fríamente.

—Y yo siento haber asustado a una niña, así que me disculpo. ¿He interrumpido algo, señora condesa?

—No.

—He llamado a la puerta durante mucho rato —replicó él, mirándola fijamente.

Evelyn hizo un gesto a su alrededor.

—Como podéis ver, estamos ocupados.

—Es evidente que vais a dejar la casa. ¿Puedo preguntar por qué?

—Nos marchamos a Londres, señor, aunque eso no sea de vuestra incumbencia.

—Yo seré quien decida eso.

—¿En qué puedo ayudaros, capitán?

La sonrisa fría volvió a aparecer.

—He sabido que estáis cobijando a un enemigo del país, *madame*, a un hombre buscado por traición. ¿Dónde está Jack Greystone?

Ella se quedó helada, pero con un esfuerzo, respondió:

—Eso es falso, señor. Yo nunca cobijaría a un enemigo de mi país.

—Lo sé por una fuente muy fiable, y el rumor corre por toda la región.

—Yo nunca presto atención a los rumores, y vos deberíais hacer lo mismo. En cuanto a vuestra fuente, se equivoca.

Él sonrió lentamente.

—Si no os importa, registraremos la casa y el jardín —dijo el oficial. Se dio la vuelta y les hizo una seña a sus hombres.

Ella se alarmó. ¿Estaría Jack en alguno de los túneles? ¿Se habría escondido en el establo, o intentaría salir de la finca?

En cualquier caso, él había pedido unos minutos de retraso, y ella iba a dárselos.

—Lo lamento, capitán, pero, como podéis ver, estamos muy ocupados porque nos vamos a la ciudad. Es un momento muy inoportuno para volver del revés mi casa. Espero que os baste con mi palabra. El señor Greystone no está aquí.

—Os recuerdo, condesa, que, si estáis ayudando a un criminal, cometéis un delito grave que se castiga con la cárcel o la deportación.

—No está aquí, señor.

—Me temo que vuestra palabra no es suficiente. Tengo noticias de que mantenéis amistad con Greystone. Vamos a registrar la casa, el establo y los jardines.

—¿Tenéis algún documento, o una orden de registro? De lo contrario, no creo que podáis entrar en mi casa sin motivo.

—Por supuesto que puedo registrar esta casa, y no necesito ninguna orden para hacerlo. Estamos en guerra, condesa.

De nuevo, les hizo una seña a sus hombres, que habían desmontado, para que entraran en el vestíbulo.

Evelyn se quedó horrorizada. Podían arrestarla. Por supuesto, ella siempre ayudaría a Jack, pero ¿cómo había llegado a aquella situación? Sería distinto si su hija no la necesitara tanto.

Ojalá aquel capitán no encontrara a Jack.

Cuando sus hombres entraron en la casa, Barrow se giró hacia ella.

—¿Por qué no os sentáis, *madame*? En el salón, si no os importa.

Evelyn se dio cuenta de que aquello no era una sugerencia. Miró a Laurent con preocupación, y Barrow añadió:

—Vos también, amigo. Por favor, permaneced en el salón hasta que yo lo ordene.

Evelyn respiró profundamente y fue al salón con Laurent. Se miraron el uno al otro, pero no dijeron nada. Esperaron mientras los soldados entraban en todas las habitaciones del piso bajo, y después subían por las escaleras.

Pasó un cuarto de hora, y Barrow apareció en la puerta del salón con una mirada fría.

—Mis hombres han hallado cinco camas usadas, y no cuatro. ¿Habéis tenido un invitado?

Evelyn se puso en pie.

—No lo neguéis, condesa, porque también hemos encontrado una camisa ensangrentada en la basura.

Laurent se levantó.

—Esa camisa es de mi primo, capitán. Se metió en una pelea hace dos noches, y lo alojé aquí sin que la condesa lo supiera. Se marchó esta mañana con ropa prestada, y mi esposa tiró su camisa.

Barrow lo miró con fijeza.

—Repito lo que le dije a la condesa D'Orsay. Greystone es un traidor. Si estáis escondiéndolo, se os acusará del mismo delito.

Laurent se puso blanco.

El capitán se giró hacia Evelyn.

—¿Dónde está? No puede haber escapado, a menos que se marchara antes de que llegáramos.

Evelyn tragó saliva.

—Él no ha estado aquí, capitán.

—Deseo hablar con vuestra hija.

Evelyn se quedó helada.

—¡Por supuesto que no!

Aimee había conocido a Jack, e inocentemente, revelaría que él había estado en aquella casa.

—¡No os estoy pidiendo permiso! —bramó el capitán. Después, se giró y salió del salón.

Evelyn corrió tras él.

—¡No permitiré que angustiéis más a mi hija!

Él la ignoró, y se dirigió hacia la cocina a grandes zancadas. Evelyn lo siguió, jadeando.

—¡Señor, os lo ruego!

Aimee estaba sentada a la mesa con Bette y Adelaide, pintando alegremente con unas acuarelas. Había pintado un poni marrón en una pradera salpicada de florecitas rosas. Cuando entraron en la cocina, la sonrisa se le borró de los labios y todo el mundo quedó en silencio.

—¿Cómo se llama? —preguntó fríamente Barrow.

Evelyn se colocó delante de él y le bloqueó el paso.

—¡No vais a atormentar a mi hija!

Él pasó hacia delante.

—Niña, quiero hablar contigo.

A Aimee se le llenaron los ojos de lágrimas y miró a su madre. Evelyn se acercó rápidamente a ella y la tomó en brazos.

—¡Salid de aquí ahora mismo!

Barrow la miró con frustración.

—¡Esto es imperdonable! —explotó—. Sois una exiliada, milady, y mi país os ha acogido con los brazos abiertos en tiempos de guerra y de revolución. ¡Yo busco a un traidor, a un villano que nos traiciona a todos! Jack Greystone es también vuestro enemigo, *madame*, no solo mío.

Aimee estaba llorando. Evelyn la abrazó y gritó:

—Entonces, ¡cumplid con vuestro deber y encontradlo, pero dejadnos en paz a mi hija y a mí!

Barrow temblaba de ira.

—Vamos a registrar el establo y los jardines. Si está aquí, voy a arrestaros, *madame*.

Y con eso, se dio la vuelta y se marchó.

Evelyn se dejó caer junto a Aimee.

—No pasa nada, cariño —le dijo al oído a la niña, aunque supiera que no era cierto.

Aimee y ella corrían más peligro que antes, incluso, pero no de LeClerc y de sus fanáticos, sino de las autoridades británicas, por haberse convertido en la amante de Jack. Y, aunque con aquello hubiera entendido a la perfección por qué deseaba él terminar con su relación, aunque estaba de acuerdo en que era lo mejor, rezó por que hubiera conseguido escapar.

Evelyn tardó una hora en calmar y distraer a Aimee, pero la niña ya estaba en su habitación, escribiendo en su cartilla, con la perra dormida a sus pies.

—Cariño —le dijo Evelyn, sonriendo alegremente—, ¿puedo dejarte un rato con Bette? Tengo que seguir haciendo el equipaje. ¡Nos vamos muy pronto a Londres!

Aimee también sonrió.

—¿Te gustan mis letras? —le preguntó a su madre, y le mostró el cuaderno donde había escrito el alfabeto.

—Escribes muy bien —le dijo Evelyn con sinceridad, y le besó la mejilla. Por dentro estaba horrorizada. ¿Cómo se atrevía el capitán Barrow a intentar interrogar a su hija?

Cuando salió al pasillo, estaba a punto de desmayarse. ¡No quería que Aimee se viera envuelta en aquel peligroso juego! Sin embargo, ella era la amante de Jack, y había puesto a su hija en peligro. Una cosa era que ella se arriesgara, y otra cosa era que su hija corriera riesgos.

Y Jack seguía herido. ¿Estaría escondido en los túneles, o habría conseguido escapar de la finca? ¿Y cómo iba a conseguirlo, si estaba herido e iba a pie? Por lo menos, se había llevado la carabina y la daga. Sus armas no estaban en la habitación.

Cuando se dirigía a las escaleras, Laurent se acercó a ella.

—¿Cómo está la niña? —preguntó.

—Ya se ha olvidado del incidente de esta mañana. Barrow ha dejado a un soldado aquí, Laurent. ¡Lo he visto por la ventana de mi habitación!

Estaba temblando de indignación. Claramente, pensaban vigilar la casa y arrestar a Jack si aparecía por allí.

Y si lo arrestaban, lo ahorcarían. Evelyn sentía pavor.

Laurent le tocó un brazo.

—Ha dejado a otro soldado en la parte de atrás. ¿Cómo va a volver el señor Greystone a buscarnos? Están vigilando la casa y, si lo atrapan, ¡nos arrestarán también a nosotros!

—Las autoridades han vigilado las casas de sus hermanas y la de su tío, y sin embargo no han conseguido detenerlo. Jack es muy listo, y conseguirá eludirlos.

—¿Creéis que se atreverá a volver aquí? Y, si lo hace, ya no podemos marcharnos con él.

Evelyn se dio cuenta de que se había mareado. Una vez había tenido mucho miedo de salir de su casa de París, donde la vigilaba gente de la gendarmería. De repente, fue como si volviera al pasado. De nuevo estaba prisionera en su propia casa, con miedo de salir, sin poder hacerlo.

—Debemos esperar un poco hasta saber si Jack está aquí todavía. Si sigue en Roselynd, seguramente entrará en casa cuando anochezca. Si no es así, significará que se ha ido, y en ese caso, tendremos que marcharnos a Londres sin él.

—Es un viaje de tres días, y eso si pudiéramos cambiar los caballos, que no podemos. Y yo no seré capaz de conducir durante tres días enteros.

—Lo sé. Si os dejo aquí a Adelaide, a Bette y a ti, podría sacar billetes para la diligencia, para Aimee y para mí.

—Eso es lo que deberíais hacer —dijo Laurent con tristeza—. Nosotros estaremos bien aquí.

A Evelyn le dolía mucho la cabeza, y se frotó las sienes.

—Enviaré a alguien a buscaros en cuanto pueda.

—*Madame*, ¿por qué no os tumbáis un rato? Estáis agotada. Ya terminaremos esta conversación cuando hayáis descansado.

Laurent tenía razón. Evelyn lo abrazó impulsivamente.

—Siento muchísimo haberos puesto en peligro —dijo.

Después se fue a su habitación y cerró la puerta. Después de comprobar que el soldado seguía bajo su ventana, se tendió en la cama y se tapó. Al instante, se quedó dormida.

Jack la despertó agitándole suavemente el hombro.

—Evelyn.

Ella se incorporó de golpe y lo abrazó.

—¿Estás bien?

Él la abrazó un instante, y después la soltó.

—Sí, estoy bien. Has conocido al capitán Barrow.

—Sabe que has estado aquí. No estás seguro, Jack.

—Ya lo sé. Está vigilando la casa.

—¿Estabas escondido en el túnel?

—Sí. ¿Qué te dijo exactamente, Evelyn?

—Me dijo que, si te estaba escondiendo en mi casa, era cómplice de tus crímenes.

Jack asintió.

—Continúa.

—Me amenazó con arrestarme.

—No me sorprende. ¿Y qué más.

A ella se le llenaron los ojos de lágrimas.

—Quería interrogar a Aimee. Ella le habría contado que habías estado aquí. Obviamente, yo no le permití que hablara con ella, y él se marchó. Sin embargo, creo que va a volver.

—Bienvenida a mi mundo, Evelyn —dijo él con ira y con desagrado.

—Estoy preocupada.

—Haces bien en estarlo. Ahora no hay hábeas corpus, y pueden meterte a la cárcel sin acusación ninguna.

—¿Es que quieres asustarme?

—Tienes que saber lo que puede pasar. Me marcho, Evelyn. Voy a escabullirme de esos guardias, y llegaré a mi barco. Allí puedo eludir a cualquiera. Mientras, tú acude a Trevelyan. Dile que yo voy a pagar tu viaje a Londres. Él te adelantará los billetes y yo le devolveré el dinero dentro de una semana. Toma la próxima diligencia; la primera sale de Fowey mañana por la mañana.

—¿Y Julianne?

—Le escribiré una carta, e iré a visitarla a ella y a Dom en cuanto pueda. Sin embargo, tú puedes explicárselo todo a Paget. Todo.

Ella detestaba la idea de aparecer en la puerta de casa de Julianne pidiendo caridad.

Él lo sabía, y le dijo suavemente:

—Mi hermana es muy buena, y estará encantada de acogerte en su casa. Sé que crees que es una molestia y que te estarías comportando de un modo muy atrevido, pero tú no tienes ni una pizca de atrevimiento en el cuerpo. Evelyn, esto es lo mejor para Aimee y para ti. Prométeme que irás a casa de Julianne.

Él tenía razón; ella detestaba ser tan atrevida. Sin embargo, debía hacerlo, por Aimee.

—Siento haberos puesto a tu hija y a ti en peligro. He sido un egoísta.

A ella se le llenaron los ojos de lágrimas.

—¡Yo no me arrepiento de nada! ¡Te quiero!

Él se estremeció.

—No dirías eso si Barrow hubiera interrogado a Aimee, o si te separaran de tu hija y te metieran en un calabozo frío y húmedo.

—No sabía que las cosas podían llegar a esto.

—No podía salir nada bueno de nuestra relación —dijo él. Después añadió—: Tengo una cosa para ti.

A ella se le partió el corazón.

—¿Nos veremos cuando vayas a Londres?

Su expresión se endureció.

—No.

Jack se metió la mano al bolsillo y sacó un paquetito de tela. Se lo puso en la palma de la mano. Ella lo miró un instante con desconcierto. Después lo abrió y, al ver los zafiros dentro, exhaló una exclamación de sorpresa.

Miró a Jack con asombro. Había recuperado las joyas que le había robado Whyte. ¿Qué significaba aquel gesto?

—No podía permitir que se saliera con la suya y te robara —dijo él rotundamente.

Evelyn sintió una punzada de dolor. Aquel gesto significaba que ella le importaba.

—Esto es un adiós, ¿verdad?

—Sí, Evelyn. Es un adiós —dijo Jack Greystone.

CAPÍTULO 15

—No tengas miedo —dijo Trevelyan—. No te van a rechazar.

Evelyn sonrió con tristeza. Acababan de llegar a Bedford House, pero todavía no habían bajado del carruaje. Tal y como le había ordenado Jack, Evelyn había acudido a Trevelyan y le había contado todo lo sucedido. Trevelyan se había empeñado en acompañarla a Londres junto a Aimee y a sus sirvientes. Él conocía a Julianne tan bien como a Jack, desde que eran niños. Además, visitaba frecuentemente Bedford House en la actualidad, porque también se había hecho buen amigo de Dominic Paget.

Por supuesto. Todos ellos eran espías o antiguos espías, y todos formaban parte de un círculo secreto que estaba involucrado en aquella guerra. Todos estaban a las órdenes de un jefe de espías.

Trevelyan había sido muy amable desde el primer momento en que ella había aparecido en Blackmoor y, durante todo el viaje a Londres, que había durado tres días. Sin embargo, ella no había querido hablar de su relación personal con Jack. Aunque Trev no le había preguntado por qué estaba tan triste, debía de saber que había pasado algo malo. Seguramente, suponía que la relación había terminado.

Trev ayudó a Evelyn a apearse del carruaje.

—Soy muy atrevida, invitándome a mí misma a quedarme en casa de lady Paget —dijo. Estaba muy ansiosa, porque odiaba ser tan atrevida, y no quería ser una molestia. ¿Y si Julianne no deseaba darle alojamiento?

—Julianne te va a recibir con los brazos abiertos cuando les expliques a Dominic y a ella lo mismo que me has explicado a mí —le dijo Trev. Sonrió, le hizo una reverencia a Aimee y la ayudó a bajar del coche, haciéndola girar por el aire antes de dejarla en el suelo. Aimee se echó a reír. Se había encariñado mucho con Trevelyan.

—Mira, cariño, ¿habías visto alguna vez una casa tan magnífica? —le preguntó Evelyn, sonriendo y tomándola de la mano.

Aimee abrió mucho los ojos.

—Oh, mamá, ¿es un palacio? ¿De verdad vamos a quedarnos aquí?

Verdaderamente, Bedford House parecía un palacio real, no una residencia urbana; tenía una fachada magnífica, unos jardines maravillosos y una increíble fuente en el centro del camino de entrada. Evelyn le apretó la mano a Aimee.

—El señor Greystone piensa que sí, y pronto lo averiguaremos.

Laurent, Adelaide y Bette bajaron del coche con Jolie. Habían viajado en un carruaje alquilado, cambiando de caballos cada medio día, así que al final, lo habían dejado todo en Roselynd, salvo la ropa que llevaban puesta. Trev la tomó del brazo, y juntos se dirigieron hacia la casa, subiendo por unos escalones muy anchos de piedra blanca. A ambos lados de la entrada había un guardia con librea. Los dos estaban inmóviles, hasta que uno cobró vida y abrió la puerta al instante. Trev le entregó su tarjeta.

—Quisiera ver a Bedford o a lady Paget. ¿Está alguno de los dos en casa?

El lacayo, que iba perfectamente arreglado y llevaba una peluca blanca y una librea azul y dorada, pestañeó ante la pregunta.

—Los dos están en casa, milord —dijo, inclinándose.

Evelyn supo que la pregunta era muy informal, pero, teniendo en cuenta la relación de Trev con Julianne y su marido, sospechaba que no se ceñían a la etiqueta más estricta. Se oyeron unos pasos, y Gerard apareció en el vestíbulo.

—Buenos días, milord, milady —dijo, sonriendo.

—Gerard, mi buen amigo, despierta a Bedford, por favor. Hemos hecho un viaje difícil y la condesa y su hija están agotadas.

Julianne apareció la primera, incluso antes de que Gerard se hubiera marchado del vestíbulo. Al verlos se quedó muy sorprendida.

—¡Trevelyan! —exclamó con una sonrisa. Miró a Evelyn con suma curiosidad, como si quisiera preguntarle qué hacía allí. Se acercó a Trev y le dio las manos. Él se las besó.

—Venimos a molestar, Julianne. La condesa necesita tu hospitalidad.

Ella se quedó mirándolo un momento, como si quisiera adivinar lo que estaba ocurriendo. Después, se dio la vuelta y abrazó a Evelyn. Esta se sintió aliviada. ¡Parecía que Julianne se alegraba de verla!

—Querida, estoy muy contenta de verte y, por supuesto, siempre eres bienvenida aquí —dijo, aunque seguía mirándola con curiosidad. Entonces se volvió hacia Aimee—. ¡Tú debes de ser Aimee! ¡Hola! Yo soy lady Paget, y he oído hablar mucho de ti.

Aimee sonrió con timidez.

—Buenos días, milady —susurró.

—Yo también tengo una hija, aunque es mucho más pequeña que tú. Sin embargo, le encantan los niños más mayores. Está jugando en su habitación. ¿Te gustaría conocerla?

Aimee miró a Evelyn, que asintió.

—Creo que deberías conocer a Jacquelyn. Bette te acompañará.

—¿Y Jolie? —preguntó Aimee.

Evelyn miró a Julianne.

—Aimee tiene una perra.

—¡Qué maravilla! Nos encantan los perros. Yo tengo tres. ¿Por qué no da un paseo Jolie por el jardín? Después puede ir a la habitación de juegos contigo.

Cuando Bette tomaba de la mano a Aimee, Dominic Paget, el conde de Bedford, apareció en el vestíbulo.

Era un hombre moreno y muy guapo, con un aire de autoridad y poder. Iba vestido con elegancia, pero no llevaba peluca. Tenía el pelo brillante y recogido en una coleta. Llevaba varios anillos que resplandecían en sus manos.

Sonreía, pero tenía una mirada dura. Miró rápidamente a Trevelyan antes de saludar a todo el mundo.

—Me alegro de veros otra vez, condesa —dijo.

—Gracias, milord —respondió ella nerviosamente.

—¿Por qué no vamos al salón? —preguntó Julianne—. ¿Gerard? Me imagino que nuestros invitados querrán comer algo —dijo, y se volvió hacia Trev—. ¿Te vas a quedar a pasar la noche?

—Me quedaré hasta que Evelyn esté instalada —dijo él.

Evelyn sonrió con agradecimiento. No podría tener un amigo más leal.

Entonces pensó en Jack, y sintió una punzada de dolor. ¿Cómo podían haber terminado las cosas entre ellos? ¿Y dónde estaría en aquel momento? ¿Habría conseguido llegar al barco? ¡No había vuelto a saber nada de él, y estaba muy preocupada!

Julianne se giró y miró a Evelyn, y esta sospechó que se estaba preguntando cuál era su relación con Trevelyan. Entonces, les hizo un gesto para que la siguieran.

—No sé cómo daros las gracias por acogernos a mi hija y a mí —dijo Evelyn, mirando a Bedford.

Julianne se situó junto a su marido. Ya no sonreía.

—¿Qué ha ocurrido? —preguntó Dom.

Trevelyan se puso al lado de Evelyn, pero ella no lo miró.

Aimee no estaba presente, así que el miedo y el dolor que había estado conteniendo salieron a la superficie y le quebraron la voz.

—Jack recibió una brutal paliza de sus enemigos. Yo lo estaba cuidando en Roselynd —dijo.

Julianne gimió.

—¿Está bien?

—No lo sé —dijo Evelyn—. Sobrevivió a la paliza, aunque tenía muchos hematomas, y quizá alguna costilla rota, y un corte en la cabeza. Estaba recuperándose. Sin embargo, un tal capitán Barrow averiguó que estaba en Roselynd, y hace cuatro días, fue a mi casa y nos sorprendió. Jack se escondió en los túneles que hay debajo de la casa, mientras Barrow y sus hombres lo registraban todo para encontrarlo. No lo consiguieron, y Jack volvió a verme aquella noche y me dijo que iba a escabullirse de los soldados que Barrow había dejado de guardia en el jardín para poder llegar a su barco. Me dijo que viniera aquí, milord, milady —añadió, temblando—. No he vuelto a tener noticias suyas, así que no sé si escapó, si llegó a su barco. No sé dónde está.

Evelyn se sentía tan mal que tuvo que sentarse. Julianne se sentó a su lado y la rodeó con un brazo.

—Tendremos noticias de Jack más tarde o más temprano —dijo Dominic—. Si lo hubieran detenido, yo ya me habría enterado.

—Estoy muy preocupada —dijo Evelyn—. Él no estaba bien cuando se marchó.

—Jack es muy listo —dijo Julianne—. Lleva casi toda su vida escapando de las autoridades británicas. Cuando llegue a su barco, podrá huir sin problemas.

—Lady D'Orsay —dijo Dominic—, ¿por qué os indicó Jack que vinierais aquí? Cuando él se marchó de Roselynd, ¿por qué seguía siendo insegura vuestra casa?

Ella respiró profundamente.

—Oí a Jack hablando con un francés sobre un plan militar británico.

Trevelyan intervino:

—Ha oído información que no debería haber oído, y los republicanos franceses lo saben.

Dominic dijo:

—Pero, ¿por qué piensa Jack que estáis en peligro? Debe de creer que se trata de algo grave si os ha enviado aquí. ¿Habéis recibido alguna amenaza? ¿Os descubrieron?

¡Ella no quería decirles toda la verdad! Sin embargo, Julianne le apretó la mano.

—No pasa nada, Evelyn. Dominic fue espía. Él puede ayudarte.

Ella se enjugó una lágrima.

—Jack estaba revelando nuestros planes de invadir Francia y ayudar a los rebeldes. Sí, me descubrieron. Y me amenazaron en mi propia casa.

Julianne miró gravemente a Dominic.

Evelyn se quedó asombrada. ¿Acaso no sabían que Jack era un espía francés?

—¿Quién os amenazó? ¿Con quién estaba hablando Jack? —preguntó Dominic.

—El aliado francés de Jack es Victor LaSalle, el vizconde LeClerc. Por increíble que parezca, fue nuestro vecino en París, cuando Henri vivía. Cuando me vio, me reconoció al instante. Hace dos semanas envió a uno de sus esbirros a Roselynd para que nos amenazara a mi hija y a mí.

Julianne palideció.

—¿Os ordenaron que mantuvierais silencio? —preguntó Dominic.

Evelyn susurró:

—Me dijeron que si LeClerc era traicionado, Aimee y yo sufriríamos las consecuencias.

Julianne la abrazó.

—Aquí estás segura.

—Estoy muy preocupada —dijo Evelyn.

Sin embargo, se preguntó por qué nadie había dicho nada

al saber que Jack estaba traicionando a su país a favor de sus enemigos franceses. No parecía que se hubieran sorprendido al saberlo.

—Aquí estaréis segura, efectivamente —dijo Dominic—. No quiero que os preocupéis, lady D'Orsay. Seréis nuestra invitada hasta que pase el peligro. Trev, ¿quieres tomar una copa conmigo? Tengo un buen whisky escocés en la biblioteca, y así las damas podrán estar a solas unos minutos.

Trev asintió, pero se detuvo un instante al pasar por delante de Evelyn.

—¿Estás bien? ¿Te sientes mejor?

Ella sonrió.

—Muchas gracias... por ser tan bueno, y por traernos a Londres... por todo —dijo. Le tomó ambas manos y se las apretó.

Él la observó.

—Yo siempre acudiré en tu ayuda, Evelyn, si la necesitas —dijo. Después, se dio la vuelta y se marchó con Dominic.

Julianne tomó de la mano a Evelyn.

—¿Trev te está cortejando ahora?

—No puede cortejarme. Estoy enamorada de tu hermano —dijo ella, y se echó a llorar.

—¡Estás enamorada! —exclamó Julianne, y la abrazó. Después, la miró con preocupación—. ¿Te ha destrozado ya el corazón?

—¡Por supuesto que sí! Porque no podemos estar juntos, ni ahora ni nunca. ¡No puedo poner a Aimee en esa situación de peligro!

—Si yo hubiera elegido el camino de la seguridad, ahora no estaría con Dominic. Él era un político tory, era un aristócrata y un espía, mientras que yo, por el contrario, era una mujer de buena familia, pero empobrecida, que vivía en Cornualles, y que simpatizaba con los jacobinos franceses. Sin embargo, me enamoré de él de todas formas, y entonces luché por ese amor. Y empecé a conocerlo, y a entenderlo. Y mi amor se fortaleció. Merece la pena todo el miedo que pasé, y el dolor.

—Pero, ¿cómo voy a poner a Aimee en peligro? Yo no se lo he dicho a lord Paget, pero, cuando el enviado de LeClerc entró en mi casa, me puso un cuchillo en el cuello. ¿Y si lo hubiera visto Aimee? ¿Y si la próxima vez se lo hacen a ella? Y el capitán Barrow le causó terror. ¡Quería interrogarla! Por no mencionar que, si hubieran encontrado a Jack en Roselynd, yo estaría en la cárcel por ser su cómplice.

—Estás en una encrucijada terrible —dijo Julianne.

—Y estoy muy preocupada por él. Julianne, tenemos que averiguar si está a salvo, en su barco.

—Eso no será difícil —dijo Julianne con una sonrisa—. ¿Él también te quiere a ti?

Evelyn se quedó petrificada.

—¿Te quiere? —preguntó Julianne con impaciencia.

—Nunca me lo ha dicho.

Julianne se puso en pie.

—Mi hermano es un mujeriego, pero, cuando te conocí, me di cuenta de que tú eres especial... Debes de importarle mucho o, de lo contrario, no te habría mandado aquí. Sin embargo, tienes razón; su vida es peligrosa, y me pregunto si alguna vez sentará la cabeza. Si te hace daño, no volveré a hablarle en la vida —dijo firmemente.

—Él sabe que no podemos estar juntos. Sabe que nos ha puesto en peligro —dijo Evelyn—. Fue muy categórico en eso. Yo no puedo estar con él si las cosas son así. Pero siempre lo querré, ¡siempre! No importa lo que haga...

Julianne se sentó a su lado de nuevo.

—Hubo momentos en los que yo pensé que nunca volvería a ver a Dom, y me equivoqué. También pensé que iba a ser uno de los espías de Pitt hasta el final de la guerra. Corren unos tiempos muy difíciles, pero nadie puede predecir lo que va a pasar mañana.

—Lord Paget es un gran hombre. Fue un héroe en esta guerra —dijo Evelyn—. Sin embargo, ¿no habéis entendido lo que he dicho antes? ¡Jack le estaba dando a un francés nuestros secretos militares!

Julianne se quedó desconcertada.

—Sí, he oído todo lo que has dicho.

—Es un espía francés, Julianne.

—No. Te equivocas.

—Ojalá me equivocara. Pero sé lo que oí.

—¡No puedo creer que pienses que es un traidor! —exclamó Julianne.

Evelyn también se puso en pie, finalmente.

—¡Nadie puede lamentarlo más que yo! Sé lo que oí. ¡Jack está vendiendo nuestra patria a nuestros enemigos! Le rogué que lo negara, y él lo hizo, ¡pero no de una manera convincente, porque era imposible!

—No, no es un espía de los franceses. Él nunca haría tal cosa —dijo Julianne, que se había quedado pálida—. Tú no conoces a Jack tan bien como yo. Puede que parezca que es un espía francés, ¡pero solo son las apariencias! No puedo creer que digas que lo quieres y no confíes en él.

Evelyn se abrazó a sí misma. ¿No le había pedido Jack que tuviera fe en él?

—Ojalá tengas razón.

—Tengo razón. Mi hermano es un patriota —dijo Julianne—. Y algún día te darás cuenta —se encaminó hacia la puerta, la abrió y tocó la campanilla—. Debes de estar muy cansada. Gerard te acompañará a tu habitación.

Otra noche, otra posada, otra reunión clandestina, pensó Jack con hastío. Se detuvo en la entrada de la taberna, que estaba abarrotada. Llovía, y mientras se sacudía el agua de los hombros, miró a la parroquia a través del humo.

No vio a nadie fuera de lo corriente. Había granjeros y

comerciantes que bebían cerveza, fumaban y jugaban a las cartas. La conversación era ruidosa.

Lucas se puso en pie en un rincón oscuro del local. Jack asintió y transitó entre las mesas mientras se pasaba la mano por el pelo húmedo.

Su hermano permaneció en pie, demasiado elegante y fuera de lugar en aquella taberna, con su chaqueta marrón y su camisa de encaje. Warlock estaba sentado a su lado y, como la iluminación era escasa en aquel rincón y él iba vestido de negro de pies a cabeza, apenas podía distinguírsele.

—Llegas tarde —le dijo Lucas, y lo miró con una pregunta reflejada en los ojos.

Jack se estremeció. Las heridas todavía le dolían.

—Había una fragata británica en Dover. Tuve que mantenerme escondido hasta que pasó.

—¿Estás herido?

A Lucas nunca se le escapaba nada. Jack se abrió el cuello de la camisa y le mostró el vendaje del torso a su hermano. Después se sentó de espaldas a la habitación; normalmente no habría ocupado aquel sitio, pero sabía que Lucas y Warlock vigilarían por si aparecían espías franceses o soldados británicos. Y de aquel modo, de espaldas a la multitud, nadie lo reconocería.

Por fin, miró a Warlock. Su superior lo observaba con una mirada oscura, penetrante.

—¿Qué ha pasado? —le preguntó a Jack.

—LeClerc me dio un aviso —respondió Jack, y se encogió de hombros—. Me dijo que me asegurara de que mi lealtad no está comprometida.

Lucas se puso tenso, y sirvió una copa de vino tinto a su hermano.

—¿Y tú? ¿Estás en una situación comprometida? —le preguntó.

Jack miró a Warlock.

—No sé por qué motivo, han decidido sospechar de mí —dijo.

No tenía intención de mencionar a Evelyn para no involucrarla más. Warlock no tenía por qué saber que era su amante, ni que los británicos habían ido a buscarlo a su casa. Pero su superior querría una explicación, y Jack había preparado una.

Había pasado casi una semana desde que la había visto. Seguramente, ella ya estaba a salvo en casa de Julianne.

Sintió una punzada de dolor al pensar en ella. Dudaba que olvidara nunca la última vez que habían hecho el amor, ni sus ojos, ni la expresión de su cara cuando le había dicho que aquello era un adiós. Sentía desprecio hacia sí mismo por haberla puesto en peligro de un modo tan temerario. No podía creer que hubiera sido tan egoísta. Sin embargo, al conocerla no se había preocupado demasiado por ella. El deseo no era lo mismo que el afecto.

Warlock lo miraba con suma atención.

—No puedo permitir que sospechen de ti en este momento. Deberás demostrarles tu lealtad durante estas próximas semanas.

—¡Difiero! —exclamó Lucas con furia—. ¿Es aceptable, acaso, que esté bajo sospecha después de lo que ocurra en la bahía de Quiberon?

—Yo no he dicho eso —respondió Warlock con calma—. Bien, vamos a empezar por los hechos. Debe de haber algo que haya hecho a LeClerc dudar de tu integridad.

Jack tomó un sorbo de vino antes de hablar. Warlock se enteraría, al final, de que Evelyn estaba en casa de Julianne, pero Jack iba a asegurarse de que pensara que era cosa de Lucas y no suya. No se fiaba de Warlock, y menos con respecto a Evelyn. Warlock siempre pondría a Gran Bretaña por encima de todo y de todos. Tal vez protegiera a Evelyn al principio, pero al final, si era necesario sacrificarla, no dudaría en hacerlo.

Todos los mentirosos sabían que contar una parte de la verdad era efectivo para desviar las sospechas. Y los espías también.

—Ayudé a una exiliada francesa a recuperar unos bienes de su residencia de Francia. Era un asunto fácil y muy bien remunerado. Resultó que LeClerc descubrió esa asociación, y no creyó que yo estuviera ayudando a una dama en apuros a cambio de un buen dinero. Pensó que estaba en una misión secreta y, por desgracia para mí, me sorprendió de noche y consiguió hacerme una advertencia.

Warlock lo miró fijamente, y después miró a Lucas. Fue su hermano quien respondió.

—¡Si no te hubieras acostado con ella, tal vez no habrías provocado las dudas de LeClerc!

Jack sonrió.

—Bueno, era muy guapa, y la compensación era demasiado grande como para ignorarla.

Warlock tamborileó con los dedos sobre la mesa.

—Mantente alejado de ella. Ahora no debes relacionarte con una exiliada francesa.

—Creo que he aprendido la lección —dijo Jack.

Sin embargo, al pensar en Evelyn sintió una punzada de dolor en el corazón, y le costó mantener la expresión de petulancia.

Lucas lo estaba mirando como si supiera que aquella historia estaba incompleta. Su hermano lo conocía muy bien.

—Nunca me ha gustado este doble juego para ti, y ahora, menos —dijo, y se giró hacia Warlock—. Sospechan de Jack, y el momento no podría ser peor. Deberíamos cambiar de papel. Yo me haré cargo de los asuntos de Jack, y nadie le dará importancia puesto que soy su hermano. Jack puede volver a su vida de contrabandista.

Warlock arqueó las cejas.

—Eso no es posible, y tú lo sabes. Jack ha sido muy brillante a la hora de entrar y salir de Francia como si nada, y hasta el momento, nunca han superado a su barco en ninguna carrera.

Jack pensó en Cadoudal. Llevaba ayudándolo casi un año,

y su relación con él había pasado a ser algo personal. Sabía que los rebeldes estaban desesperados por conseguir armas y provisiones, que vivían escondiéndose y huyendo cuando no estaban luchando contra las tropas francesas. Odiaban a los republicanos y querían liberar el valle del Loira, aunque eso les llevara a la muerte.

—No sé si podría darles la espalda a los rebeldes, ni siquiera aunque Warlock me lo ordenara —le dijo a Lucas.

Warlock quedó satisfecho.

—No dejes que nadie te oiga hablar así, como un patriota.

Lucas negó con la cabeza, y le dijo a Warlock:

—¿Y cómo va a sobrevivir Jack después de haberles mentido a los republicanos, si todo sale bien? —preguntó, y miró a su hermano—. Ya se ha fijado un día.

Jack se quedó muy sorprendido, y se sintió tenso. Eso significaba que había fecha para la invasión de la bahía de Quiberon, operación que iba a dirigir el conde D'Hervilly, y que tendría vencedores y vencidos. Él nunca había dudado de su capacidad para sobrevivir a aquellos juegos de guerra, hasta aquel momento. Sin embargo, tenía que pensar en que sería uno de los vencedores. En aquel instante entendió perfectamente por qué su hermano estaba tan preocupado por él. Si cometía el más mínimo error, lo descubrirían...

Warlock ignoró la pregunta.

—Cadoudal deberá reunir su ejército con el nuestro el veinticinco de junio.

—Necesito detalles —dijo Jack—. Él los querrá.

Y, pese a sus reservas, sintió cierto entusiasmo. ¡Llevaban más de un año planeando aquella invasión, y por fin iba a producirse!

—D'Hervilly tendrá treinta y cinco mil efectivos. Dos tercios son prisioneros de guerra franceses. El escuadrón militar saldrá de Plymouth el veintitrés de junio. Habrá tres barcos de guerra y seis navíos de aprovisionamiento, con víveres suficientes para cuarenta mil soldados —le dijo Warlock, que se había inclinado hacia delante y le había hablado en voz muy baja. En aquel momento se echó hacia atrás y se apoyó en el respaldo del asiento, con cara de satisfacción.

A Jack se le aceleró el pulso. ¡Cadoudal se entusiasmaría con aquella noticia! ¡Por fin podrían expulsar al general Hoche y al ejército republicano del valle del Loira!

Sin embargo, aquella era una operación muy delicada. Otros espías franceses podían descubrir lo que acababa de revelarle Warlock. El escuadrón podía ser avistado mientras se acercaba a Francia, y eso avisaría al enemigo de la inminente invasión. Cadoudal podía fracasar en su intento de reunir su ejército con el ejército invasor...

El corazón le latía desbocadamente. Un año entero de reuniones secretas, de debates y planificación para invadir la bahía de Quiberon. Él tenía intención de formar parte del ejército de liberación del valle de Loira. Evelyn necesitaba un héroe, sí, pero él no podía ser ese héroe. Ni en aquel momento, ni nunca, seguramente.

No debería sentir aquel dolor al pensarlo. Debería estar pletórico de alegría. Su vida era el mar, el peligro y la guerra. Nunca había deseado ninguna otra cosa. Nunca había querido más.

—¿Cuándo puedes reunirte con Cadoudal? —le preguntó Warlock.

—Prepararé un encuentro para la semana que viene —respondió Jack, pensando a toda velocidad.

Normalmente, se valía de una red de mensajeros para concertar una cita como aquella. Sin embargo, se dio cuenta de que en aquella ocasión eso podía ser muy peligroso. Iría a Francia en persona y se pondría en contacto, directamente, con Cadoudal, aunque para conseguirlo tuviera que pasar varios días vagando por la costa inglesa, escondiéndose de los barcos británicos y franceses. Cuanta menos gente supiera de su reunión, mejor.

—Tenemos que darle a LeClerc información falsa —dijo

Warlock, sacándolo de sus pensamientos—. Dile que la invasión será en julio, y que desembarcaremos en St. Malo.

—Estarás muerto antes de julio —dijo Lucas, sin paños calientes.

Jack lo miró.

—No tengo intención de morir antes de julio, ni en ningún otro momento —replicó. Sin embargo, se sintió alarmado de nuevo.

Si traicionaba a LeClerc tal y como acababan de ordenarle, los franceses buscarían venganza en Evelyn y en su hija.

—Él verá confirmadas todas sus sospechas —dijo Lucas, y se giró hacia Warlock—. ¡No puedes sacrificar a mi hermano por tu causa, después de todo lo que he hecho por ti!

—¿Y por qué iba a querer sacrificar yo a uno de mis mejores agentes? —preguntó Warlock—. Jack es muy persuasivo. Nadie es tan fanfarrón ni tan capaz de soltar bravatas. Yo confío plenamente en él. Sería capaz de librarse de la horca si fuera necesario. Sin embargo, después de la invasión, Jack puede quedarse en Inglaterra durante varios meses o un año, hasta que haya pasado cualquier posible peligro.

Jack no escuchaba a Warlock. LeClerc iba a saber que lo habían traicionado, y nadie podría convencerlo de lo contrario. Y LeClerc había amenazado a Evelyn.

Sin embargo, estaba en juego la liberación del valle del Loira, y las vidas de muchos soldados británicos y franceses.

Jack se dio cuenta de que Lucas y Warlock lo estaban mirando fijamente. ¿Acaso tenía una expresión horrenda?

—Tal vez tú confíes plenamente en mis poderes de persuasión, pero yo voy a tener que matar a LeClerc —dijo con suavidad. No se le ocurría otra solución, ningún otro modo de proteger a Evelyn y a Aimee. Si le daba información falsa a LeClerc en aquellos momentos, LeClerc tendría que morir después.

Lucas se sobresaltó y lo miró con los ojos muy abiertos. Después entornó los párpados. Sospechaba de él.

—LeClerc no opera solo.

—Es un gran enlace de los republicanos franceses, muy útil para nosotros —dijo Warlock con dureza—. Matarlo debe ser un último recurso, Jack, y no puedes hacerlo antes de que venzamos en Bretaña.

Jack sonrió rápidamente, pero solo podía pensar que, en la medianoche del día veinticinco de junio, a él ya lo habrían descubierto, y Evelyn estaría en peligro.

—De acuerdo. Será un último recurso —dijo—. Le diré que la invasión va a tener lugar el quince de julio en St. Malo.

—Y LeClerc sabrá, el día veinticinco de junio, que ha sido traicionado —dijo Lucas.

Jack siguió sonriendo.

—Seguramente... a menos que yo haya representado muy bien mi papel.

Lucas siguió mirándolo con recelo.

—Muy pronto encontraré alguna minucia para que le entregues a LeClerc, algo que pueda convencerlo de tu lealtad —dijo Warlock. Claramente, estaba a punto de irse—. A propósito, ¿por qué pensaba el capitán Barrow que iba a encontrarte en Roselynd, la casa del difunto conde D'Orsay?

Jack se quedó helado. Intentó aparentar indiferencia y tomó su vaso de vino.

—No lo sé. Pero, como sabes, soy buen amigo de Robert Faraday. Su sobrina es la viuda de D'Orsay.

Warlock sonrió afablemente.

—Tengo entendido que es toda una belleza —dijo. Asintió, y se marchó.

Jack iba a dar un sorbo a su vino, pero Lucas lo agarró de la muñeca, y el vino se derramó por la mesa.

—Dime toda la verdad —le espetó.

Jack miró a su hermano con gravedad.

—Evelyn está en peligro.

—¿Evelyn? ¿Estás hablando de la viuda de D'Orsay?

—Sí. La he mandado a casa de Julianne. Y tengo una carta

para Dom. Dásela, si no te importa —le pidió a Lucas. Se metió la mano en el bolsillo de la chaqueta y le entregó un sobre lacrado.

Lucas acercó su silla.

—¿Qué demonios está pasando?

—La mujer a la que llevé a Francia es Evelyn. Por desgracia, fui tan irresponsable como para llevarla a la isla de Looe, y ella se topó con LeClerc y conmigo mientras manteníamos una conversación en la playa. Da la casualidad de que LeClerc la conoce bien de cuando vivían en París. Evelyn es el motivo por el que LeClerc desconfíe de mí ahora, y las ha amenazado a ella y a su hija. Si sufre alguna traición, se vengará en ellas. Me lo dejó bien claro —explicó Jack, y apretó los puños—. Por eso voy a tener que matarlo más tarde o más temprano.

Lucas soltó una maldición.

—¡Lo que menos necesitas ahora es un lío de faldas! LeClerc te va a manipular a su antojo, Jack. Maldita sea.

—He terminado con esa relación.

Lucas se rio con aspereza.

—¿De veras? ¿Por eso la has mandado a casa de Julianne y Paget? ¿Para terminar la relación? ¡No me cabe duda de que estarás en su habitación antes de que acabe la semana!

Jack se ruborizó, porque tenía esa tentación, y cada vez era una tentación más fuerte.

—Yo soy quien la puso en peligro, y no puedo permitir que le ocurra nada malo.

Lucas se quedó rígido del asombro.

—¿Estás enamorado de ella?

Jack notó calor en las mejillas. ¿Estaba enamorado de Evelyn D'Orsay?

—Evelyn no tiene a nadie que la proteja.

—¡Estás enamorado!

Jack se puso en pie.

—Mataré a LeClerc justo antes o después de la medianoche del día veinticinco de junio.

Lucas se levantó también.

—Aunque fueras tan temerario como para buscar a Le-Clerc en mitad de Francia, ¡tú no eres un asesino!

—¿Y qué otra cosa puedo hacer? Dios mediante, liberaremos el valle del Loira, pero entonces quedará claro que lo he traicionado. ¡Él matará a Evelyn y a su hija! Ahora no puedo darles la espalda a los chuanes, ni tampoco a Evelyn.

Los dos hermanos se miraron el uno al otro, con una consternación y un miedo idénticos. Y Jack supo que era cierto.

—Sí —dijo suavemente—. Para responder a tu pregunta, estoy enamorado de ella.

CAPÍTULO 16

No había tenido ninguna noticia. Todo había terminado de veras.

Evelyn se detuvo ante la puerta de la biblioteca. Llevaba tres días en Londres. Le parecía una eternidad. Aunque el conde le había dicho que Jack estaba a salvo en su barco el mismo día en que ella había llegado a la ciudad, Evelyn no tenía más detalles. No sabía si Jack estaba mejor, ni sabía qué estaba haciendo. Y quizá fuera lo mejor.

Sin embargo, esperaba un mensaje suyo. No podía creer que Jack no se hubiera puesto en contacto con ella por mucho que su relación hubiera terminado.

El hecho de que no lo hubiera hecho dejaba las cosas bien claras: él quería mantenerse alejado de ella. Evelyn sabía que era lo mejor; ya no podían ser amantes. Pero una cosa era haberse decidido por lo más sensato y otra era que su corazón lo aceptara.

¿Cómo iba a poder dejar de quererlo?

Le resultaba muy difícil ser fuerte. Por mucho que intentara convencerse de que debía seguir adelante con su vida, sin él, le parecía imposible. Y eso era exactamente lo que tenía que hacer: concentrarse en su propia vida y en el futuro de Aimee.

Aimee estaba entusiasmada viviendo en Londres. Le encantaba la ciudad. Iba a clase con los tres hijos adoptivos de Amelia, en Lambert Hall y, después de las clases, montaba en los ponis que Grenville tenía para sus hijos, y hacían picnics en el jardín, detrás de la casa. El hijo mayor de Grenville tenía la edad de Aimee, y los niños se habían hecho muy amigos. Y Aimee había recibido a la niña con los brazos abiertos en su casa, como si fuera de su familia.

Sin embargo, Evelyn no había dormido bien desde que había salido de Roselynd, desde que había terminado su relación con Jack. Tenía el corazón roto, y estaba muy preocupada por él. No podía dejar de preguntarse si se habría curado, si era capaz de defenderse ante otro ataque brutal como el que había sufrido. ¿Estaría en Francia? ¿Habría seguido las órdenes de LeClerc? ¿Habría revelado a los republicanos la fecha de la invasión de la bahía de Quiberon? ¿Estarían las tropas antirrevolucionarias en peligro? ¿Encontrarían una emboscada al llegar a Francia, y sufrirían una masacre?

Cuando pensaba en que Jack había traicionado a su país, se ponía enferma. Sin embargo, al mismo tiempo, su corazón protestaba a gritos. Por algún motivo, una parte de ella no podía creer que Jack fuera capaz de cometer aquel acto de traición. Y de todos modos, sabía que tenía una información que podía afectar al curso de la guerra...

Dominic Paget estaba en la biblioteca, sentado ante su escritorio. Como siempre, resultaba una figura imponente, y algo intimidante. Al verla en la puerta, dejó los papeles que estaba leyendo.

—¿Lady D'Orsay? —dijo, con una breve sonrisa.

—Milord, espero no interrumpiros —respondió ella nerviosamente.

Él se puso en pie.

—Pasad, condesa. Está claro que deseáis hablar conmigo.

Ella cerró la puerta y se volvió. Era consciente de la importancia de lo que iba a hacer, pero no tenía elección.

—¿Hay alguna noticia más sobre Jack?

—Me temo que no, pero eso no es raro. Él casi nunca se queda mucho tiempo en un mismo lugar.

Evelyn se retorció las manos.

—Estoy muy preocupada por él, pero también estoy preocupada por una conversación que oí cuando estaba en su isla.

Paget le señaló la silla que había delante de su mesa. Evelyn se sentó y le dio las gracias.

—Jack lleva toda la vida en el centro del peligro. Entiendo que le hayáis tomado afecto; es el hermano de mi esposa, y yo también siento cariño por él. Pero tengo la seguridad de que, si hay alguien que puede sobrevivir a las dificultades de esta guerra, es Jack.

—Pero... lo buscan por traición —dijo ella—. ¿Cómo va a sobrevivir a una acusación así? Aunque la guerra terminara, él seguiría siendo un proscrito.

—Las acusaciones se pueden retirar.

Evelyn se quedó inmóvil en su silla, preguntándose si lord Paget lo había dicho en serio.

—Sé que no podéis dejar de preocuparos por Jack, pero ojalá lo intentarais. Claramente, estáis agotada, y tenéis que pensar en Aimee.

—Ella siempre es lo primero para mí, y por eso estoy aquí —dijo Evelyn. ¿Sería posible que Jack fuera un hombre libre algún día? Evelyn se dio cuenta de que debía contener la esperanza. Él era un espía en tiempos de guerra. Podían ocurrirle muchas cosas.

Pensó en la paliza que le habían dado, y en LeClerc y sus amenazas, y en el frenesí de acusaciones y ejecuciones que se estaban produciendo en Francia.

—¿Deseáis tratar algún tema más conmigo?

—Señor, nadie pareció alarmarse cuando revelé la conversación que escuché en la isla de Looe.

Él sonrió.

—Como sabéis, como todo el mundo sabe, yo fui agente de Pitt durante un tiempo. Mi esposa y yo hemos estado mezclados en muchas intrigas, lady D'Orsay, y tal vez por eso estamos más acostumbrados a todo.

—Se está planeando una invasión a la bahía de Quiberon, milord, con soldados británicos y exiliados franceses. Jack se lo dijo a LeClerc, pero no le dijo la verdadera fecha de la invasión. LeClerc le dijo que averiguara esa fecha.

—¿Y qué es lo que queréis decir?

—Si Jack revela esa fecha, la invasión podría fracasar, y morirían miles de soldados británicos y franceses.

—Sí, si Jack nos traicionara, la invasión fracasaría. Así pues, ¿vos creéis que Jack estaría dispuesto a traicionarnos?

¿Cómo podía estar tan tranquilo lord Paget? ¡Tenía que entender las consecuencias de lo que ella le había contado!

—Yo solo sé lo que vi y oí. Jack es un espía francés. No podía guardar ese secreto. Alguien con autoridad tiene que saberlo. He decidido acudir a vos.

—Sois muy valiente, lady D'Orsay, pero deberíais olvidar lo que presenciasteis. El hecho de recordarlo es peligroso para vos. Yo me ocuparé del asunto.

Ella se quedó asombrada.

—¿Qué vais a hacer con la información que os he proporcionado?

—Cuanto menos sepáis, mejor —dijo él.

Entonces, ella se dio cuenta de que Paget no creía que Jack fuera un traidor. Creía en él, como Julianne. Aquella reacción tan calmada ante lo que ella le había contado no podía explicarse de otro modo. ¿Acaso todos ellos tenían razón?

—Ojalá no supiera nada —dijo ella con angustia. Se levantó, y añadió—: Yo quiero a Jack, aunque no deba hacerlo. Me siento como una traidora después de haberos contado todo esto.

Él también se puso en pie, salió de detrás del escritorio y le puso el brazo sobre los hombros.

—Querida, habéis hecho lo correcto al acudir a mí. ¿Sabéis? En muchos aspectos, Jack es como mi esposa; los dos son impulsivos y muy apasionados. No me sorprende que le hayáis tomado afecto.

A Evelyn no le cupo duda: ¡Dominic Paget no creía que Jack fuera un traidor!

—Sin embargo, ahora debéis olvidar lo que sabéis, lo que habéis oído —dijo él.

¡Nunca se había sentido tan confusa! Evelyn sostuvo su mirada, que era directa y e imponente.

—Seguramente, eso es imposible —dijo ella—. ¿Vais a protegerlo?

—Es de mi familia. Por supuesto que voy a protegerlo.

Ella asintió.

—Pero debo daros un consejo. Escuchadme bien —le dijo lord Paget, y bajó el brazo—. Si alguna vez os preguntan por Jack, y no podéis declarar vuestra ignorancia, entonces debéis revelar lo que me habéis contado hoy: que creéis que Jack es un traidor y un espía francés.

Evelyn se quedó atónita.

—¿Por qué?

—Porque su vida dependerá de ello —respondió Dominic Paget—. Vos no deberíais estar mezclada en estos juegos, pero, por desgracia, ya es demasiado tarde.

—Tengo entendido que habéis vivido mucho tiempo en Cornualles, lady D'Orsay. ¿Cómo os trata Londres?

Evelyn sonrió al conde D'Archand. Julianne había celebrado una cena y, durante la velada le habían presentado al exiliado y a su hija, Nadine. Parecía que acababan de volver a la ciudad.

Ella había estado sentada entre dos caballeros, y la cena había sido muy agradable. La conversación había versado sobre todo de las idas y venidas de los miembros de la alta sociedad, de aventuras recientes y noticias recientes, y también sobre la guerra. En parte había disfrutado de la alegre velada, pero, si permitía vagar el pensamiento, no se sentía tan bien. Hasta que tuviera noticias de Jack, iba a vivir en un estado de preocupación constante. No pasaba un solo día sin que recordara a LeClerc y sus amenazas, ni la inminente invasión de la bahía de Quiberon, ni el peligro que rodeaba a Jack.

Acababa de terminar la cena. Los caballeros iban a fumar un puro y a tomar brandy, y las damas tomarían jerez y oporto. Evelyn estaba cansada, porque seguía durmiendo mal, y siguió a las mujeres sin saber si retirarse, si podía hacerlo amablemente. El conde se dirigió a ella junto a la puerta del salón donde se habían reunido las damas.

Los habían presentado brevemente antes de la cena. El conde tenía unos cuarenta años y era un hombre muy guapo. Ella se había dado cuenta de que él también la encontraba atractiva, porque había estado lanzándole miradas disimuladas.

—Señor —dijo Evelyn, sonriendo amablemente—, Londres me trata muy bien. Creo que Julianne y Amelia se han propuesto entretenerme y divertirme, cuando Amelia no debería salir tanto —añadió.

Amelia iba a dar a luz la semana siguiente, pero nadie podía convencerla de que se quedara en casa, ni siquiera su marido.

Él se echó a reír, mostrando una dentadura perfecta y brillante.

—Es muy valiente por salir en su estado. Grenville está muy impaciente. Y... ¿han conseguido divertiros?

Ella le devolvió la sonrisa.

—Hemos ido a tomar el té, a merendar y a dar paseos en coche, y me han presentado a mucha gente amable e interesante. Estos últimos días se me han pasado en un santiamén. Nos hemos hecho muy amigas; casi me siento como si fuéramos hermanas.

—Nadine siente lo mismo. No hay dos mujeres más generosas que ellas —dijo el conde—. ¿Y preferís el campo, o la ciudad?

—Algunas veces prefiero la ciudad, pero otras echo de

menos Cornualles, con sus páramos y sus playas, ¡y su espantoso tiempo! —dijo Evelyn con una sonrisa—. ¿Me equivoco, o he oído decir que vos también tenéis una casa en Cornualles?

—Sí, en efecto. Pero está más al sur, en St. Just Hall, cerca de Greystone Manor —dijo el conde. Evelyn se puso tensa al oír mencionar la mansión de la familia de Jack—. Lady D'Orsay —continuó el conde—, perdonad mi atrevimiento, porque acaban de presentarnos, pero me pregunto si me permitiríais acompañaros a conocer algunas de las zonas más atractivas de Londres.

Ella se quedó helada. En el vestíbulo estaba entrando un hombre alto, rubio, con una chaqueta marrón y unos pantalones claros. Jack.

A Evelyn se le aceleró el corazón. Hacía casi tres semanas que se habían despedido en Roselynd.

Él se volvió, y sus miradas se cruzaron.

Evelyn se quedó consternada. Se dio cuenta de que era el hermano mayor de Jack, Lucas Greystone. Eran tan parecidos que lo había confundido.

Desde el otro extremo del enorme vestíbulo, Lucas sonrió.

—¿Conocéis a Lucas Greystone? —preguntó D'Archand.

Evelyn respiró profundamente y esbozó una sonrisa forzada.

—Sí, lo conozco. Ha tenido la amabilidad de revisar las operaciones de la mina que hay en mi finca.

—Greystone es un patriota, y un buen amigo mío. Como su hermano. Pero debo decir que parece que habéis visto a un fantasma.

Ella se ruborizó. ¿Qué iba a responder a tal comentario, cuando él la estaba mirando tan de cerca? Entonces se dio cuenta de que estaba hablando con un buen amigo de Jack. Qué coincidencia.

—Creo que los dos sabemos que estamos en tiempos difíciles.

—Sí —dijo él con tristeza—. Lo siento, condesa, sé que tuvisteis que dejar Francia con vuestra familia hace unos años, como yo. ¿Puedo daros el pésame por la muerte de vuestro marido?

—Gracias ——dijo ella, y vaciló—. No he respondido a vuestra pregunta.

De reojo, vio a Lucas entrando en el salón. Amelia lo abrazó al instante, y varias mujeres se acercaron a él, claramente con la intención de flirtear.

—No, no lo habéis hecho.

Evelyn se concentró en el caballero que estaba frente a ella.

—Como podéis ver, no estoy de luto, y tan solo hace dos meses que murió Henri. Yo lo quería, *monsieur*, pero él llevaba mucho tiempo enfermo.

—Había oído la historia. No os juzgo mal por ello.

—Tengo que criar a una hija —añadió Evelyn—. Estamos en una situación difícil. Henri nos dejó en circunstancias precarias y no tengo ni el tiempo ni la intención de cumplir un año de luto. Tengo que hallar el modo de criar a mi hija y procurarle un buen futuro —dijo, y se encogió de hombros. Vio a Lucas saliendo del salón. Iba de camino a la biblioteca, pero la miró directamente.

¿Acaso sabía dónde estaba Jack?

Ella sonrió al conde.

—Tampoco tengo tiempo para aventuras sentimentales.

Él abrió unos ojos como platos.

—Sois muy directa, *madame*.

—Disculpadme. Pero es que Julianne y Amelia me han hablado muy bien de vos, y no querría que hubiera ningún malentendido. Sin embargo, sí tengo tiempo y ganas de hacer nuevos amigos.

Él sonrió lentamente.

—También me han hablado muy bien de vos, *madame*. Creo que os entiendo. De todos modos, me gustaría salir de paseo por Londres con vos. Como amigos, por supuesto.

Ella sonrió con alivio.

—Espero no haberos ofendido.

—No. Me atrae mucho vuestra sinceridad. No es algo corriente, aquí en la ciudad —declaró el conde. Hizo una reverencia, y se alejó.

Evelyn exhaló un suspiro. Tal vez él quisiera que fueran amigos, pero su admiración era obvia. Se dio cuenta de que le latían las sienes, pero, cuando alzó las manos para frotárselas, vio a Lucas, que seguía en el pasillo, mirándola.

Se acercó rápidamente a él.

Él inclinó la cabeza.

—Lady D'Orsay, me alegro de veros de nuevo, aunque hubiera preferido que sucediera en otras circunstancias.

A ella se le encogió el corazón de dolor. Dios, todavía estaba muy afectada, pensó. Lucas se parecía tanto a Jack que mirarlo le hacía daño.

—Hola, señor Greystone —dijo, tendiéndole la mano.

Él la tomó brevemente.

—¿Os están cuidando bien mis hermanas?

—Amelia está a punto de dar a luz y, sin embargo, ¡no para de recorrer la ciudad por mí! Y no hay nadie más amable que Julianne —respondió Evelyn, y se dio cuenta de que se le habían llenado los ojos de lágrimas.

—Sí, Amelia es incansable, y Julianne es muy bondadosa.

Él se sacó un pañuelo del bolsillo y se lo dio.

Ella no lo usó. Preguntó en voz baja:

—¿Dónde está Jack? ¿Está bien?

—Se ha recuperado, condesa.

Ella se mordió el labio.

—Entonces, ¿lo habéis visto recientemente?

—Es mi hermano —dijo Lucas—. Por supuesto que lo he visto.

—¿Dónde está? No me lo habéis dicho.

—Solo puedo deciros que no os preocupéis. Está a salvo.

Ella sabía que no debía insistir, pero no pudo evitarlo.

—¡Quiero verlo! ¿Podéis ayudarme, por favor?

—En estos momentos es mejor que estéis alejados el uno del otro.

A ella se le llenaron los ojos de lágrimas otra vez, y tuvo que secárselas con el pañuelo. ¿Por qué le decía eso Lucas? ¿Conocía su relación con Jack, como el resto de la familia?

—¿Qué ha dicho Jack?

—¿Y qué importa eso? Conozco a mi hermano y, cuando habla de vos, puedo leer entre líneas. Su relación con vos era evidente. Al menos, para mí. ¿Lo amáis?

—Estoy intentando olvidarlo.

Lucas sonrió lentamente.

—Verlo no es forma de conseguir eso.

—Lo sé, pero esto ha sido muy duro, señor Greystone. Debo hablar con Jack por última vez.

Él arqueó las cejas con incredulidad. Después dijo:

—Preferiría que nos tuteáramos, Evelyn. Llámame Lucas. Y ahora, voy a entrometerme en los asuntos de mi hermano: a Jack le importas tú, y le importa tu hija. Sus enemigos lo saben. Tú eres su talón de Aquiles.

Evelyn tuvo que reprimir un grito.

—¡Créeme, lo sé perfectamente! —exclamó en voz baja—. Por eso no podemos estar juntos.

—Así pues, tienes que ser fuerte —le dijo él—. Porque él tiene muchos problemas en este momento y, si te usan contra él, podría significar su muerte.

A Evelyn se le escapó un jadeo.

—No quiero asustarte más —dijo él—. Sé que lo has pasado muy mal. En realidad, esta noche he venido a verte a ti. Tal vez llegue el día en que pueda llevarte con Jack, pero ese día no es hoy.

Ella estuvo a punto de preguntarle cuándo llegaría aquel día, si sería antes o después de la invasión de la bahía de Quiberon. Sin embargo, sabía que no debía preguntarlo.

—Sé que Grenville y Paget van a protegerte —prosiguió

él—, pero también puedes acudir a mí en todo lo que necesites —dijo, y asintió con firmeza—. Siento que estés angustiada. Y siento más aún haberte causado esa angustia.

—No es culpa tuya —dijo ella.

Entonces, él inclinó la cabeza y se dirigió hacia la biblioteca. Evelyn se apoyó en la pared. Por lo menos, Jack estaba bien.

—Evelyn.

A oír la voz de Amelia, Evelyn se dio la vuelta con una sonrisa forzada. La condesa de St. Just era una mujer menuda, rubia, de rasgos finos. Amelia la tomó del brazo.

—Parecen gemelos, ¿verdad? —le comentó a Evelyn—. Hasta que se les conoce. No pueden ser más distintos.

—Al principio pensé que era Jack... Me quedé anonadada.

Amelia le dio una palmadita en la mano.

—Ojalá pudiera ayudarte en estos momentos tan terribles... ¡Pero sé que pasarán! —dijo, y después cabeceó con asombro—. Debo de parecer Julianne, que es una romántica empedernida. Evelyn, parece que estás cansada. Yo me despediré de todo el mundo en tu nombre, si quieres retirarte.

—Sí, por favor. ¿Podrías decirle a Julianne que ha sido una velada estupenda? Es que, después de hablar con Lucas, estoy muy nerviosa. No creo que pueda conversar de manera coherente con nadie.

—¿Cuántas veces tenemos que decirte que Jack está bien y que debes dejar de preocuparte?

Evelyn conocía la historia de Amelia con Grenville. Él la había cortejado cuando ella tenía dieciséis años, pero después había desaparecido de su vida y se había casado con otra. Diez años después había vuelto a Cornualles para asistir al funeral de su esposa, y Amelia había tenido que ayudarlo con sus hijos. Por supuesto, al final la historia de amor se había reanudado.

Sin embargo, durante una temporada, las autoridades habían buscando a Grenville por traición, y él había tenido que salir del país. En realidad, estaba espiando para los gobiernos francés y británico al mismo tiempo.

—¿Alguna vez dejaste de preocuparte tú por St. Just —preguntó ella—, cuando estaba proscrito?

—No, por supuesto que no —respondió Amelia—. Hice lo que estás haciendo tú: me refugié en mis deberes y cuidé de sus hijos y de su casa hasta que volvió. Aimee está muy contenta ahora, y debes concentrarte en eso. Ten paciencia, Evelyn. Es el mejor consejo que puedo darte, aparte de que tengas fe.

Amelia abrazó a Evelyn y esta correspondió a su abrazo. Después, subió lentamente por las escaleras. Seguía muy agitada después de haber visto a Lucas, porque se le había reabierto la herida. Le dolía el corazón como si Jack y ella se hubieran separado hacía un momento, y no varias semanas antes. Para reconfortarse, y para asegurarse de que Aimee estaba bien, se asomó al dormitorio que la niña compartía con Bette. Ambas estaban profundamente dormidas. Jolie estaba en la cama con su hija.

Evelyn le dio un beso en la mejilla, y Jolie meneó la cola.

—Pilla —le dijo Evelyn suavemente, pero no le ordenó que bajara de la cama. Después, salió de la habitación.

Había un pequeño fuego en la antesala de su dormitorio. La doncella lo encendía todas las noches, y aquella no era una excepción. Evelyn entró, cerró la puerta y apoyó la espalda en ella, mirando las llamas. Pensó en Lucas, y pensó en Jack.

Entonces se sintió observada.

Se puso muy tensa y, lentamente, giró la cabeza, buscando a su alrededor.

La sala estaba en penumbra, y en la esquina más alejada había un hombre sentado en una silla.

Él se movió y encendió una vela que había sobre la mesa.

Evelyn gritó con el corazón acelerado, cuando la luz iluminó suavemente a Jack, y él se puso en pie.

Ella lo miró de pies a cabeza. Los ojos ardientes, el pelo suelto, la chaqueta color azul marino, la camisa blanca e impecable, su daga y su pistola, los pantalones de color marrón claro, las botas negras y brillantes…

—¡Jack!

¡Estaba vivo y salvo, y estaba allí!

—Hola, Evelyn —dijo él con la voz ronca.

Ella se dio cuenta de que estaba corriendo hacia él. Él dio un paso hacia ella y la tomó entre sus brazos.

Se besaron apasionadamente, y ella metió las manos entre su pelo mientras él la elevaba por el aire. Evelyn le rodeó la cintura con las piernas y siguió besándolo con fuerza. Entonces, se dio cuenta de que él la había echado de menos tanto como ella a él. Jack la llevó hacia el dormitorio…

Evelyn estaba en brazos de Jack, con la respiración entrecortada. Sus piernas estaban entrelazadas. Con la mejilla en su pecho, ella podía oír los latidos rápidos y furiosos de su corazón.

Acababan de hacer el amor de una forma increíble, frenética y furiosa. Sin embargo, cuando recuperó el sentido común, los ojos se le llenaron de lágrimas. Acababan de hacer el amor, sí, pero no podían estar juntos.

Él la estrechó contra sí.

—¿Cómo estás, Evelyn?

Ella pestañeó para contener las lágrimas, sonrió y alzó la cabeza para mirarlo.

—Tus hermanas han sido maravillosas con Aimee y conmigo. Jack, te he echado de menos.

Él le besó la sien.

—No puedo quedarme.

Ella se puso a temblar. Quería que él le declarara su amor y que le confesara que también la había echado de menos, y quería hablar con él la terrible situación en que se encontraban.

—¿Te marchas a la isla?

Él observó su rostro.

—No quiero mentirte, y no voy a responder a eso —dijo por fin.

Ella asintió, y volvieron las lágrimas. Jack se iba a Francia. ¡Tal vez a la bahía de Quiberon!

—¿Y LeClerc?

Él la soltó y se sentó. Miró a su alrededor; la ropa estaba esparcida por el suelo.

—¿Qué pasa con LeClerc? —preguntó.

Se levantó. Los músculos se le contrajeron y vibraron con sus movimientos, mientras se ponía la ropa interior.

Evelyn se sentó y se agarró la sábana contra el pecho. El deseo volvió a despertarse en ella inmediatamente.

—¿Le has dado las respuestas que está buscando?

Él la fulminó con la mirada.

—No puedo creer que me preguntes eso. ¿De verdad quieres saberlo?

—Ni Julianne ni Paget creen que tú seas un espía de los franceses, Jack.

—Son leales. Son mi familia.

—Yo tengo miedo por ti.

Él se sentó en la cama, le tomó las manos y se las besó. La sábana cayó hasta la cintura de Evelyn.

—Lo sé, pero no quiero que te preocupes por mí. Quiero que vayas a fiestas, a bailes… quizá con D'Archand.

Ella arqueó una ceja.

—Yo os he puesto en peligro a Aimee y a ti. Él está obnubilado contigo… Y, como Trev, es un buen hombre —dijo Jack, con una terrible seriedad.

—¿Nos has estado espiando esta noche?

—No podía aparecer en la cena.

—No estoy interesada en D'Archand.

—Deberías —dijo él. Sin embargo, la agarró de los hombros y la besó.

Evelyn le rodeó con los brazos y le devolvió los besos, apartando las sábanas con los pies.

Pasaron varios días. Evelyn estaba en una silla, bordando una funda de cojín para regalársela a Julianne en agradecimiento por todo lo que había hecho. Mientras, Julianne estaba en el sofá de enfrente, leyendo un tratado sobre los derechos del hombre. Amelia estaba a su lado, dormitando, con una sonrisa en la cara. Seguramente estaba pensando en el hijo que iba a tener.

Aquellas dos mujeres se habían convertido en hermanas para ella. Si Evelyn no echara tanto de menos a Jack, estaría disfrutando mucho de aquella estancia en Londres.

Pero lo echaba de menos. Jack ni siquiera se había quedado aquella noche. Habían hecho el amor otra vez, y después le había pedido que mantuviera en secreto su visita y se había marchado. Después de estar con él, su amor se había reavivado tanto que le resultaba difícil no hablar de ello y actuar con normalidad, cuando quería contarles a sus hermanas que estaba locamente enamorada.

Sin embargo, Jack y ella no habían hablado del futuro, y Evelyn, por temor, no le había preguntando si volvería a verlo.

Gerard apareció en el umbral del salón. Julianne no se dio cuenta, puesto que estaba muy concentrada, pero Amelia se despertó con un bostezo justo cuando él decía:

—*Madame?*

Evelyn se dio cuenta de que el mayordomo tenía una extraña expresión, y de que la estaba mirando a ella.

—¿Qué ocurre, Gerard?

—Siento mucho interrumpir, *madame*, pero el capitán Barrow está en el vestíbulo y pregunta por vos.

A Evelyn se le encogió el corazón.

—¿Que el capitán está aquí, preguntando por mí? —preguntó con una voz chirriante.

Julianne dejó el libro a un lado, y miró a Evelyn.

—¿No era ese capitán el que fue a Roselynd a buscar a Jack?

—Sí.

—Pregunta por lady D'Orsay, *madame* —le dijo Gerard a Julianne—. ¿Debo despedirlo?

—No. Creo que es mejor averiguar qué pretende —intervino Amelia. Se levantó y se dirigió hacia la puerta. Julianne la siguió.

—Esperad —les dijo Evelyn a las dos mujeres.

Julianne se volvió hacia Gerard.

—Por favor, dile que iremos enseguida.

Cuando el mayordomo se fue, ella cerró la puerta.

—Jack estuvo aquí hace tres noches —susurró Evelyn.

Amelia y Julianne se miraron.

—¿Y por qué no nos lo dijiste? —preguntó Julianne.

Evelyn se ruborizó.

—Porque él me pidió que no lo hiciera.

—¿Crees que Barrow ha venido a arrestarlo? —preguntó Amelia.

—¿Y por qué iba a venir, si no? —preguntó Evelyn—. Oh, Dios, ¿y si Jack se ha quedado en Londres?

—No. Él nunca se queda en la ciudad. Es demasiado peligroso —dijo Julianne—. Será mejor que vayamos a saludar al capitán.

Entonces, abrió la puerta y salió. Evelyn y Amelia fueron tras ella.

Evelyn vio a Barrow en cuanto llegó al vestíbulo. Estaba junto a la puerta de la entrada con una expresión de impaciencia, junto a dos de sus hombres y a dos lacayos. A través de la ventana que había junto a él, Evelyn vio a otros dos soldados a caballo, que sujetaban las riendas de las monturas de los oficiales. Su miedo aumentó, pero consiguió sonreír y erguir los hombros.

—Buenas tardes, capitán. No sabía que su jurisdicción incluía la ciudad.

—Condesa —dijo Barrow, y asintió para saludar a Julianne

y a Amelia. Dio dos pasos enérgicos hacia Evelyn y le entregó un documento enrollado—. Me temo que tengo una orden de arresto para vos, lady D'Orsay.

Evelyn se quedó horrorizada.

—¿Cómo decís?

—Tal vez queráis leerla, pero me han ordenado que os ponga bajo custodia.

Amelia se adelantó.

—Debe de haber un error, capitán —dijo, al tiempo que se plantaba entre el capitán y Evelyn—. Soy lady Grenville, la condesa de St. Just.

—No hay ningún error —respondió él con frialdad.

—¿Y cuáles son los cargos?

—Tengo una orden de detención, condesa, y no necesito cargos para arrestar a lady D'Orsay. Sin embargo, puedo deciros que la causa es el acto criminal de dar refugio a un fugitivo de la Corona en tiempos de guerra.

—Vos registrasteis la casa. ¡Jack Greystone no estaba allí! —exclamó.

Barrow la miró con los ojos ardiendo.

—Pero desde entonces he conseguido una declaración jurada de que estaba escondido en vuestra casa, y que vos estabais ayudándolo.

—¡Eso es imposible!

—Vuestra doncella ha firmado un documento, lady D'Orsay, en el que declara que vos protegisteis a un enemigo del país, a un traidor.

Adelaide nunca la traicionaría. A Evelyn le fallaron las rodillas, y Julianne la tomó del brazo.

—¿Bette ha hecho eso? ¿Por qué?

—Supongo que es una patriota —dijo el capitán. Después, se acercó agresivamente a Evelyn con la clara intención de arrestarla.

Pese a su voluminosa figura, Amelia se movió con la agilidad de un gato y volvió a colocarse entre ellos.

—No vais a sacar a la condesa de esta casa. Eso sería un craso error por vuestra parte, capitán. Claramente todo esto es un malentendido. O tal vez, Bette ha sido obligada a hacer esas declaraciones. En cualquier caso, mi marido, el conde St. Just, arreglará este asunto.

—Le repito que no hay ningún error —dijo Barrow con aspereza.

—Le advierto, señor, que hay unos veinticinco sirvientes en esta casa. No tratéis de sacar a lady D'Orsay del edificio —dijo Amelia. Estaba furiosa, y los ojos le brillaban con fuerza—. No os granjeéis la enemistad del conde.

—¿Acaso tratáis de impedirme físicamente el arresto? —preguntó él con incredulidad—. ¿Y os atrevéis a amenazarme?

—Por supuesto que os impediremos el arresto físicamente, a vos y a vuestros hombres. Os sugiero que os presentéis ante vuestros superiores y reviséis este asunto. Seguro que averiguaréis que la orden de arresto fue dictada erróneamente —dijo Amelia y, con una sonrisa fría, añadió—: Buenos días, capitán.

Barrow se echó a temblar de ira, pero vaciló.

—Muy bien —dijo, y se giró hacia Evelyn—. No salgáis de esta casa, condesa, hasta que yo vuelva después de haber tratado este asunto con mis superiores.

Les hizo un gesto a sus hombres, y todos salieron y montaron a caballo.

Julianne cerró la puerta.

—¡Echad el cerrojo! —les ordenó a los lacayos.

Evelyn se tambaleó y tuvo que sentarse en una silla. Julianne la abrazó.

—No permitiremos que te arresten.

—Nunca —dijo Amelia. Finalmente, suspiró y se sentó en la silla de al lado—. El bebé me está dando patadas —explicó, y se dio una palmadita en el vientre—. Si Bette te ha traicionado, y me imagino que así es, no puedes quedarte aquí.

Evelyn se abrazó.

—¡Ella nunca haría algo así voluntariamente!

Julianne la agarró del hombro.

—Barrow lleva todo el año pasado intentando arrestar a Jack. Claramente, está obsesionado. Me apuesto mi collar favorito a que coaccionó a Bette.

—Va a volver —dijo Evelyn.

—Sí, supongo que sí. Por eso debes marcharte inmediatamente, antes de que anochezca.

Evelyn asintió.

—Aimee está en Lambert Hall.

Amelia le dio una palmadita en la mano.

—No pasa nada, Evelyn. Simon arreglará esto y, si no, lo hará Dominic. Estoy segura.

—Pero hasta entonces, tendremos que escondernos —dijo—. Dios Santo, ¿adónde vamos a ir?

—Sé exactamente dónde podéis esconderos Aimee y tú, Evelyn —dijo Julianne con una sonrisa—. En la isla de Looe.

CAPÍTULO 17

Evelyn se estremeció. Apenas podía respirar. La noche era muy oscura y no se veían las estrellas ni la luna. Soplaba un viento frío. Abrazó a Aimee y la envolvió bien en su capa. Iban en un bote que se acercaba rápidamente a la playa. En aquella noche nublada, la isla de Looe se erguía oscura ante ellas.

Se sentía como si estuviera en un sueño. Aquella misma tarde, el capitán Barrow había intentado arrestarla. A medianoche, Aimee y ella habían salido a escondidas de Bedford House, acompañadas por Paget. El conde las había llevado en un coche alquilado hasta el puerto de Southwark. Allí, Lucas las había embarcado en un velero, y habían zarpado inmediatamente rumbo a la isla.

Aimee la miró con los ojos muy abiertos. Evelyn la había convencido de que estaban corriendo una aventura, de que iban a escapar en medio de la noche para darle una sorpresa a Jack, y que solo sería una visita temporal. Por el momento, Laurent, Adelaide y Bette se quedarían en Bedford House con Jolie.

Lucas y otro marinero estaban remando hacia la cala. Nadie hablaba, y el viento las salpicaba con agua de mar. Ella sonrió a su hija, aunque tenía el corazón en la garganta.

No había tenido más remedio que marcharse de Londres,

porque había una orden de arresto contra ella, y Aimee no podía permitirse perder a su madre. Como Jack, se había convertido en una fugitiva.

No quería eso para su hija, y debería sentir arrepentimiento por lo que había hecho. Sin embargo, estaba muy impaciente por ver a Jack de nuevo.

Sería un encuentro agridulce.

Lucas saltó del bote a la arena húmeda de la orilla, evitando con destreza las pequeñas olas. El marinero lo siguió, y ambos arrastraron el bote a la playa. Después, Lucas sacó a Aimee y la dejó en la arena, y después ayudó a saltar a Evelyn.

Sonrió brevemente, tomó el farol del bote y se lo dio al marinero.

—Es un buen paseo, Aimee —dijo en voz baja, tomándola de la mano. Miró a Evelyn.

—Esto bien, no te preocupes —susurró ella.

No podía imaginarse cuál iba a ser la reacción de Jack al verla. Seguramente no iba a ponerse muy contento. Sin embargo, ella también sabía lo que iba a ocurrir cuando él se recuperara de su llegada.

Siguieron caminando por la arena y llegaron al principio del sendero que subía hasta la casa. No habían dado más que unos pasos cuando Lucas se detuvo en seco. De repente, se vieron rodeados por un grupo de hombres que los apuntaban con mosquetes.

Lucas dejó a Aimee, y la niña fue corriendo hacia Evelyn.

—¡Jack! —gritó Lucas.

Jack salió de repente de entre el círculo de hombres, con un farol. Llevaba el pelo suelto, una camisa y unos pantalones. Claramente, acababa de saltar de la cama.

Abrió mucho los ojos al verla. Después palideció.

—¿Qué ha ocurrido?

—Te lo contaré cuando lleguemos a la casa. Hace una noche muy fría —dijo Lucas.

Jack les hizo un gesto a sus hombres, que bajaron las armas, y se acercó a Evelyn. Ella tuvo ganas de echarse a sus brazos, pero tan solo sonrió y murmuró:

—Estamos bien.

Su expresión se endureció.

—No sé por qué, pero lo dudo.

Entonces, sonrió.

—¡Aimee! Ven, deja que te lleve a hombros. Es mucho mejor que ir andando, de verdad.

Evelyn vio que su hija sonreía tímidamente y le daba la mano a Jack. Él se la colocó a la espalda y miró sin sonreír a Evelyn. A ella también se le borró la sonrisa de los labios.

Todos se dirigieron hacia la casa.

Aimee bostezó, intentando mantenerse despierta. Alice las había llevado a su habitación, mientras Lucas y Jack se encerraban en la biblioteca del piso de abajo. Cuando Alice hubo encendido la chimenea, Evelyn ayudó a Aimee a quitarse la ropa húmeda y la metió en la cama. Aimee no había dormido a borde del velero, y en aquel momento estaba muy somnolienta.

—Buenas noches —murmuró, por fin, y cerró los ojos.

Alice le puso una mano sobre el hombro a Evelyn.

—Yo puedo quedarme con ella, si queréis.

Evelyn quería bajar a la biblioteca y enterarse de qué estaban hablando los hombres, pero no quería dejar sola a su hija, en una cama extraña, en una casa extraña.

—Es muy tarde.

Alice sonrió.

—Milady, casi ha amanecido.

Evelyn se levantó. Se acercó a la ventana y abrió las cortinas. El cielo estaba empezando a iluminarse.

—No sé cómo darte las gracias —dijo.

—Es una niña preciosa —respondió Alice.

Evelyn sintió una oleada de amor por su hija. Sabía que

Alice no se refería al aspecto de su hija. Aimee no se había quejado ni una sola vez, y había sido muy educada.

—Sí, es cierto.

Salió de la habitación y se dirigió a la biblioteca. Se detuvo en el umbral, y vio a Lucas y a Jack sentados en un sofá. Lucas estaba relajado, con una copa de vino en la mano, pero Jack estaba tenso. En cuanto ella apareció en la puerta, él se puso en pie y se le acercó.

—¿Cómo está Aimee?

—Se ha quedado dormida —dijo Evelyn.

Él la miró fijamente.

—Así que el capitán Barrow ha decidido darte caza.

—Obligaron a Bette a hacer una confesión. Lo ha admitido.

—Por supuesto que la obligaron, pero, ¿qué importa? Tienen una orden de detención contra ti, Evelyn. Por mi culpa, tú también estás al margen de la ley.

—Yo no estoy al margen de la ley —protestó ella. Sin embargo, ¿no acababa de pensar eso mismo?—. Además, tú no tienes la culpa de nada.

—¿Y quién la tiene, entonces? ¡No quiero que tu hija y tú tengáis que vivir así por mí!

—Tú no tienes la culpa —repitió ella con firmeza—, y yo tampoco quiero vivir así. Pero eso no va a cambiar el pasado, ni va a cambiar lo que siento por ti.

—Deberías odiarme.

—Yo nunca podría odiarte.

Él se giró, en un gesto de frustración.

—Te mandé a casa de Julianne para que estuvieras a salvo. ¡Maldita sea!

Ella le tocó la espalda.

—Ahora estamos a salvo.

Él volvió a girarse hacia ella, y se miraron fijamente. Evelyn sonrió, y él admitió a regañadientes:

—Tal vez, pero, ¿cuánto tiempo?

—Dominic y Simon van a usar sus contactos para que se revoque la orden. Creo que uno tiene la confianza de Pitt, y el otro, la del rey.

—Bien —dijo él—. ¡Y en cuanto lo consigan, volverás a casa de Julianne! —exclamó, y después de mirarla con severidad, se puso a caminar de un lado a otro.

Evelyn miró a Lucas, que estaba observándolos absorto, con los ojos muy abiertos. Evelyn se ruborizó. Si antes no sabía que eran amantes, acababa de averiguarlo. Lucas apuró su vino y se puso en pie.

—Me marcho —dijo escuetamente—. ¿Necesitas algo más, Evelyn?

Ella se acercó a él.

—Te agradezco muchísimo todo lo que has hecho.

Lucas sonrió.

—Eres como otra hermana —dijo, y miró a su hermano con ironía—. Yo siempre ayudaré, si puedo. Te mandaré un mensaje en cuanto sepa algo.

Jack se quedó junto a la ventana, con los puños apretados a ambos lados del cuerpo. Estaba amaneciendo, y el cielo estaba pálido, con vetas de color rosa y malva. No respondió.

Evelyn los miró alternativamente, con angustia, porque se dio cuenta de que Lucas no estaba hablando de su situación, sino de la guerra, y tal vez, de la invasión de la bahía de Quiberon.

Lucas recogió la chaqueta y salió. Evelyn se volvió hacia Jack.

—No habéis hablado de mí, sino de la guerra —dijo.

—Sí hemos hablado de ti, Evelyn, durante un buen rato.

—¿Y debo estar preocupada?

—No. Yo solo he tenido las mejores palabras para ti —dijo él—. Si se me ocurriera otro lugar mejor para esconderte, te llevaría. Acordamos que era mejor que estuviéramos lejos el uno del otro.

—Tal vez a mí no me importe estar aquí.

—Pues debería importarte, Evelyn. Debería importarte mucho.

—Aparte de tu familia, nadie sabe que estoy aquí.

Él comenzó a caminar lentamente hacia ella.

—Los marineros lo saben.

—No saben quién soy. No me conocen —repuso ella. En aquel momento, tenía el cuerpo rígido de tensión—. La otra noche no tuvimos tiempo de hablar en absoluto.

Él se detuvo ante ella.

—No quiero hablar de la guerra, Evelyn, ni de cómo nos afecta.

—Eso no es justo —dijo ella suavemente—. Tal vez pueda conseguir que cambies de opinión —añadió. Se agarró a sus hombros y se puso de puntillas—. Yo no deseaba que el capitán Barrow me persiguiera, pero el hecho de que esté aquí tiene su parte positiva.

—El pensar así te convierte en una mujer muy tonta —dijo él. Se inclinó hacia ella y le rozó los labios con la boca, suavemente—. Tienes razón. Nadie sabe que estás aquí —dijo. Y, aquella vez, la atrajo hacia sí y la besó con fuerza.

Y Evelyn pensó que no era una mujer tonta, sino una mujer enamorada.

Evelyn se echó a reír. Estaba sentada en la playa. Hundió los pies descalzos en la arena, mientras Aimee saltaba por la orilla, esquivando las olas, con una pala en la mano.

—¡Mira! —gritó la niña, mientras se inclinaba a recoger una concha blanca y brillante.

—Es preciosa —le dijo Evelyn, y apoyó las manos en la arena para inclinarse ligeramente hacia atrás.

Era un día maravilloso de principios de junio. El sol brillaba, el cielo estaba azul y las gaviotas graznaban por encima de sus cabezas. Llevaban cinco días en la isla.

Se ruborizó al sentir los latidos salvajes de su propio corazón, y su cuerpo tenso de amor y de deseo. Casi estaba viviendo abiertamente con Jack. Sin duda, todo el mundo de la casa sabía que pasaban día y noche juntos, aunque él siempre se despertara antes que ella por las mañanas y volviera a escondidas a su habitación.

Era casi como si fueran marido y mujer, como si fueran una familia. Jack no desayunaba con ellas, pero habían comido juntos dos veces, y todas las noches, cenaban a solas. Él pasaba mucho tiempo en la biblioteca, seguramente, revisando sus cuentas y sus proyectos, preparando viajes de contrabando y los juegos de guerra en los que estaba implicado. Iba a la costa todos los días, y algunas veces solo para una hora. Seguramente, tenía que asistir a reuniones. Ella temía que estuviera entrevistándose con agentes franceses. Cuando se lo preguntó, él se negó a responder, y ella se alarmó mucho.

Pese a todo, aquellos días eran maravillosos. Pasaba horas leyendo, bordando o dando paseos por la playa con Aimee. Había empezado a ayudar a llevar la casa de Jack; organizaba los menús y supervisaba la limpieza de la casa. Todos los días, un sirviente iba a comprar víveres, así que no les faltaba de nada. Los días no le parecían tan largos, y la isla no le parecía tan remota. Por el contrario, se sentía como si estuviera viviendo un sueño maravilloso, casi como si fuera una recién casada.

No sabía si estaba más enamorada que al principio.

—¿En qué estás pensando? —le preguntó Jack, que acababa de llegar, sentándose a su lado.

Evelyn se sintió feliz.

—Pensaba que habías ido a la costa.

—He ido, sí, pero ya he vuelto —dijo él, y la miró con una ligera sonrisa. Después miró a Aimee, que en aquel momento estaba saltando entre las olas de la orilla—. Qué contenta está.

—¿Y qué niño no es feliz en la playa?

Jack observó los pies descalzos de Evelyn.

—Este idilio va a terminar muy pronto, Evelyn.

A ella se le encogió el corazón.

—Sé que solo es un interludio, Jack. ¿Has tenido alguna noticia sobre mi orden de arresto?

—No —dijo él.

—Parece que tú sabes con exactitud cuándo terminará este idilio.

Él también se inclinó hacia atrás, apoyando las manos en la arena, y suspiró.

—¿Es que nunca vas a dejar de intentar sonsacarme?

—Era una pregunta inocente.

—¿De veras? —preguntó él. Impulsivamente, le tomó una mano y se la besó—. Quiero que sepas que, aunque me quedé horrorizado cuando llegaste, dadas las circunstancias, para mí esto también es un idilio muy dulce, aunque imposible.

Jack nunca tenía una muestra de afecto con ella fuera de la cama, y a Evelyn se le aceleró el corazón.

—Te estás convirtiendo en un romántico —dijo.

—¿Cómo no voy a ser romántico contigo? —preguntó él, sin sonreír.

Evelyn esperó. ¿Acaso estaba a punto de confesarle sus sentimientos?

—Una parte de mí, la parte más egoísta, se alegra enormemente de tenerte aquí —prosiguió Jack—. Y ni siquiera me avergüenzo de admitirlo.

Ella posó una mano en su mejilla.

—Gracias por decirme eso.

—Pero los dos debemos ser realistas. No debemos olvidar que habrá un final.

Entonces, Jack se irguió y cruzó las piernas.

Ella también se irguió, y sintió una punzada de angustia.

—Estás planeando marcharte —dijo—. ¿Adónde? ¿A Francia? ¿A la bahía de Quiberon?

—Aunque tuviera el plan de marcharme de la isla, no te lo diría, y sabes muy bien por qué.

—¡Jack! —exclamó ella, y le tomó ambas manos, sorprendiéndolos a los dos—. ¿Es que nunca has pensado en alejarte de esta guerra, y pasar el resto de tu vida de esta manera tan idílica?

—No puedo dejar lo que estoy haciendo, Evelyn.

—¿Por qué no? Yo te quiero, como sabes. No quiero que mueras en una maldita guerra. ¿Por qué no puedes dejarlo? Soy tan feliz... y parece que tú también lo eres.

—Aunque quisiera dejarlo, mis enemigos me manipularían para que volviera.

—No, si no pudieran encontrarte.

—¿Quieres que huya? ¿Que me esconda? —preguntó Jack con incredulidad.

Evelyn asintió.

—Si eso significa que salvarás la vida, sí... Yo iría contigo.

Él se puso en pie de un salto, con los ojos muy abiertos.

—Tengo amigos que dependen de mí, y sus vidas y su libertad también dependen de mí.

Evelyn se levantó más lentamente.

—Julianne cree que eres un patriota. Me lo ha dicho. Paget también piensa que eres inocente de la acusación de traición. ¡Jack! Los franceses ya se han liberado del yugo de la tiranía, así pues, ¿de qué libertad estás hablando?

—¡Oh, eres muy lista! —exclamó él, metiéndose las manos en los bolsillos—. ¡Sabes que, si te doy más información, correrás más peligro!

—Estamos muy cerca de conseguirlo. ¡Confía en mí! —exclamó ella—. ¿Estás espiando para los franceses?

—Sí.

Ella se echó a temblar con incredulidad. Se dio cuenta de que ya no lo creía capaz de cometer traición. Era imposible. Ella no podría quererlo tanto si fuera un espía al servicio de sus enemigos.

—Evelyn, tienes muchas pruebas de ello.

—Grenville también fue espía una vez, de ambos bandos.

—Él estaba espiando de verdad para Francia y para Inglaterra. Había dejado su patriotismo a un lado de verdad.

Evelyn defendió al marido de Amelia.

—Estaba defendiendo a sus seres queridos. ¿Es lo mismo que estás haciendo tú, Jack?

—¿Y ahora vas a interrogarme?

—Tengo derecho a saber la verdad.

—¡No! El hecho de que te acuestes conmigo no te da ese derecho.

Ella se estremeció.

—Tus amigos franceses me han amenazado, y han amenazado a Aimee. Si eres uno de ellos, entonces estoy enamorada de un hombre que he creado en mi imaginación.

—Deja de presionarme.

—¿Le has dicho a LeClerc cuándo va a ser la invasión de la bahía de Quiberon? No creo que seas capaz de mandar a nuestros soldados a una muerte segura.

Él se quedó mirándola con la mandíbula apretada y los ojos brillantes.

—¿Se lo has dicho? ¿Es posible que seas tan cruel, tan mercenario?

—Vuelvo a la casa —dijo él.

—Ah, ¿así que huyes de mí?

Él se giró.

—¡Quiero saber si me estoy acostando con un patriota, o con un traidor! ¡Con un héroe, o con un mercenario! ¡Tengo todo el derecho a saberlo!

Él enrojeció.

—Ya lo sabes. ¡Maldita sea, Evelyn! ¡De acuerdo! Estoy engañando a LeClerc por mi país, maldita sea, como Grenville y como Paget, y como Lucas. ¡Yo también tengo que obedecer a Warlock!

Evelyn estuvo a punto de desmayarse de alivio.

—Me he puesto en la situación de espiar para los dos bandos, pero solo para que mi país gane al final —dijo con un susurro ronco—. Y he detestado tener que engañarte, y he detestado que pensaras lo peor de mí.

Ella se echó a temblar, y miró a Aimee. La niña estaba haciendo castillos de arena en la orilla.

—En el fondo de mi corazón, nunca pensé que fueras un espía francés. Ni por un momento.

Él también estaba temblando.

—Eres una bruja por haberme sonsacado esta confesión.

Ella trató de abrazarlo.

—Estoy tan aliviada…

Él no permitió que se le acercara.

—¿Por qué? Las cosas no han cambiado. Estoy metido en un juego muy peligroso, y tú también.

—Quiero que lo dejes.

Por fin, él dejó que lo abrazara.

—Sé que quieres, Evelyn, pero no puedo. Los rebeldes me necesitan.

—Entonces, ¿después de Quiberon?

La expresión de Jack se volvió dura, y no respondió.

Evelyn iba de la mano con su hija por el camino de bajada a la playa, para dar su paseo diario. Aquella era la parte del día que más le gustaba, aparte de las veladas que pasaba con Jack.

El sendero terminaba abruptamente en la arena blanca de la playa. Evelyn se detuvo para quitarse los zapatos, como Aimee.

—¿Puedo ir ya al agua? —preguntó Aimee.

—Claro.

Aimee echó a correr por la arena, hacia la orilla. Evelyn sonrió, se levantó la falda del vestido y la siguió más lentamente.

Alguien le tocó el hombro por detrás.

Ella se giró sonriendo porque esperaba ver a Jack, que iba

a ir a la costa, pero todavía no había zarpado. Sin embargo, se vio frente al vizconde LeClerc.

—Buenos días, condesa.

Evelyn se quedó petrificada.

—Parece que os habéis asustado, condesa. Pero, ¿por qué ibais a tenerme miedo? —preguntó él, sin dejar de sonreír.

Ella miró a Aimee, que estaba corriendo por la orilla, lejos de ellos. Con horror, volvió a mirar al vizconde.

—Me habéis asustado. No os he oído acercaros.

—Lo lamento. No era mi intención.

—¿Qué queréis? ¿Sabe Jack que estáis aquí?

—En realidad, quiero hablar con Greystone, pero no, él no sabe que estoy aquí. Vuestra hija está creciendo.

El miedo se apoderó de ella por completo.

—Si tocáis alguna vez a mi hija, os mataré.

Él se echó a reír.

—¿Y cómo lo haréis? En vez de eso, será mejor que atéis en corto a vuestro amante, condesa, y os aseguréis de que entiende a quién debe lealtad.

Ella no podía respirar.

—¿Me estáis amenazando?

—Os estoy recordando vuestras prioridades —dijo él, amigablemente—. Bien, ¿no vais a presentarme a vuestra hija?

Evelyn apretó los puños.

—No os acerquéis a ella.

Él se encogió de hombros.

—De acuerdo. Voy a la casa.

Se dio la vuelta y comenzó a subir por el sendero.

Evelyn se agarró la falda del vestido y corrió hacia la orilla, hasta su hija. Aimee se dio la vuelta y le enseñó un caracol. Evelyn intentó sonreír, pero le resultó imposible.

LeClerc sabía dónde estaba. Ya no podría seguir en la isla. Cuando el vizconde averiguara que Jack no era su espía, buscaría venganza en Aimee y en ella.

—¿Mamá? ¿Qué ocurre? —gimió Aimee, bajando la mano.

—Me duele el estómago. Me encuentro mal —dijo rápidamente—. Cariño, ¿no te importa? Creo que tenemos que volver a la casa.

Aimee asintió con una expresión sombría. Evelyn la tomó de la mano y comenzó a subir por el camino. ¿Por qué no habían visto los hombres de Jack a LeClerc si hacían guardias de veinticuatro horas? Supuso que su barco estaría anclado en la playa de la parte oriental de la isla.

Cuando llegaron a la casa, Evelyn llevó a Aimee a la cocina por la puerta trasera. Alice y su hija estaban preparando la comida, y se sorprendieron al verlas. Evelyn sonrió con tirantez.

—Alice, por favor, ¿podrías llevar a Aimee a su habitación un momento?

Alice la miró y se percató de su agitación. Se llevó a Aimee rápidamente. Evelyn, con el corazón en un puño, fue hacia la parte central de la casa. Reinaba el silencio; no se oía ninguna voz.

Se dirigió apresuradamente a la biblioteca, temiendo lo que podría encontrarse. La puerta estaba abierta, y al asomarse, a Evelyn se le escapó un grito.

Jack tenía sujeto a LeClerc por el cuello y lo estaba ahogando. El francés estaba congestionado.

—No me gusta que me molesten tus hombres, LeClerc, pero me gusta todavía menos que amenacen a Evelyn y a su hija —rugió Jack. Tenía una expresión furiosa.

Aquello no iba a resolver nada.

—¡Jack! ¡Ya basta!

Él se sobresaltó al verla.

—Vete, Evelyn —dijo, sin soltar a LeClerc.

—No, Evelyn, quédate —jadeó LeClerc—, y cuéntale nuestra amistosa conversación en la playa.

Evelyn palideció.

—¡Jack, por favor! ¡No lo estás pensando bien!

—¿Te ha vuelto a amenazar? —preguntó él.

—¡No! —mintió ella.

Jack soltó a LeClerc y lo empujó. El francés se tambaleó, pero después se irguió con una sonrisa fría.

—¿Vas a jurarme lealtad, Greystone? —preguntó. Tenía la chaqueta torcida, y Evelyn se dio cuenta de que llevaba una pistola en el cinturón.

Jack lo fulminó con la mirada.

—No te he dado permiso para venir de visita, LeClerc. La próxima vez que aparezcas sin aviso, mis hombres dispararán primero y preguntarán después.

—Entonces, ¿me estás amenazando?

—Te estoy diciendo que esta es mi isla. Aquí, yo soy el rey y, si deseas reunirte conmigo, tendrás que pedir cita con antelación.

—Quería hablar contigo, y no tenía tiempo de avisar.

—Siempre hay tiempo.

—¿De veras? Tal vez te estés volviendo un poco displicente con tus deberes, Greystone.

Jack le devolvió la mirada fría.

—Yo nunca soy displicente, y menos con respecto a la guerra.

—Un escuadrón naval se dirige a Plymouth, en cuyo puerto hay tres navíos de aprovisionamiento.

Jack permaneció impasible. Lentamente, miró a Evelyn.

—Por favor, ¿te importaría dejarnos? Y cierra la puerta.

Evelyn se quedó mirándolo. Quería saber a toda costa de qué iban a hablar. Era evidente que el tema de la conversación sería la guerra, tal vez la invasión de Francia. Finalmente asintió, salió rápidamente de la biblioteca y cerró la puerta. Después, desvergonzadamente, se puso a escuchar. Le resultaba difícil oír algo, puesto que los latidos de su corazón eran ensordecedores.

—Se rumorea que la invasión de la bahía de Quiberon es inminente. Tú me dijiste que está prevista para el quince de julio. ¿Acaso ha cambiado la fecha?

—No lo sé. Según mi fuente, la invasión tendrá lugar el quince de julio.

—Entonces espero, por tu bien, que tus fuentes no se hayan equivocado.

—Y si se han equivocado, ¿qué? —replicó Jack en un tono beligerante—. Yo me lo pensaría dos veces antes de proferir amenazas, Víctor.

—Me necesitas, Greystone, y tu país me necesita. Estás mejor con hombres como yo en el poder, y lo sabes. Asegúrate de que tus fuentes estén en lo cierto.

Evelyn siguió intentando escuchar, pero solo oyó silencio durante unos segundos.

—Lo comprobaré —dijo Jack finalmente—. Pero no creo que haya habidos cambios sin que yo lo sepa. ¿Hay algo más de lo que quieras hablar? Porque si has terminado, te sugiero que te vayas.

—Eres un idiota, Greystone, por haber permitido que una mujer te altere como ha hecho ella.

Se oyeron unos pasos, y Evelyn se apartó de un salto de la puerta justo en el momento en que esta se abría. LeClerc la vio un instante antes que Jack, y se echó a reír. El vizconde se volvió hacia él.

—¿Sabes? Nos vendría bien otro agente, sobre todo un agente femenino de gran belleza.

Pasó por delante de ella. Su sonrisa había desaparecido, y su expresión era dura y amenazante.

Evelyn se apoyó contra la pared mientras Jack la agarraba del brazo.

—¡Has estado escuchando!

—Sí, y lo he oído todo.

Él la metió en la biblioteca y cerró la puerta.

—¡Maldita sea, Evelyn! ¡Parece que deseas meterte tanto en esto que no pueda haber más que un destino para ti!

—No habrá ninguna invasión el día quince de julio, ¿verdad?

—¡No voy a responder a eso! ¡Si piensas que te voy a revelar secretos de guerra, estás loca! Pero sí puedo decirte esto: nuestro interludio aquí ha terminado.

Evelyn se dejó caer sobre un sofá. Jack estaba confundiendo a LeClerc. LeClerc pensaba que la invasión era inminente, y seguramente tenía razón. Y cuando se produjera mucho antes del quince de julio, el francés sabría que Jack era un agente inglés.

Él se sentó a su lado y la abrazó.

—Ya no puedes seguir aquí, Evelyn. LeClerc lo sabe, y no estás segura.

Tenía razón.

—Pero no tengo adónde ir.

—No es cierto. Puedes volver a Londres —dijo él con una sonrisa triste—. La orden de arresto se revocó hace diez días.

Ella se sobresaltó.

—¿Y no me lo dijiste?

Él se ruborizó y la estrechó contra su pecho.

—No, no te lo dije. Pitt la revocó enseguida, en cuanto Paget tuvo ocasión de hablar con él. No quería que te marcharas todavía. No quería que esto terminara.

A Evelyn se le llenaron los ojos de lágrimas.

—Nuestro idilio ha terminado de verdad.

Él la miró y le enjugó una lágrima de la mejilla.

—Sí, me temo que sí.

—Entonces, yo volveré a Londres, pero, ¿y tú? ¿Adónde irás tú, Jack?

Él bajó la mirada.

—¿Por qué piensas que voy a ir a algún sitio?

—Hay un escuadrón naval que se dirige a Plymouth. ¿Irá a Bretaña después? ¿A la bahía de Quiberon?

Entonces, él la miró fijamente.

—¿Dónde vas a estar tú, Jack, cuando invadan Bretaña?

Él la estudió en silencio. Tenía una expresión muy sombría.

—¡Oh, deja que lo adivine! ¡Vas a ir a Francia, a la bahía de

Quiberon! —gritó Evelyn, y lo agarró de los hombros—. No vayas, Jack, por favor. Por mí y por mí hija. Ya has hecho lo suficiente para ayudar a los rebeldes. ¡Has hecho lo suficiente por Gran Bretaña!

Jack conservó la calma.

—Sabes que no puedo revelarte mis planes. Y por encima de todo, sabes que no soy un cobarde.

Evelyn mantuvo silencio, con el corazón encogido. Iba a marcharse a Francia. Estaba segura.

—Evelyn, no tiene sentido retrasar tu marcha. Haz el equipaje. Os llevaré a Aimee y a ti a casa de Julianne esta misma tarde —dijo Jack, y se puso en pie.

Ella también se levantó.

—¿Cuándo te marchas a Francia? Tengo que saberlo.

—Solo hay una cosa que tienes que saber —dijo él, y la abrazó—. Estoy enamorado de ti, Evelyn.

CAPÍTULO 18

Londres, 25 de junio de 1795

Evelyn estaba en la puerta principal, despidiendo a Aimee mientras la niña subía al carruaje de Bedford con Bette. Aimee le lanzó una sonrisa. Jolie subió tras ella, de un salto, y el lacayo cerró la puerta del carruaje. Aimee iba a Lambert Hall, a las clases que recibía con los niños de Grenville, pese a que Amelia acabara de tener a su primer hijo, un niño.

Evelyn entró en casa, y la sonrisa se le borró de la cara al notar el mismo mareo que la había estado molestando durante toda la semana que llevaba en Londres. De hecho, las náuseas eran tan intensas que tuvo ganas de vomitar.

Evelyn pensó en Amelia y en su recién nacido, a quienes había estado visitando diariamente desde el nacimiento del niño, hacía cuatro días. Al recordar a la madre y al niño, se le encogió el corazón.

¿Podía estar ella embarazada también?

Se había convertido en la amante de Jack hacía exactamente trece semanas. No había pensado en ello, pero no había vuelto a tener el periodo desde mediados de marzo, justo dos semanas y media después del funeral de Henri.

Nunca hubiera pensado que iba a ser bendecida con otro

hijo, porque Henri estaba demasiado enfermo como para ser padre de nuevo. Sin embargo, adoraba la maternidad, y ante la posibilidad de estar encinta de nuevo, sintió una enorme alegría. Seguramente debería preocuparse por el hecho de no estar casada, y porque iba a ser muy escandaloso que hubiera tenido un amante poco después de la muerte de su esposo, pero no le preocupaba en absoluto lo poco decoroso de su embarazo, si en realidad estaba embarazada.

Sin embargo, no sabía qué iba a pensar Jack si verdaderamente iba a tener un hijo suyo.

Estaba muy preocupada por él. Sabía que iba de camino a Francia, o que ya estaba allí. Todos los días iba a la capilla de Fox Lane a rezar para que sobreviviera a la guerra.

Y por fin, él le había dicho que la quería. A Evelyn le parecía un milagro. El contrabandista más célebre de Cornualles, un mujeriego impenitente, se había enamorado de ella.

Evelyn sabía que Jack no deseaba casarse. Amaba el mar, el contrabando, el peligro. Gran Bretaña estaba en guerra, y en contra de lo que pudiera pensar la mayoría de la gente, él no era un traidor, sino un patriota que se negaba a abandonar a su país, su causa y sus amigos en aquellos tiempos oscuros.

Y, aunque la guerra terminara, ella no podía imaginarse a Jack sentado en casa, revisando libros de contabilidad y documentos, y ocupándose de su mina de estaño. Él amaba la aventura, y nunca abandonaría el contrabando.

Sin embargo, seguramente sí se casaría con ella si se enteraba de que había quedado en estado. Él tenía conciencia, honor y nobleza, y querría casarse, aunque fuera por un motivo equivocado.

Pero, ¿no merecía aquel niño que sus padres estuvieran legalmente casados, y todo lo que conllevaba aquella legitimidad?

Y, si estuviera realmente embarazada, tendría dos bocas que alimentar, no una sola. Tendría que asegurar el futuro de dos hijos. De repente, Evelyn se sintió abrumada. Todavía tenía que hablar de la mina con Lucas, y tal vez tuviera que hacerlo inmediatamente. Y Jack nunca permitiría que le faltara nada a su hijo, casado o no. Evelyn estaba segura de ello.

—¡Estás muy pensativa! —exclamó Julianne, que llegó al vestíbulo muy sonriente.

Evelyn le devolvió la sonrisa.

—Aimee acaba de marcharse a Lambert Hall —dijo Evelyn—, y no puedo creer que Amelia desee que su casa esté tan llena de niños y de ruido, cuando su recién nacido solo tiene cuatro días.

—Mi hermana es incansable, y adora a los niños. Cuantos más, mejor —dijo Julianne con un suspiro—. Tu sonrisa ha cambiado, Evelyn. Antes, cuando sonreías, se te iluminaba la mirada, pero ahora estás muy triste.

—Ya sabes que estoy muy preocupada por Jack —respondió Evelyn. Casi deseaba contarle a Julianne que seguramente estaba embarazada, pero el primero en saberlo debería ser Jack, no su hermana.

—Sí, lo sé, y te he dicho repetidas veces que mi hermano es muy listo, y que tiene un barco muy veloz, y que los barcos enemigos nunca le darán caza —dijo Julianne, y le dio una palmadita en el hombro—. Además, nunca lo han ganado en una carrera marítima.

Evelyn decidió no comentar que siempre había una primera vez para todo. Decidió no comentar que la invasión iba a producirse por tierra.

—¿Has sabido algo de él?

—No, no he sabido nada. ¿Hay algo que no me estés contando? ¿Por qué estás tan angustiada?

Jack le había ordenado que no hablara de aquel asunto con nadie, ni siquiera con sus hermanas.

—Estoy preocupada porque llegará el día en que tenga que enfrentarse a sus enemigos en tierra.

—No sé por qué, pero me parece que no te refieres a suelo inglés. Ahora la que se está preocupando soy yo. ¿Qué es lo que no nos has contado? ¡Evelyn, es mi hermano! Si está en peligro, me gustaría saberlo.

Evelyn se mordió el labio.

—Me obligó a prometerle que iba a guardarle el secreto, Jack, y tengo que hacerlo.

—Está bien. Pero ahora yo también estoy muy preocupada, así que voy a buscar a Lucas para averiguar qué sucede. ¡Llegaré al fondo de esto!

Evelyn esperaba que lo hiciera, porque entonces tendría una confidente sin haber faltado a su palabra.

Bahía de Quiberon, Francia
25 de junio de 1795

Jack avanzó a grandes zancadas con la carabina entre las manos. El camino que llevaba a la playa estaba lleno de surcos y de piedras, y era más fácil recorrerlo a pie que a caballo o en carro. Aquella tarde el cielo estaba muy nublado, así que la visibilidad no era muy buena. Sin embargo, no aminoró el paso. Cuanto antes saliera de allí, mejor. Era muy peligroso estar en suelo francés, y debía llegar rápidamente a su barco.

Iba casi corriendo. Acababa de despedirse de Georges Cadoudal y de seis de sus hombres. El ejército rebelde iba a reunirse con las tropas británicas tal y como había sido planeado, después de que los británicos hubieran desembarcado aquella noche. Por supuesto, el general Hoche estaba atravesando Bretaña a toda prisa para llegar a la península; el mismo Cadoudal se lo había dicho. El día anterior, la armada francesa había avistado al escuadrón naval británico en el Canal de la Mancha. Sin embargo, la flota del almirante Hood había impedido a los barcos franceses que interceptaran al escuadrón, y el escuadrón se encontraba en aquel momento en la costa de la península, esperando la orden final para el desembarco de los soldados.

Y los rebeldes estaban bien armados y esperando para reunirse con las tropas del conde D'Hervilly cuando estuvieran en tierra; entonces ocuparían la península y marcharían por Bretaña para liberarla.

Por fin, él había terminado su misión.

Recordó a Evelyn y a Aimee, y recordó todo lo que había pasado en su isla recientemente. Dios Santo, cuántas ganas tenía de llegar a casa. Sin embargo, volver a Inglaterra no resolvería la situación; pensó en LeClerc, que al día siguiente conocería hasta qué punto llegaba su traición.

No sabía dónde estaba el vizconde, pero iba a averiguarlo. Por mucho que quisiera volver a casa, antes tenía que encontrarlo. Después podría regresar junto a Evelyn.

Estaba muy cerca de la playa. Con la luz tenue del atardecer, distinguió la silueta de su barco en el mar. Después miró hacia la orilla, donde había dejado a tres de sus hombres esperando con un bote.

Entonces se detuvo en seco.

Allí había seis hombres apuntando con armas a sus marineros, a quienes habían maniatado.

Oyó a un asaltante acercársele por la espalda y se giró, levantando la carabina y disparando. Sin embargo, se enfrentaba a tres hombres, y cada uno de ellos lo apuntaba a la cara con un mosquete.

Y LeClerc estaba con ellos. Le ardían los ojos.

—*Bonjour*, Jack. No sabía que te gustaba tanto nuestro bello campo.

—LeClerc —dijo él con tirantez, mientras pensaba a toda prisa. ¡Había encontrado a LeClerc! Sin embargo, no tenía el control de la situación. Debía engañar al vizconde, o era hombre muerto, y entonces LeClerc podría vengarse atacando a Evelyn—. ¡Qué casualidad encontrarnos aquí!

—No tiene nada de casual —replicó LeClerc, pasando hacia él—. ¿Me permites? —dijo, y alargó la mano para tomar el arma de Jack.

Jack se puso rígido, pero se dio cuenta al instante de que no tendría más remedio que entregar la carabina.

—He estado intentando ponerme en contacto contigo. Eres difícil de encontrar, LeClerc —dijo calmadamente, como si no estuvieran a punto de detenerlo, y tal vez de matarlo allí mismo—. Hay un escuadrón naval británico junto a la costa. Los hombres están a punto de desembarcar. Debes mandar aviso al Fuerte de Penthièvre.

—¡Mentiroso! —gritó LeClerc, y le golpeó la mejilla con la culata del arma—. ¡Realista!

Jack había previsto el golpe y se echó hacia atrás, así que el arma no le golpeó con toda su fuerza. Sin embargo, sintió una explosión de dolor en la cabeza y se tambaleó hacia atrás, aunque no soltó la carabina.

—Te equivocas —dijo—. ¿Acaso has olvidado que me buscan por traición en Gran Bretaña? No puedo ser traidor en los dos países.

LeClerc hizo un gesto a los soldados que había detrás de Jack.

Jack se giró para esquivar el golpe, pero era demasiado tarde. Alguien le asestó un golpe con un mosquete en las piernas y lo hizo caer, al mismo tiempo que otro mosquete impactaba contra su pecho. Jack rodó por el suelo, disparando, y atinó a uno de los franceses, cuyo pecho estalló en sangre.

Alguien le arrebató la carabina desde detrás.

Otro le pateó las costillas brutalmente.

Recibió otra paliza salvaje. Finalmente, cuando su cuerpo era una masa de dolor, quedó inconsciente. Entonces, dejó de sentir las patadas, los puñetazos y los culatazos de las armas.

LeClerc se inclinó sobre él y le susurró:

—Todavía ejecutamos a los enemigos de la Revolución, *mon ami*. Has cometido el mayor de los errores, y ahora lo pagarás con tu cabeza.

Laurent soltó un grito de alegría y abrazó a Evelyn.

Evelyn le devolvió el gesto de cariño. No había podido

guardarse el secreto, y le había contado a su sirviente que creía que estaba embarazada de más de tres meses.

—¡Vais a tener otro hijo! *Mon Dieu!* —exclamó Laurent, con los ojos llenos de lágrimas.

—Espero que sea cierto —dijo Evelyn, acariciándose el vientre—. Por supuesto, no sé lo que hará Jack.

—Os quiere, *madame*. Es obvio, ¡se casará con vos!

Evelyn sonrió. La puerta de su salita estaba entreabierta, y Julianne apareció de repente en el umbral. Estaba preparada para llamar a la puerta, pero su mirada se clavó en la mano de Evelyn, que descansaba en su vientre con un gesto tan antiguo como el mundo.

Evelyn se puso en pie, sonriendo. Sin embargo, por dentro estaba consternada. Si no tenía más cuidado, Julianne iba a darse cuenta de que estaba embarazada. Su anfitriona era muy lista.

—¿Interrumpo? —preguntó Julianne.

—No, en absoluto.

—Traigo noticias de la guerra, y quería que fueras la primera en saberlas.

—¡Me estás asustando! —exclamó Evelyn—. ¿Es relativo a Jack? ¿Has sabido algo de él? ¿Está bien?

—No sé nada de Jack. Pero, Evelyn, el ejército británico y de emigrados, dirigido por el conde D'Hervilly, ha invadido la península de Quiberon.

Evelyn tuvo que sentarse.

—¡Te has puesto muy pálida! —gritó Julianne, sentándose a su lado—. ¿Por qué te ha impresionado tanto la noticia?

—Puede que Jack esté con ellos —dijo Evelyn.

Julianne abrió mucho los ojos.

—Cuando llegaste aquí en abril, nos dijiste que habías oído a Jack hablando sobre una invasión a Francia. ¿Estaba hablando de esta invasión?

Evelyn asintió.

—Le rogué que me dijera si iba a formar parte de ella, ¡pero se negó!

Julianne también palideció. Tomó la mano a Evelyn y se la apretó.

—Bueno, tal vez mi hermano sea un temerario, pero también es muy listo, y es un hombre peligroso. Si está allí, sobrevivirá. No me cabe duda —dijo con firmeza.

—Hay más —susurró Evelyn.

Julianne se sobresaltó.

—Les dijo a los franceses que esa invasión iba a tener lugar el mes que viene. Ahora, ellos saben que no es un agente al servicio de la República, sino de Gran Bretaña, porque los ha engañado y traicionado.

Julianne se puso en pie al instante.

—Lucas debe de saber todo esto. Demonios, ¿por qué no me lo han contado? ¡Quiero saberlo todo! —exclamó, y se dirigió hacia la puerta. Antes de salir, se volvió—. ¿Evelyn? Te quiero como si fueras mi propia hermana.

Evelyn no sabía de dónde había salido aquello.

—Y yo a ti.

—Bien. Entonces debes decirme la verdad. ¿Estás embarazada?

Fuerte de Penthièvre, bahía de Quiberon, Francia
30 de junio de 1795

El mero hecho de sentarse le provocaba dolor.

Jack consiguió hacerlo, agarrándose las costillas, que en aquella ocasión sí estaban rotas. También le dolía la cabeza, y todo el cuerpo en general. Lo habían golpeado brutalmente por su traición, pero al menos seguía con vida.

Aunque no iba a engañarse a sí mismo. Lo ejecutarían por sus crímenes contra la República Francesa, porque, aunque lo juzgaran, el juicio sería una farsa. LeClerc se lo había dejado bien claro.

Sintió una punzada de miedo en el corazón. Era miedo de verdad, un sentimiento al que no estaba acostumbrado. Era prisionero de los franceses, y a menos que escapara, pronto lo decapitarían por traidor.

Sabía que no debía esperar que lo rescataran. Si su tripulación había decidido zarpar sin él, Lucas y Warlock ya sabrían que lo habían capturado, y que el lugar más obvio para encarcelarlo era aquel fuerte. Sin embargo, era poco probable que su barco hubiera podido marcharse. Seguramente, los franceses lo habían retenido y, si ese era el caso, pasarían semanas hasta que su hermano y su superior recibieran la noticia de que él era prisionero de guerra, y de que lo iban a guillotinar. No creía que le quedara mucho tiempo; justo aquella mañana, uno de los guardias le había mirado torvamente y le había dicho que sus días estaban contados.

Jack se acercó cojeando al ventanuco del calabozo. Desde allí veía la playa y el mar. El cielo estaba azul y lucía el sol, y en la bahía no había ni una sola mancha. El escuadrón británico no estaba a la vista, por lo menos desde aquel ventanuco.

No era probable que lo rescataran.

Y él ya había intentado sobornar a dos de sus carceleros, prometiéndoles una fortuna en oro, aunque sin resultado. El primero de ellos le había escupido en la cara, y el segundo había empezado a cantar *La Marsellesa*.

Aquellos intentos de soborno eran peligrosos, porque los carceleros podían informar a su jefe. Por lo tanto, debía pensar en fugarse.

Y solo había una forma de salir de aquella prisión: por la puerta de la celda.

Todos los días se presentaban un par de guardias, por la mañana y por la noche, y le daban un mendrugo de pan y un engrudo lleno de bichos. Los guardas iban armados, y utilizaban una trampilla para meter la comida en la celda de los prisioneros. Hasta aquel momento, durante los cinco días que llevaba encarcelado, había identificado a seis guardias distintos.

Ya había decidido cuál era el par más vulnerable de todos. Uno de los dos era un chico que, claramente, se ponía muy nervioso por la posibilidad de que estallara una pelea. Era delgado y debilucho. Jack lo había oído hablar: provenía de una buena familia, y por algún golpe de mala suerte se había visto alistado en el ejército republicano y debía trabajar de carcelero.

Su compañero era de mediana edad, y gordo. Se movía con lentitud y Jack estaba seguro de que aquella restricción de movimientos se debía a una artritis o a una herida, además de a su obesidad.

Jack pensó que sería fácil agarrar al chico por la espalda después de que le deslizara la comida por la trampilla y se diera la vuelta, y ponerle un cuchillo en el cuello. Entonces, su éxito dependería de la buena suerte, de si el otro guardia le entregaba sus armas para salvarle la vida a su compañero. Entonces, el chico abriría la celda. La noche anterior, él había hablado con el hombre que estaba en la celda de al lado. El preso, un francés delgado y moreno que era un rebelde de la Chuanería, estaba dispuesto a ayudarlo.

El plan era simple. Cuando consiguiera salir de la celda, dejaría inconsciente a los dos guardias y liberaría a todos los prisioneros. En medio del caos, se pondría el uniforme de su carcelero e intentaría encontrar la forma de salir del fuerte.

No podía postergar más el intento de fuga; debía hacerlo aquella noche. Porque no tenía intención de morir sin volver a ver a Evelyn.

Continuó mirando las aguas serenas de la bahía. Estaba muy preocupado por ella; esperaba que LeClerc hubiera olvidado su promesa de matarla para vengarse, ahora que él era prisionero de la República. Con suerte, estaría ocupado con la invasión rebelde.

Sin embargo, tenía que volver a casa con ella, y no solo para protegerla. Ya no podía seguir negando sus sentimientos. Eran tan intensos que había tenido que confesarle que la quería.

Jack sabía que se había enamorado de ella a primera vista, aquella noche, en Brest, cuando ella apareció en el muelle a medianoche para pedirle que la sacara de Francia. Entonces había sido fuerte y valiente, y seguía siéndolo.

Evelyn se merecía una vida llena de felicidad después de todo lo que había soportado. Si él conseguía salir de aquella cárcel y volver a casa, quería ser el hombre que la hiciera feliz. Apenas podía creer que pensara así; sin embargo, en la oscuridad de aquella celda, no sentía la llamada del peligro como antes. En vez de eso, solo podía pensar en Evelyn y en Aimee, y en que ellas necesitaban un protector.

Una guerra como aquella podía prolongarse durante diez o veinte años. Jack lo sabía. Las guerras como aquella siempre se libraban en nombre de la libertad, pero acababan dando paso a la tiranía. De repente, se agarró con fuerza a los barrotes del ventanuco. Definitivamente, era prisionero de aquella guerra. Aunque consiguiera escapar de los franceses, ¿tendría que seguir trabajando para Warlock? ¿De veras quería pasarse los años siguientes huyendo de las armadas de Francia y Gran Bretaña? Evelyn lo necesitaba.

Y él la necesitaba a ella.

Oyó unos pasos que se acercaban, y se puso rígido. ¿Iban a ejecutarlo ya, cuando él había pensado en escapar aquella misma noche?

Jack se dio la vuelta lentamente y vio a LeClerc junto a su celda.

—*Bonjour, mon ami*. Tengo unas cuantas preguntas que hacerte.

Había un guardia a su lado, con un manojo de llaves. Jack miró a LeClerc con el corazón acelerado. No creía que fueran a preguntarle amablemente. Más bien, iban a torturarlo brutalmente. Y aquel guardia tenía las llaves de la celda...

Sonó un cañonazo.

En la calma de aquella tarde, el sonido fue impresionante, y se produjo muy cerca. Jack se sobresaltó, y LeClerc también.

Entonces retumbaron más cañonazos, y se oyeron los gritos, los disparos y el fragor del ejército invasor.

Dentro de la cárcel comenzaron a sonar campanas de aviso, una señal que reconocería hasta un niño...

—¡Están atacando el fuerte! —gritó LeClerc.

Jack vio el miedo reflejado en sus ojos.

—¡Tengo que salir de aquí! —chilló el francés, y se giró para escapar.

El guardia se volvió para mirarlo, y Jack aprovechó para agarrarlo por el cuello con ambas manos, a través de los barrotes de la celda. El guardia jadeó y comenzó a ahogarse.

LeClerc los miró con espanto y echó a correr por el pasillo central hacia la salida.

—¡Pierre! —le dijo Jack a su vecino de celda. Pierre se inclinó hacia delante, riéndose, y le quitó el arma del cinto al guardia. Después, le puso la boca del cañón en la sien.

—Abre la puerta —le ordenó Jack al guardia.

Se oían más cañonazos, disparos de mosquete, relinchos de caballo y gritos. La batalla estaba justo debajo de su ventana, lo cual significaba que habían sitiado el fuerte.

El guardia metió la llave en la cerradura de la puerta de Jack, y la abrió.

Jack salió de la celda, le quitó el mosquete y le dio un golpe en la cabeza. El guardia quedó inconsciente. Entonces, Jack abrió la celda de Pierre y la que estaba frente a ellos.

—Terminad esto —les dijo a los dos rebeldes, y les entregó las llaves.

Después entró en la celda y miró por la ventana.

Vio a los soldados británicos debajo de las murallas del fuerte. Era una marea roja que luchaba contra los franceses, uniformados de azul. Y en el centro de aquella batalla, ondeando en lo alto, estaba la cruz roja de San Jorge, sobre la cruz blanca de San Andrés. Miró al oficial que montaba el caballo negro y que estaba bajo la tricolor británica, abriéndose paso a sablazos y animando a sus hombres.

—Es D'Hervilly —dijo—. Y si no me equivoco, está a punto de tomar el fuerte.

CAPÍTULO 19

Londres
10 de julio de 1795

Para Evelyn, cada día que pasaba era eterno. Las tropas de emigrados y británicos capitaneadas por el conde D'Hervilly habían tomado Quiberon. Todo Londres esperaba a diario, con ansiedad, las noticias de la guerra, mientras las tropas británicas tomaban el fuerte y, después, cuando los dos bandos luchaban perdiendo y ganando terreno. Sin embargo, durante las dos últimas semanas no habían sabido nada de Jack.

Evelyn estaba sentada en el salón, a solas, acurrucada en un sofá. No podía ni leer ni bordar. Estaba angustiada, aterrorizada pensando que Jack pudiera haber muerto. ¿Qué otra explicación tenía su silencio?

—Hola, Evelyn.

Aunque conocía el timbre de la voz de Lucas, se parecía tanto a la de Jack que, al mirarlo, el corazón le dio un vuelco. Él estaba en el umbral, con el sombrero en las manos, rubio y guapo, sonriéndole ligeramente. Julianne estaba a su lado.

Evelyn se levantó lentamente. Estaba embarazada, y seguramente de cuatro meses.

—¡Lucas! —exclamó, observando atentamente su semblante. No era un hombre expresivo, y era difícil saber si estaba consternado o simplemente solemne.

Él entró en el salón y le tomó ambas manos con un gesto de afecto.

—¿Cómo estás?

Toda la familia sabía ya que estaba embarazada. Al instante, Evelyn se dio cuenta de que Julianne debía de haber escrito a Lucas para decírselo a él también, o se lo había dicho cuando él había entrado por la puerta.

—En cuanto al niño, estoy bien. Pero estoy angustiada por Jack.

Él le pasó un brazo por los hombros.

—Jack está vivito y coleando.

Ella gritó de alegría, y escondió la cara en el pecho de Lucas. Intentó contener las lágrimas, aunque no lo consiguió. Su estado la había vuelto muy temperamental. Alzó la vista.

—¿Estás seguro?

—He recibido el mensaje indirectamente, pero sí, estoy seguro —dijo él, y sonrió brevemente para asegurárselo. Sin embargo, miró a Julianne de una manera extraña.

—¿Qué ocurre? —preguntó Julianne—. ¿Qué ha ocurrido, y dónde está Jack?

—No sabemos dónde está ahora —dijo Julianne—. Evelyn, fue capturado durante la invasión, y estuvo en la cárcel unos días.

Evelyn tuvo que sentarse de nuevo. Jack había sido prisionero de los franceses. Por lo tanto, ellos sabían que no era su agente.

LeClerc también lo sabría.

¿Estaban en peligro Aimee y ella?

—Pasó cinco días en la prisión del Fuerte de Penthièvre —dijo Lucas, sentándose a su lado—. Nuestras tropas liberaron el fuerte, y Jack salió del calabozo entonces.

—Gracias a Dios. ¿Estaba herido?

—No lo sabemos —respondió Lucas—. Pero tengo buenas noticias. Victor LaSalle, el vizconde LeClerc, resultó gravemente herido durante la batalla, y murió hace pocos días en el fuerte.

Ella se estremeció. No le deseaba la muerte a nadie, pero LeClerc estaba dispuesto a usarlas a Aimee y a ella contra Jack, y ella creía en sus amenazas.

—No puedo sentirlo —murmuró.

—Nadie espera que lo sientas por él, Evelyn. Por lo menos, ya no tienes que preocuparte de LeClerc.

Evelyn estaba pensando a toda velocidad. ¿Sabría Jack que LeClerc había muerto? ¡Ojalá lo supiera! Y, por fin, Jack era libre.

—¿Puede que esté todavía en Francia? ¡Ahora hay muchas revueltas allí! Casi no puedo seguir las noticias. Un día parece que han ganado los rebeldes, y al día siguiente oímos que los republicanos han obtenido una victoria importante. ¿Se quedará allí para ayudar a los rebeldes?

Lucas titubeó.

—Tal vez. Pero también es posible que haya vuelto a la isla de Looe.

—No —dijo ella convencida, haciendo un gesto negativo con la cabeza—. Él habría venido a mi lado, estoy segura.

Julianne la tomó del brazo.

—Pero no sabe lo del niño, y sus hombres tienen a sus familias en Looe.

—¿Podríamos enviarle un mensaje?

Lucas le dio una palmadita en el hombro.

—Yo me marcho a Quiberon ahora. Tengo intención de pasar por la isla. Si deseas escribirle una nota, ¿por qué no lo haces ahora? Si lo encuentro allí, se la daré.

—¿Y si no está allí?

—Entonces, seguramente lo veré en Francia.

Ella se dio cuenta de que Jack continuaba en Francia. Él nunca abandonaría a los rebeldes. Estaba en mitad de la batalla, luchando con ellos por su libertad. No estaba allí porque le atrajera el peligro, ni porque fuera un temerario, sino porque era un hombre honorable, un patriota, un héroe.

Evelyn cerró los ojos. Si volvía a casa sano y salvo, sería suficiente, y ella nunca le pediría nada más. Entonces, miró a Lucas.

—Cuando lo veas, dile que lo quiero.

Lucas sonrió.

—Se lo diré... pero estoy seguro de que ya lo sabe.

Los días pasaron con una lentitud angustiosa. Evelyn miró con tristeza por la ventana del salón de Lambert House. Fuera, en el jardín, Aimee estaba jugando con William y John, los hijos de Grenville, y Jolie corría alegremente a su alrededor. Dentro de un momento, los niños irían al establo para montar en poni.

Ella no podía sonreír. Tenía el corazón atenazado de miedo, de dolor. Lucas les habían enviado, una semana antes, un breve mensaje para decirles que Jack no estaba en Looe. De hecho, él no había pasado por su casa desde la tercera semana de junio. A Evelyn no le sorprendió la noticia. Claro que no estaba en casa; estaba en la bahía de Quiberon.

Si no tuviera que cuidar a una niña, gritaría y despotricaría, se volvería loca. Sin embargo, Aimee no podía sospechar lo asustada que estaba.

Y, por supuesto, ni Amelia ni Julianne la dejaban sola durante mucho tiempo. Las dos hermanas recordaban la época de su vida en que habían tenido que estar separadas de sus maridos durante la guerra, y lo que era vivir con miedo a lo desconocido. Amelia y Julianne estaban empeñadas en distraerla con los asuntos familiares. Todos los días iba con Julianne, Jacquelyn y Aimee a Lambert House, y cada noche había una cena familiar. Si se atrevía a retirarse a su habitación para tener unos momentos de privacidad, pronto llamaban a su puerta, y Amelia o Julianne asomaban la cabeza para asegurarse de que estaba bien.

Y a Evelyn no le importaba. Se habían tomado mucho afecto, y ella sabía que Amelia y Julianne solo querían reconfortarla, aunque esa tarea fuera imposible.

Porque la invasión había fracasado.

Los franceses habían recuperado el Fuerte de Penthièvre, y habían dejado acongojado a Londres con la noticia. Y para empeorar las cosas, los exiliados y los chuanes habían sufrido una terrible derrota. Miles de ellos habían muerto o habían sido apresados, y otros miles habían sido lanzados desde las playas al mar. Las galernas habían impedido a los barcos británicos rescatar a los soldados.

¡Cuánto odiaba la guerra!

Y ella estaba enferma de ansiedad, porque Jack estaba entre los rebeldes. Y ahora ya no sabía si estaba entre los prisioneros, o si tan siquiera seguía con vida.

Isla de Looe
3 de agosto de 1795

Jack entró cojeando a su habitación y se quitó la camisa ensangrentada y sucia. Estaba tan agotado que apenas podía mantenerse en pie, y se desplomó sobre una silla para quitarse las botas de montar.

Las echó a un lado. Después cerró los ojos y se quedó inmóvil.

En su cabeza se sucedieron las imágenes de las batallas en las que había estado. Los hombres, uniformados de azul o de rojo, matándose unos a otros con sus bayonetas, la sangre corriendo por el suelo, los soldados gritando, los cañones disparando, el humo contaminando el aire y los caballos relinchando de terror…

¿Podría olvidar alguna vez aquellas batallas?

Por las noches soñaba con los heridos y los muertos, y durante el día también veía aquellas imágenes espantosas.

Abrió los ojos y paseó la mirada por la habitación, pero no vio la cama ni los demás muebles.

«¡Ayuda! ¡Ayuda!».

«*Aidez-moi! Aidez-moi!*».

La galerna agitaba las olas y las docenas de cabezas y de brazos que asomaban en la superficie del agua eran de los soldados que se ahogaban, que suplicaban que los salvaran. Fue una visión horrible, algo que no olvidaría en la vida.

De repente, Jack se estremeció e intentó enfocar la visión. Se obligó a reconocer los muebles de la habitación. Sin embargo, mientras observaba el dosel de madera oscura de la cama, y la colcha dorada y roja, siguió viendo aquellas cabezas y aquellos brazos... Y los ojos se le llenaron de lágrimas ardientes.

Él estaba a punto de zarpar hacia Inglaterra después de permanecer en la costa francesa para ayudar en la invasión. Resultó que su retraso había sido muy oportuno, porque pudo rescatar a ciento tres de los soldados que iban a ahogarse, la mayoría de ellos emigrados. Ojalá hubiera podido salvar a muchos más, pero, cuando habían arrastrado al último superviviente a bordo, el océano había quedado silencioso, y los gritos habían cesado. Ya no quedaba nadie...

Tuvo ganas de llorar.

¡Estaba tan cansado de la guerra y de la muerte!

Se puso en pie y maldijo el dolor que sentía en la rodilla. Se acercó a la cómoda y se sirvió un vaso de licor. Había participado en otras batallas, pero nunca había hecho planes minuciosos ni había luchado por una causa como aquella. Había creído de verdad que podían liberar Bretaña de los republicanos. Sin embargo, habían muerto miles de hombres y otros tantos habían caído prisioneros, mientras el general Hoche asolaba la región y se vengaba de todos los que hubieran apoyado a los chuanes.

Apuró el vaso de brandy. Por lo menos, LeClerc estaba muerto. Había fallecido a causa de las heridas recibidas durante el primer ataque al Fuerte de Penthièvre. Jack había pasado junto a él al marcharse del fuerte, y lo había visto tendido en el suelo, con un disparo en el pecho. Al instante había sabido que no iba a sobrevivir.

No sintió satisfacción, y tampoco sintió remordimiento. No sintió nada, salvo gratitud al pensar en que se había librado de la tarea de matar a su enemigo.

Al enemigo de Evelyn.

Se sirvió otra copa con las manos temblorosas. Durante aquel mes de pesadilla no había pasado ni un solo día en que no hubiera pensado en Aimee y ella, y en que no se hubiera dado cuenta de lo profundos que eran sus sentimientos. Daría su alma por tener a Evelyn en sus brazos y poder estrecharla contra su pecho.

No estaba seguro de cómo había sucedido, pero había terminado con la guerra, con Warlock y con el espionaje. Nunca más daría por sentadas ni su vida ni su libertad. Y nunca más volvería a ser prisionero de guerra, ni volvería a luchar en una batalla.

Le había dado a Gran Bretaña todo lo que tenía. Había estado a punto de darle la vida. ¿Y para qué? Él, Jack Greystone, no podía salvar a Europa de la Revolución Francesa. Había hecho lo que estaba en su mano para ayudar en aquel esfuerzo, pero a partir de aquel momento, que otro salvara a Gran Bretaña y a sus aliados de los franceses.

A partir de aquel momento, solo se preocuparía de Evelyn y de su hija.

Jack se giró lentamente. Al verse reflejado en el espejo, se estremeció. Tenía barba de varios días, estaba magullado y herido, y no llevaba camisa. Parecía un pirata del siglo xv, y no un caballero digno de la condesa D'Orsay.

Ella era una gran dama. Él solo era un contrabandista y un mujeriego.

Sin embargo, pronto sería libre. El almirante Hood lo consideraba un héroe, y lo había invitado a cenar con él a bordo de su barco en el Canal de la Mancha después de rescatar a los hombres del mar. Jack había aceptado.

Y seguramente, aquella había sido la invitación más afortunada que hubiera recibido en toda su vida. Habían bebido mucho vino, y habían compartido muchas historias y secretos. Jack le había contado a Hood casi todo sobre el espionaje que había llevado a cabo, y también le había dicho que el gobierno había puesto precio a su cabeza. Hood se había enfurecido.

Y le había prometido que sería libre de nuevo antes de que el verano hubiera terminado. Había afirmado que convertía aquello en un asunto personal.

Jack se miró al espejo una vez más. Nunca le había importado aquella recompensa. Durante mucho tiempo había disfrutado de la fama que le proporcionaba el hecho de que lo buscara no solo un gobierno, sino dos. Le parecía divertido burlar a las autoridades de ambos lados del Canal.

Sabía exactamente cuándo había empezado a cansarse del juego, a sentirse frustrado. Cuando el capitán Barrow había ido a buscarlo a Roselynd, algo había cambiado para él. Todos sus impulsos se habían transformado en uno: proteger a Evelyn, no volver a ponerla en peligro.

Lo cierto era que quería ser un hombre libre de nuevo, quería que el gobierno retirara aquella recompensa. Quería poder ir a Londres a visitar a sus hermanas y a sus sobrinos, ir a Cavendish Square, donde su hermano residía con frecuencia. Incluso quería volver a Greystone Manor, la mansión de su familia, para poder restaurarla y devolverle el esplendor del pasado.

Los Greystone habían sido contrabandistas durante generaciones, por supuesto. La casa se había edificado sobre la cala de Sennen hacía siglos, porque era el lugar perfecto para pasar bienes de contrabando entre Gran Bretaña y Francia. Y seguía siendo el refugio ideal.

Tal vez hubiera terminado con el espionaje, pero el contrabando era su vida. No podría dejar nunca la vida en el mar, como no podría alejarse de Evelyn. Si se convertía en un hombre libre, ¿desearía Evelyn de verdad permanecer a su lado y ser la esposa de un contrabandista?

La echaba de menos desesperadamente. Quería abrazarla y hacer el amor con ella, y olvidar el infierno de la guerra. Se acercó al buró de la habitación, tomó una cajita de madera y la abrió. El collar de rubíes que le había dado Evelyn como pago de su viaje desde Francia, hacía cuatro años, estaba allí dentro.

Jack no lo había vendido. Lo había enterrado, junto a otros objetos valiosos, en una de las cuevas que habían utilizado generaciones de contrabandistas de la familia Greystone, detrás de los acantilados, en Greystone Manor. En aquel momento no lo había pensado demasiado; tan solo había puesto a buen recaudo la valiosa joya. Sin embargo, mirando atrás, se daba cuenta de que no había vendido el collar porque se había enamorado de Evelyn a primera vista.

Había tardado un día de más en ir a Sennen a recogerlo, y otro día en volver a la isla de Looe. Esperaba que Evelyn comprendiera su gesto cuando le devolviera el collar. Esperaba que se entusiasmara al darse cuenta de que él nunca había podido deshacerse del collar.

Lentamente, cerró la tapa. Evelyn era una mujer inteligente, y tenía que saber que podía casarse con alguien mucho mejor que él. Tenía que pensar en Aimee. Ella lo quería, pero él no sabía si aceptaría su oferta.

Tenía que hacer todo lo posible por convencerla de que se casara con él.

Evelyn se detuvo antes de subir al carruaje de los Bedford, junto a Aimee, Julianne, Jacquelyn y las dos doncellas de los niños. Aquel día, Julianne había decidido que llevarían a los niños a merendar al parque, y que se saltarían las clases de lectura y aritmética. Amelia se reuniría con ellos en Hyde Park con Will, John, su hijastra Lucille y el bebé, a quien habían llamado Hal.

La tarde prometía ser maravillosa, pero Evelyn no quería ir. No creía que pudiera fingir ni un minuto más de felicidad. El Almirantazgo había hecho pública una lista de supervivientes, y el nombre de Jack no figuraba en ella. Ahora, todos estaban esperando a que sus cuñados obtuvieran información clasificada: la lista de prisioneros que habían quedado en Francia.

Se dio cuenta de que se acercaba un coche de alquiler por la calle.

—Dom debe de tener visita —dijo Julianne alegremente—. Aimee, Jackie, subid, o llegaremos tarde a la merienda.

Evelyn se dio cuenta de que se había quedado paralizada mirando al vehículo que se acercaba. Era un coche abierto, y en él iba sentado un caballero con una chaqueta oscura y un sombrero. Ella no podía quitarle los ojos de encima.

El caballero era alto y elegante y, cuando se puso en pie para apearse del coche, ella vio su pelo rubio.

Era Jack.

Evelyn pensó que debía de ser un error. Debía de tratarse de Lucas. Jack no iría por la ciudad con tanta despreocupación, ni aparecería ante la casa de su hermana a plena luz del día.

Él saltó del carruaje sin apartar la vista de ella.

¡No se había equivocado!

—¡Jack!

Él se acercó a ella, la tomó entre sus brazos y la besó apasionadamente en los labios.

Evelyn comenzó a llorar y se aferró a él con fuerza, mientras se besaban.

Y, por fin, Jack interrumpió el beso.

—Hola, Evelyn —le dijo con la voz ronca, y con los ojos muy brillantes.

Ella le tomó la cara con ambas manos.

—¡Estás vivo! ¡Estás en casa!

—Estoy vivo... —dijo él, sonriendo—, y estoy en casa.

Entonces, la rodeó con un brazo y la estrechó contra su costado, y sonrió a su hermana.

Julianne corrió hacia él y lo abrazó, y le preguntó en un susurro:

—¿Por qué estás en plena calle, tan tranquilo?

—¿No deberíamos entrar en casa? —preguntó Evelyn.

—No tenemos por qué apresurarnos —dijo él, y se volvió hacia Aimee—. Hola, Aimee. ¿Lo has pasado bien durante tu estancia en Londres?

Aimee sonrió tímidamente y asintió.

Julianne intervino nuevamente.

—¿Por qué no entras con Evelyn, Jack? Yo me llevaré a los niños al parque, tal y como estaba previsto —dijo, y lo miró fijamente—. Me alegro tanto de que estés a salvo, y en casa...

Él sonrió.

—Yo también.

Evelyn se acercó a Aimee.

—Hija, ¿te importa que me quede en casa? Tengo mucho que hablar con el señor Greystone.

Aimee la miró con solemnidad.

—No me importa, mamá. Sé que le quieres.

Evelyn se quedó muy sorprendida.

—¿Tanto se me ha notado?

—Es muy guapo... y me cae bien, mamá.

Evelyn la abrazó, y después la ayudó a subir al carruaje. Julianne subió también y se despidió de ellos. El cochero se puso en marcha y, al instante, Jack la tomó de la mano.

—¿Es esto un sueño? —le preguntó ella.

—No, no lo es.

—¡Jack! ¿Qué ha pasado? ¡Tú nunca entras por la puerta principal!

Él sonrió.

—Han retirado la recompensa que ofrecían por mi captura, Evelyn. Soy un hombre libre.

Ella gritó de alegría. Él la rodeó con un brazo y la llevó hacia la casa.

—Eres libre —dijo Evelyn—. Oh, Dios, esperaba con todas mis fuerzas que algún día fueras un hombre libre, ¡pero nunca había soñado que ocurriera tan pronto, y así!

—Debemos agradecérselo al almirante Hood —dijo Jack, mientras los lacayos cerraban la puerta tras ellos—. Y hay más. Me ha recomendado para la medalla de honor. El mes que viene me concederán el título de sir.

—¡Te van a reconocer como el héroe que eres!

—Sí —dijo él, y la estrechó entre sus brazos con fuerza—. Te he echado de menos. Cuando estaba en la cárcel, mi temor más grande era no poder abrazarte nunca más.

—Jack, yo también te he echado de menos. He vivido en un estado de terror constante. ¡No sabía si habías muerto!

—No tenía intención de morir, porque entonces habría tenido que dejarte.

Ella se deleitó con su mirada ardiente. Y Evelyn no tuvo dudas de que él la quería. No podía haberle dicho nada más romántico.

—Tenemos mucho de lo que hablar —dijo, pensando en el hijo que iban a tener.

—¡Después! —respondió Jack, y la tomó en brazos, dejando boquiabiertos a los dos lacayos.

Evelyn le acarició la cara, sin deseos de protestar. En el piso de arriba, él abrió con el pie la puerta de la habitación, la cerró y dejó a Evelyn sobre la cama. Mientras él se quitaba la chaqueta, Evelyn vio unas sombras oscuras en sus ojos. Jack era muy hábil a la hora de ocultar sus sentimientos, pero, en aquellos momentos, su expresión de dolor.

Supo que la guerra le había dejado cicatrices.

Un momento después, se tendió con ella sobre la cama.

—Te necesito —le dijo con la voz ronca—, pero te quiero, así que no pienses que soy un canalla.

Ella le acarició las mejillas con deleite. ¡Por fin se había declarado!

—Yo nunca podría pensar eso.

Él no respondió. La besó con tanta fuerza que casi le hizo daño. Ella lo rodeó con los brazos; se daba cuenta de que estaba terriblemente herido por lo que había ocurrido en Francia.

—Te quiero —repitió él, en un tono desesperado.

Evelyn lo abrazó con fuerza mientras él se despojaba de los pantalones y levantaba la falda de su vestido, y Jack la besó y la acarició. Intensificó su deseo y su amor. Un instante más tarde estaban unidos.

Entonces, mientras hacían el amor, lo miró, y se dio cuenta de que estaba llorando.

—No... —jadeó ella.

Él sonrió entre las lágrimas.

—¿No qué? ¿No quieres que haga... esto?

Evelyn volvió a jadear, y de repente sintió un éxtasis casi insoportable. El amor, el deseo y el placer eran demasiado poderosos, y también ella se echó a llorar. Él gimió, abrazándose a ella con fuerza, con las mejillas llenas de lágrimas.

Cuando Evelyn volvió a la realidad, le acarició y le besó una sien.

—¿Qué ocurrió en Francia, Jack?

Él la observó.

—Es mejor que no te lo cuente.

Ella lo abrazó.

—Lo siento —murmuró. No podía imaginar los horrores a los que había tenido que enfrentarse Jack, pero a partir de aquel momento, ella lo ayudaría a superar sus heridas—. Tal vez algún día puedas contármelo. Pero, si no puedes, yo lo respetaré. Pase lo que pase, siempre estaré a tu lado.

Él se sentó, miró a su alrededor y encontró los pantalones a los pies de la cama. Mientras se los ponía, Evelyn se recolocó la ropa interior y la falda. Cuando terminó, se dio cuenta de que Jack la estaba mirando fijamente.

—¿Siempre? —le preguntó.

A ella se le aceleró el corazón.

—Sí, siempre.

—Vamos abajo. Tengo una cosa para ti.

Evelyn se quedó sorprendida, pero le dio la mano y se levantó. Bajaron las escaleras y Jack se acercó a su equipaje y abrió una bolsa. De ella sacó una caja pequeña de madera brillante.

Era un estuche para guardar joyas. Evelyn miró a Jack, que le entregó la cajita.

—Esto es para ti, Evelyn.

Evelyn no podía imaginarse lo que había en la caja. Al abrirla, encontró su collar de rubíes y diamantes.

—¿Qué es esto?

—Espero que te agrade —murmuró él.

Ella tuvo que contener otro jadeo. ¡Jack nunca había llegado a vender el collar con el que le pagó los pasajes desde Francia!

—No pude deshacerme de las joyas.

Ella comenzó a cabecear.

—¡Oh, y decías que yo te era indiferente! ¡Oh, y decías que eras un mercenario! Jack, ¿me estás diciendo que te enamoraste de mí desde el primer momento?

—Sí, eso es lo que estoy diciendo.

—¡Lo disimulaste muy bien!

—Luché contra esos sentimientos. Fui un idiota, Evelyn —respondió él, y la abrazó—. Enterré el collar en Greystone Manor; de lo contrario, te lo habría devuelto antes.

—Jack, estamos a la par. Yo también me enamoré de ti aquella noche.

Él sonrió.

—¿De veras?

—Creo que sí.

—¡Me estás dando esperanzas!

¿Qué significaba aquello?

—Le he rogado mil veces a Dios que te protegiera y te mantuviera alejado del peligro, Jack. Eso es lo único que me importa. ¡Me alegro tanto de que hayas vuelto a casa! ¡Y de que seas libre!

Él posó las manos sobre sus hombros con una expresión solemne.

—He tenido mucho tiempo para pensar. Me arrepiento de pocas cosas de mi vida, Evelyn, pero una de esas cosas es haberme resistido a lo que sentía por ti. Y lamento haberte convertido en mi amante.

Evelyn se sobresaltó.

—¿Te arrepientes del tiempo que hemos pasado juntos?

—De un modo egoísta no. Pero bueno, tú ya sabes que soy un hombre egoísta.

—¡Eres el hombre menos egoísta que conozco!

—Soy contrabandista, Evelyn, y un mujeriego. Soy un hombre que está acostumbrado a conseguir lo que quiere.

—¡Eres un héroe! Y van a nombrarte sir, cosa que lo demuestra —exclamó ella—. Sir Jack Greystone —añadió.

—Evelyn, quiero tenerte a mi lado.

Ella se quedó helada, pero al instante sintió una gran emoción.

—No te comprendo, Jack. Ya me tienes.

—Te mereces mucho más que ser la esposa de un contrabandista.

¿Acaso iba a pedirle que se casara con él? No, eso era imposible. Jack era un aventurero, y no un hombre proclive al matrimonio.

Él la miró de un modo extraño, y entonces comenzó a caminar a su alrededor, muy despacio. Ella tuvo que girarse para mirarlo.

—Eres joven y bella, y puedes tener más hijos. Me imagino que los querrás. Te mereces ser la esposa de alguien. Tienes una cola de pretendientes esperando, empezando por Trevelyan y por D'Archand.

—¡Claro que quiero tener más hijos! Pero no quiero pretendientes. ¡No me hacen falta Trev, ni el conde!

—Evelyn… Estoy intentando preguntarte si querrías ser mi mujer.

A ella se le paró el corazón.

—¿He oído bien? ¿Acabas de proponerme matrimonio?

Él se metió la mano al bolsillo y sacó un enorme diamante amarillo en bruto.

—Conseguí esto en Francia. Es evidente que todavía no está tallado, pero es para ti, aceptes mi propuesta de matrimonio o no.

Ella estaba tan emocionada que no miró la gema. ¡Jack le estaba pidiendo que se casara con él!

—Pero… ¡Tú adoras el peligro! ¡Eres un aventurero!

—Sí, adoro el peligro, pero a quien amo es a ti —dijo él, y sonrió—. Antes de que respondas, tengo que decirte que he dejado el espionaje, Evelyn. Me he apartado de la guerra. Pero no puedo dejar el mar. El mar siempre será mi amante, siempre será mi segundo amor. Quiero volver a Greystone Manor y restaurar la casa, devolverle su esplendor. Seguiré haciendo contrabando, como hicieron mi abuelo y mi bisabuelo. Si me rechazas, no me ofenderé. Es evidente que tú te mereces un caballero, no un contrabandista.

Evelyn se dio cuenta de que estaba llorando. No podía hablar.

—Y aunque me rechaces, no estarás sola. Siempre te ayudaré y te protegeré, aunque te cases con otro hombre.

—¡Te he dicho muchas veces que te quiero! ¡Sí, quiero casarme contigo!

Él la miró con los ojos muy abiertos.

—¿Estás segura?

—Nunca he estado tan segura de nada —dijo ella. Y sabía que debía contarle que estaba embarazada.

Él la tomó en brazos y la hizo girar por el aire, riéndose. Su risa era un sonido libre y ligero.

—¡Jack! Tengo quedarte una noticia. Espero que te alegres. Jack, estoy embarazada, casi de cinco meses.

Jack abrió los ojos aún más.

Entonces, ella se quedó desconcertada.

—Fuimos muy irresponsables —dijo—. ¿Te sorprende de verdad?

Él comenzó a sonreír.

—¿Vamos a tener un hijo? —preguntó, y después se echó a reír—. Ahora ya no tienes más remedio que casarte conmigo, ¡y cuanto antes!

Evelyn se dio cuenta de que sentía un absurdo deleite.

—¿Estás contento porque piensas que ahora estoy obligada a casarme contigo? ¿O porque vamos a tener un precioso hijo?

—Por las dos cosas —dijo él, y la abrazó—. ¿Te he dicho ya lo mucho que te quiero?

—Tal vez —susurró ella—, pero no me importa que me lo digas otra vez.

—Entonces, voy a hacer exactamente eso —respondió Jack—. Pero primero debemos reunir a la familia y llamar al párroco más cercano. Evelyn, si no te importa, nos casaremos esta misma noche.

—¿Cómo iba a importarme? Estoy impaciente por convertirme en tu mujer —susurró ella, con el corazón hinchado de amor—. Me siento como si estuviera en un sueño mágico.

Él sonrió con ternura.

—Yo también. Pero no estamos soñando. Hemos sobrevivido a una guerra, y estamos juntos. Vamos a tener un hijo, y yo nunca me voy a separar de ti.

Entonces, Jack la estrechó entre sus brazos, y todo fue perfecto. Evelyn siempre había sabido, en lo más profundo de su alma, que él era su destino, desde el momento en que se conocieron, cuando él estaba en la cubierta de su barco negro y había aceptado sus rubíes a cambio de sacarla de Francia. Y no le importaba que el mar fuera su segundo amor, porque sabía que ella siempre sería el primero... El amor de su vida.

Últimos títulos publicados en Top Novel

Secretos de un caballero – CANDACE CAMP
Nubes de otoño – DEBBIE MACOMBER
La dama errante – KASEY MICHAELS
Secretos y amenazas – DIANA PALMER
Palabras en el alma – NORA ROBERTS
Brisas de noviembre – ROBYN CARR
El precio del honor – ROSEMARY ROGERS
Sin nombre – SUZANNE BROCKMANN
Engaño y seducción – BRENDA JOYCE
Una casa junto al lago – SUSAN WIGGS
Magnolia – DIANA PALMER
Luna de verano – ROBYN CARR
Amor y esperanza – STEPHANIE LAURENS
Secretos de sociedad – CANDACE CAMP
10 secretos de seducción – VARIAS AUTORAS
El legado Moorehouse – J.R. WARD
Tras la traición – BRENDA JOYCE
A merced de la ira – LORI FOSTER
Palabras prohibidas – KASEY MICHAELS
El regreso del rebelde – LINDA LAEL MILLER
Víctima de una obsesión – DEANNA RAYBOURN
Los Cordina – NORA ROBERTS
Tierras salvajes – DIANA PALMER
Algo más que vecinos – ISABEL KEATS
Sueños de verano – SUSAN WIGGS
Tiempo de traiciones – ROSEMARY ROGERS

www.ingramcontent.com/pod-product-compliance
Lightning Source LLC
LaVergne TN
LVHW030334070526
838199LV00067B/6283